마술사가 너무 많다

TOO MANY MAGICIANS

랜들 개릿 지음 ― 김상훈 옮김

이번 사건은 용의자 수가 너무도 많군!

열린책들

등장인물

다아시 경
노르망디 대공의 주임 수사관

숀 오로클린
노르망디 대공의 주임 법정 마술사

런던 후작
런던의 영주, 다아시의 사촌

본트리옴프 경
런던 후작의 주임 수사관

앤서니 애슐리
해군 정보부 요원, 중령

퍼시 스몰렛
해군 정보부장, 대령

메리 드 컴버랜드
컴버랜드 전 공작부인, 감응 능력자

1

영불제국의 해군 중령이자 해군 정보부 특수요원인 애슐리는 셰르부르의 중하층민 밀집 구획에 있는 싸구려 월세방 문 앞에 섰다. 월세방은 해군 조선소 근처였다. 열린 문 너머로 방바닥에 쓰러진 사내의 모습이 보였다. 사내의 가슴에는 육중한 손잡이가 달린 대형 나이프가 꽂혀 있었다.

애슐리는 시체에서 시선을 떼고 방안을 둘러보았다. 작은 방이다. 가로 2.4미터, 세로 3미터가 채 안 되겠군. 낮은 천장은 그의 정수리에서 겨우 15센티미터 위에 있고, 오른쪽 벽 가까이에는 낮은 침대가 놓였다. 침대는 가지런히 정돈되어 있지만 파란색 싸구려 침대보에 주름이 잡힌 것을 보니 누군가—십중팔구 죽은 사내였으리라—그 위에 앉은 듯했다. 방 왼쪽 구석에는 값싼 나무 탁자와 나무 의자가 하나씩 있었고, 문 왼쪽 벽 근처에는 표면이 우툴두툴한, 고물상에서 샀을 법한 낡아빠진 안락의자 하나가, 침대 발치에는 탁자 옆에 놓인 것과 같은 나무 의자가 있었다. 가구는 이게 전부였다. 녹색으로 칠한 벽에 그림 액자 따위는 걸려 있지 않았고, 장식 또한 눈을 씻고 봐도 없었다. 이곳에 살던 사내의 성격을 짐작할 만한 증거는 전혀 남아 있지 않았다.

애슐리는 고개를 돌려 다시 시신을 바라보았다. 그러곤 등 뒤로 손을 뻗어 조심스레 문을 닫고 반듯이 누워 있는 시신 가까이 다가가 자세히 살폈다. 시신의 한쪽 손을 들어올린 다음, 살아 있다면 마땅히 뛰어야 할 맥박을 짚어보았다. 아무것도 느껴지지 않는다. 조르주 바버는 사망했다.

애슐리는 한 걸음 뒤로 물러나서 한층 더 자세하게 시체를 관찰했다. 그가 허리에 찬 벨트 주머니에는 소브린 금화가 백 닢 들어 있었다. 해군 정보부를 위해 일해온 굿맨[1] 조르주 바버에게 주기 위해 특별 예산에서 인출해온 돈이다. 애슐리는 생각했다. 조르주가 특별 예산에 부담을 줄 일은 더이상 없겠군.

애슐리는 시신을 넘어 방을 가로지른 뒤 탁자 위에 놓인 서류들을 바라보았다. 중요한 서류는 하나도 없었다. 죽은 사내와 제국 해군 정보부 사이의 관계를 시사하는 것은 전무했다. 그럼에도 그는 서류를 모두 끌어모아서 외투 호주머니에 집어넣었다. 암호나 비밀 잉크로 쓴 정보가 포함되어 있을 가

---

[1] 신사 계급 아래의 평민 남성을 부르는 호칭.

능성을 배제할 수 없기 때문이다.

방문 근처 오른쪽 구석에 놓인 작은 옷장에는 갈아입을 옷 한 벌만 들어 있을 뿐이었다. 죽은 사내가 입고 있는 것과 마찬가지로 싸구려 양복이다. 호주머니와 안감을 뒤져보았으나 아무것도 나오지 않았다. 옷장에 딸린 두 개의 서랍에는 속옷과 양말, 기타 자질구레한 소지품만이 들어 있었다.

애슐리 중령은 다시 한번 시신을 바라보았다. 물론 이 일을 그의 상사인 제독에게 당장 보고해야 했지만, 아직 현지 치안헌병들의 눈에 띄지 않는 편이 나을 만한 물건이 남아 있을지도 몰랐다.

방 자체에는 아무런 정보도 없었다. 바버가 이곳으로 이사 온 지 하루밖에 되지 않았다. 애슐리의 빈틈없는 수색에도 발각되지 않을 정도로 은밀한 보관 장소를 방안에 만들어놓기에는 시간적으로 불가능했으리라. 그는 다시 한번 방을 뒤져보았지만 무엇도 발견하지 못했다.

시신을 뒤져보았지만 역시 아무 수확도 없었다. 그렇다면 바버가 가지고 있던 정보가 무엇이든 간에 그걸 이미 '제드'에게 보냈다는 얘기가 된다. 좋다.

애슐리는 단 하나라도 놓친 것이 없는지 확인하기 위해 마지막으로 방을 둘러보았다.

그러고는 복도로 나와, 아래층으로 이어지는 좁고 어둑어

둑한 계단을 내려갔다. 빠르게, 마치 서두르는 듯이.

현관문 바로 오른편 작은 사무실에 앉아 있던 관리인은 여위었으나 여전히 눈빛에 총기가 있는 작은 체구의 노파였다. 그녀는 밝게 미소 지으며 키가 크고 귀족적인 인상의 해군 중령을 올려다보았다.

"무슨 일이신지요, 중령님? 혹시 제가 도울 일이라도?"

"좋지 않은 소식이 있습니다." 애슐리 경은 나직한 목소리로 말했다. "이 집에 세 들어 사는 사람 중 하나가 사망했습니다. 당장 헌병을 불러야 합니다."

"사망했다고요? 누가? 설마 조르주 씨를 말씀하시는 건 아니죠?"

"바로 그 친구입니다." 애슐리가 관리인에게 바버를 만나러 왔다고 말한 것이 불과 몇 분 전의 일이었다. "제가 오기 반 시간쯤 전에 바버를 만나러 온 사람은 없었습니까?"

시신은 여전히 따뜻했고 피도 응고되지 않았으므로 사망한 지 얼마 지나지 않은 걸로 추정됐다. 아무리 길어도 죽은 지 삼십 분 이상 경과되지는 않은 듯했다.

"방문한 사람?" 노파는 눈을 깜박였다. 기억을 정리해보려는 투가 역력했다. "중령님을 제외하면 아무도 오지 않았습니다. 참! 제가 못 보았을 수도 있겠군요. 잠깐 자리를 비운 적이 있어서. 불과 몇 분 동안이었지만, 펜트너 씨의 담뱃가게로 코담배를 사러 갔거든요. 저는 코담배만 즐긴답니다."

애슐리는 날카로운 눈초리로 노파를 보았다.

"정확히 언제 자리를 비웠다가 언제 돌아왔습니까? 시각을 정확히 아는 것이 극히 중요한 일이 될지도 모릅니다."

"에…… 그러니까…… 중령님이 오시기 직전이었습니다." 노파는 불안한 표정으로 말했다. "제가 돌아왔을 때 생드니 성당에서 45분 종이 울리는 걸 들었어요."

애슐리는 손목시계를 보았다. 11시 1분이었다.

"그렇다면 당신이 자리를 뜰 때까지 기다리고 있다가 위로 올라갔고, 당신이 돌아오기 전에 다시 내려왔겠군요. 얼마나 오래 자리를 비우고 있었습니까?"

"아주 잠깐이에요. 길모퉁이를 돌아 담배를 사고 다시 돌아왔을 뿐입니다, 중령님. 낮에 현관문이 열려 있을 때 자리를 오래 비우고 싶지는 않아서요." 노파는 말을 멈추고, 조금 이해가 되지 않는다는 투로 미간을 찌푸렸다. "대체 누가 위로 올라갔다가 내려왔을까요, 중령님?"

"그자가 누구든 간에, 당신의 방을 빌린 바버의 심장을 나이프로 찔러 죽인 것만은 분명합니다. 그러니 지금 당장 헌병을 불러야 합니다."

불쌍한 노파는 이 말을 듣자마자 완전히 공황에 빠졌다.

지금 노파의 상태로는 도저히 헌병에게 상황을 설명할 수 없으리라고 애슐리는 판단했다. 바버가 살해당했다는 사실을 언급하기 전에 방문자가 있었는지 먼저 물어본 게 다행이었다. 그러지 않았더라면 방금 들은 소중한 증언은 노파의 머릿속에서 완전히 증발해버렸을지도 모른다.

"자리에 앉으시죠." 애슐리는 상냥한 목소리로 말했다. "침착해야 합니다. 전혀 두려워할 필요 없습니다. 헌병은 내가 가서 불러오겠습니다."

노파가 관리실의 낡은 소파에 쓰러지듯이 주저앉자, 애슐리는 사무실 밖으로 나와 현관문을 열었다. 밖에서 소년들이 날카롭고 새된 소리를 지르며 정신없이 놀고 있었다.

십여 년 동안이나 해군 생활을 한 탓에 소년들 중 누가 골목대장인지를 알아내기는 쉬웠다.

"어이, 거기 있는 너!" 그는 큰 소리로 말했다. "거기 초록색 모자 너 말이야! 2펜스 벌고 싶지 않나?"

소년은 고개를 들어 그를 보았고, 조금 땟국이 흐르는 얼굴로 활짝 웃었다.

"벌고 싶습니다, 각하!" 소년은 쓰고 있던 빛바랜 초록색 모자를 홱 벗으며 말했다. "정말로요, 각하!"

방금 자신에게 말을 건 인물이 정말로 귀족인지 아닌지 소년은 몰랐다. 하지만 그가 신사 계급이라는 것은 거의 확실했고, 그런 인물이 일을 제공할 때는 언제나 '각하'라고 부르는 법이다.

다른 소년들도 갑자기 입을 다물고 조용해졌다. 누가 봐도 부유해 보이는 이 신사로부터 자기들 또한 금전적 보수를 받을 수 있을까 기대하는 기색이었다.

"좋아." 애슐리는 재빨리 말했다. "여기 1펜스 동전이 있어. 오 분 안에 헌병을 데리고 돌아오면 나머지 1펜스를 주지."

"지금 어…… 헌병이라고 하셨나요, 각하?"

평소에도 최소한 천 미터 이상은 떨어져 있고 싶은 헌병을 불러오라는 사람이 있다니, 제정신인지 의심하는 투였다.

"그래, 헌병." 애슐리는 미소 지으며 말했다. "헌병한테 가서 국왕 폐하의 해군사관인 애슐리 경이 즉시 도우러 와달라 요청했다고 전하고, 여기로 안내하는 거다. 무슨 말인지 알겠나?"

"예, 애슐리 경! 국왕 폐하의 해군사관이라고 하셨죠! 알겠습니다!"

"좋아. 그리고 너희들, 너희들에게도 1펜스 동전 한 닢씩 주지. 오 분 안에 헌병을 데리고 돌아온 사람에게는 1펜스씩 더 주겠어. 가장 먼저 헌병을 데려온 사람에게는 보너스로 1펜스 더 주지. 자, 달려! 출발!"

소년들은 사방팔방 뿔뿔이 흩어졌다.

그날 오후 2시 반, 세 명의 사내가 셰르부르에 위치한 영불제국 해군 본부 내의 클럽을 연상케 하는 쾌적한 방에서 만났다.

해군 중령 제복을 입은 애슐리는 등을 곧추세웠지만 다소 편한 자세로 의자에 앉아 있었다. 약간 곱슬거리는 갈색 머리는 단정하게 빗었고, 복장 역시 전혀 흐트러진 곳이 없었다. 그가 군복으로 갈아입은 것은 불과 이십 분 전의 일이었다. 정식 회합은 아니지만 민간인 복장보다는 감청색과 금색 군복이 더 위엄 있어 보일 것이라는 말을 제독에게서 들었기 때문이다.

애슐리는 미남이라고 할 수 없을지도 모른다. 잘생겼다고 하기에는 얼굴이 너무 각진데다가 볕에 그을린 탓이었다. 그러나 여자들에게는 인기가 좋았고, 남자들은 그의 이목구비에서 풍기는 결연한 분위기를 높이 샀다. 군데군데 갈색 반점이 있는 녹회색 눈동자는 누가 보아도 뱃사람다웠다. 스콜의 징후를 찾으려 언제나 먼 수평선을 응시하고 있는 느낌이라고나 할까.

해군 중장인 에드위 브랑쿠르의 파란 눈도 같은 인상을 주었지만, 그는 애슐리보다 스물다섯 살가량 연상이었다. 쉰둘임에도 관자놀이 부근의 머리카락이 조금 희끗희끗한 것을 제외하면 여전히 젊어 보였다. 중령과 동일한 감청색 해군 군복은 새벽부터 계속 입고 있던 탓에 조금 구겨져 있었으나 군복 소매와 어깨에 달린 금색 브레이드 덕분에 그다지 눈에 띄지는 않았다.

이 두 사람의 화려한 복장에 비하면 셰르부르의 치안헌병 대장인 앙리 베르가 입은 검은색과 은색 제복은 상당히 수수해 보였다. 해군 장교들 사이에 있지만 않았다면 충분히 인상적인 제복이었다. 앙리 대장은 육중한 체격에 강인한 용모를 가진 오십대 초반의 남자였고, 완강한 투사 같은 분위기를 풍겼다.

처음 입을 연 사람은 앙리 대장이었다.

"이번 사건은 단순한 살인 사건이라고 보기에는 석연치 않은 점이 너무 많습니다. 적어도 제가 보기에는 그렇습니다."

앙리의 입에서 흘러나온 영불어는 딱딱하게 들릴 정도로 정확했다. 그가 평소 이런 식으로 말하는 데 익숙지 않다는 의미였다. 고향인 셰르부르의 사투리—그가 서민 출신임을 나타내는 증거였다—를 쓰지 않으려고 했지만, 표준어를 정확하게 발음하려는 노력 자체가 오히려 눈에 띈다고 할까.

앙리 대장은 해군 제독을 보았다.

"이 조르주 바버라는 남자의 정체가 뭡니까, 제독님?"

이 질문에 답하기 전에, 브랑쿠르 제독은 세 사람이 둘러앉은 낮은 탁자 위에 있던 디캔터를 들어 세 개의 잔에 조심스럽게 브랜디를 따랐다. 그러고는 입을 열었다.

"앙리 대장, 이번 사건에 해군 기밀이 관련되어 있어서 사태가 복잡해졌다는 사실은 자네도 알고 있겠지. 지금부터 듣는 얘기는 누구에게도 발설하면 안 되네."

"물론입니다."

앙리가 말했다. 그는 지금 자신이 서 있는 해군 본부 안의 이 구획이 막대한 비용이 드는 강력한 방어 주문으로 세심하게 보호되고 있음을 잘 알았다. 국왕 폐하의 군대는 이 분야에서 가장 유능한 전문가, 즉 마술사 길드의 고위 멤버들을 고용하기 위해 특별 예산을 배정받고 있다. 따라서 이 주문은 공공장소인 호텔이나 개인 주택 따위의 프라이버시를 보장해 주는 통상적인 상업용 주문보다 훨씬 더 강력했다.

이런 조치가 필요한 이유는 작금의 국제 정세 때문이었다. 과거 반세기 동안 폴란드를 통치해 온 국왕들은 야심적이었다. 1914년, 지기스문드 3세는 일련의 병합을 통해 러시아인들이 세운 국가들을 야금야금 잠식하기 시작했고, 마침내 민스크에서 키예프에 이르는 광대한 영토를 손에 넣었다. 그렇게 폴란드가 동진하는 한 그대로 방치해둔다는 것이 영불제국의 정책이었다. 영불제국은 신세계인 아메리카 대륙에서 빠르게 영토를 확장하고 있었고, 아시아는 영불제국이 직접 영향력을 행사하기에는 거리가 너무 멀었다.

그러나 지기스문드 3세의 아들인 카시미르 9세는 그가 통치하는 '의사疑似 제국'을 더욱 확장하는 데 난관을 겪고 있었다. 러시아의 여러 소국이 1930년대 초에 느슨한 연합체를 구성하면서 더이상 동진하는 위험을 무릅쓸 수 없었으며, 그 탓에 폴란드 국왕은 진출을 포기하는 수밖에 없었던 것이다. 만약 러시아인들이 정말로 한 국가로 통일되기라도 한다면 그들은 결코 무시할 수 없는 강적이 될 것이었다.

이제 카시미르 9세는 서진을 고려하고 있었다. 실로 오랫동안 폴란드와 영불제국 사이에서 완충지대 역할을 수행해온 게르마니아 제주諸州에 눈독을 들이기 시작한 것이다. 게르마니아는 폴란드와 영불제국 사이에서 외교적 줄다리기를 함으로써 지금까지 독립을 유지해올 수 있었다. 만약 카시미르 9세의 군대가 게르마니아의 일부, 이를테면 바이에른 공국을 침공하기라도 한다면 라인하르트 6세는 영불제국에 원조를 요청할 테고, 영불제국은 원군을 보낼 수밖에 없을 것이다. 반면 존 4세가 바이에른으로부터 단 1소브린이라도 세금을 걷을 작정으로 군대를 파견한다면 바이에른 대공 전하는 온 목청을 쥐어짜서 폴란드에 도움을 청할 것이다.

그런 연유로, 잠시 야심을 저지당한 카시미르 국왕 폐하는 영불제국 내부를 교란하는 데 전력을 기울이고 있었다. 제국을 내분으로 꼼짝도 할 수 없게 만들어놓고, 그 틈을 타서 무력을 동원해 게르마니아로 치고 들어가려는 심산이었다.

그러나 이 계획은 결코 간단하지 않았다. 영불제국은 헨리 2세가 통치하던 12세기부터 확장하고 발전해온 역동적인 국가이기 때문이다. 헨리의 아들인 사자심왕獅子心王 리처드는 즉위 후 십 년 동안 정사를 제대로 돌보지 않았지만, 샬뤼 포위전에서 가까스로 살아남은 뒤부터는 전혀 다른 사람이 되었다. 노궁弩弓 화살에 맞아 부상을 입고 감염증과 고열로 시달리다가 구사일생으로 회복하면서 성격이 완전히 바뀐 것이다. 그후 이십 년 동안 리처드 1세는 제국을 현명하게 잘 통치했다. 그의 조카인 아서는 고국에서 추방당한 리처드의 동생 존 대공이 죽은 지 삼 년 만인 1219년에 왕위에 올랐고, 리처드 1세보다 더 한층 훌륭하게 제국을 통치했다. 그는 후세에 '선왕善王 아서'라는 이름을 남겼고, 세간에는 6세기의 아서왕과 자주 혼동되곤 한다.

그뒤로, 플랜태저넷 왕조는 필요에 따라 때로는 외교로, 때로는 칼을 써서 거대한 제국을 구축했다. 영불제국은 이미 로마제국보다 두 배나 더 긴 세월 동안 지속되었고, 현재까지도 쇠퇴의 징후는 보이지 않았다.

한편, 카시미르 9세는 육군을 자유로이 동원할 수 없었고, 해군 역시 발트해 안에 봉쇄되어 있었다. 그 어떤 폴란드 함대도 영불제국 해군 내지는 영불제국의 동맹국인 스칸디나비아제국 해군의 제지를 받지 않고 북해로 나올 수가 없는 것이다. 북해와 서발트해는 영불제국과 스칸디나비아가 공동으로 관리하는 영해이기에, 폴란드 상선이 통과하려면 일단 승선 검사를 받고 무장하고 있지 않다는 사실을 증명해야만 했다. 1939년에는 카시미르 9세가 함대를 동원해서 봉쇄를 돌파하려고 한 적이 있었으나 결과는 전멸에 가까운 참패였다. 따라서 다시 그런 시도를 할 가능성은 거의 없었다.

그 대신 카시미르 9세는 다른 종류의 전쟁을 시작했다. 사보타주, 비밀리에 이루어지는 테러, 교활하며 눈에 잘 띄지 않는 수단에 의한 경제 파괴, 그 밖의 다양한 방식으로 이루어지는 은밀한 파괴 활동 등을 말이다. 그러나 지금까지 영불제국에 별다른 피해를 입히지는 못했고, 기껏해야 바늘로 콕콕 찌르는 정도의 타격에 불과했다. 지금까지 폴란드의 이런 음모를 저지할 수 있었던 것은 영불제국과 그 휘하의 신하들이 경계를 늦추지 않았기 때문이었다.

브랑쿠르 제독은 브랜디가 든 디캔터에 조심스럽게 유리 마개를 끼운 다음 다시 입을 열었다.

"앙리 대장, 자네에게 사과할 일이 하나 있네. 애슐리 중령이 오늘 아침 바버 살인 사건 현장에서 사복 헌병들의 질문에 충분히 답하지 않은 것은 사실 내 명령에 따라 행동한 거라네. 물론 기밀 때문이었지. 하지만 이제는 자네에게 모두 얘기해도 좋다는 허가를 내렸네. 자, 애슐리 경, 시작하게……"

애슐리는 브랜디를 맛보았고, 앙리 대장은 예의바른 태도로 그가 입을 열기를 기다렸다. 물론 애슐리가 어떤 부분은 얘기해도 좋고 어떤 부분은 감추라는 지시를 받은 만큼 특정 사항을 생략하리라는 것은 짐작하고 있었다. 그럼에도 지금부터 듣게 될 이야기는 자신이 처음 들은 내용보다 훨씬 더 자세하리란 점만은 분명했다.

애슐리는 잔을 탁자에 내려놓았다.

"어제 아침, 그러니까 10월 24일 월요일에 나는 런던의 해군성으로부터 특수 밀봉된 소포를 수령했네. 그걸 오늘 아침 브랑쿠르 제독님께 전하라는 명령서와 함께 말이야. 나는 런던에서 열차를 타고 도버로 향했고, 해군의 특별 연락선을 타고 해협을 건너 셰르부르에 도착했어. 도착하니 거의 자정 무렵이더군."

애슐리는 여기서 말을 멈추고 솔직한 눈빛으로 앙리 대장을 보았다.

"여기서 한 가지 언급해두자면, 만약 내가 받은 명령서에 '긴급'이라 쓰여 있었다면 때를 가리지 않고 브랑쿠르 제독님께 즉각 전달했을 거야. 하지만 나는 그걸 오늘 아침에 전달하라는 명령을 받았어. 그리고 내 명예를 걸고 맹세하건대, 그 소포를 수령한 순간부터 제독님께 전달할 때까지 단 한 번도 그것으로부터 눈을 뗀 적도, 포장을 푼 적도 없어."

"그 점은 나도 보증할 수 있네." 브랑쿠르 제독이 말했다. "자네도 알다시피 우리 해군성의 마술사들은 봉투나 소포를 봉인할 때 주문을 건다네. 권한이 없는 자가 마음대로 봉인을 뜯는 것까진 막을 수 없지만, 봉인을 뜯은 사실은 틀림없이 알 수 있지."

"확인했습니다, 제독님." 헌병대장 앙리가 말했다. "그렇다면 마술사에게 명해서 그 소포를 점검하셨겠군요."

이것은 질문이 아니라 사실을 열거한 것에 지나지 않았다.

"그렇다네." 제독이 말했다. "계속하게나, 중령."

"감사합니다, 제독님." 애슐리는 앙리를 보며 말했다. "그날 밤 나는 퀸잔호텔에 묵었네. 그리고 오늘 아침 9시에 그 소포를 제독님께 전달했어." 애슐리는 제독을 흘끗 쳐다보고는 기다렸다.

"나는 소포를 열어보았네." 브랑쿠르 제독이 즉시 말을 이었다. "소포의 내용물은 대부분 이번 사건과는 무관한 것들이었어. 하지만 그중에는 내가 애슐리 경에게 건넬 것이 하나 포함되어 있었지. 애슐리 중령은 일정 금액을 조르주 바버에게 전달할 예정이었어. 우리는 그때 처음으로 조르주 바버라는 이름을 들었다네."

제독은 얘기를 이어받으라는 듯이 애슐리 중령을 쳐다보았다.

"봉인된 봉투 안에 든 명령서에는…… 나더러 그 돈을 바버에게 전달하라는 지시가 있었네. 바버는 표면적으로는 폴란드의 카시미르 대★슬라브 국왕을 위해 일했지만, 실은 영불제국의 해군 정보부를 위해 일하는 이중 첩자였던 것으로 알고 있네. 명령은 그 돈을 10시 45분에서 11시 15분 사이에 바버에게 전달하라는 내용이었지. 나는 지정된 장소로 가서 관리인과 말을 나눈 다음 위층으로 올라갔고, 방문이 조금 열려 있다는 것을 깨달았네. 노크하니 문이 활짝 열리더군. 거기서 나는 심장에 나이프가 꽂힌 채로 바닥에 쓰러져 있는 조르주 바버를 발견했네." 그는 말을 잠시 멈추고 양손을 펼쳐 보였다. "당연히 나는 경악했지만 명령을 수행해야 했어. 나는 책상 위에 있던 바버의 개인 서류를 치우고 방안을 수색했네. 문제의 서류는 제독님에게 제출했고."

"앙리 대장, 그 서류의 일부에 암호나 비밀 메시지가 숨겨져 있을지도 모른다는 점은 이해하고 있겠지." 브랑쿠르 제독이 말했다. "하지만 그런 것은 없다고 판명되었기 때문에 자네에게 모두 제출할 작정이네. 방안의 물건들이 정확히 어디 놓여 있었는지는 애슐리 경이 설명해줄 걸세."

앙리는 중령을 쳐다보았다.

"서류를 포함한 물건들이 정확히 어디에 놓여 있었는지 스케치로 첨부해서 보고서를 제출해주실 수 있겠습니까?"

앙리는 살인 사건의 증거를 제멋대로 다룬 해군의 고압적인 태도에 상당히 분개한 기색이었지만, 이 상황에서는 어찌할 도리가 없다는 사실을 알고 있었다.

"물론 기꺼이 보고서를 제출하겠네." 애슐리가 말했다.

"감사합니다, 중령님. 질문이 하나 있습니다. 처음에 그 서류들은 여기저기 흩어져 있었습니까?"

애슐리는 미간을 찌푸리고는 잠시 생각에 잠겼다.

"아니, 흩어져 있지는 않았네. 그러니까, 아무렇게나 내던진 것처럼 보이지는 않았다는 뜻이야. 하지만 모두 한곳에 쌓여 있던 건 아니었네. 그러니까…… 음…… 가지런히 흩어져 있다고나 할까. 무슨 뜻인지 알겠지. 마치 바버 본인이 서류를 읽고 있었던 것처럼."

"혹은 다른 누군가가 읽고 있었는지도 모르겠군요." 앙리가 생각에 잠긴 표정으로 말했다.

"물론 그랬을 가능성도 있네." 애슐리는 시인했다. "하지만 왜 살인범이 바버의 서류를 읽는단 말인가?"

"살인범이 어떤 서류 또는 서류 뭉치를 찾고 있었다고 가정해보십시오." 앙리가 느리게 말했다. "흘낏 보기만 해도 특정 서류를 찾아낼 정도로 무언가를 알고 있다고 말입니다. 그랬다면 찾는 데 몇 초로 충분했을 가능성도 있지 않겠습니까?"

애슐리 중령과 브랑쿠르 제독은 서로의 얼굴을 흘낏 보았다. 잠시 후, 중령이 말했다.

"아니. 그랬을 가능성은 없네."

"무슨 일과 관련이 있는지 알고 계십니까?" 앙리는 자연스러운 어조로 물었다.

"전혀 상상도 안 되는군." 브랑쿠르 제독은 단호하게 말했다. "내가 어떤 정보도 감추지 않았다는 건 맹세할 수 있네. 우리 부서에서는 조르주 바버라는 자가 존재한다는 사실조차도 모르고 있었어. 그자가 무슨 일을 하는지, 또 어떤 서류를 다루는지도 전혀 몰랐네. 우리가 그 이름을 들은 것은 이번이 처음이고, 런던에서도 더이상 아무런 지시가 없었네. 물론 런던에서는 아직 바버가 죽었다는 사실조차 몰라. 언젠가 어느 마술사가 도버해협에 텔레슨 통신선을 설치하는 방법을 발견할지도 모르지만, 그때까지는 전령을 통해서 직접 통보하는 수밖에 없으니까 말이야."

"그렇군요." 앙리 대장은 불안한 듯 손을 비볐다. "제가 제 책무를 다해야 한다는 점은 여러분도 이해해주시리라 믿습니다. 살인 사건이 발생한 이상 문제를 해결해야 합니다. 제게는 총력을 기울여 살인범의 정체를 밝혀내고 그자를 체포할 책임이 있습니다. 따라서 법률에 규정된 절차를 밟아야 합니다."

"물론 잘 알고 있네, 앙리 대장." 브랑쿠르 제독이 말했다.

앙리는 잔에 남은 브랜디를 마저 마셨다.

"해군의 임무를 방해하거나, 제국의 적들에게 도움이 될 만한 정보를 외부에 흘릴 생각은 추호도 없습니다."

"잘 알고 있네." 제독은 동의했다.

"하지만 이번 사건은 그리 쉽게 해결될 것 같지는 않아 보입니다." 앙리는 말을 이었다. "건물 관리인의 증언 덕분에 범행 추정 시각은 십 분 이내로 좁힐 수 있습니다. 바버가 밤새 자기 방에 있었고, 아침 10시 5분경에 방에서 나갔다가 10시 20분경에 돌아온 사실을 알고 있습니다. 같은 건물에 사는 사람들은 모두 직장인이었기 때문에 그보다 훨씬 이른 시각에 출근했습니다. 그때 건물 안에는 바버와 관리인 말고는 없었던 겁니다. 여기까지는 아무 문제도 없습니다.

그렇지만 이 사건에는 실마리라고 할 만한 것이 거의 없습니다. 바버가 누군지 저희는 알지 못합니다. 바버가 누구와 교류했고 누구와 만났는지도, 또 누구와 거래하고 있었는지도 모릅니다. 흉기로 사용된 그 흔해빠진 나이프의 소유자가 누구인지도 모릅니다.

게다가 복잡한 국제적 문제까지 얽혀 있는 상황에서는 제 능력을 벗어난 일이라고 인정하는 수밖에 없군요. 법률상 이 시점에서 제가 해야 할 일은 명백합니다. 루앙에 계신 대공 전하의 수사국에 통보하는 수밖에 없습니다."

브랑쿠르 제독이 고개를 끄덕였다.

"물론 그렇게 해야겠지. 대공 전하의 수사국에서 누군가가 와준다면 틀림없이 도움이 될 거야. 그것 말고 우리가 도울 일은 없나?"

"한 가지 부탁드리고 싶은 일이 있습니다, 제독님. 런던의 해군성에 있는 누군가는 이 바버라는 사내에 관해 알고 있을지도 모릅니다. 만약 기밀유지법에 저촉되지 않는다면, 가능한 한 바버에 관해 알고 싶습니다. 런던에서 정보를 더 얻을 수 있는지 알아봐주시면 감사하겠습니다."

"물론이네, 앙리 대장." 제독이 말했다. "애슐리 경은 한 시간 이내에 잉글랜드로 돌아갈 예정이라네. 런던 해군성에 이 사건을 즉시 보고해야 하니 말이야. 그때 함께 편지를 보내 자네가 원하는 정보를 달라고 요청하겠네."

앙리는 자기도 모르게 씩 웃었다.

"역시나! 다아시 경은 결코 틀리는 법이 없군요!"

"다아시?" 제독은 눈을 깜박였다. "모르는 친구인데⋯⋯ 아, 맞아, 이제 기억나는군. 노르망디 대공 전하의 주임 수사관이었지. 작년에 이곳 셰르부르에서 발생한 그 '대서양의 저주' 사건을 해결한 친구로군. 그렇지?"

앙리는 작게 헛기침을 했다.

"그렇습니다, 제독님. 하지만 자세한 설명을 해드릴 수는 없습니다."

"물론 그렇겠지. 하지만 왜 그 친구는 결코 틀리는 법이 없다고 한 건가?"

"흐음, 다아시 경의 말이 틀린 것을 한 번도 본 적이 없기 때문입니다." 앙리는 진지한 어조로 말했다. "제가 루앙에 텔레슨을 걸어서 살인 사건에 관해 보고하니까, 그분은 당장 이곳에 오기는 어렵다며 일단 이번 사건을 담당할 차석 수사관인 서sir 엘리엇 메러디스를 보내겠다고 하셨습니다. 그러면서 말씀하시기를, 브랑쿠르 제독님께서 런던으로 전령을 급파하실 것이 분명하니 자신의 특별 메시지를 함께 보낼 수는 없는지 제독님께 물어봐달라고 하셨습니다."

브랑쿠르 제독은 껄껄 웃었다.

"정말 머리가 좋은 친구로군. 그 부탁은 쉽게 들어줄 수 있을 것 같네. 그 메시지 내용이 뭔가?"

"다아시 경의 주임 법정 마술사인 마스터 숀 오로클린은 런던의 로열스튜어드호텔에서 열리는 마술사 컨벤션에 참석 중입니다. 가급적 빨리 노르망디로, 이곳 셰르부르로 돌아와달라는 전갈입니다."

"좋네." 제독은 쾌히 승낙했다. "자네가 그 편지를 쓰면 애슐리 경이 런던에 가서 그걸 전달해줄 거야. 로열스튜어드호텔은 해군성에서 그리 멀리 떨어져 있지 않으니까 말일세."

"감사합니다. 우편선은 오늘 저녁에야 셰르부르항을 출발하기 때문에 그냥 편지를 부치면 내일 오후 늦게나 도착했을 겁니다. 하지만 덕분에 시간이 많이 절약됐습니다. 펜과 종이를 빌려도 되겠습니까?"

"물론이네. 자, 여기 있네."

앙리 대장은 제독이 준 펜에 잉크를 찍어 편지를 쓰기 시작했다.

2

마스터급 마술사이자 왕립마술학회 회원이며, 노르망디 대공 리처드 전하의 주임 법정 마술사인 숀 오로클린은 화가 머리끝까지 나 있었지만 내색하지 않으려고 애썼다. 마스터 숀의 이런 노력이 지극히 성공적이었던 것은 오랫동안 사법기관에서 일하며 쌓아온 경험 덕분이었다. 그렇지 않았다면 혈기왕성한 아일랜드인으로서 더는 참지 못하고 폭발해버렸을지도 모른다. 모름지기 마술사는 그 어떤 상황에서도 자신의 감정을 통제해야 하는 법이다.

그렇다고 해서 다른 사람에게 화를 내는 것도 아니었다. 그 자신에 대해서는 말할 것도 없다. 숀이 화가 난 이유는 운명 혹은 운이나 우연의 일치 탓이었다. 이런 것들에 대해 분통을 터뜨려봤자 본인만 피곤할 뿐이다. 그래서 숀은 분노를 다른 쪽으로 돌리고 상냥한 태도로 미소를 짓는 편을 택했다.

그러나 윈체스터 주교가 하는 말에 귀를 기울이기보다는 숀 자신이 육 개월 동안 집필한 논문에 자꾸 신경이 쏠리는 건 어쩔 수 없었다. 논문을 완성하고 나서야 이미 다른 사람이 선수를 쳤다는 사실을 알아챈 것이다. 손은 오른쪽에 앉은 주교—훌륭한 마술사이며 치료술사이지만 견디기 힘들 정도로 따분한 인물이다—의 단조로운 목소리에 적절한 간격을 두고 "예, 그렇습니다"라든지 "물론입니다, 주교님" 하고 맞장구를 치면서도, 시선은 자꾸 주전시실에 모여 있는 군중에게로 향했다.

그곳에 모인 남녀 대다수는 마술사가 입는 하늘색 옷을 입고 있었지만, 검은색 수단을 입은 성직자도 꽤 있었고 자주색 옷을 입은 주교도 몇 명 눈에 띄었다. 전시실 구석에서는 랍비 복장에 수염을 기른 네 명의 치료술사들과 주케토 주위로 삐져나온 백발이 구름처럼 솟아 있는 요크 대주교가 열심히 대화하고 있었다. 전시실 문 옆에는 소매에 금색 브레이드가 달린 해군 예복을 입고 칼자루에 금박을 입힌 가느다란 예식용 검을 찬 해군 중령이 머뭇거리며 서 있었다. 한순간 손은 해군사관이 왜 이곳에 와 있는지 의아했다. 논문을 제출하기 위해 온 걸까? 아니면 손님 자격으로?

손의 시선이 식물 전시장 쪽으로 옮겨갔다. 약초 화분 진열대 앞에서 등을 돌린 채 서 있는 사내의 모습이 어딘가 낯익었다. 그는 무심코 중얼거렸다.

"여기서 대체 뭘 하고 있는 거지?"

"흐으음?" 윈체스터 주교가 말했다. "누구 얘긴가?"

"아, 죄송합니다. 제 상사인 다아시 경의 동료분을 본 듯하여. 하지만 등을 돌리고 있어서 확실하지는 않습니다."

"어디?" 주교는 고개를 돌리며 물었다.

"저기 식물 전시장 쪽입니다. 저분은 런던 후작의 주임 수사관인 본트리옴프 경이 아닙니까? 멀리서 봐도 그런 것 같군요."

"그래, 맞는 것 같군. 자네도 알고 있겠지만 런던 후작께선 희귀하고 이국적인 약초를 기르는 취미를 갖고 계시다네. 그러니 전시된 약초를 보고 오라며 본트리옴프 경을 여기로 보냈을 공산이 커. 아시다시피 후작님은 공저 밖으로 외출하는 일이 거의 없거든. 아니 이런! 벌써 시간이 이렇게 됐군! 9시가 넘었다니! 시간이 이렇게 흐른 줄 전혀 모르고 있었네! 난 오늘 10시에 연설을 하기 전에 내 밑에서 일하는 치료술사 퀸 신부에게 잠깐 치료를 받기로 되어 있네. 이제 가봐야 할 것 같군, 마스터 숀."

"물론입니다, 주교님. 아주 즐거운 대화였습니다."

숀은 주교가 내민 손을 잡고서 고개를 숙여 반지에 입을 맞췄다.

"나도 그렇다네. 아주 유익한 대화였어, 마스터 숀. 그럼 잘 있게."

"안녕히 가십시오, 주교님."

의사여, 너 자신을 고치라.[1] 숀은 속으로 뒤틀린 웃음을 지었다. 치료술사들이 환자를 치유하기 위해 더이상 의약품에 의존하지 않는다는 맥락에서 이 구절은 이미 구식이 된 지 오래였다. 14세기에 뛰어난 천재였던 성 힐러리 로버트가 마술의 여러 법칙을 발견했을 때, 의사나 의생들은 성 힐러리가 살던 잉글랜드 월싱엄의 작은 수도원 종탑에서 그들 직업의 종말을 알리는 조종弔鐘 소리를 들었을지도 모른다. 물론 모든 사람이 마술의 법칙을 쓸 수 있는 것은 아니고, 오직 '탤런트'를 가진 사람만이 가능하다. 그러나 이 법칙이 발견된 이래, 과거 불규칙적인 효력만을 발휘했던 안수기도에 의한 치유는 이제 극히 신뢰할 수 있는 방법이 되었다. 그럼에도 남의 눈 속에 있는 티를 보고 제거하는 일은 여전히 자기 눈 속에 있는 들보를 보는 것보다는 쉬웠다.[11] 게다가 윈체스터 주교는 고령이었고, 아무리 유능한 치료술사라고 하더라도 노화와 죽음이라는 병은 아직 고칠 수 없었다.

아일랜드인 마술사는 식물 전시장 쪽으로 다시 눈을 돌렸지만, 주교가 작별을 고하는 사이 본트리옴프 경은 어딘가로 사라져버렸다. 아무리 찾아보아도 군중 속에서 런던 주임 수

I 「누가복음」 4장 23절.
II 「마태복음」 7장 3절, 「누가복음」 6장 41절.

사관의 모습은 보이지 않았다.

손은 삼 년에 한 번씩 열리는 치유술사와 마술사들의 컨벤션에 참석하는 것을 언제나 학수고대해왔지만, 이번만은 즐겁지 않았다. 전혀 즐겁지 않았다고 해야 할 것이다. 삼 년 동안 연구하고 반년이나 걸려 쓴 논문 내용이 다른 연구자의 것과 거의 동일하다는 사실을 발견했으니, 즐거워하려야 즐거워할 수가 없었다. 그러나 이번 일만은 어쩔 도리가 없지, 하고 손은 생각했다. 문제의 연구자인 서 제임스 즈윈지 본인도 손 오로클린만큼이나 황당해하고 있었다.

"아! 안녕하신가, 마스터 손! 어젯밤에는 잘 잤겠지?"

활달하고 좀 메마른 어조의 목소리가 왼쪽에서 들려왔다. 손은 재빨리 그쪽으로 몸을 돌리고 가볍게 고개를 숙였다.

"안녕하십니까, 그랜드 마스터." 쾌활한 어조였다. "잘 잤습니다. 그랜드 마스터께서도 푹 주무셨는지요?"

실은 푹 잔 것과는 거리가 멀었고, 그랜드 마스터는 손이 제대로 잠을 이루지 못했다는 사실뿐 아니라 그 이유도 잘 알고 있을 터였다. 그러나 황금 표범 기사단의 기사, 과학사, 신학 박사, 왕립마술학회 회원이자 가장 오래되고 영예로운 마술사 길드의 그랜드 마스터인 서 라이언 갠덜푸스 그레이를 상대로 어젯밤 제대로 잠을 이루지 못했다고 할 수는 없는 일이었다.

"자네만큼 잘 잤다네." 라이언이 말했다. "하지만 내 나이쯤 되면 그렇게 잠이 잘 오지는 않지. 그건 그렇고, 기대되는 청년 하나를 자네에게 소개해주고 싶군."

그랜드 마스터는 위엄이 있고 당당한 인물이었다. 마치 굶은 사람처럼 비쩍 마르기는 했지만 육체적으로도 정신적으로도 강단이 있어 보였다. 잿빛이 도는 은발, 같은 색의 긴 수염, 움푹 꺼진 예리한 눈, 칼날 같은 매부리코, 북슬북슬하고 짙은 눈썹이 인상적이었다.

그러나 몇십 년 동안 그랜드 마스터를 알고 지낸 숀은 이제 그 외모에 익숙해져서 별다른 느낌이 없었다. 그 대신 통통하고 자그마한 아일랜드인 마술사의 시선은 라이언 옆에 선 청년에게 고정되어 있었다.

청년은 중키였기 때문에 숀보다는 컸지만 서 라이언 그레이만큼의 장신은 아니었다. 그가 입은 푸른 정복의 옷소매 일부는 트여 있고 그 사이로 흰 안감이 드러나 있었다. 마스터 마술사의 은빛 안감이 아니라 도제에 해당하는 저니맨 마술사의 흰 안감이었다. 그러나 숀의 시선을 사로잡은 것은 청년의 얼굴이었다. 어두운 적갈색 피부, 보기 좋게 넓은 콧방울, 두터운 눈꺼풀 아래 감춰진 칠흑 같은 눈동자. 그리고 그의 큰 입은 친근한 미소를 머금고 있었다.

"마스터 숀." 라이언이 말했다. "이 친구는 저니맨 존 케찰 경이야. 메치코 공작 전하의 넷째 아들이라네."

"만나뵙게 되어 영광입니다." 손은 가볍게 고개를 숙이며 말했다.

존 케찰 경은 마스터 마술사 앞이어서 그런지 저니맨답게 한층 더 고개를 깊이 숙여 답례했다.

"마스터 손을 뵙기를 고대하고 있었습니다."

그는 거의 완벽에 가까운 영불어로 대답했지만, 손은 상대방의 말에서 신대륙 뉴잉글랜드 남단에 위치한 공작령 중 하나이자 뉴프랑스 대륙으로 이어지는 지협地峽 북쪽에서 그리 멀지 않은 메치코의 억양이 희미하게 섞여 있는 것을 깨달았다. 물론 모크테수마 가문의 일원이므로 억양이 있는 것은 당연했다.

라이언이 말했다. "존 케찰 경은 법정 마술을 공부하기로 결심했고, 나는 훗날 이 친구가 그 분야에서 큰 성공을 거두리라 확신한다네. 자, 나는 이제 실례해야겠네. 프로그램 위원회에 가서 의제를 확인해야 하거든."

그런 연유로, 마스터 손과 저니맨 존 케찰 경 둘만 남았다. 손은 아일랜드인 특유의 애교가 가득한 웃음을 지었다.

"흐음, 존 케찰 경, 자네는 머리만 좋은 것이 아니라 강력한 탤런트를 가지고 있는 것 같군."

메치코 젊은이의 얼굴에 놀라움과 경외로움이 뒤섞인 표

정이 떠올랐다.

"보기만 해도 저에 대해 아신단 말입니까?" 그가 속삭이듯이 물었다.

숀의 미소가 한층 더 커졌다. "아니, 난 그 사실을 연역적으로 추리했을 뿐이야."

다아시 경이 옆에서 이 말을 들었으면 좋았을 텐데.

"연역적으로 추리하셨다고요? 어떻게?"

"흐음, 설명하자면 이렇네." 숀은 쿡쿡 웃으며 말했다. "그랜드 마스터인 서 라이언이 자네를 소개하면서 한 말만으로도 충분히 알 수 있었어. 서 라이언은 자네를 '기대되는 청년'이라고 불렀네. '큰 성공을 거두리라 확신한다'고도 했지. 설령 국왕 폐하를 소개한대도 그런 말은 안 하셨을 거야. 폐하에게는 이렇다 할 탤런트가 없으니까. 자네가 그랜드 마스터에게 그런 인상을 남겼다면 실로 높은 평가를 받은 거겠지. 또 자네가 그런 칭찬을 받아도 결코 우쭐하지 않을 인물인 것도 알았네. 그렇지 않다면 그랜드 마스터가 결코 자네 앞에서 그런 말씀을 하실 리 없을 테니까 말이야."

숀은 매끄러운 마호가니 같은 청년의 얼굴이 쑥스러운 듯이 붉어지는 것을 보고 재빨리 화제를 돌렸다.

"자네의 전공은 뭔가?"

존 케찰은 숨을 들이켰다.

"아…… 음…… 흑마술입니다."

숀은 충격을 받은 나머지 상대방을 멍하니 바라보았다. 설령 치유술사나 외과의사가 독살을 전공하고 있다고 실토했더라도 이만큼 놀라지는 않았을 것이다.

젊은 메치코 귀족은 아까보다 한층 더 낭패스러운 듯이 보였지만, 곧 침착함을 되찾았다.

"그걸 실행한다는 뜻이 아니었습니다! 하느님 맙소사!"

그러고는 지금 한 말을 누가 들었을까봐 걱정하는 듯 주위를 둘러보았다. 아무도 듣지 않았다는 사실을 다행으로 여기며 그는 다시 숀에게 주의를 돌렸다.

"그걸 실행한다는 뜻이 아닙니다." 존은 낮은 목소리로 되풀이했다. "실은 흑마술을 방지할 목적으로 연구하고 있습니다. 이곳 유럽에서는 흑마술이 그리 많이 행해지지 않는다는 사실은 알지만…… 음, 메치코는 유럽과는 다릅니다. 사백 년이 지난 지금도 여전히 고대 종교를 믿는 신도들이 있기 때문입니다. 특히 우이칠로포치틀리라는 오래된 전쟁 신을 숭배하는 자들이요. 도시에서는 그런 사람이 없고, 농촌 대다수에서도 거의 찾아볼 수 없지만, 산악지대나 밀림 같은 오지에는 여전히 그런 자들이 있습니다."

"아, 그랬군. 그 에이틸 뭐라고 하는 신은 어떤 종류의 신인가?" 숀이 물었다.

"우이칠로포치틀리입니다. 야만족, 특히 전투적인 종족이 흔히 숭배하는 신이죠. 엄중한 규율, 극단적인 금욕주의, 자발적인 결핍 생활, 산제물을 바치는 제사 따위를 신도들에게 요구합니다. 성직자의 정결, 가난, 그리고 순명順命의 덕을 악마적으로 과장한 예의 전형이라고나 할까요. 그들이 말하는 인신 공양이란 살아 있는 인간의 심장을 잘라내는 행위입니다. 우이칠로포치틀리는 잔인하고 피에 굶주린 악마입니다."

"인신 공양이나 그걸 옹호하는 의견은 이곳 유럽에도 전무한 건 아니라네." 손이 지적했다.

존 케찰은 고개를 끄덕였다.

"무슨 뜻인지 압니다. '고대 알비온 성협회聖協會'를 말씀하시는 거죠. 협회의 간부들이 1965년 5월인가 6월 초에 일거에 소탕됐다는 얘기를 들었습니다만."

"그랬지. 그렇다고 해서 그런 자들이 완전히 사라진 것은 결코 아니겠지만 말이야. 흑마술 또한 자네 생각만큼 희귀한 것이 아니라네. 일반에게는 공개되지 않았지만, 자네는 길드의 저니맨이니까 1963년에 일어났던 스코틀랜드의 레어드 던컨 사건에 관해 읽은 적이 있지 않나?"

"아, 예. 길드 회지에 올라온 마스터 손의 보고서를 읽었습니다. 고故 데브루 백작의 불가사의한 죽음과 관련있던 것이 아닙니까? 다아시 경이 그 사건을 해결했을 때 저도 그 자리에 있었다면 얼마나 좋았을까요!"

청년의 흑요석처럼 검은 눈동자가 반짝였다.

"자네가 법정 마술에 흥미가 있는 것과 흑마술은 무슨 관계인 건가?" 아일랜드인 마술사가 물었다.

"흐음, 방금 말씀드렸듯이 공작령의 오지에서는 아직도 우이칠로포치틀리의 숭배자들이 많이 남아 있습니다. 사실, 남쪽으로 갈수록 상황은 더 악화된다고 해야겠지요. 제 사촌인 유카탄 공작은 언제나 그들 때문에 골머리를 앓고 있습니다. 단순한 농부들의 미신이라면 그리 큰 문제가 되지는 않겠지만, 그 숭배자들은 진정한 탤런트를 가지고 있는데다가, 그들 중 더 나은 교육을 받은 자들은 마술의 법칙을 우이칠로포치틀리의 의식에 적용하는 방법을 발견했습니다. 백이면 백 사악한 목적을 위해서 말입니다. 그것은 흑마술 중에서도 최악의 흑마술이고, 저는 그것을 박멸하기 위해 최선을 다해 노력해볼 작정입니다. 흑마술은 그자들의 신전이 숨겨진 오지에서만 일어나는 것이 아닙니다. 그자들의 하수인들은 농촌 마을에 가서는 농부들을 협박해 공포심을 일으키고, 도시에 와서는 정부 자체를 교란하려고 합니다. 그런 일은 반드시 저지해야 합니다. 저는 기필코 그렇게 할 것입니다!"

"포부가 크군. 아주 훌륭한 포부야. 그럼 자네는……"

"아! 마스터 손!"

존 케찰 뒤에서 사근사근한 목소리가 들려왔다.

마스터 유언 매캘리스터가 다가오는 것을 이미 눈치챘던 숀은—비록 헛된 희망이었지만—가급적 자신의 존재를 그가 알아차리지 못하길 바라고 있었다. 그렇지 않아도 골칫거리가 많았으니까.

"마스터 유언."

마스터 숀이 억지웃음을 지으며 화답했다. 그가 존 케찰을 소개하기도 전에 유언—그는 저니맨 마술사를 완전히 무시했다—은 말을 이었다.

"어제 서 제임스와 격론을 벌였다며, 숀? 헤헤헤."

"격론이라니 당치도 않네. 단지 우린……"

"오, 서로 싸웠다는 뜻은 아니었어. 하지만 도대체 뭘 가지고 논쟁을 벌였나? 이유를 아는 사람이 어디에도 없더라고."

"그건 다른 사람에게 알릴 일이 아니기 때문이야." 숀이 내뱉었다.

"물론 그랬겠지, 헤헤. 물론. 하지만 뭔가 정말로 중대한 일이었나보군. 안 그랬다면 그랜드 마스터가 중간에 끼어들어서 말리지는 않았을 테니까 말이야."

"'말렸다'는 표현은 옳지 않아." 숀은 웃는 척 이를 앙다물고 말했다. "단지 우리 사이에서 벌어진 토론을 중재하셨을 뿐이야."

"그렇군. 헤헤. 당연히 그랬겠지." 모랫빛 머리의 홀쭉한 스코틀랜드인은 이를 드러내며 웃었다. "난 자네가 서 제임스에게 화낸 걸 가지고 비난하는 게 아니야. 그 친구는 상당히 완고한 데가 있으니까 말이야, 헤헤. 통렬하다고나 할까. 신랄한 친구이지."

"상당히 신랄하시지요." 존 케찰이 맞장구를 쳤다. "저도 그분을 대할 때 그렇게 느낀 적이 있습니다."

유언 매캘리스터는 고개를 돌리더니 마치 처음 본다는 듯한 표정으로 젊은 메치코인을 보았다.

"일개 저니맨이 마스터 마술사 사이의 대화에 끼어든다거나, 마스터 마술사를 비판하는 건 적절한 행동이 아니네." 유언은 차갑게 말했다. "그리고 어떤 경우든 런던의 주임 법정 마술사를 비판하는 것은 현명한 행동이 아니지."

존 케찰의 얼굴은 마치 목석으로 만든 가면처럼 딱딱해졌다. 그는 정중하게 고개를 숙이고 말했다.

"용서해주십시오, 마스터. 제 불찰입니다. 저는 약속이 있어서 이만 실례해야겠습니다. 나중에 다시 뵈면 좋겠군요, 마스터 손."

"물론이네. 오늘 점심은 어떤가? 자네와 나누고 싶은 얘기가 좀 있어서."

"물론 괜찮습니다. 어디서 뵐까요?"

"오늘 정오가 좋겠군. 식당에서 보세."

"그럼 그때 뵙겠습니다. 안녕히 계십시오. 마스터 손, 마스터 유언."

그는 몸을 돌려 그 자리를 떠났다. 조금 딱딱하기는 해도 당당한 태도였다.

"잘 가게, 존 경." 손은 존의 등에 대고 말했다.

유언은 눈을 깜박였다.

"자네 방금 '경'이라고 했나? 저 친구가 누군데?"

"존 케찰 경이라네." 손은 심술궂은 미소를 지으며 말했다. "메치코 공작 네추얼코요틀 전하의 아드님이시지."

유언의 얼굴이 창백해지더니 나직한 목소리로 말했다.

"맙소사. 아까 내가 한 말에 감정이 상하지 않았으면 좋겠군."

"자넨 워낙 붙임성이 좋으니까 결국은 고귀하신 분들과 많이 사귈 수 있을 걸세, 마스터 유언. 자, 나도 볼일이 있으니 이만 실례해야겠군."

말처럼 긴 앞니로 아랫입술을 잘근잘근 깨물며 메치코 청년의 등을 응시하고 있는 유언을 남겨두고 손은 자리를 떴다.

손은 생각했다. 아무리 마술 실력이 뛰어나도 마스터 유언은 저 속물근성 때문에 성공하지 못할 거야. 마스터에게는 마땅히 저니맨을 꾸짖을 권리가 있지만, 중요한 일에 한해서이지 사소한 일에는 해당되지 않는다. 혹여 꾸짖어야 할 만한 일이 있는데 상대방의 신분이 높다고 해서 갑자기 태도를 바꿔 영합하는 것은 결코 옳은 태도가 아니었다. 손은 입안의 떨떠름한 맛을 씻어내기 위해서 뭔가 마셔야겠다고 판단했다.

손목시계를 보니 9시 22분이었다. 약속 시간이 되기 전에 거품이 이는 시원한 맥주 한 잔 정도는 마실 수 있었다. 그는 컨벤션 참석자들과 내빈들을 위해 마련된 고급 바로 갔다. 오 분 후, 맛좋은 영국 맥주 1파인트로 둥그렇게 튀어나온 배를 든든히 채운 손은 2층으로 통하는 층계를 올라갔다. 2층에 도달한 그는 복도를 걸어 런던시 주임 법정 마술사인 서 제임스 즈윈지에게 배정된 객실로 향했다.

9시 반 정각에 손은 객실 문을 두드렸다. 대답은 돌아오지 않았지만 안에서 누군가가 돌아다니는 기척이 느껴져 더 세게 문을 두드렸다.

이번에는 대답이 돌아왔다. 그러나 손이 예상한 대답은 아니었다.

쉰 목으로 내지르는 듯한 느낌의 비명이 울려퍼진 것이다. 그러나 뭐라고 외치는지는 뚜렷하게 알아들을 수 있었다.

"마스터 손! 도와줘!"

그 즉시 몸이 육중한 누군가가—혹은 무엇인가가—방바닥에 쓰러지는 소리가 들려왔다.

손은 문손잡이를 움켜쥐고 돌렸다. 그러나 자물쇠가 잠겨 있어 방문은 꼼짝도 하지 않았다.

복도 여기저기에서 객실 문이 잇달아 열리기 시작했다.

3

그날 저녁 7시 3분. 노르망디 대공 리처드 전하의 주임 수사관 다아시 경은 런던 후작이 소유한 광대한 시내 저택의 현관 앞에 멈춰 선 마차에서 내렸다. 다아시의 손에는 커다란 수트케이스가 들려 있었다. 그의 눈이 의미심장하게 번득였다.

후작 근위대의 밝은 노란색 제복 차림으로 현관에서 보초를 서고 있던 위병이 용건을 묻자, 그는 조용하고 침착한 목소리로 후작께서 루앙에서 온 다아시 경을 기다리고 있을 거라고 대답했다.

위병은 키가 크고 갸름한 얼굴에 갈색 직모를 가진 이 잘생긴 사내를 바라보며 조금 의아해했다. 이름과 거주하는 도시와는 딴판으로 이 신사의 영불어에는 뚜렷한 잉글랜드 억양이 섞여 있었다. 위병은 그제야 상대방의 차가운 눈빛을 보고는, 더 질문하기 전에 본트리옴프 경에게 보고하는 편이 낫겠다고 판단했다.

본트리옴프는 채 일 분도 되지 않아 현관으로 내려와 다아시를 저택 안으로 들였다.

"다이시! 설마 자네가 올 거라고는 생각지 못했어."

본트리옴프는 붙임성 있게 미소 지으며 말했다.

"그랬어?" 다이시는 차가운 강철을 연상시키는 미소를 지으며 되물었다. "설마 내가 후작님의 전갈을 받고서 로마로 순례를 떠날 거라고는 생각하지 않았겠지?"

본트리옴프는 상대방이 화를 억누르고 있음을 깨달았다.

"도버에서 텔레슨으로 연락할 줄 알았네. 그렇게 했다면 기차 도착 시간에 맞춰 역에 마차를 대기시켜놓았을 텐데."

다이시가 차분한 말투로 대꾸했다.

"우리 후작께서는 그 어떤 비용도 지불하겠다는 의향을 전혀 내보이지 않으셨다네. 따라서 그 비용을 내가 직접 감당해야 된다고 생각했어. 텔레슨 비용과 마차 비용을 비교해보고 후자 쪽이 낫겠다고 판단했을 뿐이야."

"흠흠, 그랬었군. 하여튼 집무실로 가세. 아마 후작께서 기다리고 계실 거야."

본트리옴프는 다이시와 함께 복도를 가로질러 집무실 문을 열고 그가 들어갈 수 있도록 옆으로 비켜주었다.

집무실은 엄청나게 크지는 않았지만 충분히 넓고 안락해 보였다. 그곳에는 편안해 보이는 의자 몇 개와 고가의 무어 Moor산 붉은 가죽으로 된 커다란 의자가 놓여 있었다. 조각된 목제 거치대 위에는 커다란 지구의 하나와 발타자르 반 덴 보스가 그린 멋진 폭포 그림의 복제품을 포함한 그림 두세 점, 그리고 커다란 책상도 두 개 있었다.

그중 한 책상 뒤에 런던 후작이 앉아 있었다.

후작의 외모를 한마디로 표현한다면 '거구'라는 말밖에는 떠오르지 않을 것이다. 누가 보아도 엄청난 비만 체형이었지만 커다란 얼굴에 떠오른 표정은 놀랄 정도로 명민했고, 두 눈에는 사려 깊고 자기성찰적인 빛이 깃들어 있었다. 체중은 127킬로그램에 달했지만 덩치에 비해 다부진 인상이 있어서 위풍당당하다고 표현해도 무방할 것이다.

"오래간만이군."

후작은 의자에 앉은 채로 물개의 물갈퀴를 닮은 살찐 손을 내밀며 말했다.

"안녕하십니까, 후작님."

다아시는 후작의 손을 잡았다가 놓으며 말했다. 그런 다음 후작이 말을 잇기 전에 한 손으로 책상을 짚으며 상체를 기울이고는, 런던 후작을 내려다보며 말했다.

"자, 이번 일에서 도대체 어디까지가 헛소리입니까?"

"그런 비난을 할 때가 아냐." 후작은 느리게 말했다. "우선 앉게. 고개를 들고 올려다보고 싶지는 않으니까."

다아시는 후작에게서 눈을 떼지 않고 빨간 가죽 의자에 앉았다.

"결코 헛소리가 아냐." 후작이 말했다. "모든 사실을 알고 있지 않다는 점은 인정해야겠지만, 내 행동은 충분히 정당화될 수 있다고 믿네. 본트리옴프 경의 보고를 듣고 싶나?"

"듣고 싶습니다."

다아시는 그렇게 말하고는 몸을 돌려 두번째 책상 의자에 앉아 있는 본트리옴프를 보았다. 본트리옴프는 키가 크고 턱이 각진 상당한 미남자였는데, 언제나 단정한 복장을 하고 유능한 분위기를 풍겼다.

"얘기해주게나, 본트리옴프." 후작이 말했다.

"전부 말입니까?"

"전부. 한 마디도 빠뜨리지 말고."

본트리옴프는 의자 등받이에 등을 기대고는 잠시 눈을 감았다. 다아시는 한 마디도 놓치지 않으려고 마음의 준비를 했다. 본트리옴프는 런던 후작에게 크나큰 도움이 되는 두 가지 자질을 가지고 있었다. 유창한 언변과 완벽한 기억력이다.

본트리옴프는 눈을 뜨고 다아시를 보았다.

"나는 후작님의 명을 받고 마술사 및 치유술사 컨벤션의 약초 전시회를 둘러보기 위해 갔네. 후작님께서 특히 폴란드산 악마초에 관심을 가지고 계셔서……"

후작은 콧방귀를 뀌었다.

"흥! 그건 살인과는 아무 상관도 없는 일이 아닌가."

"상관이 있다고는 하지 않았습니다. 어디까지 얘기했더라? 아, 그렇군. 후작님은 그 악마초를 접붙이는 데는 성공했지만 씨앗을 틔우게 하지는 못하셨거든. 그래서 어떻게 하면 씨를 키울 수 있는지 알고 싶어하셨지.

그래서 나는 9시 조금 지나서 로열스튜어드호텔로 갔네. 호텔은 각양각색의 마술사들로 발 디딜 틈이 없을 정도였고, 성당의 제대에서 나르텍스[1]까지 가득 채울 만큼 많은 성직자들로 붐볐지. 내가 단지 유명인들을 구경하러 온 사람이 아니라는 사실을 현관을 지키고 있던 위병 두 명에게 이해시키는 데는 시간이 좀 걸렸지만, 대략 십 분 뒤에는 약초 전시장에 발을 들여놓을 수 있었어. 나는 폴란드 악마초를 자세히 관찰했고—잘 자라고 있는 것처럼 보이더군—그다음엔 다른 약초들을 한번 둘러보았네. 희귀한 약초 몇 가지에 관해서는 메모도 했지만, 자네는 관심이 없을 테니 세세한 부분은 생략하겠네.

그다음에는 컨벤션 회장 안을 돌아다니며 전시된 물건들을 조금 구경했지. 뭔가 흥미로운 것이 없을까 하고 말이야. 아는 사람을 마주치지는 않았는데, 그래서 더 좋았어. 잡담하려고 거기 간 건 아니니까 말이야. 그러니까, 9시 20분까지는

---

[1] 초기 기독교 시대에 성당 정면에 있는 입구와 본당 사이에 꾸며놓은 좁고 긴 현관으로, 세례를 준비하거나 회개하러 온 사람들을 받아들이는 장소를 가리킨다.

그랬다는 얘기일세. 바로 그때 누가 내 어깨를 툭 치더군.

뒤돌아보니 해군 정복을 차려입은 애슐리 경이 있었네. 마술사 컨벤션 회장에 혼자 뚝 떨어진 해군 장교답게 불편한 기색이더군.

애슐리는 '본트리옴프, 오래간만이군' 하고 말했어.

그래서 나는 '오래간만이군, 제국 해군은 어떤가. 자네 혹시 마술 전문가라도 된 건가?' 하고 대꾸했지.

물론 이건 계산된 농담이었어. 애슐리는 아주 조금이긴 하지만 탤런트를 가지고 있거든. 전문 용어로는 '간헐적이고 막연한 예언 능력'이라는 건데, 그 덕택에 몇 번 위기에서 벗어난 적이 있어. 이따금 도박 테이블에서 도움이 되어줄 때도 있었고. 하지만 타조가 빙산에 관해 무지한 것처럼 그도 마술에 관해서는 대체로 문외한이라네.

애슐리 경은 조금 웃고는 '아직은 아니고, 앞으로도 아닐 걸'이라고 대답했어. 그러고는 '난 여기 해군의 공무 때문에 왔어. 자네 친구를 찾고 있지만 어디 있는지 알 수가 없군' 하고 말하더군.

그래서 나는 '누굴 찾고 있는데?'라고 물었지.

'마스터 손 오로클린이네. 프런트 데스크에 물어봐서 방 번호를 알아내긴 했는데, 방에는 없더군'이라는 대답이 돌아왔네.

나는 '여기서는 못 봤는데. 하지만 난 마스터 손을 찾아다니지는 않았으니까 확실치 않군'이라고 대답했네.

나는 그 자리에 선 채로 주위를 둘러보았지만, 어느 곳에서도 마스터 손의 모습을 찾을 수 없었어. 하지만 아는 사람을 찾아냈지.

'마스터 손이 어디 있는지 확실히 아는 사람이 있다면, 그건 바로 그랜드 마스터인 서 라이언 그레이일 거야. 날 따라오게'라고 나는 말했네.

서 라이언은 현관 근처에서 플랑드르 교단의 수도복을 입은 사내와 얘기를 나누고 있었네. 애슐리 경과 내가 그에게 다가가자 수사는 인사를 하고 자리를 뜨더군.

나는 '안녕하십니까, 서 라이언. 애슐리 경은 만나본 적이 있으시지요'라고 말을 걸었어.

그러자 마스터 라이언은 '안녕하신가, 본트리옴프 경. 맞아, 애슐리 경과는 안면이 있지. 뭔가 내가 도울 일이라도 있나?' 하고 말했어.

'마스터 손 오로클린에게 전할 편지를 가지고 왔습니다, 서 라이언.' 애슐리 중령이 대답했어. '마스터 손이 어디 있는지 혹시 알고 계십니까?'

그랜드 마스터는 대답하려고 했지만 결국 그러지는 못했어. 비쩍 마르고 작은 체구에 툭 튀어나온 코, 역시 튀어나온 파란 눈을 가진 마스터 마술사가 갑자기 근처에 있던 문을 열고 튀어나왔거든. 머리 근처에서 양손을 마구 흔들어대는데 그 모습이 마치 술 취한 나방 두 마리가 촛불 주위를 날아다니는 것처럼 보이더군. 재빨리 주변을 살피던 그가 서 라이언을 발견하자마자 곧장 달려왔어. 여전히 손을 흔들면서 말이야.

'그랜드 마스터! 그랜드 마스터! 당장 드릴 말씀이 있습니다!'

그 친구는 낮고 흥분된 어조로 말했어.

'침착하게, 마스터 네틀리.' 그랜드 마스터가 대답했어. '무슨 일 때문에 그러나?'

마스터 네틀리는 애슐리 경과 나를 보고는 말했어.

'이건…… 음…… 기밀 사항입니다, 그랜드 마스터.'

그랜드 마스터가 허리를 조금 숙이고 한쪽으로 머리를 기울이니까, 서 라이언보다 키가 30센티미터 정도 작은 마스터 네틀리가 발꿈치를 들고는 그에게 뭐라고 속삭였네. 마스터 네틀리가 뭐라고 했는지는 전혀 알아들을 수 없었지만, 그 비쩍 마르고 자그마한 마술사의 말을 듣는 서 라이언이 눈을 크게 뜨는 것을 볼 수 있었어. 곧 시선을 돌리더니 나를 똑바로 쳐다보더군.

그는 허리를 펴고 여전히 나를 보고 있었어. 그랜드 마스터 서 라이언 갠덜푸스 그레이가 두 눈으로 똑바로 쳐다본다면 그게 누구든 최근에 혹시 자기가 죄를 저지른 것이 아닌가 하고 양심에 찔리기 마련이지. 다행히도 내 양심은 그럭저럭 깨끗했어.

서 라이언은 고개를 돌려 애슐리 경을 보더니 이렇게 말했어. '두 신사분 모두 나와 함께 가주시겠나? 중요한 일이 하나 생겼네. 그러니까 부디 나를 따라와주게……'

서 라이언은 몸을 돌려 문밖으로 나갔고, 애슐리 중령과 나는 뒤를 따라갔어. 전시실에서 바깥 복도로 나가자마자 나는 '서 라이언, 무슨 문제라도 생긴 겁니까?' 하고 물었어.

'확실하지는 않네. 하지만 서 제임스 즈윈지에게 무슨 일이 일어난 것만은 확실해. 국왕 폐하의 수사관인 자네가 여기 있어서 다행이군.'

그러자 애슐리 경이 말했어. '서 라이언, 죄송합니다만 저는 이 전갈을 당장 마스터 숀에게 전해야 합니다.'

'그건 나도 아네.' 그랜드 마스터는 좀 퉁명스럽게 대꾸했어. '마스터 숀은 이미 현장에 가 있네. 그래서 자네더러 따라와달라고 한 거야.'

'그랬군요. 죄송합니다, 서 라이언.'

그래서 우리는 더이상 아무 말도 하지 않고 서 라이언의 뒤를 따라서 층계를 올라 위층 복도를 걸어갔네. 네틀리도 여전히 손을 꿈틀거리면서 우리와 함께 갔고.

즈윈지의 방 앞 복도에는 남자 세 명과 여자 하나가 서 있었네. 남자 두 사람은 하늘색 마술사 옷을 입고 있었고, 여자도 같은 옷차림이었어. 세번째 사내는 상인 계급의 평범한 복장이었네.

마술사 중 한 사람은 마스터 손이었어. 두번째 마술사는 옷소매를 보니 저니맨이었는데, 용모로 보아 메치코인인 것 같더군. 세번째 여자 마술사는 내가 지금까지 호텔 복도에서 우연히 마주친 어두운 금발의 여인들 중 가장 아름다운 미녀였어. 풍만한 가슴, 넓은 어깨와 골반, 날씬한 허리에 짙은 파란색 눈. 키도 나보다 고작 5센티미터 정도 작을 뿐이었고, 또……"

"후우." 런던 후작이 두번째로 본트리옴프의 말허리를 꺾었다. "자네가 여성의 아름다움에 관해 길게 설명하면서 즐거워하는 건 괜찮지만, 지금 그럴 필요는 없지 않나. 과장할 필요는 더더욱 없고. 다아시는 이미 고^故 컴버랜드 공작의 부인 메리를 만난 적이 있네. 얘기를 계속하게나."

"죄송합니다." 본트리옴프는 덤덤하게 말했다. "세번째 사내는 로열스튜어드호텔의 총지배인인 굿맨 루이스 볼머였어. 키는 마스터 손보다 2, 3센티미터쯤 더 컸는데, 왠지 20킬로그램 정도를 한꺼번에 감량한 듯한 인상이더군. 볼살하고 턱

살이 아래로 축 늘어져서 꼭 사냥개 귀 같은 거야. 걱정스럽고, 두려움에 찬 표정이었지.

난 내 신원을 밝히고 대뜸 무슨 일이 일어났는지 물었어.

마스터 손이 대답했어. '9시 반에 서 제임스와 만나기로 약속이 되어 있어서 문을 두드렸지만 대답이 없었습니다. 다시 한번 두드렸는데 갑자기 비명과 함께 육중한 몸이 쿵 하고 쓰러지는 소리가 들리더군요. 그다음부터는 아무 소리도 들리지 않았습니다. 문이 잠겨 있어서 아직까지 안으로 못 들어가고 있습니다.'

나는 굿맨 루이스를 보고 '방 열쇠를 가지고 있나?' 하고 물었어.

루이스는 턱살을 흔들면서 '예'라고 대답했어. '마스터 네틀리에게 무슨 일이 일어났는지 듣자마자 열쇠를 가지고 왔습니다. 하지만 자물쇠에 넣어봐도 돌아가지를 않습니다. 꼼짝도 하지 않습니다. 아무래도 주문이 걸려 있는 것 같습니다.'

'이건 특정한 개인을 위한 잠금 주문일세.' 마스터 손이 말했어. '오직 서 제임스의 열쇠만이 이 자물쇠를 열 수 있을 거야. 하지만 서 제임스는 중상을 입은 것 같으니 문을 부수는 편이 나을 것 같군.'

로열스튜어드호텔에 가본 적이 있다면, 자네도 거기 방문이 얼마나 육중한지는 알고 있겠지. 참나무로 만들어진 고색

창연한 문이라네. 알다시피 17세기에 세워진 건물이니까 말이야.

'자물쇠에 걸린 주문을 풀 수 있나, 손?' 하고 나는 물었어.

'물론 가능합니다'라는 대답이 돌아오더군. '하지만 그러려면 시간이 걸립니다. 운좋게 심령 패턴을 한번에 파악한다고 해도 적어도 반시간이 소요됩니다. 운나쁘면 두세 시간 걸릴 수도 있습니다. 이건 단순한 상업용 주문이 아니라 마스터 제임스가 손수 걸어놓은 개인 주문이니까요.'

그래서 나는 무릎을 꿇고 열쇠 구멍으로 방안을 들여다보았어. 반대편 벽밖에는 보이지 않더군. 열쇠 구멍은 충분히 컸지만 문 자체가 워낙 두꺼운 탓에 마치 터널을 통해 보는 것 같았어. 방문 두께가 무려 5센티미터에 달했네.

나는 일어서서 루이스에게 '도끼를 가져오게. 문을 부수고 들어가야 해'라고 말했지.

처음에 루이스는 반대하려는 듯한 기색을 보였지만, 결국 '예, 당장 가져오겠습니다'라고 말하고 서둘러 자리를 떠났어.

루이스가 없는 사이에 나는 몇 가지 질문을 했네.

'자네가 비명을 들은 직후에 무슨 일이 일어났나, 손?'

'몇 초 동안은 아무 일도 일어나지 않았습니다. 여기 있는 동료들이 조금 뒤에 각자 자기 방에서 나왔습니다.'

'어떤 방에서?'

'네틀리 데일의 방은 제임스의 방 왼쪽에 있고, 제 기억이 맞다면, 존 케찰 경의 방은 오른쪽에 있습니다.'

네틀리는 손이 멋대로 움직이는 걸 막으려는 듯 깍지를 끼고 고개를 끄덕였네. '맞습니다. 아주 정확합니다.'

존 케찰도 고개를 끄덕이며 동의했네.

'존 케찰 경.' 나는 말하면서 그 이름을 어디서 들었는지 기억해냈네. '메치코 공작의 넷째 아드님이 아니신지요?'

그러자 그가 고개를 숙이며 '맞습니다' 하고 대답하더군.

나는 금발 미녀를 보았어. 처음에는 누군지 몰랐지만, 어깨뿐 아니라 오른쪽 가슴에도 컴버랜드가의 문장을 달고 있더군. 그래서 나는 이렇게 추리했……"

런던 후작이 콧방귀를 뀌는 소리에 본트리옴프 경은 또다시 얘기를 중단했다.

"후작님?"

"그토록 명명백백한 추리까지 일일이 열거할 필요는 없네." 후작은 신랄하게 말했다. "다아시가 원하는 건 사실이지, 자네의 그런 쓸데없는 추리 과정이 아니니까 말이야."

"시정하겠습니다, 후작님. 하여튼 간에, 나는 그 귀부인의 신원을 파악할 수 있었다네.

'어느 방에 묵고 계시는지요, 공작부인?' 하고 나는 물었어. 그랬더니 '바로 복도 건너편입니다' 하면서 손가락으로 그 방을 가리키더군.

로열스튜어드호텔의 복도 폭은 약 2.5미터, 공작부인의 방은 즈윈지의 방 맞은편에 있었네.

나는 '감사합니다' 하고 말한 뒤 다른 사람들을 보았어. '자…… 여러분은 왜 방에서 나오셨습니까? 무엇에 놀라신 거지요?'

그러자 모두 같은 대답을 하더군. 비명을 들었다고 말이야. 손이 노크하는 소리를 들은 사람은 아무도 없었어. 방문이 워낙 두꺼워서 그런 소리까지는 들리지 않으니까. 난 알아. 나중에 직접 확인해봤거든. 아주 주의해서 귀를 기울이지 않는 한 다른 객실의 노크 소리를 들을 수는 없다네. 그 비명소리가 정말로 컸던 모양이야. 다만 누군가 바닥에 쓰러지는 소리를 들은 사람은 마스터 손 말고는 없었어. 그때까지 자기 방문을 연 사람도 없었고. 세 사람 중 누가 가장 먼저 각자 방에서 나왔는지는 몰라. 아무도 그런 데에는 신경쓰지 않았으니까. 모두 혼란에 빠진 상태였으니 무리도 아니지만.

지배인 루이스가 도끼를 가지고 돌아왔을 때, 나는 손목시계를 흘낏 보았네. 9시 37분이었어. 손이 방문을 두드린 지 약 칠 분이 흘러 있었지.

문은 내가 직접 도끼로 부쉈네. 다른 사람들은 모두 뒤로 충분히 물러나 있었고. 문틀이나 자물쇠에 손상이 가지 않도록 문 한가운데에 상당히 큰 구멍을 냈네. 다른 사람들에게 모두 밖에서 기다리라고 하고 내가 뚫은 구멍을 통해 가까스로 방안으로 들어갔지.

방은 너비가 약 3.5미터, 폭이 4.5미터쯤 됐고, 욕실이 딸린 일반 객실이었네. 문 반대편에는 창문이 두 개나 있었는데 양쪽 모두 덧창을 닫고 빗장이 질러져 있었어. 덧창은 햇빛이 들어오도록 조절되어 있었지만, 유리창은 닫혀 있었고 깨지지는 않았네.

우리 런던시의 주임 법정 마술사의 시신은 문에서 2미터가량 떨어진, 객실의 정중앙에 있었어. 선혈이 고인 웅덩이 위에 왼쪽으로 누워 있었는데, 재킷이 워낙 피투성이라 처음에는 도대체 무슨 일을 당했는지 알 수가 없었지. 그때 재킷 왼쪽 위에 찢긴 부분이 눈에 띄더군. 심장 위쪽 말이야. 그래서 재킷을 풀어헤쳐보았네. 바로 그 지점에 수직으로 찔린 상처가 있더군.

60센티미터쯤 떨어진 곳에, 피 웅덩이 가장자리에 나이프가 하나 떨어져 있었네. 얼룩이 있는 검은 마노로 만든 묵직한 칼자루에 은제 날이 달린 나이프였어. 예전에 그런 나이프를 본 적이 있네. 다아시, 자네도 본 적이 있을 거야. 그건 마술사의 나이프였어. 심령적 유대를 상징적으로 끊는 주문 따위에 사용하는 물건이지. 하지만 그 나이프로는 심령적인 것뿐 아니라 물질적인 것도 자를 수 있지.

시신과 문 사이 중간쯤에 열쇠가 떨어져 있었네. 지배인이 문을 열려고 시도했을 때 썼던 것과 같은 종류의 묵직한 놋쇠 열쇠였네. 나는 가지고 있던 열쇠 하나를 표지 삼아 그 자리에 놓아두고 문제의 열쇠를 자물쇠에 꽂고 돌려보았네. 문이 열리더군. 다른 열쇠는 소용없고 오직 그걸 써야 자물쇠를 풀 수 있었어. 서 제임스의 열쇠는 열쇠 구멍에 맞았네.

시신을 조사해보았지만 별다른 것은 찾지 못했어. 그의 열쇠고리, 소브린 금화 두 닢, 소브린 은화 세 닢 그리고 동전 몇 닢뿐이었어. 나로선 이해하기 어려운 마술 상징과 방정식이 잔뜩 쓰인 노트와, 흔히 볼 수 있는 작은 주머니칼도 있었지. 카드 케이스도 한 개 있었는데, 그 안에는 마스터 마술사 증명서랑 런던 주교가 서명한 마술 면허증, 주임 법정 마술사의 공식 인가증, 왕립마술학회의 회원증 그리고 명함 몇 장이 들어 있었네. 그 모든 건 후작님이 봉투에 넣어 벽 금고에 보관하고 계시니 자네도 살펴볼 수 있네, 다아시.

서 제임스는 여분의 옷을 세 벌 가지고 있었네. 모두 벽장 안에 단정히 걸려 있었고, 호주머니 속에는 든 게 없었어. 책상 위에는 종이가 몇 장 있었고, 거기에는 마술적 상징이 잔뜩 쓰여 있었네. 쓰레기통에도 그런 종이가 더 들어 있더군. 그것들은 모두 원래 자리에 놓아두었네. 이것들 말고 방에 있던 것은 온갖 상징으로 장식된 마스터 제임스의 가방이었어. 마술사라면 모두 하나씩 들고 다니는 물건이지. 그걸 열어보거나 가지고 이동하지는 않았네. 마술사의 소지품에 손을 대는 것은 현명한 행동이 아니지. 설령 그것이 죽은 마술사의 것이라고 해도 말이야.

문제는 죽은 사람을 제외하면 그 방에는 아무도 없었다는 사실이야. 신중하게 방안을 조사해보았지만, 몸을 숨길 만한 곳은 없었어. 침대 밑도, 옷장 안도 들여다보고 화장실도 들여다보았지만 말이야.

게다가 객실 문으로는 아무도 나갈 수 없었네. 방문은 그 문을 잠글 수 있는 유일한 열쇠로 잠겨 있었고, 열쇠는 방안에 떨어져 있었어. 게다가 서 제임스가 비명을 지르고 몇 초 뒤에 네 사람이 복도로 뛰쳐나왔고, 그중 세 사람은 내가 문을 부수는 동안 옆에서 보고 있었네.

창문들은 모두 안에서 잠금쇠로 단단히 잠겨 있었네. 유리창도, 덧창도 모두 멀쩡했어. 창문은 호텔 식당 시설의 일부인 작은 안뜰이 내다보이는 위치에 있었어. 그때 안뜰에서 아침을 먹고 있던 사람은 열두 명이었고, 그들 모두 마술사였네. 뭔가를 본 사람은 아무도 없었어. 비명을 듣고 모두가 그 창문을 올려다보았지만 말이야. 게다가 창문 아래로 수직으로 뻗은 건물 벽은 매끄러웠네. 손으로 잡거나 발을 디딜 만한 요철이 전혀 없어. 창문을 통해 도망칠 수는 없는 거지.

누군가가 문제의 객실에 들어갔거나 나왔다는 증거가 전혀 없네.

내가 방안을 모두 뒤졌을 무렵, 헌병대장이 부하 두 명을 대동하고 나타났네. 자네도 헤널리 그레임 대장을 만난 적이 있지. 몸집이 크고 얼굴이 각진 그 친구 말이야. 나는 헤널리에게 현장을 지키고 있으라고 했네. 시신에 보존 주문을 걸고, 방안에 아무도 손을 대지 못하게 하라고 말이야.

그런 다음 나는 복도로 나가서 다른 사람들을 복도 끝에 있는 빈방에 집합시켰네. 내게 그 방 열쇠를 준 총지배인에게는 이제 가서 일해도 좋다고 허가했지.

애슐리 중령은 좀 안절부절못하는 눈치더군. 마스터 손에게는 이미 편지를 전달했으니까 상사인 브랑쿠르 제독한테 돌아가서 보고해야 한다는 거야. 그래서 가라고 했지. 그랜드 마스터 라이언, 마스터 숀, 마스터 네틀리, 저니맨 존 케찰 경, 그리고 컴버랜드 공작부인 모두 방안의 참상에 충격을 받은 표정이었고, 별다른 말은 하지 않았어.

난 서 라이언에게 이렇게 말했네. '저 방은 자물쇠가 잠긴 밀실이었고, 서 제임스는 아무도 없는 방에서 칼에 찔렸습니다. 이에 대해서 어떻게 생각하십니까?'

마스터 라이언은 잠깐 수염을 쓰다듬더니 이렇게 대답하

더군.

'무슨 뜻인지 알겠습니다. 예, 처음에 흘끗 봤을 때 제임스가 흑마술로 살해당했다고 생각했습니다. 하지만 그것은 물리적 사실에 입각한 가설에 지나지 않습니다. 아마 당신은 느끼지 못할 테지만, 지금 이 호텔은 투시 탤런트를 가진 자가 허락 없이 안을 엿볼 수 없도록 하는 통상적인 상업용 주문으로만 보호되고 있는 것이 아닙니다. 컨벤션이 시작되기 전에 여섯 명의 마술사가 건물 전체를 돌아다니면서 원래 있던 주문을 강화하고 거기에 자신들의 주문을 덧입혔습니다. 미래를 향해 주문을 거는 방법은 없으니까 예지 능력에는 영향 받지 않지만, 투시 능력자가 다른 사람의 방을 엿보는 것을 방지할 수는 있고, 또 손님 누군가의 머릿속 생각을 이해하려거나 감지하려는 시도를 극히 어렵게 할 수는 있습니다. 따라서 마스터 제임스가 흑마술로 살해당했다고 단언하기 전에, 우선 사실관계를 더 자세히 조사해볼 필요가 있습니다.'

'그렇게 될 겁니다.' 나는 대답했어. '그럼 다음 질문으로 넘어가지요. 서 제임스를 죽이고 싶어할 만한 동기를 가진 사람은 누가 있습니까? 그와 다툰 사람은 없습니까?'

정말이야, 다아시. 그렇게 말하자마자 방안에 있던 사람들 모두의 시선이 마스터 손에게 쏠리더군. 물론 마스터 손 자신은 제외하고.

물론 나는 마스터 숀에게 무슨 일로 다퉜는지 물었어.

'다툰 것이 아닙니다.' 마스터 숀은 단호한 어조로 말했어. '서 제임스와 제가 화를 내기는 했지만, 서로를 향해 그런 것은 아닙니다.'

'그럼 누구에게 화를 내고 있었던 겁니까?'

'사람에게 화를 내고 있던 게 아닙니다. 우리 둘 모두 새로운 마술 효과에 관해 연구하고 있었고, 서 제임스는 그 효과를 이끌어내는 주문을 발견했습니다. 제가 발견한 것과 거의 동일한 주문을 말입니다. 마술학의 역사를 보면 이따금 일어나는 일입니다. 우리가 서로를 보며 으르렁대고 딱딱거렸을지는 모르지만, 저희는 그저 그런 우연의 일치에 대해 화를 내고 있었을 뿐입니다.'

나는 물었네. '그럼 그…… 에…… 토론은 어떻게 시작된 겁니까?'

'회의실에서 우연히 대화하다가 알게 되었습니다. 그러다가 서로 연구 노트를 비교해보게 됐고…… 결국 그 사실을 알게 되었습니다. 우리가 정말로 논쟁을 벌인 부분은 누가 먼저 논문을 발표하는지에 관해서였습니다. 결국 서 라이언에게 판단을 맡기기로 했습니다.'

나는 마스터 라이언을 쳐다보았네. 그는 고개를 끄덕였지.

'맞습니다. 저는 두 사람이 각자의 연구 결과를 취합해서 함께 논문을 발표하는 것이 최상이라는 결론을 내렸습니다. 논문은 공동 저작으로 하고, 각자 별도로 연구를 진행했다는 설명을 첨부해서 말입니다.'

'그렇다면 그 논문들은 마술 방정식으로만 이루어져 있는 것은 아니겠군요, 서 라이언?'

'물론 아닙니다. 그 마술이 끼치는 효과에 관한 완전한 설명이 포함되어 있습니다. 물론 방정식도 들어가지만, 논문 자체는 영불어로 쓰여 있습니다. 기술적인 용어나 전문용어가 많이 들어가 있기는 해도……'

'그렇다면 서 제임스의 논문은 어디 있습니까? 방에는 없었는데요.'

'제가 가지고 있습니다.' 숀이 말했네. '제가 먼저 두 논문을 대조해보고, 오늘 아침 9시 반에 만나서 의논한 다음에 공동 논문을 쓰자고 서 제임스와 약속했습니다.'

'마지막으로 서 제임스를 본 것이 언제입니까?'

'어젯밤 10시경이었습니다. 서 제임스의 방으로 논문을 받으러 갔습니다. 제가 아는 한, 살아 있는 그를 마지막으로 본 사람은 접니다. 서 제임스는 할일이 조금 남아 있다면서 오늘 아침 9시 반까지는 방해받고 싶지 않다고 했습니다.'

'혹시 그건 나이프를 쓰는 일이었습니까?'

이렇게 묻자, 마스터 숀은 의아한 표정으로 '나이프?' 하고 되물었네.

'그거 있지 않습니까. 검은 자루에 은제 날이 달린 커다란 나이프 말입니다.'

'아, '접촉 절단기'를 얘기하시는 거군요. 그랬을 것 같지는 않습니다. 단지 서류를 좀 정리해야 한다고 말했거든요. 마술 실험 따위가 아니었습니다. 하지만 절단기를 썼을 가능성이 없다고는 못하겠군요.'

'마스터 손, 서 제임스의 논문을 제가 좀 봐도 될까요?'

내가 한 말은 아무래도 아일랜드인 특유의 성격을 건드린 것 같았네. 언짢은 표정이더군.

'이번 사건과 그 논문이 무슨 관계가 있는지 모르겠군요. 저는 이 논문을 쓰기 위해 삼 년이나 연구를 해왔습니다. 서 제임스가 제 것과 똑같은 연구를 하고 있었다는 것만으로도 분통이 터지는 판인데, 제가 직접 발표하기 전에 이 정보를 외부에 보여줄 생각은 추호도 없습니다!'

그러자 그랜드 마스터인 서 라이언이 끼어들었어.

'주임 수사관에게 논문을 보여주라고 강요할 권리가 내게는 없네, 마스터 손. 연구 내용을 섣불리 노출시킬 수는 없으니까 말이야. 하지만 연구 주제는 이번 사건과 관련이 있을지도 모른다는 생각이 드는군.'

마스터 손이 뭐라고 대꾸하려고 입을 열었다가 다시 닫더니, 잠시 후 이렇게 말했어.

'흠, 어차피 제목은 프로그램을 보면 나와 있으니까 상관없 겠지요. 제 논문의 제목은 『접근 불가능한 내장에 외과수술을 하는 방법』이고, 서 제임스의 논문 제목은 『복벽腹壁을 뚫지 않고 내장을 외과적으로 절개하는 방법』입니다.'

그때였어. 마스터 네틀리가 새된 소리로 이렇게 되물은 것은. '그렇다면 닫힌 공간 안에서 칼을 움직일 수 있단 말입니까? 놀랍군요!' 그러고는 손을 보고 움찔하더니 뒤로 몇 걸음 물러났어. '제임스의 비명이 바로 그걸 의미하지 않습니까!'

마스터 제임스의 비명이 그런 의미였다는 걸 그때 처음 알았네. 그가 이렇게 외쳤다고, 모두 이렇게 들었다고 동의했네.

'마스터 손! 도와줘!'"

본트리옴프가 얘기하는 동안 런던 후작은 줄곧 눈을 감은 채로 자리에 앉아 있었다. 그러나 졸고 있었던 것은 아니었다.

"잘 설명했네." 그는 눈을 뜨더니 다아시를 보았다. "자, 이제 이해하겠나. 내가 왜 살인 혐의로 마스터 손 오로클린을 체포하라는 명령을 내려야 했는지를 말이야."

4

다아시 경은 오랫동안 후작의 눈을 뚫어지게 바라보고 있었다. 후작도 침착하게 상대방의 눈을 바라봤다. 마침내 다아시가 입을 열었다.

"그랬군요. 그럼 그 증거가 결정적이라고 생각하십니까?"

"아니, 전혀." 후작은 두터운 손을 흔들며 말했다. "지금 가지고 있는 증거만으로 사건을 고등법원에 상고할 생각은 없어. 만약 증거가 충분했다면 마스터 손은 지금처럼 살인 용의가 아니라 모살 혐의로 이미 기소당했겠지."

"그랬군요." 다아시는 얼음장처럼 차갑고 정중한 어조로 같은 말을 되풀이했다. "그렇다면 저더러 그 증거를 찾아내라는 말씀이십니까?"

런던 후작은 육중한 양어깨를 살짝 으쓱했다.

"나는 이 사건에 관심이 없네. 하지만 자네가 개인적으로 흥미를 보이니, 어떤 조사에 착수하든 간에 이쪽에서 협조할 용의는 있어.”

“아, 그런 상황이란 말씀이군요?” 다아시가 대꾸했다. “잘 알겠습니다. 후작님의 후의와 협력을 받아들이겠습니다. 그럼 다른 증거가 모일 때까지 마스터 손을 보석으로 석방해주시겠습니까?”

후작은 얼굴을 찡그리더니 처음으로 조금 언짢은 듯한 기색을 내비쳤다.

“살인 혐의로 체포된 인물에게 보석을 허가할 수 없다는 사실은 자네도 나만큼이나 잘 알고 있지 않나. 그건 법으로 정해진 사항이고, 내게 국왕의 법집행을 마음대로 거스를 권한은 없네.”

“물론 그렇겠지요.” 다아시는 중얼거렸다. “물론입니다. 하지만 마스터 손과 만나게는 해주시겠지요?”

“물론일세. 마스터 손은 런던탑에 구류되어 있고, 불편하지 않도록 잘 응대하라는 명령도 내려두었어. 원한다면 언제든지 가서 만나도 좋네.”

다아시는 의자에서 일어섰다.

“감사합니다, 후작님. 그렇다면 이제 가서 볼일을 보는 편이 낫겠군요. 가봐도 되겠습니까?”

“그러게, 다아시 경. 본트리옴프 경이 현관까지 자네를 안내해줄 거야.”

런던 후작은 미적거리며 무거운 몸을 움직이더니 자리에서 일어나 말없이 집무실 밖으로 나갔다.

다아시는 현관에 도착할 때까지 본트리옴프에게 한 마디도 하지 않았다. 그러고는 "후작님은 정말 게임을 좋아하시는군, 본트리옴프" 하고 말했다.

"흐으음. 응. 그래, 맞는 말이야." 본트리옴프는 잠깐 침묵하다가 다시 입을 열었다. "자네가 이번 사건을 잘 해결할 거라고 확신해, 다아시."

"나도 그렇게 생각해. 다만 무슨 일이 일어나더라도 놀라지는 말게."

"그러지. 그럼 잘 가게."

"잘 있게. 내일 다시 만나지."

런던탑이라는 이름으로 알려진 오래된 요새 내부의 쾌적한 방 안에 있던 마스터 숀 오로클린은 더이상 화를 내지 않았다. 그가 처한 운명에 대해서조차도. 지금 그의 마음에 가득한 감정은 일종의 결연한 인내심이었다. 숀은 다아시가 올 거라는 사실도, 자신의 구속이 순전히 핑계에 불과하다는 사실도 알고 있었다.

이른 오후에 살인 혐의로 체포당했을 때, 런던탑에 상징적인 문양이 장식된 자신의 마술 가방을 챙겨 갈 수는 없다는 얘기를 듣고 조금 분개했던 것은 사실이다. 마술사를 감금하는 일 자체가 이미 어려운 일인데, 마술 도구 소지까지 허용하는 건 정말 바보짓이다.

런던탑 간수들이 '마술사는 도구가 없으면 무력하다'고 생각했다면, 그것은 오산이다. 손이 오래전에 온갖 상징적인 문양으로 장식된 마술 가방에 모종의 주문을 걸어두었다고는 미처 생각하지 못했던 것이다. 그 주문의 효과를 간단히 설명하자면 이렇다. '당사자의 의지에 반할 경우, 마술사의 도구들을 오랫동안 그 마술사로부터 떼어놓을 수 없다.' 주문은 이런 식으로 작용했다.

마술 가방은 마스터 손에게 최종 판결이 내려지기 전까지는 로열스튜어드호텔에 있는, 자물쇠가 잠긴 그의 방에 보관될 예정이었다. 손이 체포되었을 당시 헌병대장이 그렇게 명령했다. 손은 법률에 따라 순순히 헌병대장에게 자기 방 열쇠를 넘겼다. 그러나 손의 방문에 달린 자물쇠에는, 지금은 고인이 된 마스터 제임스 즈윈지의 경우와는 달리 특별한 주문이 걸려 있지 않았다. 따라서 메이드가 방 청소를 시작하는 오후 1시, 그녀는 마스터 손의 방 열쇠를 가지고 있었다. 누가 써도 제대로 작동하는 열쇠를 말이다.

브리짓 쿠르빌은 방을 돌아다니며 청소를 했다. 마스터 손의 방 순서가 되자, 그녀는 문을 열고 들어가 방안을 둘러보았다.

"깔끔하군." 그녀는 혼잣말을 했다. "침대 시트는 정리되지 않았지만, 손님들은 다들 그렇게 놓아두는 법이니까. 아, 이 마술사 나리들은 모두 깔끔한 편이야. 술병이나 쓰레기 같은 걸 널어놓지 않아. 술을 거의 안 마시나봐. 하기야 마술사가 술을 많이 마시면 안 되겠지."

그녀는 청소를 시작했다. 침대 시트를 바꾸고, 깨끗한 타월을 걸어놓고, 새 비누를 갖다놓는 등 필요한 사소한 일들을 했다.

물론 그 과정에서 온갖 마술 상징으로 장식된 가방을 보았다. 이번 컨벤션이 진행되는 동안에는 거의 모든 방에 이런 가방이 놓여 있었다. 따라서 그녀가 의식적으로 이 방의 가방에 주의를 기울인 것은 아니었다.

그러나 그녀의 잠재의식은 '이 물건은 여기 두면 안 돼' 하고 속삭였다.

브리짓 쿠르빌이 문제의 가방을 집어들고 복도에 내놓은 뒤 다시 방문을 잠그고 다음 방을 청소하러 나갔을 때, 자신의 행동에 관해서는 별 생각이 없었다고 해야 할 것이다.

1시 15분, 주문받은 음식과 음료를 손님방까지 나르는 십대 후반의 룸서비스 담당 종업원이 복도에 놓인 가방을 보았다. 복도에 두면 안 될 것 같다고 여긴 그는 아무 생각 없이 가방을 집어들고 아래층으로 내려갔다. 종업원은 호텔 현관 근처의 수하물 선반에 가방을 올려놓고 즉시 그 사실을 잊어버렸다.

런던의 헌병대장인 헤널리 그레임은 범행 현장에서 조사할 수 있는 모든 사항을 확인한 뒤 2시 정각이 되기 오 분 전에 호텔을 나왔다. 정문 옆에 멈춰 섰는데, 수하물 선반 위에 놓인 가방이 보였다. 손잡이에 새겨진 'S. O. L.'이라는 머리글자를 본 그는 무심결에 가방을 집어들었다. 그는 런던탑에 도착한 후 간수장과 몇 마디 말을 나눈 다음 아무 설명도 없이 가방을 그 자리에 두고 떠났다.

가방은 2시 45분이 될 때까지 간수장 사무실에 딸린 대기실에 그대로 놓여 있었다. 그때까지 많은 사람이 이 방을 들락거렸지만 가방에 주목하는 사람은 아무도 없었다. 적절한 방향으로 가는 사람이 없었기 때문이다.

2시 45분 정각, 마스터 숀의 독방 담당 간수가 이 가방을 보았다. 그는 간수장에게 보고를 끝낸 뒤 대기실 밖으로 나가면서 가방을 집어들었다.

만약 그가 퇴근중이었거나 세인트토머스탑이 아니라 중앙탑으로 갈 예정이었다면, 온갖 상징적인 문양으로 장식된 이 가방은 그의 눈에 띄지도 않았을 것이다. 이 가방에 걸린 주문은 매우 특수했기 때문이다. 그러나 그는 이 가방을 집어들었고, 나선계단을 올라 마스터 숀이 갇힌 독방으로 갔다.

간수는 숀의 독방 자물쇠를 열고 예의바르게 문을 두들겼다.

"마스터 숀, 접니다, 간수 린지입니다."

"들어오게나, 들어와."

숀은 쾌활한 어조로 대답했다.

문이 열리고, 간수의 손에 들린 자기 가방을 본 마스터 숀은 웃음이 나오려는 걸 억누르고 말했다.

"무슨 일인가, 린지?"

"저녁식사로 어떤 음식을 드시고 싶으신지 여쭤보려고 왔습니다, 마스터."

간수는 정중한 어조로 말했다. 그러면서 무심코 문 옆에 가방을 내려놓았다.

"아, 난 뭐라도 상관없네. 간수장이 갖다주라는 거라면 뭐라도 좋아."

간수는 미소를 지으며 "그렇습니까" 하고 말했다. 그러고는 목소리를 낮추고 덧붙였다.

"저희 중에 마스터 숀이 범인이라고 생각하는 사람은 아무도 없습니다. 마술사가 사람을 죽일 수 없다는 걸 잘 아니까요. 그러니까, 그런 식으로는 말입니다. 흑마술을 써서."

"그렇게 믿어주니 고맙군." 숀은 대범한 어조로 말했다.

"자네 생각이 결코 틀리지 않았다는 걸 보장하지. 자, 이제 나도 좀 해야 할 일이 있어."

"물론입니다, 마스터. 물론입니다."

간수 린지는 이렇게 말하고는 문을 닫고 조심스레 자물쇠를 잠근 뒤 자기 할일을 하러 갔다.

다아시 경이 런던 후작의 대저택을 나와 런던탑에 도착할 때까지 별다른 일은 일어나지 않았다. 그가 탄 삯마차는 딸각거리며 마크 레인을 나와 방향을 튼 다음 타워 힐을 향해 올라가기 시작했다. 워터 레인¹에 있는 정문에 이르자 마차가 멈춰 섰다. 다아시 경은 마차에서 내렸다.

짙고 희끄무레한 안개가 거대한 철제 울타리 사이로 천천히 흘러들어가며, 고딕 양식의 아치형 통로 아래에 진 그림자에 들러붙었다. 안개로 뒤덮인 템스강 수면 위를 지나가는 배들이 내는 종소리가 희미하게 들려왔다. 공기는 탁했고, 비릿한 갯내음이 요새의 한 면을 이루는 성벽을 타고 넘어왔다. 다아시는 마차에서 내리자마자 확 끼쳐온 고약한 냄새에 코를 찡그리며 중앙탑에서 다른 탑—중앙탑보다 더 크고, 측면 여기저기에 희끄무레한 돌이 점점이 박힌 흑회색의 탑—으로

ᅵ 템스강에 인접한 런던탑의 일부.

이어지는 돌다리를 건넜다. 그러고는 또다른 아치문을 통과해 짧고 곧은 통로를 지났다. 다아시는 오른쪽으로 방향을 틀어 세인트 토머스탑 안으로 들어갔다.

몇 분 후, 간수가 마스터 손이 있는 독방 자물쇠를 열었다.

"나가고 싶으시면 저를 불러주십시오, 다아시 경."

간수는 이렇게 얘기하고는 문을 잠그고 떠났다.

"흐음, 마스터 손." 다아시는 잿빛 눈에 장난스러운 빛을 띠고 말했다. "골치 아픈 일에서 해방되어서 이렇게 한가롭게 쉬니까 좋지 않나, 응?"

"흠흠. 그렇다고도 할 수 있고, 그렇지 않다고도 할 수 있습니다." 통통하고 작은 체구의 마술사는 대답했다. "갇혀 있는 건 마음에 들지 않지만, 실험하고 명상할 시간이 생긴 것은 사실입니다."

"그래? 무엇에 관해서?"

"자물쇠가 잠긴 방에 들어갔다가 빠져나오는 방법에 관해서입니다."

"그래서 어떤 발견을 했나, 친애하는 손?" 다아시가 물었다.

"이곳의 보안 체계가 상당히 괜찮긴 해도 완벽하지는 않다는 사실을 알아냈습니다. 그러니까, 저를 가둬놓기에는 말입니다. 저 자물쇠에 걸린 주문을 푸는 데 십 분밖에 안 걸렸습니다."

마스터 손은 엄지와 검지로 반짝이는 작은 놋쇠 지팡이를 집어올리고는 빙그르르 돌려 보였다.

"물론 다시 잠가놓았습니다. 사람 좋은 간수를 놀라게 할 필요는 없으니까요."

"마술 도구가 든 자네 가방을 회수하는 것도 쉬웠나보군. 흐음, 평범한 감옥 마술사가 자네처럼 유능한 마스터 마술사에 대적할 수는 없지. 자, 이제 자리에 앉아 자세히 설명해주지 않겠나. 자네가 어떻게 이 고색창연한 런던탑에 유폐되는 사태가 일어났는지를 말이야. 하나도 빼놓지 말고."

손이 얘기하는 동안 다이시는 한 번도 끼어들지 않았다. 이 자그마한 체구의 마술사와는 이미 몇십 년 동안이나 함께 일한 사이였다. 그는 손의 기억이 정확하고 완전하다는 사실을 잘 알고 있었다.

마스터 손은 이렇게 끝맺었다.

"그리고 본트리옴프 경은 저를 여기로 데려왔습니다. 물론 정중하게 사과를 하면서요. 하지만 후작님이 왜 저를 여기 가두라고 명령하셨는지에 관해서는 도통 짐작이 가지 않는군요. 후작님만큼이나 재능이 있는 분이라면 제가 서 제임스의 죽음과는 완전히 무관하다는 사실을 알아차리셨을 텐데 말입니다."

다이시는 가죽 파우치에서 잘게 자른 담뱃잎을 꺼내 평소

애용하는, 금테로 장식된 도기 파이프의 대통 속에 엄지로 눌러 담았다.

"물론 후작은 자네의 결백을 알고 있네." 그는 또박또박 말했다. "후작은 인색한데다가 게으른 분이라네. 본트리옴프는 훌륭한 수사관이기는 하지만 최고 수준의 연역적 추리력을 갖고 있지는 않네. 한편 후작은 뛰어난 추리력의 소유자이지만, 육체적으로나 정신적으로 게으르다고 할 수 있지. 자기 저택에서 거의 나오는 법이 없고, 나온다 해도 범죄 수사를 위해서 나온 적은 결코 없어. 반드시 그래야만 하는 상황에 몰리면, 후작은 본트리옴프 경의 구두 보고를 듣기만 하고도 아주 복잡다단한 수수께끼를 풀 수 있다네. 후작은 정말로 머리가 좋거든."

다아시는 파이프에 불을 붙이고 향기로운 연기로 자기 몸을 감쌌다.

"다아시 경이 그렇게 말씀할 정도면, 대단한 칭찬이군요."

"아니, 전혀 그렇지 않아. 나는 단지 사실을 말했을 뿐이네. 아마 혈통 탓인지도 모르겠군. 아시다시피 후작과 나는 사촌 사이이니까 말이야."

숀은 고개를 끄덕였다. "적어도 다아시 각하는 게으름뱅이 혈통은 아닙니다. 하지만 후작님이 게으른 것과 저를 감금한 것과 무슨 상관이 있습니까?"

"게으를 뿐만 아니라 인색하다고 하지 않았나, 숀." 다아시는 마술사의 말을 정정해주었다. "이번 경우에는 두 성향이 모두 작용한 결과야. 후작은 상대적으로 추리력이 미약한 본 트리옴프 경이 해결하기에는 이 사건이 너무 복잡하다는 사실을 이미 알고 있다네."

다아시는 미소를 지으며 입에서 파이프를 뗐다.

"방금 자네는 내가 후작의 뛰어난 두뇌를 칭찬했다고 말했네. 만약 그것이 사실이라면, 후작도 나름 자기만의 방식으로 나를 칭찬했다는 얘기가 돼. 후작은 정신적으로 게을러. 따라서 후작은 자기 대신 누군가 사건을 해결해주기를 바랐던 거야. 자기 자신에 필적하는 사건 해결 능력을 가진 유능한 인물이 말이지. 그래서 후작은 나를 골랐던 거야. 자화자찬처럼 들리겠지만, 내가 후작 입장이었더라도 나를 골랐을 거라고 주장하고 싶군."

"그것만으로는 여전히 저를 감금한 이유를 설명할 수가 없지 않습니까. 각하의 조력을 구할 수도 있었을 텐데요."

다아시가 한숨을 내쉬었다.

"내 말을 또 잊었군, 숀. 후작은 인색한 사람이라네. 만약 그가 잠시 나를 파견해달라고 노르망디 대공 전하에게 요청했다면, 후작은 자신의 내탕금으로 내 급료를 지급해야 해. 하지만 자네를 감금함으로써 후작은 내게서 가장 소중한 조수를 빼앗았네. 내가 단 일 초라도 자네를 불필요하게 구속 상태에 놓아둘 리 없다는 사실을 알고 있기 때문이야. 자네를 런던탑에 감금하면 나는 어쩔 수 없이 휴가를 내서 개인적으로 사건 해결에 나서야 하고, 그러면 후작은 푼돈을 절약할 수가 있는 거지."

"공갈이군요." 숀이 말했다.

"'공갈'이라는 표현은 좀 과할지도 모르겠어." 다아시는 생각에 잠긴 투로 말했다. "하지만 다른 마땅한 표현이 없다는 건 인정해야겠군. 그 문제는 차차 해결하면 될 거야. 어쨌든 이제 우리는 서 제임스의 죽음에 집중해야 하네. 자, 이제 제임스의 방 자물쇠에 관해서 얘기해주겠나?"

숀은 의자에 더 깊숙이 앉았다.

"흐음, 다아시 경도 아시다시피 상업용 주문 대다수는 상당히 단순합니다. 특히 호텔처럼 하나 이상의 열쇠를 써야 하는 곳에서 쓰이는 주문은 말입니다."

다아시 경은 참을성 있는 태도로 고개를 끄덕였다. 마스터 숀 오로클린은 연수중인 도제들에게 강의를 하듯 설명하는 버릇이 있었다. 이것은 그가 마술사 길드 산하의 마술 학원에서 실제로 학생들을 가르친 적이 있고, 마술에 관한 두 권의 교과서와 몇 편의 논문을 썼다는 점을 감안하면 그리 놀랄 만한 일은 아니었다. 다아시는 이미 오래전부터 숀의 말을 경청해왔다. 비록 그중 일부는 예전에 들어본 적 있는 내용이지만, 귀를 기울이면 언제나 배울 만하거나, 기억해두면 장래에 참고가 될 만한 지식이 있기 마련이다. 다아시 본인은 마술의 법칙을 직접 이용할 수 있는 태생적인 탤런트를 가지고 있지는 않았지만, 이런 난해한 지식의 편린들이 언젠가 범죄 수사에 도움이 되지 말라는 법은 없었다.

"평균적인 상용 주문은 '접촉 감응의 법칙Law of Contagion'을 씁니다. 주문을 거는 동안 어떤 자물쇠와 접촉한 모든 열쇠는 해당 자물쇠를 열거나 잠글 수 있게 되는 식입니다. 그렇지만 이 방법을 쓸 경우에는 주문 자체가 상대적으로 약해집니다. 통상적인 복제 열쇠로 그 자물쇠를 열 수는 없지만, 마술사 길드에 소속된 우수한 도제라면 그런 복제 열쇠로 주문을 깨는 것은 어렵지 않습니다. 마스터급 마술사는 복제 열쇠 없이도 일이 분 만에 주문을 깰 수 있습니다.

하지만 마스터 마술사의 개인적인 주문은 자물쇠와 열쇠 전체를 하나의 단위로 결합하는 '연관의 법칙Law of Relevance'을 사용하고 있습니다. 하나의 열쇠에 하나의 자물쇠를 결부시키는 식입니다. 열쇠가 꽂힌 자물쇠에 이 주문을 걸면, 열쇠는 전체 메커니즘의 분리 가능한 일부가 됩니다. 바꿔 말하면, 이 열쇠를 제외한 그 어떤 열쇠를 써도 자물쇠를 잠그거나 열 수는 없다는 뜻입니다. 물리적으로 아무리 똑같아도,

다른 열쇠로는 이 자물쇠를 열 수가 없습니다."

"그럼 마스터 서 제임스의 방 열쇠와 자물쇠에는 그런 주문이 걸려 있었단 말이군?" 다아시가 물었다.

"그렇습니다."

"다른 마술사가 그 주문을 해제할 수도 있나?"

손은 고개를 끄덕였다.

"예, 해제할 수 있습니다. 반시간쯤 걸려서 말입니다. 하지만 그럴 경우 어떤 사태가 벌어질지 상상해보십시오.

그 인물은 적절한 마술 의식을 거행하기 위해 적어도 반시간 혹은 그보다 더 오래 복도에 서 있어야 합니다. 그곳을 지나가는 사람의 눈을 피할 방도가 없는 겁니다. 마스터 서 제임스도 자기 방안에 있었다면 당연히 알아차렸을 겁니다.

하지만 그자가 실제로 그런 의식을 거행한다고 가정해보지요. 주문을 해제한 다음 통상적인 복제 열쇠로 방문을 열고 안으로 들어가서 서 제임스를 죽였다고 말입니다. 성공적으로.

그런 다음 다시 밖으로 나와서 자물쇠와 열쇠에 또다른 주문을 건다고 가정해보십시오. 당연히 열쇠를 열쇠 구멍에 꽂은 채로 그래야겠지요. 그러기 위해서는 또 반시간이 걸립니다. 그런 다음에……"

손은 과장된 몸짓으로 집게손가락을 들어올려 보였다.

"그 열쇠를 방안으로 되돌려놓아야 하는 겁니다!"

손은 양손 손바닥을 펼쳐 보였다.

"저는 그런 일이 불가능하다고 봅니다. 설령 범인이 마술사라고 해도 말입니다."

다이시는 생각에 잠긴 표정으로 잠시 파이프를 뻐끔거렸다. 그러고는 입을 열었다.

"공간의 어느 한 지점에서 다른 지점 사이를 실제로 가로지르지 않고도 어떤 물체를 이동시키는 일이 이론상으로는 가능하지 않나?"

"이론이요?" 마스터 손은 쓴웃음을 지었다. "오. 물론입니다. 이론상으로는 가능합니다. 비금속卑金屬을 귀금속으로 변성시키는 것이 이론상으로는 가능한 것처럼 말입니다. 하지만 물질의 순간 이동과 마찬가지로 지금까지 그런 일에 성공한 사람은 아무도 없습니다. 만약 그런 일에 필요한 마술 의식과 형식을 실제로 알아낸다면, 그건 20세기 최대의 과학적 발견이 될 겁니다. 그런 발견을 비밀에 부칠 수는 없지요. 솔직히 말해서 그건 현재의 과학기술의 범위를 벗어난 일입니다. 그리고 만에 하나 그런 발견이 실제로 이루어진다면, 그 기술은 커다란 놋쇠 열쇠를 몇 미터 움직이는 것 같은 사소한 일 따위에 쓰이지는 않을 겁니다."

"잘 알았네. 그럼 그 가능성은 제외해도 좋겠군."

"문제는 그런 종류의 복잡한 프라이버시 주문 탓에 일을 하기가 어려워진다는 점입니다. 그런 것들이 없다면 다아시 경의 임무도 훨씬 단순해질 텐데 말입니다."

"친애하는 슌."

다아시 경은 미소 지으며 말했다.

"모든 호텔과 개인 주택, 회사 건물과 기타 공공시설에서 프라이버시 주문이 쓰이지 않는다면, 내 임무는 단순해지기는커녕 아예 사라져버릴걸.

투시 탤런트는 쓸모가 있긴 하지만, 무차별적으로 사용하면 개인의 프라이버시와 권리를 크게 침해할 수 있기 때문에 우리는 스스로를 그런 탤런트로부터 보호해야 하네. 프라이버시 주문이 쓰이지 않는 세계에서 투시 능력자가 어떤 일을 할 수 있을지 상상해보게나. 그럴 경우 나 같은 수사관은 필요하지 않을 거야. 그런 세계에서는 경찰은 단지 투시 능력자에게 사건을 보고하기만 하면 되겠지. 그 즉시 투시 능력자가 해당 범죄가 어떻게 일어났고 범인이 누구인지를 경찰에게 가르쳐줄 테니까.

프라이버시 주문이 없다면 부패한 정부가 얼마나 큰 이득을 얻을지 생각해보게. 그들이 사악한 목적으로 투시 능력자를 시민 감시에 이용할 수 있지 않나. 또는 범죄자가 공갈 목적으로 그걸 사용하면 어떻게 할 건가.

현대의 프라이버시 주문은 그런 식으로 탤런트를 부적절하게 사용하는 자들로부터 우리를 지키기 위한 것이고, 우리는 그 사실에 감사해야 하네. 설령 범죄를 물리적으로 수사해야 할 필요가 생겼다고 해도 말이야. 사실 시골에서 무슨 사건이 일어난다 해도 내가 불려가는 일은 결코 없네. 들판이나 숲에서 어떤 사람이 살해당할 경우, 저니맨 마술사와 현지의 치안헌병대가 협력하는 것만으로도 쉽게 해결할 수 있으니까. 미아나 도망친 가축을 찾아내는 것만큼이나 쉽게 말일세. 물리적 증거와 마술적 증거를 바탕으로 결론을 추리해내는 나의 능력이 유용하게 쓰이는 곳은 사건이 도시나 마을에서 일어났을 경우야. 내 임무는 범행 수법과 동기, 그리고 기회 유무를 확인하는 것이라네."

다아시는 호주머니에서 상아 손잡이가 달린 조그만 은제 탬퍼를 꺼내 파이프 속 재를 꾹꾹 눌렀다. 그리고 생각에 잠긴 표정으로 같은 말을 반복했다.

"범행 수법, 동기, 그리고 기회 유무를 말이야. 처음 두 가지에 관해서는 아직 알아낸 바가 없고, 세번째는 너무 많아."

그러곤 탬퍼를 호주머니에 집어넣고 파이프를 다시 입에 물었다.

"어떤 사건에 마술적인 요소가 개입된 것으로 보일 경우, 해당 마술사를 찾아내는 일이 가장 중요하다네. 손, 자네도 데브루성에서 목격한 레어드 던컨의 흥미로운 행동, 미카엘 축일에 축제에 참가한 외팔이 땜장이의 기묘한 습관, 대서양의 저주 사건 때 출몰했던 폴란드인 마술사, 새파란 시체 협박 사건에서 실종된 마술사, 레이디 오벌리의 순금 요강에 관련된 기이한 사연 따위를 기억하고 있겠지. 이 모든 사건에서, 범죄에 직접적으로 연관된 마술사는 단 한 명뿐이었어. 하지만 이번엔 어떤가?"

다아시는 파이프를 들어 로열스튜어드호텔 쪽을 가리켰다.

"영불제국의 마술 인가증을 가진 마술사들의 반 가까이가 한곳에 모여 있네. 그것도 전 세계에서 가장 강력한 마술사의 75에서 80퍼센트가 말이야. 이번 사건의 용의자 수가 너무 많네. 그들 모두가 마스터 서 제임스 즈윈지에게 흑마술을 구사할 능력을 가지고 있고, 그럴 기회도 있었어."

손은 왼손을 들어 엄지와 검지로 둥근 코를 주물렀다. 생각에 잠긴 표정이었다.

"그들 중 그런 일을 저지를 사람이 있다고는 상상하기가 힘들군요. 길드 구성원 모두 흑마술의 위험성을 잘 알고 있습니다. '흑마술 탤런트를 발휘하는데 필수적인 정신 상태는 예외 없이 당사자를 파괴한다.' 이건 마술 교과서에 실려 있는 말입니다. 그리고 다른 모든 마술서에도 비슷한 경고가 실려 있습니다. 대체 어떤 마술사가 그토록 멍청한 짓을 할 수 있단 말입니까?"

"의사들이 이따금 정제 아편에 중독되는 이유가 뭐라고 생각하나?" 다아시가 물었다.

"압니다, 저도 알고 있습니다." 손은 피곤한 투로 말했다. "흑마술을 한 번 시행한다고 해서 곧바로 치명적인 결과를 야기하는 것은 아닙니다. 눈에 띄는 정신적 혹은 윤리적 변화조차도 없는 경우가 대부분입니다. 하지만 여기서 중요한 것은 '눈에 띈다'라는 표현입니다. 왜냐하면 탤런트를 가진 인간이 흑마술을 실행에 옮기려는 생각을 하기도 전에 이미 윤리적으로 타락해 있는 경우가 대부분이기 때문입니다."

그런 일은 예전에도 일어났고 장래에도 일어나겠지만, 마술사 길드의 구성원이라면 동료가 흑마술로 간주되는 탤런트를 악용할 정도로 타락했다고는 믿고 싶지 않을 것이다.

그렇다고 해서 그들이 흑마술과의 대결을 두려워하는 것은 아니었다. 가당치도 않다! 필요하다면 대결할 것이고, 과거에도 그렇게 해왔다. 결연하게 말이다. 다아시는 샅샅이 알고 있었다. 탤런트를 사악한 목적을 위해 이용한 사실이 들통난 길드 구성원의 말로가 어땠는지. 길드의 고위 멤버를 제외하면 이 사실을 알고 있는 사람은 극소수였지만 말이다.

파괴형!

그 사악한 마술사는 스스로의 양심에 의해 단죄되었으며, 그런 행위를 하게 된 동기와 사유를 진정으로 이해하고 동정할 수 있는 진정한 동료들이 배심하는 마술 재판에서 유죄판결을 받았다. 그 결과 그의 탤런트는……

……제거되었다.

……말소되었다.

……파괴되었다.

유죄를 선고받은 사내의 탤런트를 압도할 수 있을 만큼 크고 강력한 힘을 가진 마술사 집단이 집행위원으로 임명되었다.

그리고 형 집행이 끝났을 때 피고는 아무것도 잃은 것이 없었다. 마술사로서의 탤런트를 제외하고는. 그의 지식과 기억, 도덕성, 정상적인 마음은 모두 예전과 다름없었다. 그러나 마술 능력만은 완전히 사라졌다. 복구 불가능한 형태로.

"그건 그렇고." 다아시가 말했다. "우리에게도 풀어야 할 문제가 있네. 애슐리 중령이 자네한테 메시지를 전달했나?"

"예. 전달받았습니다, 다아시 경."

"자네를 마술사 컨벤션이 아닌 다른 곳으로 불러내는 게 마음이 내키지 않는군, 숀. 컨벤션이 자네한테 얼마나 큰 의미인지 잘 알아. 하지만 이번 일은 단순한 살인 사건이 아니라네. 제국의 안위가 걸린 문제야."

"저도 잘 압니다, 의무는 의무이니까요."

그러나 이렇게 말하는 숀의 목소리에 서글픔이 조금 깃들어 있었다.

"직접 논문을 발표하고 싶기는 하지만, 어차피 학회지에 실릴 테니까 그것만으로도 충분합니다."

"흐으음. 논문은 언제 발표할 예정이었나?"

"토요일이었습니다. 마스터 서 제임스와 서로의 논문을 합쳐서 함께 발표할 예정이었고요. 하지만 이제 그 건은 논외가 되었군요. 따로따로 학회지에 발표하는 수밖에 없을 것 같습니다."

"토요일이라고 했나, 응? 흠, 우리가 만약 내일 오후까지 셰르부르에 갈 수 있다면 아마 스물네 시간 안에 시급한 일들은 모두 해결할 수 있겠지. 그러니까, 금요일 오후까지 말이야. 그럼 자네는 저녁 선편으로 다시 여기로 돌아와서 예정된 날에 자네와 서 제임스의 논문을 발표할 수 있을 거야."

숀의 얼굴이 밝아졌다.

"정말 감사합니다, 다아시 경! 하지만 사건을 해결하려면 우선 이 사치스러운 독방에서 저를 꺼내주셔야 하지 않겠습니까?"

"헛!" 다아시가 벌떡 일어섰다. "친애하는 마스터 숀, 그 문제는 이미 해결되었다고 생각하네. 적절한······ 뭐랄까······

준비를 하려면 조금 시간이 걸리겠지만 말이야. 그럼 나는 이만 가봐야겠네. 내일 아침에 다시 만나세."

5

총안銃眼이 뚫린 런던탑의 높은 성벽 아래 안뜰에서 안개가 짙어지더니, 워터 레인의 문 너머부터는 마치 솜에 싸인 듯 아무것도 보이지 않았다. 안뜰과 정문 위에 있는 가스등은 무無를 향해 빛을 떨어뜨리고 있는 것처럼 보였다.

"밖에 누군가 대기하고 있습니까?"

선임 간수는 다아시 경과 함께 돌계단을 올라가며 물었다.

"아니." 다아시는 시인했다. "삯마차를 타고 왔네. 실은 일기 예언을 미처 확인하지 못했거든. 이 안개는 얼마나 오래 끼어 있을 예정인가?"

"기상국의 주임 마술사에 의하면 새벽 5시 5분까지는 지속될 거라고 했습니다. 보슬비가 내리다가 6시 12분에 갠다고 하더군요."

"흐음, 물론 동이 틀 때까지 여기 있을 수는 없어."

다아시는 겸연쩍은 표정으로 말했다.

"성문에 있는 부하한테 호각으로 삯마

차를 불러보라고 하겠습니다. 아직 밤이 깊지는 않았으니까요. 그러니까 기다리시려면 바깥쪽……"

간수는 말을 멈췄다. 워터 레인을 자욱하게 채운 안개 속에서 또각거리는 말발굽소리와 덜걱거리는 마차의 바퀴소리가 들려온 것이다. 소리는 점점 더 커졌다.

"삯마차일지도 모르겠군요!" 간수는 명령조로 고함을 질렀다. "제이슨! 저 마차를 부르게!"

"예!"

아래쪽 성문에서 안개에 삼켜진 듯한 웅얼거리는 대답이 들려오더니 '삐익! 삐익! 삐익!' 하는 날카로운 호각소리가 그 뒤를 이었다.

"유감이지만 아닌 것 같군." 다아시가 말했다. "귀를 기울여보면 지금 다가오고 있는 마차를 끄는 말은 두 마리뿐이라는 걸 알 수 있을 거야. 그러니 저건 삯마차가 아니라 개인용 사륜마차라네. 말 한 필로도 충분한 삯마차에 두 필을 쓸 정도로 낭비벽이 심한 마부는 런던 어디를 가도 없을걸."

선임 간수는 소리가 들려오는 곳을 향해 귀를 기울였다.

"흐으음. 각하 말씀이 옳은 것 같군요. 소리가 더 가까워지니 두 마리가 맞는 것 같습니다. 하지만……"

"잘 훈련된 말들이네. 거의 완벽하게 보조를 맞추고 있어. 하지만 모든 발굽이 정확하게 같은 순간 포장도로를 밟을 수는 없고, 약간의 반향도 들리는군. 훈련된 귀로는 뚜렷하게 알 수 있네."

삑삑거리던 호각소리가 멈췄다. 접근중인 마차가 삯마차가 아니라는 사실을 성문에 있는 간수도 깨달은 것이다.

마차가 성문 밖에서 속도를 늦추더니 곧 멈춰 서는 소리가 들려왔다. 잠시 후 고삐를 치는 찰싹 소리가 나자 말들이 다시 움직이기 시작했다. 마차는 방향을 틀어 성문 안으로 들어와 이내 안개 속에서 느닷없이 모습을 드러냈다. 주위를 뒤덮다시피 한 안개가 마치 고체로 응축된 느낌이라고나 할까. 마차는 몇 미터 떨어진 곳에 있는 연석緣石 앞에서 멈췄다. 마차에 달린 가스등의 희미한 불빛으로는 여전히 뿌옇게 보일 뿐이었다.

그때 마차 안에서 상당히 뚜렷한 목소리가 들려왔다.

"다아시 경! 당신인가요?"

상당히 귀에 익은 여성의 목소리였다. 하지만 안개에 삼켜지고 마차 안에서 들려온 탓에 다아시는 누구 목소리인지 즉시 알 수 없었다. 다만 마차에서는 가스등 바로 아래에 선 자신의 모습을 뚜렷하게 볼 수 있을 것이다.

"누구신지 물어도 되겠습니까, 부인?" 다아시가 말했다.

"설마 문장紋章 읽는 법을 잊었다고 할 생각은 아니겠죠?"

마차 문에 문장이 그려져 있다는 사실은 이미 알고 있었지만, 지금같이 어두워서야 문장을 읽기는 불가능했다. 그러나 그럴 필요는 없었다. 다아시는 목소리를 다시 듣고 누구인지 알아차렸다.

"이 콩 수프처럼 뿌연 런던의 안개 속에서는 컴버랜드 가문의 화려한 문장조차도 알아볼 수 없는 법이죠." 다아시는 마차를 향해 걸어가며 말했다. "오늘 같은 밤에 문장을 보이게 하려면 법규로 제한된 개수 이상의 야간등과 안개등을 달아야 할 겁니다."

이제는 뚜렷하게 볼 수 있었다. 어둠과 안개도 아름다운 얼굴과 풍성한 금발은 조금밖에 감추지 못했기 때문이다.

"난 혼자예요."

여자는 들릴 듯 말 듯한 목소리로 말했다.

"여어, 메리." 다아시가 상대방 못지않게 나직한 목소리로 말했다. "도대체 여기서 뭘 하고 있는 거지?"

"어머, 물론 당신을 데리러 왔죠." 컴버랜드 공작부인 메리가 말했다. "안개가 자욱하게 낄 걸 모르고 삯마차를 그대로 돌려보내는 바람에 여기서 이렇게 오도 가도 못하고 있었잖아요. 세인트폴성당에서 이쪽으로 오는 삯마차를 잡을 수는 없을 거예요. 자, 이 음울한 감옥을 떠나기로 할까요."

다아시는 가스등 아래에 서 있는 선임 간수를 향해 몸을 돌렸다.

"도와줘서 고맙네. 이제 삯마차를 부를 필요는 없어. 공작부인께서 친절하게도 마차를 제공해주겠다시네."

"알겠습니다. 안녕히 가십시오, 다아시 경. 안녕히 가십시오, 공작부인."

그들은 선임 간수에게 잘 있으라고 인사했다. 다아시는 마차 안으로 들어갔고, 공작부인이 한마디 명하자 마부는 고삐를 흔들어 찰싹 소리를 내고는 소용돌이치는 안개 속으로 마차를 몰았다.

공작부인은 창문의 블라인드를 내린 뒤 서로의 얼굴을 잘 볼 수 있도록 마차 천장에 달린 램프를 켰다.

"건강해 보이네, 다아시." 그녀가 말했다.

"그리고 당신은 여전히 아름다워."

다아시가 대답했다. 그의 눈에는 컴버랜드 공작부인이 뭐라고 꼬집어 말할 수 없는, 비꼬는 듯한 빛이 떠올라 있었다.

"어디로 가고 싶어?"

메리는 깜짝 놀랄 만큼 짙푸른 눈으로 이렇게 물으면서 상대의 의중을 떠보려고 했다.

"당신이 원하는 곳이라면 어디든지. 그냥 런던 시내를 돌아다녀도 괜찮겠지…… 오늘 아침 일어난 마스터 서 제임스 즈윈지의 살인 사건에 관해 당신이 알고 있는 중요한 정보를 내게 말해주는 동안 말이야."

메리의 눈이 커졌다. 그녀는 한순간 침묵했다가, 곧 입을 열었다.

"아니 이런! 어떻게 알았어?"

"연역적으로 추론했지."

"말도 안 돼!"

"아니, 말이 돼. 당신도 머리가 좋으니까 내 추론을 이해할 수 있을 거야."

또다시 둘 사이에 자리잡은 침묵은 일 분 가까이 지속되었다. 메리는 다아시를 뚫어져라 쳐다보며 빠르게 머리를 굴렸다. 잠시 후 그녀는 머리를 한 번 흔들었다.

"내가 모르는 정보가 있나보네."

"그런 것 같지는 않군. 당신의 머리가 어떤 식으로 돌아가는지, 당신보다 내가 더 잘 알고 있지 않는 한 말이야. 당신은 상대 남성이 당신에게 정말로 중요한 사람이라는 느낌을 갖게 하는 유쾌한 버릇이 있어. 설령 그러기 위해서 당신이 조금 거짓말을 해야 하더라도 말이야."

메리는 미소를 지었다.

"당신은 나한테 중요한 사람 맞잖아. 게다가 예절이라든지 서로의 체면을 위해서라도 사소한 거짓말은 필요해. 무슨 해가 되는 것도 아니고. 그건 그렇고, 당신이 추론이라고 주장하는 것과 이게 무슨 상관이야?"

"그건 당신답지 않은 말이군. 내가 실제보다 지적 능력이 더 뛰어나다고 주장하지 않는 건 당신도 잘 알잖아."

다이시는 조금 신랄한 어조로 말했다.

메리는 미안하다는 듯한 미소를 지으며 그의 팔에 손을 올려놓았다.

"알아. 사과할게. 설명해주겠어?"

다이시의 얼굴에 다시 미소가 되돌아왔다. 그는 메리의 손에 자신의 손을 포갰다.

"사과를 받아들이지. 간단하게 설명하자면 이래.

당신은 나를 데리러 런던탑으로 왔다고 주장했지. 하지만나, 런던탑의 간수들과 마스터 숀, 그리고 다른 두 사람을 제외하면 런던에서 내가 지금 어디 있는지 아는 사람은 아무도 없어. 마술을 써서 나를 찾아내지 않는 한은 말이야. 내가 런던에 있다는 사실을 아는 것은 오로지 지금 열거한 사람들뿐이야. 물론 당신은 마술사이기는 하지만 아직 저니맨에 불과하고, 당신에게 일반인 이상의 예지력이 없다는 사실은 우리모두 잘 알고 있어. 마스터 숀이 체포되었다는 소식을 듣자마자 내가 달려왔을 거라고 추리할 수는 있지만, 정확히 내가 언제 런던탑을 떠날지 당신이 미리 알 방법은 없었어. 고로 당신이 도착한 것은 우연의 일치였다는 얘기가 되지.

하지만 당신이 탄 마차가 성문에 다다랐을 때, 당신은 삯마차를 부르는 간수의 호각소리를 들었어. 그 호각소리 때문에 당신이 마차를 멈추지는 않았을 거야. 그러는 대신 당신은 성문 앞에 멈춰 서서 신분을 밝히고 안뜰로 들어왔어. 따라서 당신의 목적지는 런던탑이었어. 그렇지 않았다면 호각소리를 무시하고 그냥 지나갔을 테지.

그러고는 나를 본 거지. 당신이 나를 부르던 그 말투로 미루어보면, 설마 내가 거기 있을 것이라고는 예상하지 못했다는 것을 알 수 있지.

당신은 평균을 훨씬 뛰어넘는 추리력을 갖고 있어. 물론 천재적인 두뇌의 소유자가 아니더라도 그 호각소리와, 안뜰에 내가 있다는 사실을 종합하면 내가 삯마차를 찾고 있다는 결론을 내리기는 어렵지 않았을 거야. 평소 내가 경솔하게 행동하는 인간이 아니라는 사실은 당신도 잘 알고 있으니, 당신은 내가 런던에 도착한 지 얼마 되지 않은 탓에 《쿠리에》에 실린 일기 예언을 읽을 틈이 없었을 것이며, 나를 런던탑으로 데려다준 삯마차를 그대로 보냈으리라는 결론을 내렸어. 그래서 전혀 사실이 아닌데도 불구하고 나를 데리러 왔다는 빤한 거짓말을 했던 거야."

컴버랜드 공작부인은 나직하고 허스키한 웃음소리를 냈다.

"당신을 속이려고 그런 건 아니었어."

"나도 알아. 당신은 내가 놀라 숨을 헉 들이켜고는 '세상에 이런 일이! 내가 여기 있다는 걸 도대체 어떻게 안 거지? 설마 천리안이라도 된 거야?'라고 묻기를 바랐겠지. 그럼 당신은 미소를 짓고는 알 듯 말 듯한 얼굴로 '오, 다 방법이 있지'라고 대답할 작정이었을 테고."

메리는 또다시 웃었다.

"나를 너무 잘 알고 있군. 하지만 내가 마스터 서 제임스의 죽음에 관한 정보를 갖고 있다는 사실과 당신이 아는 사실 사이에 어떤 관련이 있는 건데?"

"당신이 우연히 런던탑에 도착했다는 사실을 다시 곱씹어 보기로 하지." 다아시가 말했다. "만약 나를 데리러 온 것이 아니라면, 당신은 무슨 목적으로 거기 갔던 걸까? 틀림없이 중요한 용건이었겠지. 그게 아니라면 이렇게 안개가 자욱한 밤에 일부러 외출하지는 않았을 테니까. 하지만 나를 본 순간 당신은 나더러 마차에 타라고 했고, 그대로 출발했어. 그러니까 당신이 런던탑에 갔던 용건은 나를 통해서도 충분히 해결할 수 있다는 뜻이 되지. 안 그래? 당신이 마스터 숀과 얘기를 나누기 위해 거기 갔다는 사실은 명백하지만, 그건 극히 개인적인 용건이 아니었어. 그러니까……"

다아시가 미소를 짓더니 굳이 결론을 말하지는 않았다. 대신 컴버랜드 공작부인이 말했다.

"언젠가 당신의 전문 분야에서는 당신을 이기려고 하지 않아야 한다는 걸 배우게 될지도."

"아, 하지만 너무 가까운 장래에 그러지는 않기를 바라. 최근에는 남자도 여자도, 머리를 쓰려는 사람이 너무 없어. 그런 여성과 안면이 있다는 것은 즐거운 일이니까 말이야."

"세상에!" 공작부인은 짐짓 비극적인 어조로 말했다. "단지 머리가 좋다는 이유만으로 나를 사랑하다니!"

"멘스 사나 인 코르포레 사노.¹ 자, 당신이 가져왔다는 그 정보에 관해 들어보지."

"알았어." 메리는 갑자기 생각에 잠긴 표정을 지었다. "여기에 무슨 의미가 있는지는 잘 모르겠어. 하여튼 아는 대로 얘기할 테니, 그걸 더 조사해볼지는 당신에게 맡길게."

다아시는 고개를 끄덕였다. "얘기해줘."

"이건 내가 보고 들은 거야." 메리 드 컴버랜드는 말했다. "오늘 아침 8시 정각이 되기 칠 분 전에—이렇게 자세히 기억하는 건 8시 15분에 아침식사를 예약해놓았기 때문이지—내 호텔방에서 나왔어." 그녀는 여기서 말을 멈추고 상대방의 눈을 똑바로 보았다. "내 방은 복도를 사이에 두고 마스터 서 제임스의 방 바로 건너편에 있어. 이건 알고 있어?"

"응."

---

¹ '건전한 정신은 건전한 육체에 깃든다'는 의미의 라틴어 격언.

"좋아. 방문을 열었을 때였어. 건너편 객실 문 안쪽에서 목소리가 들려오더군. 알다시피 로열스튜어드호텔의 객실 문은 워낙 두터워서 사람들 대화 소리는 새어나오지 않아. 하지만 내가 들은 것은 여자 목소리였어. 높지는 않았지만 밖으로 새어나올 정도로 상당히 강한 어조였던데다 뚜렷했지. 그 여자는……"

"잠깐." 다이시는 손을 들어올리고 메리의 말을 가로막았다. "그 여자가 무슨 말을 했는지 정확히 얘기해줄 수 있어, 메리?"

"응." 공작부인은 단호한 어조로 말했다. "이렇게 말하더군. '하느님 맙소사! 서 제임스, 그에게 그건 사형선고나 마찬가지예요! 만약 그가 죽는다면, 당신도 죽을 거예요!'"

잠시 침묵이 흘렀다. 들리는 것이라고는 또각거리는 말발굽소리와 도로 위를 구르는 마차의 공기타이어 소리뿐이었다.

"방금 당신이 재현한 그 말투 말인데, 그것도 정확해? 화가 난 동시에 두려움에 찬 느낌이었어?"

"두려움보다는 분노 쪽에 더 가깝지만, 두려워하고 있었던 건 확실해."

"좋아. 그다음엔?"

"그다음 아주 희미한 소리가 들렸어. 마치 누군가가 조금 더 평범한 말투로 얘기하고 있는 것처럼. 그것도 겨우 느낄 수 있을 정도여서 내용을 알아듣는 건 처음부터 불가능했어."

"혹시 서 제임스가 말하고 있던 것은 아닐까?"

"그럴 가능성도 있겠지. 아니면 다른 누구이든가. 물론 그때는 그게 서 제임스의 목소리라고 생각했지만 실제로는 다른 사람의 목소리였다고 해도 이상하지 않아."

"아니면 아예 아무도 없었다든지?"

메리는 잠시 생각했다.

"아냐. 그 여자 말고도 방안에 누군가가 있었어."

"그걸 어떻게 알 수 있지?"

"왜냐하면 문이 곧바로 활짝 열리더니 젊은 여자가 뛰쳐나왔거든. 등뒤로 문을 쾅 닫더니 거기 내가 있는 것도 모르고, 아니 알았어도 아랑곳없이 그대로 복도를 지나가더군. 그러자 방안에 남은 누군가가 열쇠로 방문을 잠갔어. 당연히 나는 그 장면을 옆에서 구경하는 사람이 되고 싶지는 않아서 그냥 무시하고 아침을 먹으러 갔지."

"그 여자는 누구였지?"

"내가 아는 한 만난 적이 없는 여자였어. 그리고 한 번 보면 쉽게 잊을 수 없는 부류인 것만은 확실해. 키가 150센티미터도 채 안 될 만큼 아주 자그마했지만 몸매가 완벽한, 정말로 아름다운 여자였어. 꽤 길게 기른 칠흑 같은 머리카락을 뒤통수에서 은제 고리로 동여매고 있더군. 마치 말 꼬리 같았다고 할까. 얼굴도 몸매 못지않게 아름다웠어. 요정 같은 커다란 눈에 관능적인 입술이 인상적이었지. 소매에 흰 띠가 있는 파란 마술사 도제 차림이었는데, 바로 그 점이 이상해. 도제들은 특별히 초대받지 않는 한 마술사 컨벤션에는 참석할 수 없고, 당신도 알다시피 그런 일은 극히 드물잖아."

"더 이상한 것은⋯⋯" 다아시는 생각에 잠겨 말했다. "일개 도제가 마스터급 마술사에게 그런 말투를 썼다는 점이겠지."

"맞아." 공작부인은 동의했다. "하지만 방금 말했듯이 당시에 나는 그 점에 별로 신경쓰지 않았어. 하지만 마스터 손이 체포당한 뒤에 그 일이 머리에 떠올랐지. 그래서 남은 아침 시간과 오후 시간 전부를 써서 그 여자에 대해 알아봤어."

"그럼에도 당신은 그 일이 본트리옴프 경이나 헌병대장에게 전할 정도로 중요하다고는 생각하지 않았다는 뜻이군?" 다아시가 조용히 물었다.

"중요? 물론 중요하다고 생각했어! 지금도 그렇게 생각하고 있고. 하지만⋯⋯ 헌병대에 그 사실을 알린다? 그런다고 무슨 소용이 있어, 다아시? 첫째, 나는 이렇다 할 정보를 가지고 있지 않았어. 그때는 그 여자 이름조차 몰랐고. 둘째, 그 일은 실제로 살인이 벌어진 시각보다 한 시간 반 전에 일어났어. 셋째, 만약 내가 그 일을 본트리옴프나 헤널리 헌병대장에게 얘기했더라면, 그들은 그 여자까지 체포해서 일을 완전히 망쳐놓았을 거야. 마스터 손을 체포했을 때 못지않게 빈약한 증거를 가지고 말이야."

"그리고 넷째." 다아시가 덧붙였다. "당신은 탐정이 되고 싶었던 거야. 계속 얘기해줘. 그래서 뭘 알아냈지?"

"그리 많은 것은 알아내지 못했어." 메리는 시인했다. "그 여자 이름은 컨벤션의 참석자 명부를 보고 쉽게 알아냈지만. 참석자 중 여자 도제는 한 사람뿐이었거든. 그 여자 이름은 티아 아인치히야."

"아인치히?" 다아시는 한쪽 눈썹을 치켜올렸다. "게르만 이름인 것만은 틀림없군. 프로이센인일 가능성도 있고. 그렇다면 물론 폴란드의 신민이겠지."

"이름이 프로이센계 같긴 하지만, 프로이센인은 아냐." 공작부인이 말했다. "하지만 그 여자가 과거에 대슬라브 국왕의 신민이었던 것은 맞아. 다뉴브강 동부 출신이더군. 아드리아해에서 몇백 마일 떨어진 곳인데, 열여섯이나 되는 철자 중에 모음은 달랑 세 개밖에 없는 'KDJA 어쩌고' 하는 이름의 소도시에서 태어났어. 1961년에 그곳을 떠나 베네치아 대공국으로 이주했고, 벨루노에서 일 년쯤 살았어. 그런 다음 밀라노에서 두 달쯤 체류하다가 토리노로 갔다더군. 1963년부터는 프랑스 그르노블에서 살았어. 이런 일들을 알 수 있었던 것은 작년에 그 여자 문제가 레몽에게 보고되었기 때문이야."

"레몽?"

"도피네¹ 공작 레몽." 메리 드 컴버랜드는 설명했다. "범죄인 인도 요구였으니까 당연히 그의 주의를 끌었겠지."

"당연히 그랬겠지."

냉소가 어려 있던 다아시의 눈빛이 곧 위태롭게 번득였다.

"메리."

"응?"

"아까 내가 머리를 쓰는 여자에 관해 한 말은 철회하겠어. 합리적인 두뇌의 소유자라면 자신이 경험한 일들을 논리적인 순서에 따라 배열할 줄 아는 법이지. 당신이 얘기를 시작한 후 내가 범죄인 인도 요구에 관한 얘기를 들은 건 지금이 처음이야."

"오." 메리는 다아시를 보며 활짝 웃어 보였다. "미안해. 난 단지……"

다아시는 상대방의 말허리를 끊었다. "우선 도대체 어디서 이런 정보를 얻었는지 물어봐도 될까? 당신이 오늘 오후에 도피네로 달려가서 당신의 옛 친구인 공작에게 도피네 공작령의 법정 기록을 보여달라고 부탁하지 않았다는 건 확실하니까 말이야."

---

¹ 프랑스 동남부의 옛 행정구역 중 하나.

"공작이 내 옛 친구라는 걸 어떻게 알았어?" 공작부인이 되물었다. "공작 얘기는 당신에게 한 번도 한 적 없는 것 같은데."

"얘기한 적 없어. 당신은 유력한 친구들이 있다고 해서 우쭐대고 싶어하는 타입이 아니니까 말이야. 또 친한 친구가 아니라면 국왕 폐하가 임명하신 제국 총독을 이름으로만 부르는 성격도 아니지. 하지만 그런 건 중요하지 않아. 다시 묻겠는데, 티아 아인치히의 경력에 관한 정보를 어디서 얻었지?"

"도미니크 신부에게서. 성 베네딕토 수도회의 도미니크 압튜더 신부는 감응 능력자이고, 티아 아인치히의 경력을 조사하기 위해 대주교가 임명한 성직자 위원회의 책임자였어. 아인치히는 벨루노, 밀라노, 그리고 토리노에서의 행적을 고발당했고. 현지에서 재판에 회부할 수 있도록 아인치히를 인도해달라는 요구가 들어왔기 때문에, 도피네 공작은 사실관계를 확인하기 위해 위원회 구성을 요청했던 거야."

"아인치히는 정확히 무슨 죄로 고발당했지?"

"세 번 모두 같은 죄목이었어. 인가증 없이 마술을 행한 죄. 그리고……"

"그리고?"

"흑마술."

6

칼라일^{Carlyle} 하우스는 처음 지어졌을 때부터 컴버랜드 공작의 저택이었다. 발음이 같지만 철자가 다른 칼라일^{Carlisle} 후작 가문의 건물이라고 착각하는 사람이 아직도 많지만 말이다.

메리—공작과 결혼하기 전 원래 이름은 레이디 메리 드 보포트—는 컴버랜드 공작의 두번째 부인으로, 결혼 당시 공작은 육십대였고 레이디 메리는 이십대 초반이었다. 그러나 이들의 나이 차이가 너무 많다고 생각한 이는 없었다. 공작과 작고한 전처 사이에서 태어나 작위를 물려받게 된 아들조차도 말이다. 노^老공작은 왕실과 먼 친척 사이에 불과했지만 플랜태저넷 왕조의 활력과 잘생긴 용모, 그리고 장수 체질을 이어받았다. 황금빛 머리카락은 나이가 들면서 빛이 바래고 얼굴에도 나이에 걸맞은 깊은 주름이 잡혔지만, 공작은 여전히 자신보다 스무 살 젊은 사내들 못지않은 체력을 유지하고 있었고, 외모와 행동도 그만큼 젊었다. 그러나 아무리 강건한 사내도 낙마 사고에서 자유로울 수는 없는 법이고, 공작도 예외는 아니었다.

공작의 활력뿐만 아니라 그의 성숙한 지혜로움을 사랑하던 메리는 서른 살이 되기도 전에 과부가 되었다.

메리의 의붓아들인 에드윈—아버지의 죽음 직후 국왕 폐하의 승인을 얻고 작위를 물려받은 현 컴버랜드 공작—은 상당히 따분한 인물이었다. 국왕이 임명하는 제국 총독으로서는 충분히 유능했지만, 전임 공작이 희석된 형태로나마 가지고 있던 플랜태저넷 왕조 특유의 활기는 결여되어 있었다. 에드윈은 자신보다 반년 늦게 태어난 의붓어머니를 좋아했고 존경했지만 깊이 이해하지는 못했다. 그는 메리의 활발한 성격과 빠른 머리 회전, 특히 번득이는 마술 탤런트에 압도당한 나머지 자신과는 다른 세상에 사는 사람을 보듯 했다.

그들 사이에서는 이런 협약이 이루어졌다. '에드윈은 칼라일에 남아 공작령을 통치하고, 그의 의붓어머니는 죽을 때까지 런던의 칼라일 하우스를 소유해도 좋다'는 약속이다. 이는 현 공작이 경애하기는 하지만 도무지 이해할 수 없는 의붓어머니를 위해 그나마 보여준 성의였다.

다아시 경과 공작부인이 칼라일 하우스 현관에 들어서자, 그들을 위해 문을 잡고 있던 집사가 "안녕하십니까, 마님. 안녕하십니까, 다아시 경" 하고 작게 말하곤 꿈틀거리는 잿빛 안개의 촉수가 그들을 뒤따라 밝은 현관홀로 들어오지 못하도록 재빨리 문을 닫았다.

"안녕 제프리." 공작부인은 집사가 자신을 도와 망토를 벗길 수 있도록 뒤돌아섰다. "다들 어디 계시지?"

"윈체스터 주교님과 칼라일 주교님은 각자 방으로 가셨습니다. 베네딕토 수도회의 신부님들은 저녁 예배에 참석하시기 위해 세인트폴성당으로 가셨습니다. 오늘밤은 안개가 너무 자욱해서 수도원에 머물겠다고 하시더군요. 서 라이언 그레이는 로열스튜어드호텔 객실에 묵고 계시고, 마스터 숀 오로클린은 오늘밤은 짬이 나지 않을 것 같다는 전갈을 보내오셨습니다."

"짬?" 공작부인은 웃었다. "당연히 그렇겠지! 마스터 숀은 오늘밤 런던탑에 머물러야 해, 제프리."

"저도 그렇게 들었습니다, 마님." 집사는 표정 하나 변하지 않은 채 답하고는 다아시의 망토를 받아들며 말했다. "서 토머스 레소는 살롱에 계십니다. 존 케찰 경은 2층에서 저녁 예복으로 갈아입고 계시니 곧 내려오실 겁니다. 마님이 명하신 따뜻한 요리는 모두 뷔페 테이블에 차려놓았습니다."

"고마워 제프리. 아…… 다아시 경의 짐을 가져와야 해서 마차는 런던 후작님의 저택으로 보냈어. 가만있자…… 다아시 경은 어느 방을 쓰면 좋을까?"

"백합실이 좋을 듯합니다, 마님. 장미실과 맞닿아 있고 곁

문으로 이어져 있으니, 마스터 손의 짐을 옆방으로 옮기기도 쉽습니다. 다아시 경만 괜찮으시다면 말입니다."

"물론이네, 제프리." 다아시가 말했다. "내 짐이 도착하면 알려주게. 런던에 도착한 후로 제대로 씻을 틈도 없었거든."

"도착하는 즉시 알려드리겠습니다."

"알았어. 고맙네, 제프리."

"천만의 말씀입니다."

"자, 이리 와." 공작부인은 다아시의 팔을 잡았다. "살롱에서 토머스와 한잔하면서, 이 뼛속까지 사무치는 듯한 차가운 안개를 몸에서 몰아내기로 해."

나란히 살롱으로 걸어가면서 다아시가 말했다.

"베네딕토 수도회에서 온 손님들이 누구지?"

"나이든 쪽은 아일랜드 북부에서 오신 퀸 신부야."

"퀸 신부?" 다아시는 생각에 잠긴 어조로 말했다. "나와 안면이 있는 것 같지는 않군. 젊은 신부는?"

"셰르부르에서 온 파트리크 신부라고, 아주 뛰어난 감응 능력자인데다가 치유 능력자야. 당신에게도 꼭 소개해주고 싶어."

"파트리크 신부와는 이미 구면이야. 당신의 평가에는 나도 동의해. 다시 만날 수 있다니 나도 기쁘군."

두 사람은 천장이 높고 넓어 살롱 겸 식당으로 쓰이는 방으로 들어갔다. 맞은편에 있던 커다란 안락의자에는 안색이 창백하고 키가 크고 깡마른 사내가 앉아 있었는데, 거대한 벽난로 속에서 활활 타오르는 불을 쬐기 위해 발을 쭉 뻗고 한 손에는 술이 반쯤 찬 고블릿을, 또다른 손으로는 밝은 갈색 머리카락을 넓고 반듯한 이마 뒤로 빗어넘기고 있었다.

그는 저택의 여주인과 다아시 경이 다가오는 것을 보자마자 자리에서 일어났다.

"안녕하십니까, 공작부인. 다아시 경! 이게 얼마 만입니까!"

사내는 청회색 눈을 반짝이며 매력적인 미소를 지었다.

다아시는 사내가 내민 손을 잡았다.

"오랜만입니다, 서 토머스! 여전히 건강하신 것 같군요."

"학자치고는 건강해 보인다는 말씀이시겠죠." 토머스는 껄껄 웃으며 말했다. "자! 두 분께 이 훌륭한 브랜디를 따라드려도 되겠습니까?"

"물론이에요, 서 토머스." 공작부인은 미소 지으며 말했다. "뼛속까지 차가운 안개가 스미는 듯해서."

토머스는 사이드보드로 가서 길고 기민한 손짓으로 브랜디가 담긴 디캔터의 유리 마개를 뽑았다. 적갈색의 투명한 액체를 얇은 유리로 된 브랜디잔에 따르며 그는 이렇게 말했다.

"마스터 손이 체포되었다는 소식을 들었을 때, 다아시 경이 이곳으로 올 거라고 생각하긴 했지만 설마 이렇게 빨리 오실 줄은 몰랐습니다."

다아시의 입가에 보일 듯 말 듯 일그러진 미소가 떠올랐다.

"런던 후작님께서 그 소식을 제게 전하기 위해서 친절하게도 해협 너머까지 특사를 파견해주신 덕입니다. 기차와 배편의 시각도 잘 맞았고."

토머스는 두 사람에게 각각 브랜디잔을 건넸다.

"마스터 손의 결백을 증명하기 위해서, 경의 그 뛰어난 두뇌로 살인 사건을 해결하실 작정이십니까?"

다아시가 웃었다.

"천만에요. 후작님은 제가 그렇게 하기를 바라고 계시지만, 저는 응할 생각이 전혀 없습니다. 물론 사건 자체에는 흥미를 느끼지만, 저는 노르망디 대공의 수사관입니다. 우리끼리 하는 얘기이니 내일까지는 비밀로 해주시면 고맙겠습니다만, 저는 제 사촌인 런던 후작을 딜레마에 빠뜨리는 방법으로 마스터 손을 석방시킬 작정입니다. 그럴 목적으로 저는 마스터 손을 석방할 만한 사실을 충분히 확보해두었습니다. 그런 다음 함께 노르망디로 돌아갈 겁니다."

메리는 놀라고 상심한 듯한 표정으로 다아시를 쳐다보았다.

"마스터 손과 함께 돌아간다고요? 그렇게 빨리? 적어도 마술사 컨벤션이 끝날 때까지는 기다려줄 수 없나요?"

"유감이지만 그럴 수 없습니다." 다아시는 미안하고 아쉬운 듯 말했다. "손과 저는 살인 사건을 하나 해결해야 합니다. 자세한 내용은 말씀드릴 수 없고, 그 사건은 이번 사건만큼이나 거창하고…… 음…… 유명하다고 할 수는 없지만, 임무를 소홀히 할 수는 없으니까요. 사건이 빨리 해결된다면 마스터 손은 이번주에 런던으로 돌아올 수 있을 겁니다."

공작부인은 끈질기게 물었다. "마스터 손이 발표할 그 논문은 어떻게 되죠?"

"돌아올 수 있도록 최선을 다하겠습니다." 다아시는 단호한 어조로 약속했다. "최소한 논문 발표일인 토요일에는 돌아올 수 있도록 하지요. 논문 발표 또한 마술사의 임무이니까요."

"그러면 이곳의 살인 사건은 본트리옴프 경에게 그대로 넘겨줄 작정이신가요?" 토머스가 물었다.

"넘겨줄 필요조차 없습니다." 다아시는 쿡쿡 웃으며 말했다. "애당초 그걸 맡은 적이 없으니까요. 그건 모두 그 친구의 관할이고, 저는 단지 옆에서 격려해주는 걸로 족합니다. 본트리옴프 경과 후작님 두 분의 힘으로 완벽하게 해결해하실 테니까 아무 걱정 안 하셔도 됩니다."

토머스가 말했다. "법정 마술사의 도움을 받지 않고도?"

"할 수 있을 겁니다. 런던에 있는 유능한 법정 마술사는 지금은 고인이 된 서 제임스 즈윈지 한 사람만이 아니니까요.

후작님 자신이 유능한 법정 마술사를 필요로 하는 것 같지도 않고요. 두번째로 유능한 법정 마술사가 살해당하자마자 가장 유능한 법정 마술사를 구속하지 않았습니까. 그건 1급 마술사의 충고를 꼭 필요로 하는 인물의 행위라고는 할 수 없습니다."

다른 두 사람의 나직한 웃음소리를 들으며 다아시는 브랜디를 한 모금 마셨다.

방 끄트머리에 있는 문이 열렸다.

"안녕하십니까, 여러분." 쾌활한 느낌의 바리톤 목소리가 들려왔다. "늦어서 죄송합니다. 혹시 하시던 일을 제가 방해했습니까?"

다아시는 고개를 돌려 그쪽을 보았다. 방에 들어온 사내는 진홍색과 금색 저녁 예복을 차려입은 청년이었는데 메치코인 특유의 이목구비를 가지고 있었다. 그렇다면 이 사내는 존 케찰 뒤 모크테수마 드 메치코 경이라는 얘기였다.

"전혀요." 공작부인이 말했다. "그렇지 않아도 기다리고 있었습니다. 자, 여기 오셔서 새로 오신 손님과 인사를 나누시지요."

정식으로 통성명을 하자 존 케찰 경의 눈이 반짝였다.

"만나뵙게 되어 정말로 영광입니다, 다아시 경. 물론 이곳에 오시게 된 상황 자체는 실로 유감이지만 말입니다. 저는 마스터 손이 그 끔찍한 범죄를 저질렀다고 조금도 믿지 않았습니다."

"감사합니다. 그리고 마스터 손을 대신해서도 감사를 드립니다." 다아시는 매끄러운 말투로 이렇게 덧붙였다. "만난 지 얼마 안 된 것으로 알고 있는데, 마스터 손의 결백함이 그토록 명명백백한 줄은 몰랐습니다."

메치코인 귀족은 조금 겸연쩍은 표정을 지었다.

"음, 꼭 남이 보기에도 그렇다는 뜻으로 말한 것은 아닙니다. 마스터 손의 결백함이 명명백백하다는 표현은 좀…… 단지 그건……"

그는 잠시 혼란에 빠진 표정으로 말꼬리를 흐렸다.

"존 케찰 경의 겸손함은 칭찬할 만하군요." 공작부인이 부드럽게 말했다. "이분의 탤런트는 마술사들 사이에서도 보기 드물어요. 흑마술의 냄새를 맡는 재능이니까요."

"정말로 그렇습니까?" 다아시는 한층 더 흥미롭다는 눈으로 청년을 보았다. "그런 능력을 지닌 마술사와 만나는 것은 이번이 처음입니다. 그렇다면 흑마술사의 존재를 감지할 수 있단 말입니까? 멀리 떨어진 곳에서도?"

존 케찰 경은 고개를 끄덕이며 "예, 그렇습니다" 하고 대답했다. 마치 아름다운 여자에게서 아주 잘생겼다는 소리를 들은 사춘기 소년처럼 곤혹스러운 표정이었다.

토머스가 웃으며 말했다.

"존 케찰 경은 마스터 손을 만나자마자 흑마술 따위에 손을 대고 있지 않다는 사실을 확신했습니다. 흑마술 감지 능력자에게는 식은 죽 먹기죠." 토머스가 웃음 띤 얼굴을 존 케찰 경에게 돌렸다. "조금 짬이 생기면 그 이론에 관해 머리를 맞대고 토론해보고, 실제 결과와 어떻게 일치하는지를 알아보고 싶군요."

"그건…… 그럴 수 있다면 영광입니다, 서 토머스." 청년이 말했다. 경외감이 깃든 목소리였다. "하지만…… 저는 상징 이론에 약해서. 수학에는 소질이 없는 편입니다."

토머스가 웃었다. "걱정 마십시오. 유추 방정식 따위를 가지고 괴롭히지는 않을 테니까요. 뭐하러 사서 고생을 하겠습니까? 저는 서재 밖에서는 가급적 머리를 쓰지 않으려고 최선을 다합니다."

이 말이 사실이 아니라는 것을 다아시는 알고 있었다. 단지 이 청년을 안심시키기 위한 말이었을 뿐이다. 마술학 박사 학위가 있는데도 서 토머스 레소는 실천 마술사가 아니었다. 딱히 탤런트라고 할 만한 것을 가지고 있지 않았기 때문이다. 그는 수준 높고 난해한 주관적 대수학을 다루는 이론 마술사였고, 그 이론을 실험하는 것은 다른 사람들의 몫이었다. 그는 자신의 천재적인 두뇌로 보통 마술사가 막연하게도 감지하지 못하는 상징적 관계를 파악할 수 있었다. 마술학 박사들 사이에서도 그가 구사하는 심원하고 복잡한 상징적 유추를 최종 결론 단계까지 이해할 수 있는 사람은 몇 명 되지 않았다. 처음에 그가 든 예시 몇 개만 가지고서도 대다수의 마스터 마술사들은 혼란에 빠져 두 손을 들기 마련이다. 토머스는 일개 저니맨이 자신의 수학을 이해할 수 있으리라고 생각할 정도로 둔하지 않았다. 한편, 그가 실천 마술사들과 마술에 관해 토론하기를 매우 즐기는 것도 사실이었다.

"질문을 하나 해도 되겠습니까?" 다아시는 생각에 잠겨 말했다. "저는 정식으로 서 제임스 즈윈지 살인 사건 수사에 관여하고 있지는 않지만, 이런 일을 하는 사람으로서 특유의 호기심을 억누르기가 쉽지 않습니다. 그래서 직업상의 질문을 하나 드리고 싶군요." 그는 미소를 지었다. "원하신다면 나중에 제게 자문 비용을 청구하셔도 좋습니다."

존 케찰 경도 다아시 경을 보며 미소를 지었다.

"만약 주문을 외워야 하는 질문이라면 청구서를 보내겠습니다. 물론 저니맨의 통상 요금을 말입니다. 그러지 않으면 길드에서 제 입장이 난처해지니까요. 하지만 원하시는 것이 단지 직업상의 의견이라면, 얼마든지 대답해드릴 수 있습니다."

"그렇다면 판단은 그쪽에 맡기겠습니다." 다아시가 말했다. "질문은 이렇습니다. 당신은 마술사 컨벤션 참가자들 사이에서 흑마술사의 존재를 감지했습니까?"

갑자기 침묵이 찾아왔다. 마치 시간 자체가 한순간 정지된 듯한 느낌이었다. 토머스와 공작부인도 숨을 죽이고 메치코 출신 청년 귀족의 대답을 기다리고 있는 듯했다.

그러나 존 케찰은 아주 잠깐 주저할 뿐이었다. 곧 그는 단호한 목소리로 말했다.

"다아시 경, 저는 마스터 마술사의 지도를 받으며 법정 마술을 공부하고 싶습니다. 그런 연유로 저는 경찰기관과 범죄 수사 양쪽 모두를 공부해왔습니다. 방금 하신 질문에 대해 질문으로 대답해도 좋겠습니까?"

"물론입니다." 다아시가 말했다.

존 케찰은 말을 잇기 전에 입을 꽉 다물고 잠깐 생각하는 듯했다.

"당신이 당신의 능력을 써서 어떤 사내가 범죄자라는 사실을 혼자 알아냈다고 칩시다. 그 사내가 어떤 범죄를 저질렀다는 사실을 말입니다. 그와 동시에, 당신의 그 개인적인 지식을 제외하면 단 하나의 증거도 존재하지 않는다고 가정해봅시다. 제가 하고 싶은 질문은 이런 것입니다. 그럴 경우, 당신은 그 사내를 고발하겠습니까?"

"고발하지 않을 겁니다." 다아시는 주저 없이 말했다. "무슨 얘기인지 잘 알겠습니다. 증거 없이 누군가를 고발하는 것은 무의미합니다. 그렇지만 증거를 찾아낼 수 있도록 수사관들에게 그런 사실을 귀띔하는 행위는 공적인 고발과는 다릅니다."

"아마 그렇겠지요." 젊은 마술사는 느릿느릿한 어조로 말했다. "지금 하신 충고는 명심하겠습니다. 하지만 현시점에서는 설령 심증이 있다 해도 그런 행동에 나설 정도까지는 아니라는 것이 저의 판단입니다."

"물론 그것은 당신이 판단할 문제입니다." 수사관 다아시는 침착하게 말했다. "하지만 흑마술을 탐지하는 당신의 탤런트가 널리 알려져 있다는 사실을 잊지 마십시오. 만약 그 사실을 아는 누군가가 당신의 침묵 여부에 자신의 목숨이 달려 있다고 판단할 경우, 당신을 영원히 침묵시키려 할지도 모른다는 사실을 유념하셔야 합니다."

존 케찰이 대답하기 전에 살롱 문이 열리며 제프리가 나타났다.

"방해했다면 죄송합니다, 마님. 하지만 다아시 경의 짐을 백합실로 옮겨놓자마자 보고하라는 명을 받아서."

"아, 그렇군. 고맙네, 제프리." 다아시가 말했다.

"그럼 이제 저도 저녁 예복으로 갈아입는 편이 나을 것 같군요." 공작부인이 말했다. "잠시 실례하겠습니다. 제가 없더라도 기다리지 말고 식사하세요. 뷔페 테이블에 음식이 마련되어 있어요."

십오 분 후, 목욕을 하고 수염을 깎은 다아시는 몇 시간 전에
비하면 한결 인간다운 기분을 느끼고 있었다. 그는 백합실 벽
에 걸린 대형 전신 거울 속 자기 모습을 마지막으로 한번 더
보았다. 목과 손목을 감싼 은빛 레이스 장식을 바로잡고, 새
틴으로 된 산호색 이브닝 재킷에 묻은 눈에 잘 보이지도 않는
먼지를 털어내자, 아까보다는 훨씬 더 좋은 기분으로 사람들
을 대할 수 있을 것 같았다.

아래층으로 내려가니 살롱의 문이 열려 있었다. 가까이 다
가가자 토머스 레소의 목소리가 들렸다.

"그렇지만 서 제임스가 죽었다는 사실에는 변함이 없습
니다."

"자살일 가능성은 없을까요, 서 토머스?" 존 케찰이 물었
다. "아니면 사고라든지?"

평소에 지적인 대화를 즐기는 고상하고 명민한 남녀가 만
찬 자리에서 가십이나 스포츠, 범죄 따위를 언급하지 않으려
는 것은 당연하다. 그 주제를 추상적으로 논의할 때를 제외하
면 말이다. 그러나 살인 사건이 일어났다면 이야기는 달라진
다. 그것도 술집에서 싸우다가 죽었다든지, 강도의 총에 맞았
다든지, 치정이 얽힌 추잡스러운 살인 혹은 그보다 한층 더

추잡스러운 성범죄에 관련된 살인이 아니라 멋지고 불가해한, 수수께끼 같은 살인이라면 열띤 토론이 벌어지는 것은 불가피하다.

서 토머스 레소가 존 케찰 경과 머리를 맞대고 마술 이론, 특히 흑마술 감지에 관해 토론하고 싶다고 한 지 삼십 분도 안 되어 그는 이렇게 말하고 있었다.

"사고일까요, 자살일까요? 흐음, 물론 저는 그 해답을 모릅니다만, 당국에서는 그 사건이 살인이라는 가정하에 수사하고 있는 것 같더군요."

"하지만 왜? 그러니까, 왜 서 제임스 즈윈지를 죽여야 했을까요? 동기가 뭘까요?"

"아주 좋은 질문이군요." 다아시는 살롱으로 들어서며 말했다. 살롱 안에는 토머스와 존 케찰뿐이었다. 공작부인은 아직 옷을 갈아입지 않은 듯했다. "저 자신도 순수한 두뇌 운동의 일환으로 그에 대해 의문을 품고 있었습니다. 하지만 저 때문에 대화를 중단하지는 마시고 하던 얘기를 계속하십시오. 그동안 저는 뷔페 요리를 맛보겠습니다."

"존 케찰 경은 살인 동기가 전혀 짐작가지 않는 모양입니다." 토머스가 말했다.

다아시는 테이블 위에 일렬로 놓인 구리 그릇들을 바라보았다. 각 용기 아래에는 알코올램프의 불이 작게 깜박이고 있었다. 그는 첫번째 그릇의 뚜껑을 열었다.

"아! 햄이군요! 좋습니다, 서 토머스. 살인 동기는 무엇일까요? 누가 서 제임스의 죽음을 원했을까요?"

다아시는 접시 위에 햄 한 조각을 올려놓고 다음 그릇의 뚜껑을 열었다.

토머스는 미간을 찌푸리고 생각에 잠겼다.

"제가 아는 사람 중에는 없습니다." 그는 느린 어조로 대답했다. "서 제임스는 때로는 극히 신랄해질 수도 있었지만, 고의로 누구에게 상처를 주려고 하지는 않았을 거라고 생각합니다."

다아시는 뜨거운 체리 소스를 국자로 떠서 햄 위에 끼얹었다.

"살해 위협을 받았다거나 하는 일은 없었습니까? 누군가 심하게 다퉜다든지?"

"마스터 손이 말한 그 '토론'을 제외하고 말입니까? 그러고 보니 하나 있기는 있군요. 한 달 전에 마스터 유언 매캘리스터가 서 제임스에 관해 안 좋은 말을 한 적이 있습니다. 마스터 유언이 해군 연구소에 취직하려고 지원서를 냈는데, 그 연구소와 모종의 관련이 있는 서 제임스가 그의 채용을 만류했던 모양입니다."

"그렇다면 동기는 복수일까요?" 다아시는 보르도산 레드

와인을 유리잔에 듬뿍 따르더니, 두 사람의 맞은편 의자에 앉은 다음 쟁반을 무릎 위에 내려놓았다. "마스터 유언 매캘리스터를 만난 적은 아직 없지만, 마스터 손에게 들은 얘기로는 만나도 그리 즐거운 인물은 아니라는군요. 마스터 유언은 복수를 위해 사람을 죽이는 인간인가요?"

"확실히는…… 모르겠습니다." 토머스가 느린 어조로 말했다. "자신에게 해가 닥치기 전에 미리 막으려고 누군가를 죽일지도 모른다는 생각은 들지만, 이미 피해를 본 뒤 단순히 복수를 위해 그런 행동을 할 인물 같지는 않군요."

다아시는 내일 아침 이 얘기를 본트리옴프에게 전하리라고 마음먹었다. 마스터 유언이 서 제임스 즈윈지가 '모종의 관계'를 맺고 있었던 어떤 직위에 실제로 지원서를 내거나 아니면 낼 작정이었는지를 확인하는 편이 현명하다.

다아시는 접시를 내려다보며 물었다. "그 밖에 생각나는 사람은 없습니까?"

"없습니다." 잠시 후 토머스가 말했다. "제가 아는 사람들 중에서는 말입니다."

"다모젤¹ 티아 아인치히를 아십니까?"

다아시는 아까처럼 조용한 어조로 물었다.

---

¹ 영불제국에서 미혼 여성을 부를 때 쓰는 호칭.

토머스의 미소가 사라졌다. 잠시 후 그는 입을 열었다.

"예, 압니다. 그런데 왜 그런 질문을?"

"예전에 흑마술을 쓴 죄로 고발당한 적이 있는 것 같더군요. 그리고 서 제임스는 흑마술에 의해 살해당한 것처럼 보입니다."

평소에는 창백한 토머스의 얼굴이 검붉어졌다.

"아니, 다아시 경! 설마 티아가 살인범이라고 주장하는 건 아니겠지요?"

"주장? 물론 아닙니다, 서 토머스. 단지 어떤 관계가 있을지도 모른다고 지적했을 뿐입니다."

"흠, 그런 관계 따위는 없습니다! 전혀 없습니다, 아시겠습니까? 티아가 마녀라니 당치도 않은 얘기입니다! 그런 터무니없는 얘기는 더이상 듣고 싶지 않습니다. 아시겠습니까?"

"냉정을 되찾으십시오, 서 토머스." 다아시는 온화하게 말했다. "긴장을 풀고, 감정을 다스리십시오. 농담을 머리에 떠올려보십시오. 아니면 뭔가 신선한 방정식을 떠올리든가."

토머스의 안색은 원래대로 되돌아갔지만, 다아시의 농담에도 미소 짓지 않았다.

"깊이 사과드립니다, 다아시 경. 저…… 도대체 뭐라고 사과의 말씀을 드려야 할지 모르겠군요. 저는…… 이성을 잃었습니다. 제게 그건…… 민감한 일이라서."

"신경쓰지 마십시오, 서 토머스. 동요시킬 생각은 없었습니다. 저 역시 화를 낸 게 아닙니다. 이번처럼 가까운 곳에서 살인이 일어났을 경우 특히나 민감해집니다. 아마 뭔가 다른 얘기를 하는 편이 나을지도 모르겠군요."

"아니, 부탁입니다. 제가 신경쓰여서 일부러 그러실 필요는 없습니다."

"제 부탁이니 그렇게 해주십시오, 서 토머스. 오늘 저녁 내내 저는 존 케찰 경에게 메치코 얘기를 듣고 싶어서 안달이 나 있었습니다. 그런데 덕분에 그걸 실행에 옮길 훌륭한 기회가 생겼습니다. 살인 사건을 수사하는 게 제 직무이지만, 지금처럼 그 사건 담당이 아닐 경우에는 얘기해봤자 별 재미가 없습니다. 그러니……

존 케찰 경, 제 역사 지식이 옳다면 영불제국의 배가 최초로 메치코 해안에 상륙한 것은 1569년인 것으로 알고 있습니다. 그리고 그 탐험대의 구성원들은 당신의 조상들이 처음 본 유럽인이었다고 들었습니다. 그때 당신의 조상들이 유럽인들에게 미신에 가까운 외경심을 느낀 이유가 무엇입니까?"

"아! 그건 실로 흥미로운 화제입니다." 청년은 열성적으로 말했다. "그걸 설명하기 위해서는 우선 케찰코아틀[1] 전설이나

---

[1] 아즈텍 신화에 등장하는 문화와 농경, 바람의 신. 날개 달린 뱀의 형상을 하고 있다.

신화를 이해하셔야 합니다……"

　처음 몇 분은 조금 어색하게 흘러갔지만, 젊은 메치코인의 태도가 너무나도 열성적이었던 탓에 토머스와 다아시 두 사람은 급기야 큰 흥미를 보이며 이런저런 질문을 하기 시작했다. 공작부인이 살롱으로 들어왔을 때 토론은 극에 달했고, 한 시간 후에는 네 사람 모두 이 얘기를 하고 있었다.

　다아시가 잠자리에 든 것은 상당히 늦은 시각이었다. 잠이 들기까지는 더 오랜 시간이 걸렸다.

7

제임스 즈윈지 살인 사건에 직접 손대지 않고, 사촌형인 런던 후작이 자력으로 해결하도록 유도—혹은 강요—하겠다는 다아시 경의 결심은 확고했다. 타고난 왕성한 호기심을 억지로 병 속에 집어넣고 마개로 막은 다음, 그 마개를 깔고 앉는 한이 있더라도 이번 일에는 관여하지 않을 생각이었다. 만약 그 일에 얽힌다면 심적 압박은 만만치 않을 것이므로, 결국 그럴 필요가 없어진 것은 다아시에게 행운이었다. 그 어떤 굳은 결심도 상황 변화에 따라 흩어지거나, 폐기되거나, 무효화되거나, 소거될 수 있는 법이며, 다음날 아침 상황이 급변했기 때문이다.

목요일 아침 다아시는 침대에서 선잠이 들어 있었다. 반쯤은 꿈나라에서 헤매고 있는데, 그때 누군가 침실 문을 조용히 두드렸다.

"뭔가?"

그가 눈을 감은 채로 말하자 나직한 목소리가 들렸다.

"말씀하신 커피를 가져왔습니다, 다아시 경."

"거실에 그냥 놓아두게." 다아시가 잠에 겨운 목소리로 대답했다. "조금 뒤에 일어날 테니까."

그러나 그는 일어나지 않았고, 다시 잠에 빠져들었다. 때문에 침실 문이 열리는 소리조차 듣지 못했다. 두터운 융단을 밟고 문에서부터 그가 누워 있는 침대로 숨죽이고 다가오는 발소리도.

갑자기 누군가가 다아시의 어깨에 손을 갖다댔고, 그 즉시 그는 눈을 떴다. 잠은 완전히 달아나 있었다.

"메리!"

공작부인은 무릎과 허리를 가볍게 굽히고 고개를 숙였다.

"각하의 하녀입니다. 커피를 대령할까요?"

다아시는 상체를 일으켜 앉았다.

"아! 멋지군! 공작부인이 하녀라니! 좋아, 그렇게 해줘! 커피를 가져다줘! 지금 당장!"

공작부인이 입가에 희미한 미소를 띠고 밖으로 나가자, 그는 나직하게 웃었다.

"참!" 그는 메리의 등에 대고 큰 소리로 말했다. "후작한테 내 부츠를 닦아달라고 전해주겠어?"

그녀는 바퀴가 달린 카트를 밀고 돌아왔다. 카트 위에는 커피가 든 은주전자와 스푼, 받침 접시 위에 올려놓은 커피잔이 놓여 있었다.

"부츠는 이미 닦아두었습니다, 다아시 경." 메리는 여전히 공손한 어조로 말했다. "입으실 옷은 먼지를 털고 다려서 거실 옷장 안에 걸어두었습니다." 그러고는 커피를 따랐다.

"오, 그래?" 다아시는 커피잔에 손을 뻗으며 말했다. "그걸 한 사람은 아마 주교겠지?"

"주교님은 다른 일로 바쁘셔서요." 공작부인이 대꾸했다. "하지만 국왕 폐하께서 각하를 직접 아침 드라이브에 데려가실 예정입니다."

다아시는 커피잔을 입에 대려다 말고 동작을 멈췄다. 농담을 즐기는 건 좋지만, 무슨 일에든 한계라는 게 있는 법이다. 그 누구도 주군인 국왕 폐하를 가지고 농담하지는 않는다.

다음 순간 다아시는 자신이 아직 완전히 잠에서 깨지 않았다는 사실을 깨달았다. 그는 커피를 한 모금 마시곤 받침 위에 잔을 내려놓은 뒤 입을 열었다.

"국왕 폐하께서 사람을 보내셨어?" 그가 차분히 물었다.

"현관홀에서 기다리고 있어. 여기로 데려올까?"

"응. 아니, 기다려! 지금 시간이 어떻게 되지?"

"7시 정각."

"일이 분만 기다려달라고 해줘. 옷 입을 동안만. 옷을 가져다주겠어?"

그로부터 칠 분하고 몇 초쯤 뒤, 정식 아침 복장으로 차려입은 다아시는 거실로 통하는 문을 열었다. 컴버랜드 공작부인 메리의 모습은 어디에도 보이지 않았고, 우수어린 얼굴에 키가 작고 마른 남자 혼자 의자에 앉아 있었다. 마부들이 입을 법한 청회색 옷을 입은 사내는 다아시를 보자 마부들이 쓰는 사각모를 들고 예의바르게 일어섰다.

"다아시 경?"

"맞네. 자네는?"

작은 체구의 남자는 들고 있던 모자 안에서 왕가의 문장이 각인된 은배지를 꺼냈다. 배지 위쪽에는 돌이 하나 박혀 있었다. 약 6밀리미터 정도 되는 그 돌은 연마는 했지만 커팅은 하지 않은 반투명한 회색 유릿조각처럼 보였다.

"저는 국왕 폐하의 전령입니다, 각하."

남자는 이렇게 말하곤 엄지손가락을 돌에 갖다댔다. 그 순간 돌은 단순한 유릿조각이 아니었다.

방안이 밝은데도 돌이 루비와도 같은 붉은 광채를 발하기 시작한 것이다!

틀림없었다. 이 보석은 마술적인 수단에 의해 단 한 사람에게만 파장이 맞춰져 있었다. 그 사람이 손을 대면 그 안에서 붉은빛이 나오도록 조정되어 있는 것이다. 어떤 도둑이 왕가의 배지를 훔칠 수는 있지만, 잿빛의 우중충한 돌을 루비처럼 붉게 빛나게 할 수는 없다.

천재적인 마술학 박사 서 에드워드 엘머가 이 주문을 고안한 지 삼십 년 이상이 지났지만, 그 비밀을 풀어낸 사람은 아직 아무도 없었다. 이 돌은 이자가 영불제국의 군주인 존 4세가 보낸 사자임을 증명하는 완벽한 징표였다. 지금은 작고한 서 에드워드는 한때 마술사 길드의 그랜드 마스터였고, 그의 마술 실력은 서 라이언 갠덜푸스 그레이조차 능가한다는 평을 받았다.

"좋아." 다아시가 말했다. 남자의 이름을 묻지는 않았다. 국왕의 전령은 이름을 밝히지 않는 법이니까. "어떤 전갈인가?"

전령은 고개를 숙였다.

"저를 따라오십시오. 국왕 폐하의 요청입니다."

다아시가 미간을 찌푸렸다.

"그게 다인가?"

전령은 또다시 고개를 숙였다.

"국왕 폐하의 전갈을 방금 전해드렸습니다. 더이상은 드릴 말씀이 없습니다."

"그렇군. 혹시 무장하고 갈 필요가 있나?"

국왕의 전령은 활짝 웃었다.

"그래주신다면 고맙겠습니다. 폐하께서는 경이 그렇게 질문할 경우에 한해, 다음과 같이 답하라고 명하셨습니다. 국왕 폐하의 목소리로 말입니다. 시작해도 되겠습니까?"

"시작하게."

잠시 눈을 감은 전령은 생각에 집중하는 듯 보였다. 그가 입을 열자 세련되고 뚜렷한 목소리가 흘러나왔다. 런던 중하층 계급의 억양은 씻은 듯이 사라져 있었다. 어조와 말투도 변했다.

국왕의 목소리였다.

"친애하는 다아시. 마지막으로 만났을 때 자네는 무장을 하고 있었어. 자네 같은 능력을 지닌 친구가 선례를 깰 필요는 없겠지. 아주 긴급한 용건이니까, 최대한 빨리 오게."

다아시는 전령에게 고개를 숙이고 싶은 충동을 억눌렀다.

"즉시 찾아뵙겠습니다, 폐하."

지금 전령은 단지 도구에 불과했지만, 완전히 신뢰할 수 있는 인물이다. 그렇지 않다면 은배지를 지니고 있지도 않을 것이다. 단지 구두로 전하는 경우에도 그의 말은 명령이나 다름없었다. 그러나 지금처럼 국왕 폐하의 목소리로 전갈을 전할 때에는 전령조차도 자신이 무슨 말을 했는지 모른다. 전령이 열쇠가 되는 주문을 중얼거리면 국왕의 목소리로 메시지를 전하게 되고, 전갈이 흘러나오는 상황의 기억을 완전히 잃어버린다. 그는 자발적으로 전갈을 기록하는 데 참여했고, 말을 전하고 소거하는 일에도 동의한 것이다. 일단 말이 전달된 뒤에는 지상의 그 어떤 마술사도 전령으로부터 정보를 빼낼 수 없다. 왜냐하면 그의 마음속에 전갈은 더이상 존재하지 않기 때문이다.

물론 아직 전달되지 않은 말을 억지로 추출하는 것은 가능하지만, 국왕의 전령에게는 해당되지 않는다. 정당한 허가 없이 국왕의 전령으로부터 전갈을 빼내려고 시도하면 그 즉시 전령이 죽어버리기 때문이다. 전령은 이것을 주군과 제국에 대한 의무로 받아들였다.

잠시 후 국왕의 전령이 눈을 떴다.

"준비되셨습니까?"

"물론이네. 자네, 마차 모는 실력은 좋은가?"

"제 입으로 말하기도 뭐합니다만, 런던 최고입니다."

"아주 좋네! 그럼 지체 없이 출발하기로 하지!"

마차가 이동하는 동안 다아시는 국왕의 전갈에 관해 곰곰이 생각했다. 전령에게 무장해도 좋은지 묻는 것은 국왕 폐하의 수사관으로서 당연히 해야 할 질문에 지나지 않았다. 설마 왕궁으로 직접 소환되리라고는 생각지 못했던 것이다. 순수하게 자신의 책무를 다하기 위해 물어보았을 뿐이다. 당연하기 그지없는 질문을 한 결과, 그는 국왕의 면전에서 무장을 허락받은 몇 안 되는 사내 중 하나가 되었다.

전통적으로 국왕의 면전에서 무장을 허락받은 사람은 국왕의 장관들뿐이다. 그것도 검 외에는 허용되지 않았다.

그가 아는 한—명령이나 다름없는—국왕의 허락을 받아 권총을 휴대한 채 국왕을 알현하는 사람은 역사상 자신이 처음이었다. 이것은 극히 이례적인 명예였고, 다아시는 그 사실을 잘 알고 있었다.

그러나 언제까지나 그런 생각에 잠겨 있지는 않았다. 그것보다 훨씬 더 중요한 것은 국왕이 전갈을 보낸 이유다. 이번 일에는 나름대로 기이한 점이 있기는 하지만 따져보면 흔한 살인 사건에 불과하다. 그런데 국왕은 왜 관심을 보이는 것일까? 적어도 표면적으로는 국가가 개입할 만한 사건이 아닌 것처럼 보이는데 말이다. 그러나……

다아시는 갑자기 손으로 이마를 탁 치며 "이런 멍청이!"라고 날카롭게 내뱉었다.

"바보! 저능아! 백치! 그래, 셰르부르였어!"

곤경에 빠진 마스터 숀을 동정한 나머지, 그는 당면한 문제를 분석적으로 바라보는 대신 감정적으로 행동했던 것이다. 조금만 집중해보아도 명명백백한 일이었다.

이런 연유로, 이륜마차가 웨스트민스터궁전 정문으로 들어가서 무장한 위병—한눈에 마차와 마부를 알아보고 그들을 통과시켜주었다—앞을 지나 안뜰로 들어갔을 때도, 중령 제복을 입고 기다리고 있는 해군 장교를 보았을 때도 다아시는 놀라지 않았다. 사실 그런 인물이 기다리고 있지 않았더라면 오히려 더 놀랐을 것이다.

중령이 이륜마차의 문을 열어주었다. 다아시가 마차에서 내리자 그가 말했다.

"다아시 경이십니까? 만나뵙게 되어 반갑습니다. 저는 애슐리 경입니다."

"반갑습니다, 애슐리 경." 다아시가 말했다. "그건 그렇고, 여기 이렇게 계신 것을 보니 제 의심이 사실이었군요."

"의심?" 중령은 깜짝 놀란 표정이었다.

"이틀 전 셰르부르에서 일어난 조르주 바버 살인 사건과 어제 로열스튜어드호텔에서 일어났던 마스터 서 제임스 즈윈지 살인 사건 사이에 연관성이 있을 거라는 생각 말입니다. 적어도 해군 정보부에서는 두 사건이 관련있다고 믿는 듯하군요."

"적어도 저희는 그렇게 확신하고 있습니다." 애슐리가 말했다. "이쪽으로 와주시겠습니까? 퀸 아네트 응접실에서 즉시 회의가 열릴 예정입니다. 이 문으로 들어가서 복도를 지나 층계가…… 아, 혹시 제가 괜한 일을 하고 있을지도 모르겠군요. 궁전 내부에 관해서는 이미 알고 계신 것 아닙니까?"

"영불제국 내의 큰 궁전과 성들의 설계도를 모두 연구한 적이 있습니다. 퀸 아네트 응접실은 1891년에 코펜하겐 조약이 개정되고 조인된 방으로, 에드워드 7세 치세 때인 1633년에 봉헌된 참회왕 성 에드워드 예배당 바로 위층에 있습니다. 따라서 퀸 아네트 응접실은 이 층계를 올라가서 왼쪽으로 돈 다음, 복도를 지나 가스콘 문을 통과하고, 오른쪽으로 돌아 오른쪽에서 다섯번째에 있는 방입니다. 지금도 해럴드 2세의 왕비였던 플랑드르의 아네트가 사용하던 금박 다색 문장이 방문에 그대로 붙어 있으니 어느 문인지는 쉽게 알아보실 수 있을 겁니다." 애슐리를 본 다아시가 씩 웃었다. "하지만 방금 하신 질문의 취지에 대답하자면, 아닙니다. 웨스트민스터궁전에 와본 것은 이번이 처음입니다."

애슐리는 미소 지었다. "저도 마찬가지입니다." 그는 쿡쿡 거리며 웃었다. "사실을 말하자면, 느닷없이 이런 고귀한 장소로 불려와서 좀 얼떨떨한 느낌입니다. 만난 적도 없는 인물 두 명이 살해당하고—이건 정보부에서는 자주 일어나는 일이긴 하지만—그런 다음에는 흔한 살인 사건으로 간주하던 것이 갑자기 국가 중대사가 되어버린 겁니다." 애슐리는 여기서 잠시 목소리를 낮췄다. "회의에는 국왕 폐하도 참석하실 예정입니다."

그들은 층계를 올라간 다음 왼쪽으로 돌아 가스콘 문 쪽으로 갔다.

"혹시 어떤 가설을 세우고 계십니까?" 다아시가 물었다.

"누가 그들을 죽였는가 말입니까? 물론 폴란드 첩자들이
겠죠. 하지만 그 요원들이 누군지 짐작이 가냐고 물어보신 것
이라면…… 저는 모릅니다. 누구든 그럴 수 있었을 테니까요.
평소에는 완전히 정상적으로 보이는 작은 상점 주인이라든지
상인 따위로 위장하고 있는 남자가, 어느 날 상관에게서 '어디
어디로 가서 이러이러한 이름의 첩자를 죽여라' 하는 명령을
받습니다. 그럼 첩자는 그 남자를 죽이고, 한 시간 뒤에는 다
시 원래 직장으로 돌아와 일하는 식입니다. 첩자와 그가 살해
한 인물 사이에는 아무런 관계도 없으니까 동기도 찾을 수 없
고, 아무런 실마리도 남지 않습니다."

그들은 문을 지나 오른쪽으로 돌았다.

"그렇다면 해군 정보부 역시 그런 비관적인 견해를 가진
모양이군요." 다아시가 미소 지으며 말했다.

"흐음, 솔직히 그렇다고 할 수 있습니다." 중령은 조금 유
감이라는 듯이 말했다. "만약 살인범들을 잡을 수 있다면 좋
겠지만, 그건 정말로 중요한 일의 부차적인 면에 지나지 않습
니다."

"그렇다면 해군은 그 살인 사건보다 더 위험한 일이 진행
되고 있다고 생각하나보군요?"

두 사내는 아네트 왕비의 금박 다색 문장이 붙어 있는 문 앞에 섰다.

"그렇습니다. 국왕 폐하께서는 그 점을 매우 우려하고 계십니다. 더 자세한 정보는 폐하가 직접 말씀해주실 겁니다."

애슐리가 화려하게 장식된 문을 열었다. 두 사람은 안으로 들어갔다.

8

긴 테이블 앞에 앉은 세 남자 중 다아시와 면식이 있는 사람은 한 명뿐이었지만, 다른 두 사람이 누군지는 금세 알 수 있었다. 본 트리옴프는 평소와 다름없이 침착하고 온화한 표정이었다.

상체를 꼿꼿이 세운 은빛 턱수염을 길게 기른 노인은 마스터 마술사가 입는 하늘색과 은색 예복 대신 평상시 아침 복장이었다. 예리한 눈매와 칼날처럼 얇고 곧은 코가 인상적인 게, 서 라이언 그레이가 틀림없었다.

세번째 사내는 이목구비가 매우 독특했다. 나이는 사십대 후반에서 오십대 초반쯤 되어 보였는데, 곱슬거리고 조금 흐트러진 듯한 머리카락은 새치를 거의 찾아볼 수 없을 만큼 검었다. 머리통은 이마가 높고 울퉁불퉁한 탓에 뭉뚝한 느낌을 주었고, 깊게 팬 눈과 두터운 눈꺼풀 위로는 북슬북슬한 눈썹이 자리했다. 코는 서 라이언 못지않게 컸지만, 콧날이 칼날같이 얇은 대신 폭이 넓고 조금 뒤틀려 있었다. 마치 과거에 한번 부러졌으나, 치료술사의 도움을 빌리지 않고 저절로 나을 때까지 내버려둔 듯했다. 일자로 꾹 닫은 큰 입에, 짙고 북슬북슬한 콧수염은 마치 고양이 수염처럼 좌우로 뻗어나가다가 끄트머리에서 위로 구부러져 있었다. 짧은 턱수염도 머리카락이나 콧수염, 눈썹과 마찬가지로 곱슬거리는 강모였다.

흘낏 보면 냉혹하고 무자비하다는 인상이지만, 조금 더 자세히 관찰해보면 그에 못지않게 현명하면서도 유머감각을 겸비한 인물이라는 사실을 알 수 있을 것이다. 이는 내면의 강인한 힘을 슬기롭고 효과적으로 통제할 줄 아는 인물의 얼굴이었다.

다아시는 이 남자의 외모에 관한 얘기를 들은 적이 있었기에, 금실로 화려하게 수놓은 감청색 해군 예복만 보고도 그가 영불제국 해군경海軍卿, 통합 함대 사령관, 황금 표범 기사단의 기사단장이자 해군 참모총장인 피터 드 발레라 압 스미스 경임을 알아보았다.

그 옆에 서 있는 네번째 남자는 해군경과 비슷한 연배였지만, 눈에 띄는 백발을 제외하고는 너무나도 평범한 외모라 장관 곁에 있으면 거의 눈에 들어오지 않았다. 이 남자와는 안면이 없었지만, 해군 대령의 군복을 입은 것을 보니 해군 정보부와 관련이 있는 듯했다.

해군 중령 애슐리가 나서서 서로를 소개해주었다. 네 사람에 관한 다아시의 추측은 모두 맞았다. 네번째 남자는 해군 정보부의 유럽 지부장인 퍼시 스몰렛 대령이었다.

다아시는 세 명의 해군 중 예장용 검을 찬 사람은 해군경 뿐임을 깨달았다. 오직 그만이 국왕의 면전에서 패검을 허락받은 것이다. 다아시는 갑자기 오른쪽 엉덩이 위에 차고 있는 권총을 강렬하게 의식했다. 모닝코트에 가려져 있기는 했지만 말이다.

인사가 다 끝나기도 전에 갑자기 옆방으로 통하는 문이 열리더니 왕실의 집사장 제복을 입은 사내가 들어왔다.

"국왕 폐하의 행차이십니다!"

집사는 근엄한 목소리로 말했다.

국왕이 들어오자 여섯 명의 사내는 일어서서 한쪽 무릎을 꿇고 인사하는 대신 고개를 깊이 숙였다. 유용하지만 오해하기 쉬운 에티켓이다. 국왕은 영불제국 해군 총사령관 제복을 입고 있었다. 만약 국왕의 예복을 입었거나 평복을 입고 있었다면 그를 알현하는 사람은 한쪽 무릎을 꿇고 절해야 한다. 그러나 육군이나 해군 제복을 입었을 때는 군 장교의 페르소나를 몸에 두르는데, 그러면 최고위급의 장성이기는 해도 어디까지나 군인으로 간주된다. 따라서 그 어떤 군인도 무릎을 꿇는 예로 대할 필요는 없었다.

"다들 자리에 앉게." 국왕이 말했다.

신의 은총에 의해 영국, 프랑스, 스코틀랜드, 아일랜드, 뉴잉글랜드 및 뉴프랑스의 국왕이자 황제이며 신앙의 수호자인 존 4세는, 최초의 플랜태저넷가 군주였던 헨리 2세의 손자 아서의 직계 후손이다. 존 4세는 큰 키에 넓은 어깨, 파란 눈, 금발이라는 플랜태저넷가 특유의 수려한 외모에, 전임자들과 마찬가지로 유럽에서 가장 오래된 왕가 특유의 활력과 능력, 총명함을 지녔다. 그러나 존 4세는 외모를 제외하면, 헨리 2세의 아들로 태어나 망명생활을 하다 1219년에 리처드 사자심왕이 붕어하기 삼 년 전에 죽은 헨리 2세의 막내아들 존 랙랜드 대공으로부터 파생된 거칠고 방탕하며 불안정한 분가分家의 혈통과는 전혀 닮은 점이 없었다. 그리고 다행히도 이 가계는 이미 소멸했다.

국왕은 테이블 상석에 앉았다. 그의 왼쪽에는 해군경, 스몰렛 대령, 본트리옴프 경이 순서대로 착석했다. 오른쪽에는 서 라이언, 애슐리 중령, 다아시 경이 앉았다.

"오늘 이 자리에 있는 사람들 모두 모인 이유를 알고 있으리라 생각하지만, 사실관계를 다시 한번 확실히 하기 위해서 해군경이 우리가 처한 상황을 설명하겠네. 피터 경, 설명해주겠나."

"물론입니다, 폐하."

해군경의 목소리는 약간 거친 느낌의 바리톤이었다. 그래서인지 나직하게 얘기하는데도 웨스트민스터궁전 안에서 열린 회의가 아니라 마치 함미 갑판에서 고래고래 명령을 내리는 것처럼 들렸다. 그는 뱃사람다운 날카로운 눈초리로 테이블 주위에 앉은 이들을 둘러보았다.

"어떤 무기를 둘러싼 문제가 있다네." 그는 대뜸 말했다. "그러니까, 나는 그걸 무기라고 부르고 있네. 서 라이언은 동의하지 않지. 하지만 나는 해군이지 마술사가 아니니까 상관없어. 모두들 마술에도 한계가 있다는 걸 알지, 안 그런가? 그래서 전쟁에서는 마술을 쓸 수 없어. 만약 마술사가 적의 함선을 파괴하기 위해 마술을 쓴다면 흑마술을 써야 하고, 제정신이라면 그런 일을 하고 싶어하는 마술사는 없으니까 말이야. 또 흑마술이 그렇게 효과가 있는 것도 아니지. 폴란드 왕립 해군이 1939년에 한 번 시도한 적이 있는데, 우리가 역주문을 써서 그걸 쉽게 무효화시켰어. 적이 주문을 쓰려고 악전고투하는 동안 우리는 포격으로 적함을 모두 날려버렸지. 하지만 내가 이해하는 한 이번 건은 절대로 흑마술이 아니네." 그는 그랜드 마스터를 쳐다보았다. "이 부분은 서 라이언 자네가 설명하는 편이 낫겠군."

"알겠습니다." 마스터 마술사인 서 라이언이 말했다. "우선 자네들이 말하는 '흑'마술과 '백'마술의 차이가 많은 사람이 생각하는 것만큼 뚜렷한 것이 아니라는 점을 지적하고 넘어 가야겠군. 이를테면 우리는 치유술을 백마술이라고 부르고, 저주를 써서 병이나 죽음을 불러오는 것을 흑마술이라고 부르네. 하지만 이런 가정을 해보게. 만약 살인광의 부러진 다리를 치료해서 다시 살인을 할 수 있도록 한다면 그걸 백마술이라고 부를 수 있을까? 혹은 그와는 반대로 그 살인광을 주살해서 더이상 살인하지 못하게 한다면 그것은 흑마술일까? 흠, 양쪽 모두 맞는다고 할 수 있겠지. 그 부분은 윤리론의 상징 수학을 통해 증명할 수 있지만, 유추 방정식을 거론해서 자네들을 따분하게 할 생각은 없네. 다만 여러 가지 질문들에 대해서 윤리론으로 뚜렷한 해답을 제시할 수 있어.

이 부분은 마술에 입문한 일 년 차 도제들이라면 누구든 암기하고 있는 경구에 집약되어 있네. '흑마술은 상징과 의지의 문제다.'"

서 라이언은 미소 띤 얼굴로 오른손을 뒤집으며 당연히 알고 있다는 시늉을 해 보였다.

"물론 백마술도 마찬가지겠지. 하지만 우리가 경고해야 하는 것은 흑마술의 위험이니까 말일세."

"이해했습니다." 스몰렛 대령이 말했다.

"더이상 깊이 들어가지는 않겠네." 서 라이언이 말했다. "단지 윤리론은 다른 사람이 파괴를 의도할 경우, 그자의 행동에 간섭하는 것을 허락하고 있다는 사실만 지적해두기로 하지. 그 결과, 우리는 아까 해군경이 언급한 그…… '무기'를 완성시킬 수 있었네."

서 라이언은 또다시 테이블 주위를 둘러보았고, 움푹 팬 예리한 눈으로 한 사람씩 바라보았다. 그러고는 허리를 굽혀 테이블 밑에서 물건 하나를 꺼내더니 반들반들하게 연마된 참나무 테이블 위에 모두가 볼 수 있도록 놓아두었다.

"바로 이것이라네."

기묘한 모양을 한 장치였다. 본체는 직경 20센티미터, 길이 45센티미터쯤 되는 놋쇠 원통이었다. 원통은 짧은 삼각대 위에 수평으로 거치되어 테이블 표면에서 10센티미터쯤 떠 있었다. 원통의 한쪽 끝에는 두 개의 손잡이가 달려 있어 양손으로 잡고 겨냥할 수 있었다. 반대쪽 끝에는 직경 약 8센티미터, 길이 25센티미터쯤 되는 작은 원통이 튀어나와 있는데, 마지막 10센티미터는 직경 15센티미터 정도로 넓어지며 나팔 모양의 포구砲口를 이루고 있었다.

본트리옴프가 미소 지었다.

"괴상하게 생긴 대포로군요, 서 라이언."

그랜드 마스터는 메마른 웃음소리를 냈다.

"자네는 물론 이 장치가 대포가 아니라는 사실을 알고 있겠지. 하지만 대포와 닮았다는 점은 인정하네. 물론 여기서는 작동이 되는지 실험해 보일 수는 없지만, 그 작동 원리를 설명하자면⋯⋯"

"잠깐 기다려주게, 서 라이언." 국왕이 그의 말을 끊었다.

"폐하?"

그랜드 마스터는 양 눈썹을 위로 추켜올렸다. 자신이 설명할 때 국왕이 끼어들 것이라고는 미처 예상하지 못한 눈치였다.

"그 장치를 특정인을 상대로 작동시킬 수 있나?" 국왕이 물었다.

"물론입니다, 폐하." 라이언이 대답했다. "하지만 폐하도 아시다시피 이 장치는 단 한 가지의 행위만을 저지하고, 이곳에는 그것을 시험할 만한 설비가 없⋯⋯"

"설비는 있다고 생각하네, 서 라이언. 다아시 경을 그 장치의 표적으로 쓸 수 있겠나?"

"가능합니다, 폐하."

움푹 팬 마술사의 눈에 생각에 잠긴 듯한 빛이 감돌았다.

"아주 좋아." 국왕은 다아시를 쳐다보았다. "실험 대상이 되는 데 동의하겠나, 다아시 경?"

"명령만 내려주십시오." 다아시가 말했다.

"아주 좋네." 국왕은 오른손을 내밀었다. "허리 뒤에 차고 있는 권총을 내게 건네주겠나?"

테이블 주위에 앉아 있던 사람들은 모두 벼락이라도 맞은 것처럼 움찔했고, 일제히 고개를 돌려 다아시를 보았다. 그리고 경악한 표정으로 다아시의 얼굴을 응시했다. 해군경은 허리에 찬 가느다란 예식용 패검 자루를 잡고 칼집에서 칼날을 몇 센티미터쯤 뽑기까지 했다.

모두가 큰 충격을 받았다는 사실은 명백했다. 도대체 어떤 정신 나간 인간이 권총으로 무장하고 어전에 나타난단 말인가?

"진정하게, 피터 경!" 국왕이 말했다. "아르시의 영주는 짐의 요청과 허가를 받고 무장한 채로 온 거라네. 자, 권총을 건네주겠나, 다아시 경."

다아시는 정상적인 제국 신민이라면 누구나 기절초풍할 만한 행위를 침착하게 실행에 옮겼다. 주군인 국왕 폐하의 면전에서 권총을 뽑은 것이다.

그런 다음 일어서서 테이블 위로 상체를 뻗어 거꾸로 쥔 권총을 국왕에게 건넸다.

"폐하의 명령이시라면." 그는 조용히 말했다.

"고맙네. 아! 훌륭한 무기로군! 나는 언제나 40구경 맥그레거가 지금까지 만들어진 것들 중 최고의 권총이라고 생각했다네. 준비는 끝났나, 서 라이언?"

라이언 그레이가 이미 국왕의 의도를 간파했다는 점은 명백했다. 그는 미소를 지으며 나팔 모양의 포구가 다아시를 향하도록 번들거리는 금속 장치의 방향을 돌렸다.

"준비됐습니다, 폐하."

그동안 국왕은 맥그레거 권총의 탄창을 뺐고, 거기서 뽑아낸 40구경 실탄 일곱 발을 모두 테이블 위에 올려놓았다. 다섯 사람이 매료된 듯이 두 눈으로 이 광경을 응시하고 있었다.

"다아시 경." 국왕은 고개를 들고 말했다. "지금부터 서 라이언이 하는 일에는 신경쓰지 말게."

"알겠습니다, 폐하." 다아시가 말했다.

"좋아." 국왕의 눈길이 방 반대편 벽을 따라 위로 향했다. "흐으음. 그래. 다아시 경, 저기 저 창문에 끼워져 있는 스테인드글라스에 주목하게. 특히 아서왕이 두루마리를 들고 있는 부분을 말이야. 가장 오래되고 고귀한 원탁 기사단의 설립을 상징하는 장면이지."

다아시는 창문을 바라보았다.

"폐하가 말씀하신 부분을 보고 있습니다."

"좋아. 저 창문은 값을 따질 수 없을 정도로 귀중한 미술품이라네. 그렇지만 나는 저걸 보면 화가 나."

다아시는 고개를 돌려 국왕을 쳐다보았다. 국왕이 실탄을 뺀 권총을 앞으로 밀자, 권총은 테이블 위를 미끄러져 다아시 앞으로 왔다. 이어서 국왕이 실탄 한 발을 손가락으로 튕기자, 실탄은 테이블 위에서 빙글빙글 돌며 권총 옆으로 와서 멈췄다.

"다시 말하지만, 난 저 유리창을 보면 화가 난다네." 국왕이 말했다. "그러니 그 권총으로 저 창문을 겨냥해서 한 발 쏘아주겠나?"

"명을 받들겠습니다, 폐하." 다아시 경이 말했다.

만약 다아시가 자신이 과학 실험의 대상이 되었다는 사실을 몰랐다면, 그뒤로 벌어진 장면은 그의 경력에서 가장 굴욕적인 사건으로 기억되었을지도 모른다. 테이블 주위에 앉아 있던 여섯 명 중 단 한 명이라도 웃거나 비웃는 듯한 소리를 냈다면 분통을 터뜨렸으리라는 사실을 그는 나중에서야 깨달았다. 평소에 자신의 감정을 그토록 완벽에 가깝게 통제하는 그 같은 사내가 남 앞에서 분노를 드러낸다는 것은 거의 죽음이나 다름없는 굴욕이었을 것이다. 그러나 아무도 웃지 않았고, 그 사실에 대해 나중에 다아시 경은 깊이 감사했다.

그에게 주어진 임무는 간단했다. 실탄 한 발을 집어올려 약실에 직접 넣고 기관부를 닫은 다음 겨냥하고, 발사하면 끝이다.

다아시는 권총을 잡기 위해 오른손을 뻗으며 왼손으로는 실탄을 잡으려고 했다. 그런데 어떤 이유에서인지 그는 권총 손잡이를 거꾸로 쥐고 있었고 그 탓에 총구는 자신을 향해 있었다. 더군다나 실탄은 손에서 미끄러져 테이블 위를 굴러갔고, 멀어지는 실탄으로 손을 뻗어 움켜쥐어보았지만 그만 놓치고 말았다. 화가 난 그는 손바닥을 세게 내려쳐서 마침내 실탄을 잡았다.

그러자 쾅 소리가 들렸다. 실탄을 잡는 데 정신이 팔린 나머지 다른 손에 쥐고 있던 권총을 떨어뜨린 것이다.

그는 이를 악문 채 자꾸 도망가려는 실탄을 덮고 있던 왼손을 꽉 쥐었다. 그런 다음 결연하게 다시 오른손을 뻗어 권총을 집어들었다. 됐다.

이제 약실을 열 차례였다. 오른손 엄지손가락으로 약실 개방용 멈치를 누르는 순간 권총이 다른 손가락들에서 갑자기 미끄러지더니 검지에 방아쇠울이 걸린 채 손끝에서 대롱거렸다. 그대로 권총을 회전시켜 손잡이를 잡으려고 했지만, 권총은 또다시 아래로 미끄러지며 테이블 위에 쾅 떨어졌다.

다아시는 깊게 숨을 들이켰다. 그런 다음 침착하고 신중하게 손을 뻗어 권총을 집었다. 이번에는 왼손 엄지로 약실을 열었지만, 그러는 과정에서 또다시 실탄을 떨어뜨렸다.

그후의 몇 분은 악몽과도 같았다. 실탄을 집으려고 하면 끝끝내 미끄러졌고, 가까스로 집은 뒤에는 약실에 넣지를 못했다. 겨우 약실에 들어간다 싶은 순간 그는 또다시 총을 떨어뜨렸다.

다아시는 이를 악물었다. 양쪽 턱 근육이 부조처럼 딱딱하게 솟아올랐다. 그는 천천히, 신중하게 손을 움직여서—몇 번이나 잘못 잡거나 미끄러뜨리는 등의 시행착오를 거친 끝에—마침내 실탄을 약실 안에 넣고 기관부를 닫을 수 있었다.

여기까지 해냈다는 것에 안도감이 너무나도 큰 나머지 무심코 손에서 힘을 뺐다. 그러자 권총은 또다시 테이블 위에 떨어졌다. 그는 화가 나 손을 뻗어 권총을 잡아챘고, 창문 쪽을 겨냥한 다음……

그가 방아쇠를 당기려고 시도하기도 전에 커다란 총성이 울리며 권총이 발사되었다.

총알은 아서왕과 그가 든 두루마리를 비껴나가 불과 60센티미터가량 떨어진 돌벽을 맞추며 큰 파편을 튀겼고, 천장 쪽으로 튕겨나가 참나무 들보에 박혔다.

영원처럼 느껴진 긴 침묵이 흐른 후, 라이언 갠덜푸스 그레이가 나직하게 말했다.

"훌륭합니다! 폐하, 지금까지 시행한 테스트에서, 실탄 장전에 성공한 사람은 단 한 명도 없었습니다. 장전에 성공했을 뿐만 아니라, 목표를 거의 맞힐 뻔하다니…… 이토록 완벽하게 훈련된 인물은 거의 없습니다. 특히 폴란드 왕립 해군에는 말입니다. 그 사실이 기쁠 따름입니다."

국왕은 테이블 위에 남은 실탄 여섯 발을 다아시 쪽으로 밀었다.

"다시 장전해 권총집에 집어넣게, 다아시 경. 그리고 이 실험으로 인해 혹시…… 자네에게 폐를 끼쳤다면 사과하겠네."

"천만의 말씀입니다, 폐하. 제게도 아주 교훈적인 경험이었습니다."

다아시는 여섯 발의 실탄을 한꺼번에 집어들고 숙련된 동작으로 탄창에 장전한 다음 손잡이에 끼웠다. 나팔 모양의 포구는 여전히 그를 향하고 있었지만, 서 라이언은 더이상 그것의 손잡이를 잡고 있지 않았다.

"축하하네, 다아시 경." 국왕이 말했다. "본트리옴프 경과 자네를 제외하면, 여기 있는 사람들 모두 예전에 이 장치가 작동하는 것을 보았다네. 서 라이언이 말했듯이 이 주문의 영향을 받고도 총에 탄환을 장전한 사람은 자네가 처음일세." 국왕은 라이언을 보았다. "뭔가 덧붙이고 싶은 말이 있나, 서 라이언?"

"없습니다, 폐하…… 혹시 질문하고 싶은 분이 계신다면 모르지만 말입니다."

본트리옴프가 손을 들어올렸다.

"질문을 하나 해도 좋겠습니까, 서 라이언?"

"물론입니다."

본트리옴프는 손으로 장치를 가리켰다.

"혹시 아무나…… 그러니까, 일반인이 이 장치를 조작할 수 있습니까? 아니면 마술사만이 조작할 수 있는 겁니까?"

라이언이 미소를 지었다.

"다행히도 이 장치는 훈련받은 탤런트를 가진 사람만이 조작할 수 있습니다. 하지만 꼭 마스터급 마술사일 필요는 없습니다. 삼 년간 교육받은 도제면 족합니다."

"서 라이언, 그렇다면." 다아시는 본트리옴프가 뭐라고 대답하기 전에 끼어들었다. "이 장치의 작동 비밀은 두 부분으로 나누어져 있겠군요. 제 말이 맞습니까?"

"다아시 경." 라이언이 잠시 후 말했다. "당신이 탤런트를 가지고 있지 않다는 사실은 마술사 길드에게는 크나큰 손실입니다. 정확하게 추론하셨듯이 이 주문은 두 부분으로 이루어져 있습니다. 가장 중요한 첫번째 부분은 이 안에 들어 있습니다."

그는 금빛으로 반짝이는 놋쇠 기구를 가리켰다.

"바로…… 방금 본트리옴프 경이 '장치'라고 부른 이 원통 안에 든 상징 체계입니다. 이 놋쇠 원통 안에는 주문의 상수, 그러니까 우리 마술사들이 '하드웨어'라고 부르는 부분이 들어 있습니다. 그러나 그 자체로서는 아무 소용도 없습니다. 마술사가 적절한 주문을 외워야만 비로소 작동합니다. 작동시에 필요한 주문들은 '소프트웨어'라고 부릅니다. 무슨 뜻인지 아시겠습니까?"

본트리옴프가 씩 웃으며 고개를 끄덕였다.

"다아시 경과 서 라이언 두 분이 방금 제 질문에 대답해주셨습니다. 계속해주십시오, 서 라이언."

"이걸로 충분하다고 생각합니다." 라이언이 말했다. "나머지는 해군경께 맡기겠습니다."

해군 제독은 라이언이 자리에 앉기를 기다리지도 않고 입을 열었다.

"해당 주문을 알고 있는 마술사가 적의 함정에 어떤 일을 가할 수 있는지는 이제 모두 이해하겠지. 내가 알기로는 이 장치는 흑마술처럼 적함의 조종 자체를 방해하지는 않네. 하지만 적이 대포에 포탄을 장전해서 발사하려 한다면 대혼란이 일어나지. 단 한 사람이 그런 일을 시도하면 어떤 일이 일어나게 되는지 방금 보았듯이 말이네. 그런데 같은 상황이 집단으로 일어난다고 상상해보게! 그들은 단지 개인이 맡은 임무를 제대로 수행하지 못할 뿐 아니라, 다른 사람의 임무까지 방해하게 되는 거야. 그 결과, 조금 전 말했듯이 대혼란이 일어나네.

이 장치가 있으면, 우리 영불제국 해군은 대슬라브 왕의 해군을 얼마든지 원하는 만큼 오래 발트해에 가둬둘 수 있네.

물론 이걸 우리는 가지고 있고, 상대는 가지고 있지 않는다는 조건에서 말이야.

우리의 당면 과제는 바로 이거라네. 이 장치의 비밀이 결코 폴란드인들의 손에 넘어가서는 안 돼!"

'과제가 맞군!' 다아시는 만족감에 점점 번지려는 미소를 억누르며 생각했다. 국왕은 이미 파이프를 꺼내 담배를 채워 넣고 있었다. 다아시와 해군경과 스몰렛 대령도 즉시 자기들의 파이프에 손을 뻗쳤다. 그러나 다아시는 그러면서도 스몰렛 대령을 보고 있었다. 그는 해군경이 앞으로 무슨 말을 할지 거의 완벽하게 예상할 수 있었다.

"따라서 우리가 직면한 문제는 바로 정보 보호라네. 스몰렛 대령, 자세히 설명해주겠나."

"예, 사령관님." 해군 정보부장은 엄숙한 표정으로 파이프를 한번 빨았다가 연기를 내뿜었다.

"문제는 간단합니다. 그러나 해법은 어렵습니다. 누군가가 이 장치의 비밀을 폴란드인들에게 팔아넘기려고 하고 있습니다. 실제 경위는 이렇습니다.

우리는 셰르부르에 이중 첩자를 두고 있었습니다. '조르주 바버'라는 남자입니다. 영불제국인이 아니라 폴란드인이기는 했지만, 우리 정보부를 위해 정말로 잘 일해주었습니다. 신뢰도가 아주 높았습니다."

스몰렛은 파이프를 입에서 떼고 물부리로 무엇인가를 가리키는 듯한 동작을 했다.

"그리고 몇 주 전에……" 그가 물부리로 공중을 찔렀다. "바버는 발신인을 추적할 수 없는 익명의 편지를 받았습니다. 이 장치의 비밀을 팔겠다는 편지였는데, 장치의 외관과 효과에 관해 상당히 정확한 내용을 담고 있었습니다. 그래서 바버는 '제드'라는 이름만 알고 있는 자신의 상관에게 연락해서 다음 지시를 달라고 요청했습니다. 제드는 저를 찾아왔고, 저는 해군경께 갔습니다. 그리고 우리 세 사람은 함정을 파기로 했습니다."

대령이 잠시 말을 멈추었을 때 다아시가 입을 열었다.

"질문을 하나 해도 되겠습니까, 스몰렛 대령님?"

"물론입니다."

"사령관님과 제드를 제외하면 이에 대해 알고 있는 사람은 대령님뿐입니까?"

"그렇습니다." 스몰렛은 단언했다. "외부인은 절대로 모르는 사항이었습니다."

"감사합니다. 말씀중에 끼어들어 죄송합니다, 대령님."

"천만에요, 다아시 경. 하여튼." 대령은 파이프를 한 모금 빨았다. "하여튼 간에, 우리는 함정을 팠습니다. 바버에게 편지 발신인과 접촉을 재개하라고 명령했지요. 상세한 비밀을 알려주는 대가는 소브린 금화 5천 닢이었습니다."

'충분히 그럴 만한 가치가 있는 비밀이지.' 다아시는 생각했다. 소브린 금화 한 닢은 소브린 은화 50닢에 해당하고, 소브린 은화의 12분의 1에 해당하는 1펜스가 있으면 펍에서 커피 한 잔을 마실 수 있다. 소브린 은화 25만 닢이면 엄청난 양의 커피를 사 마실 수 있는 것이다.

"교섭에는 시간이 걸렸습니다." 스몰렛 대령이 말을 이었다. "바버는 너무 열성적이라는 인상을 주어서는 안 됐습니다. 수상해 보였을 테니까요. 흐음. 아무튼 간에, 교섭은 계속되었습니다. 바버는 해군 정보부의 셰르부르 지부가 아니라 제드의 지휘 아래 일하고 있었다는 사실을 이해해주십시오. 저희와 접촉할 때는 조심해야 했으니까요. 아시다시피 바버는 셰르부르에 있는 폴란드 첩자들의 감시를 받고 있었습니다."

스몰렛 대령은 짧고 날카로운 웃음소리를 냈다.

"물론 그 첩자들은 우리의 감시하에 있었습니다만. 정말 기기묘묘한 상황이라고 할 수 있겠죠. 저희는 바버의 정체를 밝힐 생각은 추호도 없었습니다. 그러기에는 너무나도 소중한 인재였기 때문입니다. 교섭이 진행되는 동안 기밀 정보를 팔려고 하던 사내는 바버를 두 번 만나러 왔습니다. 바버가 보고한 바에 의하면 검은 머리, 검은 턱수염과 콧수염에 콧날이 곧고, 키가 상당히 컸다고 합니다. 파란 색안경을 끼고, 쉰 듯한 목소리로 프로방스 사투리를 쓴다고 하더군요. 부유한 상인 계급의 복장을 하고 있다고도 했습니다."

다아시는 본트리옴프와 시선을 마주쳤다. 두 수사관은 서로를 보며 슬쩍 웃었다. 지금 들은 얘기만으로도 스몰렛의 입에서 곧 무슨 말이 나올지 상상되었기 때문이다.

스몰렛 대령이 말했다.

"이것이 변장이라는 점은 명백합니다."

본트리옴프가 말했다.

"질문이 하나 있습니다, 대령님."

"예, 본트리옴프 경?"

"그 작자가 바버를 두 번 만났다고 하셨죠. 근데 그 사실을 미리 알고 계시면서도 왜 그자가 나타났을 때 체포하지 않았습니까?"

"바버의 정체를 밝히지 않고 체포하기는 불가능했습니다." 스몰렛 대령은 단호하게 말했다. "셰르부르에서 바버를 감시하는 폴란드 첩자의 수가 너무 많았습니다. 첩자들은 바버가 그 남자와 접촉하고 있다는 사실을 알고 있었습니다. 참고로 그 남자는 굿맨 피츠진이라 자칭했습니다. 피츠진을 체포하려고 했다면 바버도 함께 체포해야 했을 겁니다. 그러지 않으면 폴란드 첩자들은 우리가 예전부터 바버에 대해 알고 있었다는 사실을 깨닫게 될 테니까요. 바버가 이중 첩자였다는 사실까지는 알아내지 못하더라도, 적어도 우리가 바버의 존재를 알고 있었다는 사실은 증명되지 않겠습니까? 그거면 바버는 정체가 들통나고, 대슬라브 국왕에게 아무 쓸모도 없는 존재가 됩니다. 그럴 위험을 무릅쓸 수는 없었습니다."

"그렇다면 접촉 후에 그 피츠진이라는 자를 미행할 수도 있었잖습니까." 본트리옴프가 지적했다.

"미행했습니다." 스몰렛 대령은 조금 가시 돋친 어조로 말했다. "두 번 모두 말입니다." 그는 분하다는 듯 미간을 찌푸렸다. "유감스럽지만, 그자가 우리 요원들을 두 번 모두 따돌렸다는 사실을 인정하지 않을 수 없습니다." 대령은 심호흡을 했다. "이 피츠진이란 자는 아마추어가 아닙니다." 그러면서 고개를 돌려 한사람씩 바라보았다. "정말로 머리가 좋은 자입니다. 자신이 미행당하고 있다는 사실을 알고 있었는지는 확인할 수 없습니다. 설령 영불제국의 정보부 요원들이 자기를 미행하고 있다고까지는 생각하지 못했더라도, 폴란드 첩보원들이 따라붙었다고 의심했을 가능성이 높습니다. 하여튼 피츠진은 두 번 모두 그물에서 빠져나갔습니다. 그 점에 대해서 변명의 여지가 없습니다."

스몰렛 대령이 말을 멈추고 깊게 숨을 들이켜자 해군경이 끼어들어 국왕을 보고 말했다.

"폐하께서 허락해주신다면, 저는 스몰렛 대령을 지지한다고 밝히고 싶습니다. 미행을 따돌리는 훈련을 받은 자가 미행 사실을 알아차린 경우, 그 어떤 요원이나 요원 집단도 그자를 오래 미행할 수는 없습니다."

"나도 그건 알고 있네, 해군경." 존왕은 침착하게 말했다. "얘기를 계속해주게, 스몰렛 대령."

"예, 폐하." 대령은 이렇게 대답하고 헛기침을 했다. "방금 말했듯이, 정보부는 이 피츠진이라는 인물을 미행하는 데 실패했습니다. 그러나 바버는 저희의 묵인하에 덫에 미끼를 놓았습니다. 바버는 피츠진이 가지고 있는 정보가 소브린 금화 5천 닢에 필적한다는 사실을 시인했던 겁니다. 그래서 그는 피츠진에게 대슬라브 국왕의 정부가 그 정보를 매수하는 데 동의했다고 말했습니다. 단지……"

스몰렛 대령은 파이프로 모호한 동작을 해 보이고는 다시 헛기침을 했다.

"……단지…… 어험…… 바버는 상대방…… 그러니까 피츠진에게 정말로 그 비밀을 알고 있는지 증명하라고 요구했던 겁니다."

스몰렛 대령은 입에 파이프를 문 채 눈길만으로 다른 사람들을 둘러보았다.

"여기 계신 분들도 잘 아시겠지만……" 대령은 파이프를 어금니로 깨문 채로 말했다. "피츠진은 현금을 받기 전에는 장치의 설계도를 보여줄 생각이 없었습니다. 하지만 그렇게 하지 않으면 그 비밀의 가치를 폴란드측에 증명할 방법이 없지 않겠습니까?"

스몰렛 대령은 손가락 하나를 들어 보였다.

"우리 정보부의 이중 첩자인 바버가 피츠진에게 한 말은 바로 그거였습니다. 물론 진실을 털어놓은 것은 아닙니다. 바버는 대슬라브 국왕의 첩보원들에게도 그럴듯한 보고를 할 필요가 있었습니다. 사실 바버는 이렇게 보고했습니다. 북해와 발트해에 있는 영불제국과 스칸디나비아 해군의 함대 배치 계획을 팔아넘기려는 영불제국 해군 장교와 접촉했다고 말입니다. 바버가 폴란드인 상관들에게 보고한 금액은 소브린 금화 2백 닢이었습니다."

스몰렛 대령은 한심하다는 듯이 양손을 펼쳐 보였다.

"그들이 지불할 용의가 있다고 한 최고액입니다. 유용한 정보이긴 하지만 함대 배치는 빠르게 변경할 수 있으니까 말입니다. 폴란드인들이 이 거래에 동의한 것은 사실입니다. 하지만 그자들은 그 정보를 받을 때까지는 대가를 지불하려고 하지 않았습니다. 한편 피츠진은 거래에 진심임을 증명하려면 소브린 금화 백 닢을 먼저 지불하라고 요구했습니다.

그래서 우리는 동의했습니다. 바버는 그 돈이 폴란드에서 왔다고 가장할 계획이었습니다. 그는 피츠진이 직접 와서 정보의 유용성을 증명해낸다면 금화 백 닢을 주고, 상세한 비밀을 제공받은 뒤 나머지 금화 4천 9백 닢을 지불하겠다고 약속했습니다. 문제는 피츠진이 접촉 일시를 확실하게 정하지 않았다는 점입니다. 아까도 말했듯이 머리가 좋은 자입니다. 바버를 조바심나게 만든 겁니다. 무슨 얘긴지 이해하셨습니까?"

"이해합니다." 본트리옴프가 말했다. "소브린 금화 5천 닢을 미끼로 삼아 그 피츠진이라는 사내를 함정에 빠뜨리고, 스스로 정체를 밝힐 수밖에 없도록 한 거군요. 하지만 결국 피츠진은 그러지 않았던 거죠? 그러니까 해군 정보부는 소브린 금화 백 닢을 지불하지 않았다는 얘기 아닙니까?"

"그렇습니다. 소브린 금화 백 닢은 결국 전달되지 않았습니다." 대령은 테이블 반대편에 앉은 애슐리를 쳐다보며 말했다. "자네가 설명하게, 중령."

애슐리 중령은 고개를 끄덕였다.

"예, 대령님."

애슐리는 다아시를, 그다음에는 본트리옴프를 보았다.

"저는 어제 아침 바버에게 돈을 전달할 예정이었습니다. 그런데 제가 도착했을 때 바버는 죽어 있었습니다. 분명한 건, 제가 도착하기 단 몇 분 전에 칼에 찔려 죽었다는 겁니다."

애슐리는 자신이 시신을 검안한 뒤에 한 일을, 앙리 대장과 브랑쿠르 제독과 나눈 대화를 포함해 있는 그대로 설명했다.

본트리옴프는 중령의 이야기가 끝날 때까지 아무 말 없이 귀를 기울였다. 그러고는 무엇인가를 기대하는 표정으로 해군경을 바라보았다.

"어흠!" 해군경은 낮게 우르릉거리는 듯한 웃음소리를 냈다. "맞아, 그렇겠지. 두 사건의 관계를 설명하자면 이렇다네. 마스터 마술사이자 런던시의 주임 법정 마술사였던 서 제임스 즈윈지는 우리 방첩부의 책임자이기도 했어. '제드'라는 암호명으로 활동했지."

9

한 시간 후, 다아시가 말했다.

"그래서 이제 저는 서 제임스 즈윈지를 죽인 범인을 체포할 작정입니다."

런던 후작은 책상 뒤에서 미동도 없이 앉아 있었다. 다만 눈이 조금 가늘어진 것으로 보아, 방금 노르망디 대공의 주임 수사관이 한 말은 분명히 들은 듯했다.

웨스트민스터궁전에서 국왕이 모임을 해산하자마자 다아시와 본트리옴프는 런던 집무실로 왔다. 국왕의 마지막 말은 여전히 다아시의 귀에서 맴돌고 있었다.

"그렇다면 우리의 의견이 일치하는군. 두 수사관은 이 두 살인 사건이 해군과는 아무 관계없다는 듯 행동하면서 수사에 착수할 것이네. 평범한 살인범을 찾고 있는 것처럼 말이야. 바버와 즈윈지의 죽음은 일반 대중의 눈에는 어떠한 연관성도 없어 보여야 하네. 그동안 해군 정보부는 바버가 접촉했던 다른 자들을 찾아내는 데 주력하고, 그자가 제드에게 보낸 보고서와 제드가 해군 정보부 런던 지부에 제출한 보고서를 샅샅이 조사하게. 보고서에는 지금 우리가 알아낸 것보다 더 많은 증거가 포함되어 있을지도 모르네. 마지막으로, 대슬라브 국왕의 비밀 요원들이 우리 못지않게 오리무중에 빠져 있도록 최선을 다해야 하네."

다아시는 한순간 국왕의 이런 신랄한 말이 피터 드 발레라 압 스미스 해군 참모총장을 화나게 한 게 아닌가 생각했다. 그러나 자세히 보니, 숨찬 듯한 해군 참모총장의 표정은 터지려는 웃음을 억지로 참았기 때문임을 알 수 있었다.

'이런, 이런. 저 나이든 해적에 관해 더 알고 싶다는 생각이 드는군!'

다아시와 본트리옴프가 집무실에 들어갔을 때, 런던 후작은 책상에 앉아 책을 읽고 있었다. 후작은 얇은 금제 책갈피를 집어 조심스레 책장 사이에 끼워넣고는 책을 덮은 뒤 책상 위에 올려놓았다.

"안녕하신가." 후작은 보일 듯 말듯 고개를 까딱하며 나직하게 우르릉거리는 듯한 목소리로 말했다. "여기 자네에게 온 편지가 있네, 다아시 경." 그는 두툼한 검지로 흰 봉투를 책상 앞으로 밀어놓았다. "오늘 아침 특사가 와서 전해주었네."

"감사합니다."

다아시는 예의바르게 말하고는 봉투를 집어들었다. 봉랍을 뜯고 빽빽하게 적힌 세 장의 서류를 읽은 다음 다시 접어서 봉투 안에 집어넣었다. 그러고는 미소를 지었다.

"봉랍을 보고 아셨겠지만, 제 휘하의 차석 주임 수사관인 엘리엇 메러디스가 보낸 편지입니다. 아주 자세한 정보가 들어 있습니다. 자, 이제는 마스터 서 제임스 즈윈지를 살해한 범인을 체포할 준비가 되었습니다."

"정말인가?" 잠시 후 후작이 말했다. "그럼 사건을 해결했다는 말인가? 직접 증거를 살펴보지도 않고? 목격자를 신문해보지도 않고? 정말 놀랄 정도로 명민하군. 아무리 자네라고 해도 말이야, 사촌."

"직접 수사하지 않았다며 남을 트집잡을 자격은 없지 않습니까."

다아시는 빨간 가죽 의자에 편하게 앉으며 온화하게 말했다.

"목격자 말인데, 더는 그 친구를 신문할 필요는 없습니다. 정보는 이미 주어졌으니 그걸 조사하는 것만으로도 충분합니다."

후작은 양 손바닥을 책상 위에 대고 숨을 크게 들이켠 다음 천천히 코로 내쉬었다.

"알았네. 말해보게."

"실로 단순한 사건입니다. 사실 너무나도 단순한 탓에 뻔히 보이는 살인범을 모르고 지나칠 뻔했으니까요. 사람 하나가 자물쇠가 잠긴 밀실에서 죽었습니다. 마술사로 가득한 호텔의 객실에서 말입니다. 우리는 당연히 그게 흑마술이라고 지레짐작했습니다. 명백해 보였다고 할까요. 사실, 너무 명백했죠. 우리는 바로 그렇게 믿도록 유도된 꼴입니다."

후작은 흥미를 느낀 듯했다.

"그렇다면 살인은 어떻게 행해졌단 말인가?"

다아시가 침착한 어조로 말했다.

"즈윈지는 문제의 객실이 자물쇠가 잠긴 밀실이었다는 사실을 증언한 바로 그 목격자 앞에서 칼에 찔려 죽었습니다."

후작은 눈을 감았다.

"그래. 그렇게 몰고 갈 생각이군, 응?"

후작은 다시 눈을 뜨고 본트리옴프를 보았다. 본트리옴프는 침착하고 무표정한 얼굴로 후작을 보았다.

"계속하게, 다아시 경. 자네 얘기를 전부 듣고 싶네."

다아시는 말을 이었다.

"후작님께서 추리하신 것처럼 그렇게 할 수 있던 사람은 오직 본트리옴프 경뿐이었습니다. 객실 문을 부수고 처음 방으로 들어간 사람 역시 본트리옴프 경입니다. 다른 사람들에게 방에 들어오지 말고 뒤로 물러서 있으라고 명령한 사람 역시 본트리옴프 경이었습니다. 그런 다음 그는 의식을 잃은 서 제임스 위로 몸을 굽혔고, 자기 몸으로 손을 가린 다음 마스터 마술사의 심장에 나이프를 꽂았습니다."

"서 제임스가 의식을 잃었다는 사실은 어떻게 미리 알았던 건가? 그는 왜 비명을 질렀지? 본트리옴프에게 어떤 동기가 있단 말인가?" 후작은 침착하게, 거의 무감동한 말투로 세 가지 질문을 내놓았다. "이를 설명해줄 수 있겠지?"

"물론입니다. 약초 전문가가 보유한 약물 중에는 사람이 의식을 잃게 하고 혼수상태에 빠지게 하는 종류가 몇 가지 있습니다. 어제 아침 서 제임스가 자기 방에 틀어박혀 있으리라는 사실을 알고 있던 본트리옴프 경은 마술사가 마실 커피에 그런 약물을 몰래 타는 데 성공했습니다. 전문가에게는 간단한 일이죠. 그런 다음에는 기다리기만 하면 됐습니다. 약속 시간이 됐는데도 서 제임스가 왜 나타나지 않는지 이상하게 생각할 사람이 틀림없이 있을 테니까요. 늦든 빠르든 그 사람은 호텔측에 뭔가 잘못되지 않았는지 알아봐달라고 부탁할 것입니다. 객실 문을 열 수 없다면, 호텔 지배인은 당국에 도움을 요청했겠죠. 그리고 런던 후작의 주임 수사관인 본트리옴프 경이 우연히 현장에 있다는 사실을 안 지배인은 안도했습니다. 본트리옴프 경은 도끼를 가져오라고 명령하고……"

다아시는 모든 설명을 쟁반에 담아 후작에게 건네주는 듯 한쪽 손바닥을 위로 뒤집어 보이고는 말꼬리를 흐렸다.

"계속해보게."

후작의 목소리에는 살벌한 느낌이 깃들어 있었다.

"비명소리는 쉽게 설명할 수 있습니다." 다아시가 말했다. "서 제임스는 완전히 혼수상태에 빠져 있었던 게 아닙니다. 마스터 슌이 방문을 두드리는 소리를 들었으니까요. 그는 슌과 만날 예정이었기 때문에 방 앞에 와 있는 사람이 누구인지 알고 있었습니다. 문을 두드리는 소리에 의식을 되찾은 그는 '마스터 슌! 도와줘!' 하고 외쳤던 겁니다. 그러고는 다시 약물에 취해 혼수상태에 빠졌지요. 물론 본트리옴프 경은 그런 일이 벌어지리라고는 예상하지 못했을 겁니다. 원래 계획대로라면 불필요한 일이었죠. 하지만 천운이었던 것만은 틀림없습니다. 그 비명소리를 듣지 못했다고 해도, 슌은 안에서 대답이 없으니 뭔가 잘못되었다 생각하고 지배인을 불렀을 겁니다. 역시 결과는 마찬가지였겠지요."

다아시는 팔짱을 끼고 의자에 깊숙이 기대앉았고, 할말을 잃은 채 그를 쏘아보고 있는 런던 후작을 바라보았다.

"범행 동기는 뚜렷합니다. 질투입니다."

"말도 안 돼!" 후작이 폭발했다. "드디어 마각을 드러냈군! 지금까지는 꼬리를 잡히지 않았지만, 지금 그 말로 제정신이 아니라는 걸 증명했어. 여자 때문에? 하! 본트리옴프는 가끔 멍청한 짓을 하긴 하지만, 여자에 관한 한 바보가 아니네. 그가 마음만 먹으면 안 넘어올 여자가 세상에 없다고까지는 말하지 못하겠지만, 자기를 원하지 않거나 다른 남자 때문에 자신을 밀어내는 여자를 쫓아다니는 건 저 친구의 자존심이 허락하지 않아. 그런 여자를 일부러 미워하려는 노력조차 하지 않을 걸세. 죽이는 것 또한 논외이고."

"저도 동의합니다." 다아시는 사근사근한 어조로 말했다. "여자 얘기가 아닙니다. 게다가 여기 이 친구의 질투에 관해 얘기하고 있던 것도 아니었습니다."

"그럼 누구의 질투에 관해서인가?"

"후작님의 질투입니다."

"허! 황당무계 그 자체로군."

"전혀 그렇지 않습니다. 약초 재배는 후작님께서 정열을 불태우는 취미 중 하나입니다. 후작님은 자타가 공인하는 전문가이고, 그 사실을 자랑스럽게 여기고 계십니다. 즈윈지도 약초학자였지만 후작님 수준까지는 이르지 못했습니다. 하지만 이 분야의 라이벌을 찾으라면 여전히 마스터 서 제임스 즈윈지가 가장 유력했습니다. 서 제임스는 최근 폴란드 악마초 재배에 성공했습니다. 통상적인 방법인 접붙이를 하지 않고 씨에서 직접 싹을 틔우는 방법으로 말입니다. 반면 후작님은 실패하셨습니다. 그래서 후작께서는 화를 내고 본트리옴프 경에게 라이벌을 제거해달라고 요청했습니다. 본트리옴프 경은 충성심 탓에 그 말을 따랐습니다. 자, 이제 딱딱 들어맞지 않습니까. 범행 수법, 동기, 그리고 기회 모두가 존재합니다. 방금 증명해 보였듯이 말입니다."

후작은 고개를 돌리고 본트리옴프를 노려보았다.

"자네도 이 아둔한 농담에 가세하고 있나?"

본트리옴프는 좌우로 고개를 한 번 가로저었다.

"아닙니다, 후작님. 하지만 이 친구는 우리를 막다른 골목에 몰아넣은 것처럼 보이는군요. 안 그렇습니까?"

"흥!" 후작이 콧방귀를 뀌더니 다아시를 돌아보았다. "그래. 나도 자네 술수에 빠진 걸 알아. 마스터 숀을 투옥했던 건 유감이네. 그건 경솔한 행동이었어. 그리고 자네는 내가 장기간 본트리옴프의 보좌를 받지 못하느니 차라리 스스로 런던탑에 구금되는 쪽을 택하리라는 것 또한 잘 알고 있어. 이 건물 밖에서 이 친구는 내 눈이자 귀나 마찬가지니까 말이야. 지금 당장 마스터 숀의 석방을 명령하겠네. 자네는 국왕으로부터 이 사건을 담당하라는 명을 받았으니까, 물론 그 비용은 국왕의 내탕금에서 나오겠지?"

"오늘부터는 그렇습니다." 다아시가 말했다. "하지만 어제도 비용이 좀 들었습니다. 해협을 배로 건너야 했고, 기차도 타고, 삯마차 요금도 냈습니다."

"알았네."

후작은 으르렁거렸다. 그는 말없이 석방 명령서에 서명했고, 녹인 봉랍을 조금 흘린 다음 그 위에 런던 후작 가문의 인장을 찍었다. 그러고는 거구를 일으켰다.

"본트리옴프 경, 사촌에게 돈을 갚게. 벽 금고를 열고 내 사비를 꺼내 보전해주란 뜻일세. 나는 위층 식물실로 가겠네."

후작은 방을 나가며 문을 세게 닫았지만 쾅 소리가 날 정도까지는 아니었다.

본트리옴프는 다아시를 쳐다보았다.

"이봐, 설마 자네는 아까 한 말을 정말로 믿고……"

"헛! 물론 나는 자네의 진술이 정확하고 한 치의 거짓도 없다는 걸 알고 있네. 후작도 내가 그렇게 생각하고 있다는 걸 알고 있고."

다아시는 잘못된 판단을 할 인물이 아니었고, 결과적으로 그렇다는 것이 판명되었다. 본트리옴프의 사건 재현은 모든 면에서 정확했고 거짓이 없었다.

"런던탑으로 가세." 다아시가 말했다.

본트리옴프는 서랍에서 권총을 꺼내고 있었다.

"잠깐 기다리게. 이젠 살인 사건 수사에 나설 땐 꼭 무기를 챙기려고 마음먹었거든. 그건 그렇고, 로열스튜어드호텔에 임시수사본부를 두는 쪽이 낫지 않겠나? 그러면 서로 쉽게 연락을 취할 수도 있고. 헤널리 대장의 사복 수사관들과도 연락하기 편할 테니."

"아주 좋은 생각이네." 다아시가 말했다. "사복 수사관 얘기가 나왔으니까 말인데, 어제 관계자들 모두에게서 증언을 들었나?"

"가급적 많은 사람에게서 들었네. 물론 모두 들은 건 아니지만, 지금 가지고 있는 보고서는 거의 완벽하다고 생각해."

"좋아. 그것도 챙겨주겠어? 런던탑으로 가면서 읽고 싶거든. 이제 갈 준비됐나?"

"준비됐네." 본트리옴프가 말했다.

"좋아. 그럼 마스터 숀을 감옥에서 꺼내주러 가자고."

10

런던 후작 가문의 문장이 새겨진 공무용 마차는 로열스튜어드호텔로 향하고 있었다. 따각따각 하는 말발굽소리에 맞춰, 스프링식 현가장치가 달린 공기타이어가 노면을 부드럽게 구르는 소리가 들렸다. 마스터 마술사 숀 오로클린은 온갖 마술적 상징으로 장식된 가방을 동그란 배 앞에 끌어안고 좌석 등받이에 등을 기댔다.

"아, 다시 자유의 몸이 되니 정말 좋군요." 마스터 숀이 맞은편에 앉은 사내들에게 말했다. "장담하는데 런던탑 안에서 스물네 시간 동안 꼼짝없이 앉아 있는 건 결코 즐거운 일이 아닙니다. 물론 쾌적한 방에서 잠시 혼자 지내는 건 싫지 않습니다만, 매년 일주일쯤 묵상 휴가를 취하지 않으면 마술사는 힘이 사라져버립니다. 하지만 시급한 문제가 있을 때는……"

마스터 숀은 말을 멈췄다.

"설마 제가 석방된 게 다아시 경이 이번 사건을 해결했기 때문은 아니겠지요?"

다아시가 웃었다. "걱정하지 말게, 숀. 자

네가 없는 사이에 재미있는 일이 일어난 건 아니니까 말이야."

본트리옴프가 입을 열었다. "이 친구가 단순하지만 효과적인 협박으로 자네를 석방시켰어."

"협박에 협박으로 대항했다는 설명이 정확해." 다아시가 정정했다. "후작이 손을 투옥할 근거로 삼은 것에 못지않은 빈약한 증거만으로도 여기 있는 본트리옴프 경을 구속할 수 있다는 걸 런던 후작에게 보여주었지."

"이봐, 잠깐 기다려." 본트리옴프가 말했다. "자네의 말만큼 빈약한 증거는 아니었어. 관계자를 구류하고 신문하기에 충분한 사유가 돼. 두 사건 모두 말이야."

"물론 그렇지." 다아시는 동의했다. "하지만 후작은 마스터 손을 신문할 생각이 전혀 없었어. 법의 정신보다는 그 자구字句에 집착했다고나 할까. 이건 친척 간의 라이벌 의식 때문이야. 우리는, 그러니까 후작과 나는 능력이 완전히 동일하지는 않지만 엇비슷하기 때문에, 기본적으로는 서로에게 우호적이지만 이따금 감정적으로 대립할 때가 있지. 만약 국왕 폐하의 보통 신민이었다면 그런 박약한 증거만으로 구속하지는 않았을 거야. 실제로 범죄를 저질렀다고 확신하지 않는 한은 말이야. 솔직히, 후작은 그런 생각을 조금도 하지 않았다 여겨도 무방해."

"자네가 그렇게 생각한다니 나도 기쁘군." 본트리옴프가 말했다. "그건 사실이니까. 하지만 그 라이벌 의식이 좀 과도해질 때가 있어서. 평소 나는 관여하지 않으려고 하지만 때때로……."

"지금 한 말을 정정해도 될까?" 다아시가 미소 지으며 말했다. "평소 자네는 그런 일에 코를 박고 있잖아. 자네 주장과는 달리 후작에게도 극히 충실하지. 보통 자네는 후작 편을 들기 때문에, 싫든 좋든 나는 후작과 자네의 허점을 찌르는 수밖에 없었어. 물론 그게 결코 쉬운 일이 아니었다는 건 인정해. 하지만 이번에는 자네도 나를 골탕 먹이려고 마스터 손을 구속한 후작의 행위가 조금 과했다고 느끼고 있었지. 그건 나도 잘 알고 있고. 만약 런던탑에 갇힌 사람이 손이 아니라 나였다면 얘기는 전혀 달랐겠지만."

본트리옴프는 꿈꾸는 듯한 눈으로 마차의 천장을 응시하다, 생각에 잠긴 어조로 "아, 그런 수가 있었군" 하고 말했다.

"너무 깊이 생각하지 마십쇼, 본트리옴프 경." 손은 부드럽지만 경고하는 투로 말했다. "그런 생각은 잠시도 품지 않는 편이 낫습니다."

본트리옴프는 고개를 홱 내리고 뭔가 말하려고 했지만, 바로 그 순간 마차의 속도가 느려지면서 천장의 작은 뚜껑이 열리는 바람에 결국 대꾸할 기회는 영영 사라지고 말았다.

"로열스튜어드 호텔입니다."

잠시 후 런던 후작의 종복이 문을 열어주자 세 사람은 마차에서 내렸다. 본트리옴프 경은 종복의 손에 커다란 동전 두 닢을 슬쩍 쥐여주었다.

"우리가 나올 때까지 기다리고 있게, 바니. 마차하고 말들을 돌보고, 데니스와 같이 저기 길 건너편 펍에 가 있게. 시간이 좀 걸릴지도 모르니까 맥주 몇 잔 마시면서 쉬게. 마차가 필요해지면 사람을 보내겠네."

"알겠습니다. 감사합니다." 바니는 따스한 어조로 말했다.

그런 다음 본트리옴프는 다아시와 손을 따라 로열스튜어드호텔 현관으로 들어갔다.

다아시는 현관 로비 안에 서서 메인 로비에 모인 군중을 유리문을 통해 관찰하고 있었다.

"마스터 손은 어디 갔지?" 본트리옴프가 물었다.

"저기 있네. 미리 들여보냈어. 보다시피 지금 마스터 손 주위에는 친한 지인들만 해도 십여 명은 되고, 그저 호기심에 끌려온 사람도 이십여 명은 돼. 모두들 손을 에워싸고 석방을 축하한다, 처음부터 결백한 걸 알고 있었다 어쩌고 하면서 서 제임스 즈윈지 살인 사건에 관해 정보를 캐내려는 거지. 사람들의 관심이 저쪽에 쏠려 있는 동안 우리는 조용히 사건이 일어난 방으로 곧장 가는 거야. 자, 가자고."

두 사람은 다른 사람들의 주의를 끌지 않고 호텔로 들어갔다. 오늘은 마술사 컨벤션이 외부인에게 개방된 날이라 호텔 로비는 전시물과 마술사들을 직접 보려는 사람들로 만원이었다. 따라서 모르는 사람의 눈에 두 수사관은 구경꾼으로밖에 보이지 않았을 것이다.

전시 부스 안에서는 저니맨 마술사가 어린이용 장난감을 작동시키고 있었다. 호기심에 눈이 왕방울만해진 두 아이를 아이들 아버지가 애정어린 눈길로 바라보았다. 장난감은 한쪽 끝이 흰색으로 칠해진 약 15센티미터 길이의 검은 막대와, 서로 다른 색깔의 직경 2.5센티미터짜리 공 다섯 개, 그리고 여섯 개의 구멍이 난 30센티미터 길이 판자로 구성되어 있었다. 여섯 개의 구멍 중에 다섯 개는 가장자리가 각 공의 색깔과 같은 색으로 칠해져 있고, 나머지 한 구멍의 가장자리는 흰색으로 칠해져 있었다.

"자, 잘 보렴, 얘들아." 저니맨 마술사가 말했다. "공들이 모두 엉뚱한 구멍에 들어가 있어. 색이 안 맞지? 이 게임의 목적은 색깔을 맞추는 거란다. 하지만 공은 한 번에 하나만 움직일 수 있어. 이렇게 말이야."

그는 손에 든 막대로 판자를 가리켰다. 막대에서 몇십 센티미터 떨어져 있는 판자의 구멍 속에 들어 있던 공 하나가 위로 붕 떠오르더니 판자를 가로질러 흰 구멍으로 들어갔다.

그러곤 다른 공이 떠올라 같은 색 구멍으로 들어갔다. 이렇게 모든 공이 올바른 구멍으로 들어갈 때까지 이 과정은 되풀이되었다.

"봤지? 자, 이 공들을 다시 섞어놓을 테니 이번엔 네가 한번 해보렴. 지팡이의 흰쪽으로 공을 가리키고 어떤 색깔의 공을 들어올릴지 생각하기만 하면 된단다. 공이 붕 뜨면 어느 색 구멍에 집어넣을지 생각하면 돼. 자, 이렇게 말이야. 그거야……"

다아시는 이것이 단순한 장난감 이상이라는 것을 알고 있었다. 이것은 시험하고, 가르치기 위한 장치다. 지금은 주문이 걸려 있어서 누구나 작동시킬 수 있지만, 이 주문은 몇 달에 걸쳐 천천히 사라지도록 조정되어 있었다. 어차피 대부분의 아이들은 그 무렵이 되면 장난감에 싫증을 내고 가지고 놀지도 않는다. 그러나 아주 드물게 마술 탤런트를 가진 아이가 있기 마련이고, 그런 아이는 결코 흥미를 잃지 않을 것이다. 이 게임의 단순한 방식과 절차의 도움을 받아 장난감에 걸린 주문을 몸으로 느끼는 경우다. 그 경우 아이는 탤런트가 없는 다른 친구들과는 달리 일 년 뒤에도 이 장난감을 작동시킬 수 있다. 원래 걸려 있던 주문은 이미 사라졌을 테지만, 아이가 만들어낸 보다 단순한 주문이 그것을 대신하기 때문이다. 장난감에는 부모를 위한 소책자가 들어 있었는데, 거기에는 만약 이 장난감을 계속 작동시키는 아이가 있다면 마술 테스트를 받으라고 권하는 안내문이 적혀 있다.

다른 부스에서는 흰 깃과 소매가 달린 검은 옷을 입은 성직자가 옥스퍼드의 에드워드 칼리지에 건설중인 왕립마술학 연구소의 새 건물에 관한 소책자를 나눠주고 있었다. 전시품은 건설 예정인 연구소 건물의 모형이었다.

두 사람이 걸어가는 방향에 평범한 문틀처럼 보이는 것이 세워져 있었다. 문틀 한가운데에는 투명하고 파란 글씨로 쓰인 마술 광고가 떠 있었다. '이 문을 통과해주십시오.'

두 사람이 그 말대로 하자 마술 광고가 사라지더니 약한 바람에 옷이 조금 펄럭거리는 듯했다. 문틀 반대편으로 가자 다른 마술 사인이 나타났다.

감사합니다.

지금 당신의 옷을 확인해보면

먼지와 보풀이 깨끗이 사라진 걸 알 수 있을 겁니다.

여기 있는 건 아직 시제품이지만

장래에는 모든 가정의 필수품이 될 것입니다.

웰스&선스

마술 가정용품 제조사

"상당히 멋진 장치인데." 본트리옴프가 말했다. 두번째 마술 광고를 통과하자 광고는 사라졌다. "아래를 봐, 부츠까지 반들반들해졌군."

"쓸모야 있지." 다아시가 동의했다. "하지만 별로 실용적이지는 못해. 숀이 그러는데 지난 컨벤션 때도 같은 걸 전시해 놓았다더군. 회사 입장에서는 홍보 효과가 크지만 '장래에는 모든 가정의 필수품'이 될 거라는 얘기는 과장이야. 마스터급 마술사가 여기 걸린 주문을 최소 일주일에 한 번 갱신해야 해서 비용이 너무 많이 들거든. 지금처럼 이렇게 많은 사람이 사용한다면, 효과가 하루라도 지속되면 다행일걸."

"흐음. 몇 년 전에 전시됐던 '하늘에서 런던을 내려다보는 장치' 같은 거군." 본트리옴프가 말했다. "기억나?"

"어딘가에서 읽은 적이 있어. 자세한 건 몰라."

"상당히 인상적이었어. 수정구였는데……" 그는 앞으로 양손을 뻗어 눈에 보이지 않는 물건을 잡는 시늉을 했다. "음, 직경 25센티미터쯤 되었던 것 같아. 그걸 대좌臺座에 올려놓고 위에서 안을 들여다보는 거야. 그러면 수정구가 전시되어 있던 버킹엄 제독 홀 바로 위 공중에서 보는 것처럼, 아주 높은 곳에서 지상을 내려다보는 듯한 아주 기묘한 느낌이 들어. 성당 첨탑 꼭대기에서 내려다보는 것처럼 실제로 거리를 돌아다니는 사람들, 달리는 마차를 볼 수 있는 거야. 건물 몇백 미터 상공에 마술 거울이 떠 있고, 그 거울이 비춘 광경이 심령적으로 수정구에 투사되는 거지."

"아, 그랬군. 그래서 그건 나중에 어떻게 됐나? 난 아무 소식도 못 들었는데." 다아시가 말했다.

"흐음, 육군성에서 즉시 흥미를 보였지. 그 마술 거울을 적진 상공 높이 띄워놓고 아군 후방에서 안전하게 적의 모든 행동을 감시할 수 있다면 정찰에 도움이 되지 않겠나. 그래서 육군성과 마술학자들이 여전히 그 장치를 연구하고 있는데, 아직 별다른 성과는 없어. 우선 그걸 작동시키려면 마스터급 마술사가 세 명이나 필요해. 한 사람은 거울을 공중에 띄우고, 다른 한 사람은 거울을 계속 작동시키고, 마지막 한 사람이 수신용 수정구를 계속 작동시켜야 하니까. 게다가 그 일을 하려면 특별 훈련을 받아야 할 뿐 아니라 한 팀으로서 함께 움직여야 해. 둘째, 거울을 조종하는 마술사들은 거울이 보이는 곳에 있어야 하고, 거울 면은 수정구의 반경에 대해 수직을 이뤄야 한다더군. 왜 그런지는 묻지 마. 나는 마술사가 아니고 그런 이론에도 완전한 문외한이니까. 하여튼 먼 거리에서 영상을 전송하는 장치는 아직 실용화되지 않았어."

두 사람은 로비를 나와 계단을 오른 뒤 서 제임스 즈윈지가 살해당한 객실 쪽으로 가기 시작했다.

"시야 안에 탑을 세워야 하는 수기 신호나 일광日光 신호를 제외하면 지금까지 실용화된 유일한 장거리 통신수단은 텔레슨뿐이야." 다아시가 말했다. "그렇지만 수학 마술학자들은 그 기능을 충분히 설명하는 이론을 아직도 내놓지 못했지. 아! 자네가 데려온 헌병들이 저기 있군."

두 사람은 층계 꼭대기에 다다랐다. 복도 저편에 보이는 살인 사건이 일어난 객실 앞에 검은 제복을 입은 두 명의 치안 헌병이 서 있었다.

"잘 있었나, 제퍼스, 뒤부아."

다아시와 함께 그쪽으로 다가간 본트리옴프가 말을 걸자 헌병들이 경례를 했다.

"안녕하십니까, 본트리옴프 경." 연장자인 듯한 헌병이 말했다.

"이상은 없나? 문제가 생기거나 하지는 않았고?"

"이상 없습니다. 묘지처럼 조용합니다."

"제퍼스." 본트리옴프가 미소를 지으며 말했다. "그런 재치 있는 표현을 쓰다가는, 장교로 빠르게 진급하든가, 평생 순찰 직으로 남든가 둘 중 하나일 거야."

"제게 그리 큰 야심은 없습니다, 본트리옴프 경." 제퍼스는 표정도 바꾸지 않고 말했다. "저는 단지 헌병 부사관이 되고 싶을 뿐입니다. 멍청하지만 않으면 그 정도는 가능합니다."

"순찰직이겠군. 영원히." 다아시가 슬픈 어조로 말한 뒤, 살인 사건이 일어난 객실의 문을 바라보았다. "문에 난 구멍을 막아놓았군."

제퍼스가 대답했다. "예, 구멍 위에 판자를 덧대어놓았습니다. 그걸 제외하면 문에는 손대지 않았습니다. 안을 보시겠습니까?" 제퍼스는 허리에 찬 파우치에서 커다랗고 육중한 놋쇠 열쇠를 꺼냈다. "이건 서 제임스의 열쇠입니다. 이걸로 이 문을 열 수는 있지만, 그랜드 마스터이신 서 라이언께서 방 자체에 주문을 걸어놓으셨습니다."

다아시는 열쇠를 받아들고 길고 좁은 열쇠 구멍에 끼워 돌린 다음 문을 열었다. 그와 본트리옴프는 문지방 앞에서 멈춰 섰다.

장벽이 뚜렷하게 존재하는 건 아니었다. 눈으로 보거나 만질 수 있는 것은 아무것도 없었다. 그럼에도 장벽이 존재한다는 사실은 확신할 수 있었다. 다아시는 방안으로 들어가고 싶은 마음이 들지 않는다는 사실을 자각했다. 아니, 반대였다. 그는 이 방에 들어가는 일만은 기피하고 싶다는 뚜렷한 욕구를 느꼈다. 그 어떤 대가를 치르더라도, 어떤 이유가 있더라도 이 방에 들어가는 일만은 피하고 싶었다. 방안에 있는 것들에는 아무런 흥미도 없었고, 반드시 들어가야만 할 이유도 없었다. 이 방은 금지된 장소였다. 바깥에서 방안을 들여다보는 일은 필요한 일이고, 바람직한 일이다. 그러나 방안으로 들어가는 일은 필요하지도, 바람직하지도 않았다.

다아시는 눈으로 방안을 훑어보았다.

마스터 서 제임스 즈윈지는 아직도 쓰러진 자리에 그대로 있었다. 시신에 걸어둔 보존 주문 덕분에 마치 몇 분 전에 죽은 듯한 모습이었다.

누군가 복도를 걸어오는 소리가 들렸다. 몸을 돌려보니 숀이 다가오고 있었다.

"오래 걸려서 죄송합니다, 다아시 경." 다가오던 마술사가 말했다. 그는 문 앞에서 멈춰 섰다. "여기 뭐가 걸려 있는 겁니까? 흐음. 기피 주문이군요? 흐으음, 그것도 마스터급 마술사가 걸어놓은 거로군요. 쉽지 않겠군요. 이걸 해제하려면 한참 걸릴 겁니다."

숀은 문 앞에 서서 방안을 들여다보았다.

"그랜드 마스터 서 라이언이 몸소 걸어둔 거야." 다아시가 말했다.

"그럼 제가 가서 서 라이언을 불러오겠습니다." 숀이 말했다. "제 손으로 저걸 푸는 건 시간 낭비니까요."

"마스터 마술사님." 헌병 제퍼스가 공손하게 말했다. "혹시 마스터 숀 오로클린이 아니십니까?"

"그렇다네."

헌병이 재킷 안쪽 호주머니에서 봉투 하나를 꺼냈다.

"그랜드 마스터께서 마스터 손이 오시면 이 봉투를 전하라고 명하셨습니다."

손은 여러 가지 상징으로 장식된 가방을 복도 바닥에 내려놓고 봉투를 건네받았다. 봉투를 뜯자 종이 한 장이 나왔다. 그는 그것을 주의깊게 읽었다.

"아!" 동그란 얼굴의 아일랜드인 마술사는 파안일소했다. "그렇군! 정말 독창적이야! 나도 잊지 말고 꼭 써먹어야겠군!" 손은 여전히 활짝 웃으며 다아시를 쳐다보았다. "서 라이언께서 제게 열쇠를 주셨습니다. 오늘 아침 제가 여기 오리라고 예상하셨던 거죠. 자, 몇 분만 기다려주십시오."

통통한 아일랜드인 마술사는 무릎을 꿇고 마술 가방을 열었다. 안을 뒤지더니 금과 흑단으로 만들어진 지팡이, 작은 놋쇠 종지, 약 15센티미터 길이의 다리가 달린 철제 삼각대, 은으로 만들어진 작은 용기 두 개, 그리고 부싯돌과 강철 조각을 묘한 형태로 결합한 점화장치를 꺼냈다.

다른 사람들이 조심스럽게 뒤로 물러났다. 마술을 부리고 있는 마술사를 방해하면 절대 안 된다.

손은 열린 문 바로 앞에 삼각대를 내려놓고 그 위에 작은 놋쇠 종지를 올려놓았다. 그런 다음 가방에서 숯 몇 조각을 꺼내 종지에 넣었다. 이 분 뒤, 숯이 빨갛게 타올랐다. 마스터 손은 두 개의 은제 용기에 들어 있던 분말을 엄지와 검지로 듬뿍 집어올려 종지에 넣었다. 그러자 작은 화로에서 짙고 향기로운 청회색 연기가 한줄기 피어오르기 시작했다. 마스터 손은 손에 든 지팡이로 공중에 일련의 상징을 그리며 알아들을 수 없는 말을 중얼거렸다. 그런 다음 서 라이언 그레이가 보낸 편지를 복잡하고 정교한 모양으로 조심스럽게 접어서 숯 위에 떨어뜨렸다. 편지지가 확 불타오른 순간 그는 또 뭐라고 중얼거리면서 공중에 상징을 그렸다.

"자, 됐습니다." 손이 말했다. "이제 들어가실 수 있습니다."

두 명의 수사관은 문지방을 넘었다. 처음에 느꼈던 거부감은 완전히 사라지고 없었다. 손은 가방에서 조그만 구리 뚜껑을 꺼내 작은 놋쇠 종지 위에 단단히 끼웠다.

"이건 여기 그냥 놓아두게." 손은 두 헌병에게 말했다. "몇 분 지나면 식을 거야. 다만 넘어뜨리지 않도록 주의하게."

그런 다음 다아시와 본트리옴프를 따라 살인이 일어난 방으로 들어갔다.

다아시는 방문을 닫고 문을 응시했다. 안쪽에서 보니 본트리옴프 경이 도끼로 부순 흔적이 선명하게 남아 있었다. 그 점을 제외하면 문 자체에는 아무 이상도 없었다. 문과 창문을 빠르고 철저하게 점검한 다아시는 이 방이 밀실이었다는 본트리옴프의 말이 완전히 사실임을 확신했다. 비밀 벽이나 뚜껑 문 따위는 없었다. 창문은 모두 잠금쇠로 잠겨 있었고, 마술적 수단을 쓰지 않는 이상 바깥에서 창문을 잠그는 방법은 없었다.

다아시는 잠금쇠를 힘겹게 잡아당겨 창문 하나를 열었다. 작게 끼익 하는 소리가 났다. 창문 아래로는 9미터 높이의 매끄러운 돌벽이 이어지고 있었다. 창문은 작은 안뜰을 향해 나 있고, 안뜰에는 의자가 딸린 테이블 몇 개가 놓여 있었다. 로열 스튜어드 호텔의 식당 시설 일부였다.

몇몇 테이블에는 손님들이 앉아 있었다. 마술사 다섯 명, 성직자 세 명, 그리고 주교 한 사람. 그들 모두 창문이 열리는 소리를 들었는지 다아시를 올려다보았다.

다아시는 창문 밖으로 머리를 한껏 내밀어 위쪽을 올려다보았다. 3미터 위로 3층 창문들이 보였다. 다아시는 목을 움츠리고 창문을 닫았다.

"아무도 창문을 통해 밖으로 나가지는 않았어." 그는 단호하게 말했다. "보통 사람이 방에서 탈출하려면 밧줄이 필요했을 거야. 그걸 타고 9미터 아래로 미끄러져 내려가든가, 아니면 3미터 위로 올라가든가 둘 중 하나지."

"보통 사람이라면 그랬겠지." 본트리옴프가 강조했다. "하지만 마스터급 마술사에게 공중 부양은 그리 힘든 일이 아니잖아."

"자네 의견은 어떤가, 마스터 손?"

다아시는 통통하고 자그마한 몸집의 마술사에게 물었다.

"그럴 수 있었겠지요." 손이 시인했다.

"게다가 창문의 그 잠금쇠는 마술을 쓰면 바깥에서도 잠글 수 있어." 본트리옴프가 말했다.

"그 또한 가능합니다." 손이 동의했다.

본트리옴프는 질문하는 듯한 표정으로 다아시를 보았다.

"좋아." 다아시가 미소 지으며 말했다. "기하학자들이 이른바 귀류법[1]이라고 부르는 방법을 써서 그 가설을 검증해보겠네. 사건 현장을 상상해봐. 무슨 일이 일어났을까?"

다아시는 방바닥에 있는 시신을 손짓해 보였다.

"서 제임스는 칼에 찔렸어. 그를 찌른 마술사는 창가로 가서 문을 열었어. 그런 다음 창틀로 올라가 창밖 공중에 붕 뜬 거지. 그다음엔 창문을 닫고 잠금쇠를 소켓에 밀어넣는 주문을 걸었어. 일을 마친 마술사는 공중에 뜬 채로 어딘가로 갔지. 위로 갔든 아래로 갔든 그건 상관없어." 다아시는 손을 보았다. "이런 일들을 하려면 시간이 얼마나 걸리지?"

"최소 오 분에서 육 분은 걸릴 겁니다. 그런 일을 모두 할 수 있다면 말입니다. 공중 부양은 당사자에게 엄청난 심령적

---

[1] 어떤 명제의 반대가 거짓임을 증명해 보임으로써 본래의 가설이 참임을 증명하는 방법.

부담을 줍니다. 그래서 길어야 몇 분밖에는 주문을 지속시킬 수 없습니다. 게다가 공중 부양 주문을 건 상태에서 두번째 주문을 걸어야 합니다. 조금 전까지 이 방 전체에는 '정적靜的 주문'이 걸려 있었습니다. 어떤 상태를 부여하는 주문이죠. 하지만 공중에 뜨고 잠금쇠를 움직이는 주문은 '동적動的 주문'입니다. 계속 작동시켜야 하는 겁니다. 두 개의 동적 주문을 동시에 쓰기 위해서는 엄청난 집중력과 힘, 그리고 정확성이 필요합니다. 9미터 위 공중에 떠서 창문을 잠그는 주문을 걸어야 한다면 저는 주저할 겁니다. 특히 서둘러야 하거나 정신이 다른 데 팔려 있을 때는 결코 시도하지 않을 겁니다."

"게다가 설령 그 모든 일을 실행에 옮길 수 있다 해도 오 분에서 육 분은 걸린다는 얘기군." 다아시가 말했다. "본트리옴프, 다른 창문을 열어주겠나? 그쪽은 아직 점검하지 않았어."

런던의 수사관은 잠금쇠를 잡아당기고 창문을 밖으로 밀었다. 끼익, 하는 소리가 들렸다.

"뭐가 보여?" 다아시가 물었다.

"아홉 쌍의 눈이 나를 올려다보고 있어." 본트리옴프가 대답했다.

"바로 그거야. 두 창문 모두 열릴 때 소리가 나. 안뜰에서도 충분히 들릴 만한 소리지. 어제 아침에 서 제임스가 지른 비명은 저 창문 너머에서도 뚜렷하게 들렸어. 설령 들리지 않았다고 해도, 즉 그가 칼에 찔렸을 때 비명을 지르지 않았다고 해도 범인이 다른 사람의 눈에 띄지 않고 창문을 통해 밖으로 나갈 수는 없어. 오륙 분 동안 공중 부양을 한 경우에는 더 말할 나위도 없고."

본트리옴프는 창문을 잡아당겨 다시 닫아버렸다.

"만약 범인이 투명 인간이었다면?"

그는 자그마한 아일랜드인 마술사를 보며 말했다.

"탄헬름Tarnhelm 효과를 말씀하시는 겁니까?" 손이 물었다. 그는 껄껄 웃었다. "일반인이 어떻게 생각하든 간에, 탄헬름 효과를 실행에 옮기기는 극히 힘듭니다. 게다가 '투명'해진다는 것은 일반인의 표현입니다. 탄헬름 효과를 내는 주문은 여러분이 저 방문 앞에서 조우했던 주문과 매우 비슷한 구조를 가지고 있습니다. 만약 마술사가 그런 주문을 자기 몸에 두른다면, 다른 사람은 그 마술사를 직시하려고 하지 않습니다. 물론 자각하지는 못하지만, 그 마술사로부터 언제나 시선을 돌리게 되는 겁니다. 설령 그 마술사가 군중 한가운데에 서 있었다고 해도, 나중에 자신이 마술사를 목격했다고 증언할 수 있는 사람은 맹세코 아무도 없습니다. 왜냐하면 시야 가장자리로 흘끗 본 것을 제외하면 아무도 마술사를 보지 못했기 때문입니다. 무슨 얘긴지 아시겠죠.

설령 그 마술사가 혼자였다고 해도 다른 사람은 결코 그

쪽을 보려고 하지 않기 때문에 결국은 아무도 그를 보지 못합니다. 시야 가장자리에 보이는 물체는 그 상황에 가장 걸맞은 것, 이를테면 캐비닛이라든지 모자걸이, 우산 보관대, 혹은 가로등 따위라고 무의식적으로 믿어버리기 때문이지요. 일반인의 마음은 그 마술사를 그 자리에 당연히 있어야 할 사소한 것, 통상적인 배경의 일부라고 간주해버리기 때문에 결국 마술사의 존재를 알아차리지 못합니다.

하지만 마술사가 정말로 투명해지는 것은 아닙니다. 예를 들어 거울이나 기타 반사면에 비친 마술사의 모습을 볼 수는 있습니다. 왜냐하면 그 주문은 다른 사람이 거울을 보는 것을 막지는 못하기 때문이지요."

"거울에 비친 모습을 못 보도록 하는 주문을 걸 수도 있지 않나?" 본트리옴프가 물었다. "그 주문은 정적 주문이지?"

"그렇습니다." 숀이 대답했다. "마술사는 해당 장소의 모든 반사면에 목격 기피 주문을 걸 수 있습니다. 하지만 사람은 어딘가를 보고 있어야 하고, 그런 상황에서는 일반인도 무언가 이상하다는 사실을 알아차릴 겁니다. 게다가 반쯤이라도 훈련된 탤런트를 가진 사람이라면 누구라도 즉각 그 주문을 간파할 겁니다.

만일 마술사가 창밖에서 자신을 투명하게 만들었다고 가정하더라도, 그다음에 어떤 일을 해야 할지 상상이 가십니까?

세 가지 주문을 동시에 걸어야 합니다. 자기 몸을 공중에 띄우고, 자기 몸을 '투명하게' 만들고, 저 창문을 잠가야 하는 겁니다.

그렇습니다, 그런 일을 하는 것은 불가능합니다. 그건 인간의 능력을 벗어난 일입니다."

다아시는 방안을 무심하게 둘러보았다.

"그렇다면 결론은 나왔군. 범인은 마술적인 수단이나 통상적인 수단을 써서 창문을 빠져나가지는 않았어. 따라서……"

"잠깐 기다려!" 본트리옴프가 눈을 치켜뜨며 말했다. 그는 손을 손가락으로 가리켰다. "이런 식으로 가정하면 어떨까. 살인자는 서 제임스를 칼로 찔렀어. 제임스는 비명을 질렀지. 그때 살인자는 자네가 방문 밖에 와 있다는 걸 알고 있었어. 창문을 통해서 도망칠 수 없다는 것도 알았고. 방금 자네가 열거한 이유도 있으니까 창문으로 도망치는 것 또한 논외야. 그럼 어떻게 해야 할까? 범인은 탄헬름 효과를 사용한 거야. 도끼로 방문을 부수고 방으로 뛰어들어온 나는 범인을 보지 못해. 내 눈에 보이는 건 이 방의 시신을 제외하고는 아무도 없지. 나는 범인을 볼 수 없으니까 말이야, 맞지? 그런 다음 문이 열리면, 범인은 그 문을 통해 유유히 방에서 빠져나가는 거야. 그 누구의 눈에도 띄지 않고."

손은 고개를 가로저었다.

"본트리옴프 경의 눈에는 띄지 않겠죠. 하지만 제 눈은 결코 피하지 못합니다. 그랜드 마스터인 서 라이언도 마찬가지입니다. 저희 모두가 문에 난 구멍을 통해 방안을 보고 있었는데, 전체가 보이더군요. 문이 열려 있을 때는 화장실도 볼 수 있었습니다."

본트리옴프는 열린 문을 통해 화장실 쪽을 보았다.

"아니, 그건 사실이 아냐. 잘 보게. 범인이 욕조 안에 누워 있었다고 가정해봐. 여기서는 욕조 안에 누워 있는 사람을 볼 수가 없어."

"맞습니다. 하지만 저는 경이 직접 욕조 안을 들여다보시던 장면을 분명히 기억하고 있습니다. 만약 살인범이 탄헬름 효과를 쓰고 있었다면 들여다보실 수는 없었을 겁니다."

본트리옴프는 생각에 잠긴 채 미간을 찌푸렸다.

"응, 내가 들여다보았지. 흐으음. 어쨌든 탄헬름 효과를 썼다는 가설은 제외되었군. 범인은 방에도 없었고, 방에서 떠나지도 않았어." 그는 다아시를 바라보았다. "그렇다면 어떤 결론이 나오나?"

"아직 모르겠어, 친구. 정보가 더 필요해."

다아시는 시신이 있는 곳으로 다가가서 무릎을 꿇고는 현장을 건드리지 않도록 주의하며 조사하기 시작했다.

서 제임스 즈윈지는 키가 작고 호리호리한 체격이었다. 잿빛 머리카락이 벗어져 이마 선은 뒤로 후퇴해 있었고, 역시 잿빛의 작은 턱수염과 콧수염을 기르고 있었다. 그는 마술사 정복이 아닌 상당히 비싸 보이는 신사 계급의 복장을 하고 있었는데, 본트리옴프의 말대로 흘낏 보는 것만으로는 칼에 찔린 상처가 어디 있는지 알아내기는 쉽지 않았다. 상처는 너비가 2.5센티미터도 채 안 될 정도로 작았고, 넓게 벌어져 있지도 않았다. 게다가 죽은 마술사의 재킷 앞쪽을 붉게 물들인 피 때문에 그 위치를 더 가늠하기 힘들었다. 시신 주위 방바닥에 고인 피 웅덩이 위에는 검은 자루에 은제 날이 달린 나이프가 하나 떨어져 있었다. 번득이는 칼날에는 피가 묻어 있었다.

다아시는 손짓하며 말했다. "이 피 말인데, 본트리옴프, 자네가 문을 부수고 방에 들어왔을 때도 신선했다고 확실히 단언할 수 있나?"

"단언할 수 있어. 선홍색이었고 응고되지 않은 액체 상태였어. 상처에서도 여전히 피가 조금씩 흘러나오고 있었어. 나는 의사가 아니지만, 그런 문제에 관해서는 결코 아마추어가 아니잖나. 내가 처음 이 시신을 보았을 때는 죽은 지 몇 분 지나지 않은 상태였어."

다아시가 고개를 끄덕였다.

"그렇군. 보존 주문이 걸려 있는 지금 보아도 여전히 신선한 느낌이군."

그는 시신에서 몇 미터 떨어져 있는 곳에 놓여 있는 열쇠를 손짓으로 가리켰다.

"저건 자네 열쇠인가, 본트리옴프?"

본트리옴프는 고개를 끄덕였다.

"응. 서 제임스의 열쇠를 집어올렸을 때 놓여 있던 자리를 표시하려고 둔 거야."

"여전히 그 자리에 있나?"

"응."

다아시는 눈으로 열쇠에서 문까지의 거리를 측정했다.

"140센티미터 정도군." 다아시 경은 이렇게 중얼거리고는 일어섰다. "서 제임스의 열쇠를 주겠나? 고맙네. 실험을 하나 해봐야겠군."

"실험이라고 하셨습니까, 다아시 경?"

되물어보는 숀의 표정이 밝았다.

"마술 실험은 아냐, 친애하는 숀. 그것도 곧 필요해지겠지만 말이야." 다아시는 방문 쪽으로 걸어가 문을 열었다. 문 앞에서 차렷 자세로 서 있는 두 헌병을 무시한 채 발치를 내려다보았다. "마스터 숀, 이 화로를 치워주지 않겠나?"

통통한 아일랜드인 마술사는 허리를 구부리고 놋쇠 종지

가까이에 손을 대보았다.

"아직도 좀 뜨겁군요. 탁자 위에 올려놓겠습니다."

그는 삼각대 한쪽을 집어들어 방안으로 화로를 옮겼다.

"무슨 생각을 하고 있는 건지 잘 모르겠군." 본트리옴프가 말했다.

"문과 방바닥 사이에 틈새가 있는 것은 자네도 보지 않았나?" 다아시가 말했다. "살인범이 서 제임스를 칼로 찌른 다음 복도로 나와서 문을 닫고 이 틈새로 열쇠를 밀어넣었을 가능성은 없을까?"

"제가 방문 앞에 계속 서 있었는데도요?" 숀은 놀란 듯 눈을 깜박였다. "그런 일은 불가능합니다, 다아시 경!"

"일단 불가능한 가설을 하나씩 제거한다면……" 다아시가 침착하게 말했다. "그다음부터는 일어날 것 같지 않은 일들에만 집중할 수 있네."

다아시는 무릎을 꿇고 문 아래쪽을 들여다보았다.

"보다시피 문 아래쪽 틈새는 안에서 보는 것보다는 조금 더 넓어. 방안에 깔린 융단은 문 아래까지 이어져 있지 않군. 안에서 문을 닫아주겠나, 마스터 숀?"

마술사는 문을 닫고는 반대편에서 참을성 있게 기다렸다. 다아시는 문밖에서 육중한 놋쇠 열쇠를 바닥에 내려놓은 다음 문 아래 틈새로 밀어넣으려고 했다.

"역시 안 되는군." 거의 혼잣말 같은 말투였다. "밀어넣기에는 열쇠가 너무 크고 두꺼워. 억지로 집어넣을 수는 있겠지만……" 그는 열쇠를 세게 밀어넣었다. "틈새에 꽉 끼는군. 저쪽 융단이 두꺼워서 막히는 거야." 그는 열쇠를 끄집어냈다. "다시 문을 열어보게, 마스터 손."

문이 안쪽으로 열렸다.

"자, 보게." 다아시는 말을 이었다. "열쇠를 억지로 밀어넣으려다보니까 목재 바닥에 상처가 나버렸네. 이런 흔적을 남기지 않고는 열쇠를 밀어넣기는 아예 불가능하니까, 실제로 이런 방법을 썼다면……" 그가 느닷없이 하던 말을 멈췄다. "이건 뭐지?" 그는 허리를 굽히고 문 바로 안쪽 융단 위의 한 지점을 뚫어지게 쳐다보았다.

"뭐 말인가?" 본트리옴프가 물었다.

다아시는 상대의 질문을 무시한 채 오른쪽 문설주 아래 부근의 융단을 응시하고 있었다. 융단 가장자리에서 20센티미터쯤 안으로 들어간 곳이었다.

"자네의 확대경을 빌려주겠어, 마스터 손?"

다아시가 고개를 들지 않고 말했다.

"물론입니다."

손은 탁자 쪽으로 가서 온갖 상징으로 장식된 가방을 열고 뼈로 만든 커다란 손잡이가 달린 볼록렌즈를 꺼내 다아시에게 건넸다.

"그게 뭡니까?"

숀은 본트리옴프와 같은 질문을 던졌다. 다아시가 대답하지 않고 융단 위의 작은 점을 계속 관찰하자, 숀도 무릎을 꿇고 그곳을 보았다.

반원 모양의 검은 얼룩이었다. 반원의 직선 부분은 문과 평행했고, 호弧는 방 안쪽을 향하고 있었다. 성인 남자의 손톱 절반만큼 되는 조그만 자국이었다.

"핏자국입니까?" 숀이 물었다.

"융단이 암록색이라서 확실하게 알 수 없어." 다아시가 대답했다. "핏자국일 가능성도 있지. 아니면 뭔가 다른 검은 액체일지도 모르고. 그게 무엇이든 간에 융단에 스며들었어. 융단 밑까지 침투하지는 않았지만 말이야. 흥미롭군."

다아시가 일어섰다.

본트리옴프가 확대경 쪽으로 손을 내밀었다.

"나한테도 보여주겠나?"

"물론이네."

다아시에게 확대경을 건네받은 런던 주임 수사관은 무릎을 꿇고 얼룩을 관찰했다. 그사이에 다아시는 숀에게 말했다.

"저 자국으로 상사相似 테스트를 해주면 고맙겠군. 그것이 핏자국이 맞는지, 핏자국이라면 서 제임스의 피가 맞는지 알고 싶어." 그리고 생각에 잠긴 표정으로 눈을 가늘게 떴다. "시신 주변에 있는 혈흔도 철저히 점검해주게. 저 피가 전부 서 제임스 즈윈지의 피가 맞는지 확실히 했으면 좋겠군."

"알겠습니다. 통상적인 테스트 말고 다른 것도 확인이 필요할까요?"

"응. 우선, 서 제임스가 사망했을 때 누군가가 정말로 이 방에 있었는지 확인해주겠어? 그리고 만약 이 방에 모종의 흑마술이 사용되었다면, 그게 어떤 종류였는지도 알고 싶군."

"만족하실 수 있도록 최선을 다하겠습니다." 손은 조금 자신 없는 투로 덧붙였다. "하지만 쉽지는 않을 겁니다."

본트리옴프가 일어서서 손에게 확대경을 건네며 물었다.

"어떤 부분이 어렵다는 건가? 그런 테스트가 통상적이지 않다는 건 나도 알지만, 저니맨 마술사들이 하는 걸 본 적이 있는데."

"친애하는 본트리옴프." 다아시가 말했다. "현 상황을 생각해봐. 이번 살인이 마술사에 의해 저질러졌다면, 그 범인이 마스터급 마술사라는 데에는 의심의 여지가 거의 없네. 그자는 이 호텔에 마스터 마술사들이 잔뜩 있다는 사실도 알았을 거야. 따라서 흔적을 지우고 자기 정체를 감추기 위해 모든 수단을 강구했겠지. 그 어떤 범죄자도 상상할 수 없고, 설령 상상할 수 있다 하더라도 감히 실행에 옮길 수가 없는 수단들을 말이야. 서 제임스가 살해당한 것은 어제 아침, 비교적 이른 시각이었으니, 살인범이 전날 밤 주문을 걸 시간은 충분했던 셈이네. 이런 상황인데, 다른 마스터급 마술사가 밤새도록 알아내려 했던 일에 대해 마스터 손이 단 몇 분 만에 해명하는 일이 가능하다고 생각해?"

다아시는 재킷 안주머니에 손을 넣고는 런던 후작에게서 받아온 봉투를 꺼냈다.

"게다가 그 살인범이 흔적을 감추는 일에 능숙하다는 증거가 더 나왔어. 오늘 아침에 차석 수사관 엘리엇 메러디스로부터 이중 첩자인 조르주 바버가 셰르부르에서 살해된 건에 관해 그 친구가 지금까지 알아낸 사항을 정리한 보고서를 받았어. 보고서에는 명백하게 모순되는 두 가지 정보가 포함되어 있었지."

다아시는 손을 쳐다보았다.

"손, 셰르부르의 헌병대장 앙리 베르 휘하에 있는 저니맨급 법정 마술사에 관한 자네의 전문적인 평가를 들려주겠나?"

"굿맨 주세피 말씀입니까?" 손은 입을 꽉 다물었다가 이내 말을 이었다. "유능하다고 해야겠지요. 상당히 유능합니다. 물론 마스터급 마술사는 아니지만……"

"내가 방금 자네에게 부탁한 테스트 두 가지를 그 친구에게 맡긴다면, 완전히 망칠 가능성이 있다고 생각하나?"

"물론 누구나 실수는 하기 마련입니다, 다아시 경. 하지만…… 그러지는 않을 겁니다. 보통 사건이라면, 굿맨 주세피가 내놓는 테스트 결과는 매우 신뢰할 만하다고 할 수 있습니다."

"보통 사건이라. 바로 그거야. 하지만 그 친구가 마스터급 마술사의 책략에 대항해야 한다면?"

숀은 어깨를 움츠려 보였다.

"그럴 경우 테스트 결과가 잘못될 가능성이 충분히 있습니다. 주세피에게 그만큼의 실력은 없으니까요."

"그렇다면 모순되는 증거가 나온 이유도 그걸로 설명할 수 있을지도 모르겠군. 확언할 생각은 없지만, 가능성은 있지."

"알겠어." 본트리움프가 성급한 투로 말했다. "도대체 그 모순되는 증거라는 게 뭐지?"

"주세피의 공식 보고서에 의하면 바버가 살해당했을 때 그 방에는 아무도 없었어. 게다가 살해당하기 몇 시간 전부터 방에는 바버 외에 아무도 없었다고 했어."

"그래. 하지만 어디가 모순이라는 거지?"

다아시가 침착하게 말했다.

"두번째 테스트에서 굿맨 주세피는 흑마술의 흔적을 전혀 탐지하지 못했어. 정확히는 그 어떤 마술의 흔적도 발견하지 못했다고 할까."

잠시 침묵이 흘렀다. 다아시는 재킷 안주머니에 봉투를 다시 집어넣었다.

마스터 숀 오로클린은 한숨을 쉬었다.

"흐음, 그럼 테스트를 해봐야겠군요. 다른 마술사를 한 명 더 불러서 도움을 받고 싶습니다. 그렇게 한다면……"

"안 돼!" 다아시는 단호한 어조로 제지했다. "어떤 상황에서도 그것만은 안 돼! 지금 이 시점에서 내가 아무 걱정 없이 완전히 신뢰할 수 있는 마술사는 자네뿐이야."

작고 통통한 아일랜드인 마술사는 크게 심호흡하고는 다아시의 눈을 똑바로 올려다보았다.

"다아시 경." 그는 낮고 엄숙한 목소리로 말했다. "경께서 이 지상에서 가장 뛰어난 연역적추리 능력을 지니신 분이라는 점에는 의심의 여지가 없지만, 마스터 마술사는 접니다."

그는 잠시 말을 멈췄다.

"다아시 경과 저는 지금까지 오랫동안 함께 일해왔습니다. 그동안 저는 마술로 진실을 밝혀냈고, 경은 그 진실에 입각한 정확한 추론으로 사건들을 해결하셨죠. 경은 제 일을 대신할 수 없고, 저 역시 경의 일을 대신할 수 없습니다. 지금까지 저와 다아시 경 사이에는 서로의 영역을 침범하지 않는다는 암묵의 협정이 존재했다고 생각합니다만, 그 협정은 이제 파기되었다고 보아도 될까요?"

다아시는 한순간 침묵하며 자기 생각을 어떻게 말로 형용할 수 있을지 생각하는 듯했다. 그러고는 놀랄 정도로 마스터 숀의 어조를 닮은 나직한 목소리로 말했다.

"마스터 숀, 진심으로 사과하고 싶네. 내 분야에서는 내가 전문가이고, 마술과 마술사에 관해서는 자네가 전문가야. 그걸로 됐어. 협정은 파기되지 않았고, 앞으로도 그럴 일은 결코 없을 거야."

다아시는 또다시 잠시 말을 멈추고는 깊은 숨을 들이켰다가 조금 더 진정된 어조로 말했다.

"물론이야, 숀. 원한다면 얼마든지 다른 마술사의 조언을 구하게."

두 친구 사이에 긴장감이 흐르던 순간, 본트리옴프는 조용히 몸을 돌려 시신 쪽으로 걸어가 시선을 고정하고 있었다. 실제로 보고 있지는 않았지만 말이다.

"흐음, 다아시 경." 숀의 목소리에는 아주 조금이지만 곤혹스러운 듯한 기색이 엿보였다. 그는 헛기침을 하고 다시 입을 열었다. "사실 제가 원하는 것은 조언이 아니라 좋은 조수입니다. 허락해주신다면 존 케찰 경에게 도움을 요청하고 싶습니다. 존 경은 아직 저니맨에 불과하지만, 장래에 법정 마술사가 되고 싶어하니까 이번 일은 좋은 경험이 될 겁니다."

"물론이네, 마스터 숀. 훌륭한 선택이야. 자, 이제 할일은……" 다아시는 또다시 시신을 훑어보았다. "필요 이상으로 증거를 흐트러뜨리면 안 되겠지. 이런 마술 의식용 나이프는 모두 같은 패턴으로 만들어져 있다고 알고 있는데, 내 말이 맞을까?"

"예, 모든 마술사는 자기 손으로 이런 나이프를 한 자루 만들어야 하지만, 아주 엄밀한 설계 규격이 있습니다. 마술사 도제 시절 제일 먼저 배워야 하는 일이 바로 이런 일, 즉 자기 도구를 자기 손으로 만드는 일입니다. 마술을 할 때 다른 마술사의 도구나 평범한 직공이 만든 도구는 절대 쓸 수 없습니다. 자기 도구를 직접 만들어야만 본인과 그 도구의 파장이 일치할 수 있습니다. 겉보기엔 모두 비슷해도 잘 보면 하나하나가 다릅니다."

"그렇다고 들었어. 그럼 자네 걸 좀 구경해도 될까? 서 제임스의 물품은 건드리고 싶지 않아서 말이야."

"물론입니다." 숀은 가방에서 나이프를 꺼내 귀족 탐정에게 건넸다. "면도날처럼 날카로우니 손이 베이지 않도록 조심하십시오."

다아시는 검은 퀴르부이 가공 가죽으로 만든 칼집에서 얼룩마노 손잡이가 달린 나이프를 조심스럽게 뽑았다. 번득이는 칼날은 완벽한 이등변삼각형이었고, 가드에서 칼끝까지의 길이는 약 13센티미터, 가드와 맞닿은 부분의 폭은 5센티미터였다. 다아시는 손목을 돌려 나이프의 자루 끝부분을 살폈다.

"이건 자네 이름의 첫 글자들을 도안화한 모노그램과 상징이군. 서 제임스의 나이프도 이걸로 구분할 수 있나?"

"예, 각하."

"시신 옆에 있는 나이프를 보고 서 제임스의 것이 맞는지 확인해줄 수 있겠어?"

"아, 제가 가장 먼저 확인한 것이 바로 그겁니다. 지금까지 여러 번 봐왔기 때문에 잘못 봤을 리 없습니다. 그의 나이프가 맞습니다."

"아주 좋아. 저 나이프가 왜 여기 있는지 설명이 되는군."

다아시는 극히 위험해 보이는 칼날을 다시 칼집에 꽂고 손에게 건넸다.

"그 칼날은 순은인가, 마스터 손?" 본트리옴프가 물었다.

"순은이 맞습니다."

"그렇게 부드러운 금속으로 어떻게 그토록 날카로운 날을 만들 수 있지?"

손은 파안일소했다.

"흠, 우선 날을 세우는 일 자체가 아주 어려웠다는 점을 실토해야겠군요. 보석상에서 쓰는 철단鑯丹으로 연마한 다음 아주 부드러운 새끼 염소 가죽으로 마무리해야 합니다. 그렇지만 이 나이프는 상징적으로만 쓰입니다. 실제로 무슨 물체를 자르는 데 사용하지는 않기 때문에 조심하기만 하면 또다시 연마할 필요는 없습니다."

"하지만 그걸로 아무것도 자르지 않을 거라면 왜 날카롭게 날을 세우는 거지?" 본트리옴프가 물었다. "이를테면 봉투를 여는 칼처럼 날이 무뎌도 충분하지 않나?"

손은 조금 언짢은 표정으로 런던 주임 수사관을 보다가 참을성 있게 말했다.

"본트리옴프 경, 이것은 날카로운 나이프를 상징하는 물건입니다. 저는 이것과는 조금 다른, 무딘 날을 가진 나이프도 한 자루 가지고 있는데, 그것은 무딘 나이프의 상징입니다. 여러 맥락에서, 어떤 물체의 가장 좋은 상징은 바로 그 물체라는 점을 이해해주십시오."

본트리옴프는 씩 웃고 한 손을 들어올려 손바닥을 보였다.

"미안하네, 마스터 손. 내 불찰이었어. 하지만 고급 상징 이론에 관한 강의는 하지 말아주게. 그건 내 이해력을 벗어난 영역이니까 말야."

"또 뭔가 보고 싶은 것이 있나, 본트리옴프?" 다아시가 부드럽게 말했다. "없다면 마스터 손이 일할 수 있도록 이 방에서 나가자고. 마스터 손, 문 앞을 지키고 있는 헌병들에게 자네를 방해하지 말라고 얘기해두겠네. 일이 끝나면 헤널리 그레임 헌병대장에게 연락해서 즉각 시신을 부검하고 싶다고 전해줘. 자네가 직접 시체 보관소로 가서 부검에 입회해준다면 고맙겠군."

"네, 그렇게 하겠습니다. 최대한 빨리 후작님의 집무실로 보고서를 보내겠습니다."

"고마워. 자, 가세, 본트리옴프. 우리도 할일이 많아."

11

본트리옴프가 제임스 즈윈지의 객실 밖에서 헌병에게 명령을 내리는 동안 다아시는 복도를 가로질러 살인이 일어난 방 바로 건너편 객실 방문을 빠르게 여러 번 노크했다. 그가 두드린 곳은 열쇠 구멍 바로 위쪽이었다.

"나오실 수 있습니까, 공작부인?"

방안에서 누군가가 급히 움직이는 소리가 희미하게 들리더니 문이 활짝 열렸다.

"다아시 경!" 컴버랜드 공작부인이 활짝 웃으며 말했다. "깜짝 놀랐어요."

다아시는 헌병과 본트리옴프가 듣지 못하도록 목소리를 낮췄다. "열쇠 구멍에 귀기울이는 사람들은 깜짝 놀랄 소리를 듣는다는 옛말도 있잖아." 그리고 다시 평소의 목소리로 말을 이었다. "괜찮으시다면 잠시 내밀한 이야기를 나누고 싶습니다만."

"물론이죠." 메리는 뒤로 한 걸음 물러서더니 다아시를 안으로 들였다. 다아시는 등뒤로 문을 닫았다.

"무슨 일이야?"

"몇 가지 급히 묻고 싶은 게 있어. 당신 도움이 필요해."

"마스터 숀을 런던탑에서 석방시키자마자 셰르부르로 돌아갈 거라고 하지 않았어?"

"상황이 바뀌었어. 본트리옴프와 나는 이번 사건 수사에 협력중이야. 하지만 지금은 그 얘기를 할 때가 아냐. 어젯밤 당신이 티아 아인치히에 대해 얘기할 때, 토머스 레소와의 관계는 빼먹었더군."

메리는 파란 눈을 둥그렇게 떴다.

"하지만…… 길드의 도제로 받아들이라고 추천한 사람들 중 하나였다는 것 말고는 무슨 관계인지는 몰랐어. 왜 그런 걸 묻는 거지?"

다아시는 미간을 찌푸리고 생각에 잠겼다.

"내 판단이 크게 틀리지 않았다면, 그들의 관계는 그보다 훨씬 더 깊어. 서 토머스는 다모젤 티아와 사랑에 빠졌어. 적어도 본인은 그렇게 생각하고 있지. 또 그는 티아가 뭔가 불법적이고 위법적인 일에 휘말리지는 않았는지 걱정해서, 그런 가능성조차 인정하지 않고 있어."

"위법? 설마 흑마술이라든지……" 메리는 주저했다. "서 제임스의 사망에 직접적인 관련이 있다고?"

"모르겠어. 둘 중 하나만 관련있는지, 또는 두 가지 모두 얽혀 있는지 알 수 없지…… 혹은 그와는 전혀 상관없거나. 하지만 난 서 토머스가 무엇을 의심하고 있는지보다 그 여자의 정체가 무엇인지, 살인 사건과 관련해서 어떤 행동을 했는지에 더 관심이 있어. 따라서 내가 직접 신문하는 것은 바람직하지 않아. 이미 사복 헌병 부사관한테 형식적인 신문을 받았으니까. 다시 신문하면 우리가 그 여자에게 특별히 관심을 가지고 있다는 게 알려지겠지. 다모젤 티아는 서 제임스의 방을 떠났을 때 자기 모습을 본 사람이 있다는 걸 몰라. 나도 그 사실을 아직 그녀에게 알리고 싶지 않고."

공작부인이 눈을 반짝이며 물었다.

"그럼 내가 정보를 알아내기를 원하는 거야?"

"바로 그거야. 난 당신을 잘 알아, 메리. 내가 부탁하지 않아도 뒷조사할 게 뻔하니, 아예 그런 활동 자체를 이쪽에서 조정해두는 편이 낫겠지. 그러니까 티아는 당신이 맡아. 질문을 해보는 거야. 하지만 단도직입적이어서는 안 돼. 간접적으로 슬쩍 묻는 거지. 말을 걸고 친해지면 좋을 거야. 가능하면 상대방의 신용을 얻을 수 있게. 당신들 둘이 살인 사건에 대해 얘기를 나눈다고 해서 의심할 사람은 없어. 보나마나 이 호텔에 있는 사람들 모두가 그 얘기를 하고 있을 테니까."

메리는 웃음을 터뜨렸다.

"얘기를 나눈다고? 이 장소에 가득찬 심령적 긴장감을 느끼지 못하는 거야?"

"어느 정도는. 하지만 당신이 느끼는 것만큼 확실하지는 않아."

"흐음, 그런 긴장감이 분명히 존재해. 지난 스물네 시간 동안 이 호텔 안에서 사람들이 건 방호 주문, 호부護符, 역주문 따위를 모두 합치면 지옥의 군단이 떼를 지어 몰려와도 막아 낼 수 있을 정도야." 메리의 미소가 사라졌다. "마술사들은 살인 사건 얘기만 하는 게 아니라 직접 행동에 나서고 있어. 마술사 길드가 겉으로 보이는 것보다 훨씬 더 동요하고 있다는 뜻이지. 마스터 서 제임스 즈윈지를 죽일 정도로 강력한 흑마술사가 돌아다니고 있으니까 말이야. 마스터급 마술사도 불안해하는 판국에 우리 같은 저니맨들은 어떻겠어? 어떻게든 범인을 찾아내야 해. 하지만 이 호텔 안에 걸린 역주문들이 이 장소를 늪의 안개처럼 자욱하게 뒤덮어 사악한 기운을 희석해버려서 알 수 없게 되어버렸어. 그래서 모두들 신경이 바짝 곤두서 있는 거지."

"당연한 얘기군. 그래도 그런 상황 덕분에 당신도 별다른 의심을 받지 않고 살인 사건을 화제로 꺼낼 수 있잖아."

"사실이야. 하지만 그것 말고도 고려해야 할 요소가 또하나 있어. 조금 있으면 당신이 이 사건을 담당하고 있다는 소문이 쫙 퍼질 거야. 이미 퍼졌을지도 몰라. 그리고 우리가 친하다는 건 비밀이 아니잖아. 만약 티아가 그 사실을 알고 있다면 반대로 내게서 정보를 빼내려고 할걸."

"그렇게 하게 둬, 메리. 대신 당신도 그 여자가 무엇을 알고 싶어하는지 알아내줘. 만약 예상에서 크게 빗나가지 않는 질문을 한다면 그 사실만으로도 우리에게는 정보가 돼. 만약 티아가 조금 성급하게 질문하거나 약간 초점이 안 맞는 것 같으면 수상하다고 봐도 되겠지. 하지만 이미 널리 알려진 사실 이상의 정보는 주면 안 돼. 내가 과묵하다든지, 둔하다든지, 따분하다든지 등 무슨 소리를 해도 좋아. 내게서 어떤 얘기도 듣지 못했다는 사실을 확실히 인지시킬 수만 있다면 말이야.

그리고 가급적이면 남의 눈에 띄지 않게 그 여자를 가까이서 감시해줬으면 좋겠어. 할 수 있겠어, 메리?"

"최선을 다해보죠, 다아시 경."

"좋아. 본트리옴프와 나는 이 호텔 안에 임시수사본부를 둘 거야. 수사본부에는 헌병 부사관이 스물네 시간 대기하고 있어. 만약 내게 전하고 싶은 게 있으면 그 친구한테 얘기하거나 내 이름을 적어 밀봉한 봉투를 남겨줘."

"알았어. 해볼게. 자, 난 이제 가서 조사를 시작할 테니, 당신도 가서 당신이 해야 할 수사를 해."

본트리옴프는 복도에서 참을성 있게 기다리고 있었다.

"이제 어디로 가야 하지?" 그가 물었다.

"아래층으로 내려가서 총지배인 루이스를 만나야겠어. 임시수사본부도 준비해야 하니까."

두 사람은 복도를 걸었다.

"유능한 헌병 부사관 세 사람을 수사본부로 차출해줄 수 있겠어? 스물네 시간 대기 체제를 갖추고 싶어."

"어렵지 않지. 사복 차림이 좋을까, 아니면 제복 차림이 좋을까?"

"무조건 제복이지. 사복을 입어도 어차피 다들 정체를 눈치챌 거고, 제복을 입은 친구들이 있으면 사복 헌병을 쓸 필요가 있을 때 주의를 그쪽으로 돌릴 수 있으니까."

"알겠어. 헤널리 대장에게 요청해두지."

아래층 프런트 데스크에서 본트리옴프는 총지배인 굿맨 루이스 볼머에게 면회를 요청했다. 프런트맨은 잠시 어디론가 갔다가 일 분 뒤에 돌아와서 말했다.

"루이스 씨가 사무실로 와주시면 고맙겠다고 하는군요."

두 수사관은 프런트맨을 따라 프런트 뒤쪽 호텔 사무실로 갔다. 루이스 볼머는 자리에서 일어나 이들을 맞이했다.

총지배인의 얼굴은 수척했다. 눈 아래에 검게 늘어진 주름살을 제외하면 낯빛이 창백하고 생기가 없이 누리끼리했다. 희끄무레하고 축 늘어진 피부는 마치 투명한 기름이 차 있는 듯했다. 그의 미소는 진심에서 우러나온 듯했지만, 분명 피곤해 보였다.

"안녕하십니까. 무슨 용건으로 오셨는지요?"

본트리옴프는 다아시를 소개한 다음 호텔에 임시수사본부를 두어야겠다고 전했다.

"흐음…… 아, 딱 적당한 방이 있군요." 총지배인은 잠시 생각하다가 말했다. "야간 지배인용 사무실을 쓰시면 될 겁니다. 그 친구는 오후 지배인 사무실을 함께 쓰면 되니까요. 그러니까…… 어…… 출근한 다음에 말입니다. 그 친구 책상은 제가 치워두고…… 에…… 짐은 다른 사무실로 옮겨놓겠습니다. 이 방보다 조금 작을 뿐, 상당히 큰 방입니다. 그 정도면 되겠습니까?"

"괜찮다면 한번 보고 싶군요." 본트리옴프가 말했다.

"물론입니다. 이쪽으로 오십시오."

총지배인은 로비 프런트 데스크 바로 옆에서 건물 뒤쪽으로 이어지는 복도로 그들을 안내했다. 로비에서 몇 미터쯤 들어가자 오른쪽에 문 두 개가 있었다. 복도 더 안쪽을 보니 양쪽으로 문이 있었다. 루이스는 오른쪽 문 두 개 중에 안쪽 문을 열었다.

"첫번째 방은 오후 지배인의 사무실이고, 이 방이 제가 말씀드린 방입니다, 본트리옴프 경."

총지배인은 가로세로 5미터쯤 되는 방을 손짓해 보였다.

"괜찮아 보이는군." 본트리옴프가 말했다. "자넨 어떻게 생각해, 다아시?"

"충분하고도 남겠어." 다아시는 건물 뒤쪽으로 통하는 복도를 바라보았다. "이 복도는 어디로 이어져 있나, 루이스?"

"직원용 공간들입니다, 다아시 경. 창고, 가구 수리실, 세탁실, 청소도구실 따위죠. 복도 끝에 보이는 저 문은 뒷문입니다. 스완덤 레인의 연장선에 있는 포트스모크 앨리로 이어져 있습니다."

"건물 밖에서도 뒷문을 열 수 있나?"

"열쇠가 있어야 합니다. 야간 잠금장치가 있어서 누구든 나갈 수는 있지만, 다시 문을 열고 들어오려면 열쇠가 필요하죠."

"하나 떠오른 게 있는데." 본트리옴프가 말했다. "허가받지 않은 사람이 호텔로 들어올 수 없도록 뒷문에 헌병을 한 명 배치해둬야겠어. 잠금장치는 열어두고. 그러면 헌병들은 로비를 돌아다니며 손님들을 놀라게 하는 일 없이 필요할 때마다 저 문을 통해 건물에 출입할 수 있어. 그래도 되겠나?"

"물론입니다!"

"좋아. 부사관 한 명에게 이 사무실을 맡기겠네."

"알겠습니다. 책상을 치워놓지요. 뭔가 또 필요하신 것이 있겠습니까?"

"하나 더 있네." 다아시가 말했다. "어제는 치료술사와 마술사 컨벤션 참석자들을 제외하면 아무도 호텔에 출입할 수 없었어. 안 그런가?"

"참석자와 손님들을 제외하면, 그렇습니다. 이곳에 용무가 있는 사람들만 들어올 수 있었습니다. 도어맨에게 확실히 말해두었으니까요."

"그렇군. 출입한 사람들을 기록했나?"

"예, 물론입니다. 호텔 현관에 놓여 있는 명부에 기록하도록 했습니다. 물론 오늘처럼 행사가 일반인에게 개방되는 날에는 방문자 이름을 일일이 기록하지는 않습니다. 행사가 없는 날도 마찬가지입니다."

"괜찮다면 그 명부를 보고 싶군." 다아시가 말했다.

"물론입니다, 다아시 경. 그럼 제 사무실로 오시겠습니까? 명부를 가지고 돌아오겠습니다."

잠시 뒤 세 사내는 볼머의 책상 위에 놓인 천으로 장정된 출입자 명부를 보고 있었다.

"이건 수요일 기록입니다. 수요일 자정에서 목요일 자정까지 출입한 사람들의 명단이죠." 루이스 볼머가 말했다.

다아시와 본트리옴프는 명단을 훑어보았다. 네 개의 칸에 각각 방문한 시각, 이름, 용건, 떠난 시각이라고 적혀 있었다.

기재된 이름은 그리 많지 않았다. 첫번째 기록은 6시 30분이고, 왕립 우체국에서 편지를 배달하러 온 우체부였다. 우체부는 6시 35분에 호텔을 떠났다. 8시 48분에는 애슐리 중령이 도착했고, 용건은 '마스터 마술사 숀 오로클린에게 공적 메시지를 전달'하기 위해서였다. 애슐리 중령은 9시 55분에 호텔을 떠났다. 9시 2분에는 본트리옴프가 '런던 후작의 개인적 용무'로 호텔에 도착했다. 그가 떠난 시각은 기록되어 있지 않았다. 다음 기록은 9시 51분이었고, 단지 '헌병대장 헤널리 그레임과 헌병 네 명, 공무'라고 쓰여 있을 뿐이었다.

"별로 쓸모가 없군." 본트리옴프가 말했다. "애당초 크게 기대하지도 않았지만 말이야."

다아시는 씩 웃었다.

"무슨 기대를 한 거야? '9시 20분, 마스터 마술사 루시퍼 S. 바알세불. 용건은 마스터 마술사 서 제임스 즈윈지 살해. 떠난 시각 9시 31분' 이런 거?"

"그랬다면 정말 쓸모가 있었을 텐데."

본트리옴프는 시인했다.

"자네나 헌병들 떠난 시각이 기입되어 있지 않더군." 다아시는 루이스를 올려다보았다. "이유가 뭔가?"

총지배인은 하품이 나오려는 것을 참고 있었다.

"네? 방금 뭐라고 하셨습니까? 떠난 시각 말입니까? 아, 들락거리는 헌병들이 워낙 많아서 도어맨에게 헌병 제복을 입은 사람은 모두 자유롭게 출입할 수 있도록 지시했습니다."

그는 또다시 하품을 참으며 말했다. "죄송합니다. 제가 잠을 좀 못 자서. 자정부터 오전 9시까지 근무하는 야간 지배인이 어젯밤 출근하지 않아서 제가 대신 일해야 했습니다."

"아니, 괜찮으니 개의치 말게."

다아시는 여전히 명부를 보며 말했다. 그날 오후에는 조금 더 많은 사람이 출입했다. 대다수는 마술을 쓰거나 업무상 마술사를 고용하는 상인이나 공장주였다. 그중 하나가 다아시의 시선을 끌었다.

그가 손가락으로 그 이름을 톡톡 치면서 말했다.

"이건 뭐지?"

본트리옴프가 소리 내어 그 부분을 읽었다.

"2시 54분. 애슐리 중령. 공무로 볼머 총지배인 면회.' 떠난 시간은 기입되어 있지 않군."

"어…… 그날 해군도 몇 명 출입했습니다. 공무차 말입니다."

"공무? 그 친구들이 왜 자네를 만났나?" 다아시가 물었다.

"아니, 저를 만나러 온 것은 아닙니다. 실은…… 야간 지배인 폴 니컬스를 만나러 온 겁니다."

"무슨 용건으로?"

"저…… 저는 그것을 말씀드릴 권한이 없습니다. 해군성에서 엄중하게 지시받았습니다. 국왕 폐하의 이름으로 말입니다."

"그랬군." 다아시는 굳은 목소리로 말했다. "고맙네, 루이스. 부사관 한 명이 저 사무실에서 근무할 걸세. 자, 가지. 본트리옴프."

다아시는 몸을 돌려 성큼성큼 사무실 밖으로 나갔다. 본트리옴프가 바로 그 뒤를 따랐다.

전시물 주위에 몰려든 사람들 사이를 헤쳐나가며 로비를 반쯤 가로질렀을 때 본트리옴프가 말했다.

"어째 격분한 듯한 표정이군?"

"맞아." 다아시가 내뱉었다. "여기서 해군성은 얼마나 떨어져 있지?"

"걸어가면 십 분이고, 마차를 타면 삼 분이면 도착해."

"그럼 마차로 가지." 다아시가 말했다.

런던 후작의 종복인 바니는 로열스튜어드호텔 정문에서 몇 야드 떨어진 길모퉁이에 마차를 세워두고 서 있었다.

"바니!" 본트리옴프가 외쳤다. "데니스는 어디 갔나?"

"아직 펍에 있습니다, 본트리옴프 경!" 바니가 큰 소리로 대답했다.

"떠날 준비를 하게. 내가 가서 데려오지."

본트리옴프는 펍으로 달려갔고, 삼십 초 만에 마부와 함께 거리로 달려나왔다.

"해군성으로 가게!" 데니스가 마부석에 올라타자마자 본트리옴프가 명령했다. "최대한 빨리." 그러고는 다아시와 함께 마차에 올라탔다.

마차가 움직이기 시작하자 본트리옴프가 말했다.

"그럼 스몰렛이 우리에게서 뭔가를 감추고 있다는 거군."

"우리가 모르는 뭔가를 알고 있다는 것만은 확실해." 다아시가 말했다.

"볼머가 입다물고 있으라는 명령을 받은 게 어제라는 걸 잊지 마. 국왕 폐하께서 우리더러 협력해서 사건을 풀라고 명령하기 전의 일이라는 걸 말이야."

"맞아." 다아시가 말했다. "하지만 해군이 갑자기 모습을 감춘 사내에 관해 법석을 떨고 있고, 또 루이스 볼머가 야간 지배인은 이제 돌아오지 않을 거라고 확신하는 듯했던 점을 감안해보면, 오늘 아침에 스몰렛이나 애슐리 두 사람 모두 우리에게 아무 말도 하지 않았다는 건 이상하지 않나?"

"이상하다는 표현으로도 모자라지." 본트리옴프가 동의했다. "방금 말했듯이 스몰렛은 뭔가를 감추고 있어. 내가 그 친구 눈을 콕 찌를 때 꼼짝하지 못하게 옆에서 잡고 있어주겠어? 아니면 자네가 찌르겠어?"

"둘 다 별로야. 각자 팔을 하나씩 붙잡고 비틀어보자고."

12

본트리옴프의 예상은 크게 빗나가지 않았다. 다아시와 본트리옴프가 크고 중후하며 오래된 해군성 건물 앞에서 마차를 멈추고 내리기까지는 채 사 분도 걸리지 않았다. 정면 계단을 올라간 두 사람은 넓은 현관을 지나 거의 호텔 로비만큼이나 큰 접객실로 들어갔다. 다아시가 낯익은 얼굴을 발견한 것은 '안내'라는 푯말이 붙은 책상 쪽으로 걸어가고 있을 때였다.

"우리가 찾는 비둘기가 저기 있군." 다아시가 본트리옴프에게 속삭이고는 목소리를 높여 말했다. "아! 애슐리 중령."

애슐리가 뒤돌아보더니 자기를 부른 사람을 알아보고 친근한 미소를 지었다.

"안녕하십니까. 제가 도울 일이라도?"

"그럴 수 있으면 좋겠군요."

다아시가 대꾸하자 애슐리의 미소가 사라졌다.

"무슨 문제라도? 무슨 일 있었습니까?"

"저도 잘 모르겠습니다. 그래서 이렇게 물어보려고 왔죠. 왜 해군은 로열스튜어드

호텔의 야간 지배인 폴 니컬스에게 그렇게 관심을 보였습니까?"

애슐리가 눈을 깜박였다.

"스몰렛 대령님께서 말씀하지 않으셨습니까?"

"물론 얘기했죠." 본트리옴프가 말했다. "하나도 빠짐없이 자세하게 말입니다. 하지만 지금은 기억이 안 나서 여기까지 질문하러 온 겁니다."

애슐리 중령은 런던 주임 수사관의 비꼬는 듯한 말투를 무시했다. 그의 눈에 무언가 고민하는 듯한 빛이 떠오르더니 이내 결심한 듯했다.

"그에 대해서는 스몰렛 대령님께 직접 들으셔야 할 겁니다. 대령님의 집무실로 안내해드리겠습니다. 여러분이 대령님께 직접 정보를 얻기 위해 방문했다고 전해도 되겠습니까?"

"흐음." 다아시가 메마른 미소를 띠고 말했다. "즉 스몰렛 대령님은 부하들이 말을 아끼는 걸 선호하나보군요, 안 그렇습니까?"

애슐리는 뒤틀린 미소를 지어 보였다.

"저는 명령을 따를 뿐입니다. 그리고 명령에는 그럴 만한 이유가 있습니다. 해군 정보부는 아무데나 정보를 흘리고 다니지 않으니까요."

"그건 나도 압니다." 다아시가 말했다. "그리고 정보부더러 그러라고 요구하는 것도 아닙니다. 그럼에도 국왕 폐하의 지시 자체는 분명했다고 생각합니다만."

"단지 대령님이 깜박하셨던 거라고 생각합니다. 이번 사건은 정보부를 온통 뒤집어놓았습니다. 오늘 아침에 들은 얘기로는, 스몰렛 대령님과 휘하 참모들은 살인범들을 찾는 일에 큰 기대가 없다고 하더군요."

"솔직히 말해서 어떻게 돼도 상관없다는 분위기라고 하는 편이 더 정확하지 않겠습니까?" 다아시가 말했다.

"그 정도까지는 아닙니다. 다만 폴란드 쪽에서 고용한 암살자들을 뒤쫓는 건 정보부의 임무가 아니라고 여길 뿐입니다. 저희에겐 그런 일을 할 만한 인력이 없습니다. 저희의 임무는 카시미르왕의 해군이 무슨 일을 꾸미는지를 빠짐없이 알아내고, 그들이 우리가 하는 일을 전혀 눈치채지 못하게 막는 겁니다. 거의 불가능에 가까운 일이지요. 그러니 저희 정보부가, 살인 사건을 수사하고 범인을 검거할 역량을 갖춘 치안 조직에 그 일을 일임하는 건 당연하다고 생각합니다."

"관련 정보 없이는 살인범을 잡을 수 없습니다." 다아시가 말했다. "그래서 우리가 여기에 온 거고."

"음, 그 정보가 살인 사건과 관련이 있는지 없는지는 모르겠지만, 어쨌든 따라오십시오. 대령님이 계신 곳으로 안내해드리겠습니다."

두 수사관은 중령을 따라 복도를 나아갔고, 층계를 올라 건물 안쪽에 있는 다른 복도로 들어섰다.

세 사람이 다가가자 바깥쪽 사무실 앞 책상에 앉아 있던 중년 부사관이 고개를 들었다. 그는 두 명의 민간인에게는 눈길조차 주려고 하지 않았다.

"무슨 용건이십니까, 중령님?" 부사관이 물었다.

"다아시 경과 본트리옴프 경이 면회를 신청했다고 스몰렛 대령님께 전해주게. 용건이 뭔지는 알고 계실 거야."

"알겠습니다."

부사관은 자리에서 일어나 안쪽 방으로 들어갔고, 조금 뒤에 다시 나왔다.

"집무실에서 당장 세 분을 뵙겠다고 하십니다."

'일을 처리하는 데는 세 가지 방식이 있지.' 다아시는 생각했다. '올바른 방식, 틀린 방식, 그리고 해군의 방식.'

세 사람이 집무실에 들어갔을 때, 스몰렛 대령은 파이프를 꽉 문 채 책상 뒤에 서 있었다. 가장자리에 반백의 머리카락이 조금 남은 대머리가, 등뒤의 창문에서 쏟아지는 오후 햇살을 받아 번뜩거렸다.

"안녕하십니까." 대령은 싹싹한 어조로 말했다. "이렇게 빨리 다시 뵙게 될 줄은 몰랐습니다. 제게 말씀해주실 새로운 정보가 있나보군요?"

"실은 저희가 필요한 정보가 있어서 찾아왔습니다, 스몰렛 대령님." 다아시가 말했다.

스몰렛이 눈썹을 치켜올렸다.

"예? 유감이지만 그리 많은 정보를 드릴 수 있을 것 같지는 않군요." 그는 파이프를 문 채 말했다. "오늘 아침 이후로 아무 일도 없었습니다. 그래서 혹시 새로운 소식을 가지고 오신 것이 아닐까 기대했던 겁니다."

"제가 원하는 것은 새로운 정보가 아닙니다, 스몰렛 대령님. 사실 지금 시점에서는 이미 낡은 정보라고 해야겠지요.

어제 오후 2시 54분에 대령님의 부하인 애슐리 중령은 로열스튜어드호텔로 돌아왔습니다. 그런 다음 대령의 휘하 정보원들이 호텔에 출입했습니다. 총지배인 루이스 볼머의 말에 따르면, 그는 해군으로부터 그 누구에게도 정보를 주지 말라는 엄명을 공식적으로 받았다고 했습니다. '그 누구'에는 국왕 폐하의 특명을 받아 폐하 대신 수사를 진행하는 민간 수사관들조차 포함되는 듯합니다.

총지배인에게서 억지로 정보를 얻어낼 수도 있지만, 루이스는 명령에 충실히 따르고 있을 뿐이고, 또 이미 골치 아픈 문제에 직면해 있다는 것을 알고 있었기에 굳이 그러지는 않았습니다. 아래층에서 애슐리 중령을 만났지만, 루이스와 마찬가지로 명령에 따를 뿐이라는 데에는 의심의 여지가 없습

니다. 그러니 대령님에게서 얻을 수 있는 정보를 중령에게서
억지로 캐낼 필요는 없다고 판단했습니다.

저희는 여기까지는 알고 있습니다. 야간 지배인 폴 니컬스
는 어제 자정에 출근하지 않았습니다. 이건 매우 중대한 일입
니다. 그러나 대령님의 부하들은 이미 아홉 시간 전부터 그에
대해 이 사람 저 사람에게 묻고 있었습니다. 저희가 알고 싶은
것은, 그들이 왜 그랬는가입니다. 오늘 아침에 저희가 이 정보
를 받지 못한 이유에 관해서는 굳이 추궁하지 않겠습니다. 다
만 지금이라도 말씀해주시기를 요청합니다."

스몰렛 대령은 몇 초 동안 침묵했고, 한 치의 흔들림도 없
는 차가운 잿빛 눈동자로 다아시의 눈을 응시했다.

"흐음." 마침내 그가 입을 열었다. "그건 제 책임입니다. 오
늘 아침에 말씀드렸어야 했는데 말이죠. 인정해야겠군요. 문
제는 그것이 당신의 관할이 아니라는 점입니다. 통상적으로
는 말입니다. 우리는 니컬스를 찾기 위해 사방팔방을 뒤져보
았지만, 그가 저지른 일에 관한 증거는 전혀 없었습니다."

"니컬스는 무슨 일을 했습니까?"

"뭔가를 훔쳤습니다. 문제는 니컬스가 훔쳤다고 추정되는
물건이 애당초 존재했다는 사실조차 증명할 수 없다는 점입
니다. 만약 그것이 존재했다고 해도, 그것의 가치에 대해서 확
신할 수 없습니다."

"아주 불가사의한 얘기군요." 본트리옴프가 말했다. "적어도 제가 듣기에는 그렇습니다. 발단이 무엇이었는지 말씀해주시겠습니까?"

"음, 실례했습니다. 불가사의하다는 인상을 드릴 생각은 없었습니다. 자, 자리에 앉으시지요. 저 테이블 위에 브랜디가 있습니다. 브랜디를 좀 따라드리게, 중령. 편하게 앉으십시오. 설명하자면 좀 깁니다."

대령은 책상 뒤에 앉아 파일더미로 손을 뻗더니 가장 위에 있던 파일에서 봉투를 하나 뽑아들었다.

"설명하자면 이렇습니다. 즈윈지는 아주 바쁜 사람이었습니다. 수많은 일을 주시해야 했죠. 보통 사람이라면 런던 주임 법정 마술사 역할만으로도 충분히 벅찼을 겁니다." 대령은 본트리옴프를 쳐다보았다. "솔직히 말해주십시오. 즈윈지가 해군 정보부를 위해 일하고 있다고 의심해본 적이 한 번도 없습니까?"

"전혀 없습니다." 본트리옴프가 시인했다. "하지만 격무에 시달린다는 것은 잘 알고 있었습니다. 그 친구는 언제나 바빴고, 하루에 다섯 시간 이상 자는 사람은 게으름뱅이로 여기는 성격이었습니다. 제 상사이신 후작님은 알고 계셨습니까, 대령?"

"한 번도 귀띔한 적이 없습니다." 스몰렛 대령이 말했다.

"자기가 해군을 위해 일하고 있는 것을 런던 후작님이 아는 것 같다는 얘기를 즈윈지에게 들은 적은 있지만, 그게 사실이라면 후작께서는 결코 그 일을 타인에게 발설하지는 않으신 것 같군요."

"본디 그런 분입니다." 본트리옴프가 말했다.

"물론 그렇겠지요. 하여튼 즈윈지는 눈코 뜰 새 없이 바빴습니다. 이번 사건 말고도 유럽에서 여러 가지 일에 관여하고 있었으니까요. 그럼에도 즈윈지는 치유술사와 마술사 컨벤션에 참석해야겠다고 생각했습니다. 런던에 있는데도 출석하지 않으면 이상하게 보일 거라고 하더군요. 하지만 컨벤션이 진행되는 동안에도 줄곧 임무를 수행하고 있었습니다."

"그런 이유로 자기 호텔방 문에 주문을 걸어놓았던 거겠지요." 다아시가 말했다.

"그렇습니다." 스몰렛 대령이 말했다. "어쨌든 어젯밤 즈윈지는 호텔에서 전령을 시켜 제게 이 편지를 보내왔습니다." 대령은 다아시에게 봉투를 건넸다. "보시다시피 7시 45분 소인이 찍혀 있습니다."

다아시는 봉투 겉면을 보았다. '퍼시 스몰렛 대령 앞. 개인 서신'이라고 쓰여 있었다. 그는 봉투를 열고 종이 한 장을 꺼냈다.

"암호로 쓰여 있군요." 다아시가 말했다.

"그렇습니다." 스몰렛 대령이 말했다. 그는 파일 안에서 다른 종이 한 장을 꺼내 건넸다. "해독문은 여기 있습니다."

다아시는 소리 내어 편지를 읽었다.

"'대령님. 방금 극히 중요한 정보가 들어 있는 봉투를 수령했습니다. 하지만 지금은 제가 이 호텔을 떠날 수도 없고 평범한 전령에게 이 정보를 전달하게 하고 싶지도 않기에, 제 봉인이 찍힌 봉투를 호텔 금고에 보관하도록 호텔 지배인 폴 니컬스에게 맡겼습니다. 대령님께서 전령을 보내시면 그 봉투를 전달하라고 지시해두었습니다.'"

편지 끄트머리에는 단지 'Z'라고만 서명되어 있었다.

다아시는 편지를 대령에게 돌려주었다.

"그렇군요. 계속해주십시오, 대령님."

"방금 말했듯이 이 편지는 7시 45분에 도착했습니다. 아침에 도착한 다른 우편물과 함께 제 책상 위에 놓여 있었죠. 그런데 저는 10시가 다 되어서도 집무실에 도착하지 못했습니다. 애슐리 중령이 와서 셰르부르에서 바버가 살해당했다는 소식을 전했을 때도, 그 편지에 눈길을 줄 여유가 전혀 없었습니다. 바버의 피살 소식만으로도 충격적인데, 불과 삼십 분 전에 서 제임스가 칼에 찔려 죽었다는 보고를 받았던 겁니다. 경도 이미 이 사건의 중대성을 잘 알고 있으니 그후 몇 시간 동안 제가 얼마나 분주했을지 상상할 수 있을 겁니다. 오후 2시가 넘어서야 비로소 편지를 볼 시간이 생겼습니다. 저는 이 편지를 해독하자마자 애슐리에게 봉투를 가져오게 했습니다." 대령은 애슐리 중령을 보았다. "여기서부터는 자네가 설명하는 게 좋겠군, 중령. 다아시 경도 직접 증언을 듣는 편을 선호하실 테니."

"예, 대령님."

애슐리는 몸을 돌려 다아시를 마주보았다.

"저는 곧장 호텔로 가서 총지배인 루이스 볼머에게 면회를 신청한 다음, 서 제임스가 스몰렛 대령님 앞으로 보낼 편지가 금고에 보관되어 있어 그걸 전달받기 위해 왔다고 말했습니다. 그러자 루이스는 그에 관해서는 전혀 아는 바가 없다고 하더군요. 그래서 저는 그 편지를 폴이 맡고 있다고 대답했습니다. 그 말을 듣고 루이스는 폴 니컬스가 아침 9시에 퇴근할 때 그런 얘기를 하지 않았지만, 금고를 확인해보겠다고 말했습니다.

루이스가 금고를 여는 동안 저는 그 옆에 서 있었습니다. 작은 금고였는데, 안에 든 것은 많지 않았습니다. 적어도 스몰렛 대령님 앞으로 보낸 봉투가 없다는 점만은 확실했습니다. 그런 봉투가 있었다는 흔적조차 없었습니다. 볼머는 그날 아침 금고를 한 번도 연 적 없다고 맹세했고, 사무원 두 명이 그 말이 사실이라고 증언했습니다. 금고 비밀번호를 알고 있는 사람은 볼머와 두 명의 차석 지배인들밖에는 없었고, 금고에 걸린 보안 주문 때문에 차석 지배인들은 근무중에만 금고를 열 수 있습니다. 즉 오후 지배인은 오후 3시에서 자정까지, 야간 지배인은 자정에서 오전 9시까지만 열 수 있다는 뜻입니다."

다아시는 고개를 끄덕였다.

"그렇다면 폴에게 용의가 집중되는군요. 금고에서 봉투를 꺼낼 수 있었던 인물은 그 친구뿐이니까."

"저도 당연히 그렇게 생각했습니다." 애슐리 중령이 말했다. "그래서 저는 당장 폴 니컬스와 만나야 한다며 집 주소를 알려달라고 요구했습니다. 알고 보니 그는 호텔에서 지내고 있더군요. 최상층에 있는 방이었습니다. 볼머의 안내에 따라 니컬스의 방으로 가 문을 두드렸지만 대답이 없었습니다. 마스터키로 방문을 열고 들어가보니 아무도 없었습니다. 침대는 정돈되어 있고, 그 위에서 잔 흔적은 전혀 없었습니다. 그걸 보고 볼머는 이상하다고 했습니다. 니컬스는 근무가 끝나면 밖에 나가서 식사를 하고 다시 호텔로 돌아와, 보통 오후 6시경까지 잠을 잔다고 하더군요."

"니컬스가 호텔 메이드 서비스를 이용하고 있었는지 확인해보았습니까?"

다아시가 묻자 중령이 고개를 끄덕였다.

"이용했답니다. 니컬스는 저녁 시간이 되면 상당히 자주 외출하는 편이었고, 메이드는 매일 오후 7시 반에서 8시 반 사이에 니컬스의 방을 청소하고 침대를 정돈하기로 되어 있었습니다. 저는 방안을 둘러보고 니컬스의 소지품을 점검했습니다. 짐을 챙기지는 않았더군요. 빈 수트케이스 하나가 벽장 안에 들어 있었는데, 볼머가 아는 한 니컬스가 소유한 수트케이스는 그것 하나뿐이었습니다."

"방첩부대에서 일하면 그런 점이 좋군요." 본트리옴프는 한숨을 쉬며 말했다. "우리 같은 치안 수사관이 영장도 없이 누군가의 방을 뒤지다가 발각되면, 법정에서 왜 그런 잘못을 저질렀는지 판사에게 설명해야 하니까 말입니다."

"흐음. 뭐, 방안을 샅샅이 뒤지지는 않았습니다. 그냥 좀 둘러보았을 뿐입니다." 애슐리가 말했다.

"그렇다면 니컬스는 결국 자기 방으로 돌아오지 않았다는 뜻이군요." 다아시가 말했다. "침대는 전날 밤에 정돈되었고, 그 침대에서 잤다는 흔적이 없으니까요."

"그렇습니다. 그래서 호텔 종업원들에게 물어보기도 했습니다. 니컬스가 아침식사—그 친구 기준으로는 저녁식사—를 하고 돌아온 것을 본 사람은 아무도 없었습니다. 그래서 저는 이곳 해군성으로 돌아와 스몰렛 대령에게 보고했습니다."

다아시는 고개를 끄덕이고 다시 대령을 쳐다보았다.

"그때부터 줄곧 니컬스를 찾고 있었습니다. 호텔로 부하들을 보내 자정에 돌아올 예정이었던 니컬스를 기다리라고 했지만, 그는 끝내 나타나지 않았습니다. 아직도 행방을 전혀 알 수 없는 상태입니다."

"그렇다면 그 봉투가 사라진 것과 니컬스의 실종 사이에 관련이 있다고 의심하는 거군요." 다아시가 말했다. "저도 그렇게 생각합니다. 그 봉투의 내용물 역시 암호로 쓰여 있었겠지요, 대령님?"

"그렇습니다. 방금 보신 편지에 쓰인 단순한 암호보다 훨씬 더 복잡한 것이었습니다. 게다가 즈윈지는 언제나 특수한 주문이 걸린 잉크와 편지지를 사용했습니다. 만약 허가받지 않은 사람이 봉투를 뜯는다면 편지지를 꺼내기도 전에 글자가 모두 사라지게 되어 있지요."

"그렇다면 니컬스가 그 편지를 금고에서 꺼내 읽은 다음 충동적으로 돈이 될 만하다고 판단했을 리는 없겠군요."

"물론입니다." 스몰렛 대령이 찬동했다. "그리고 즈윈지는 어리석은 친구가 아닙니다. 니컬스를 신뢰하지 않았다면 그에게 봉투를 건네지도 않았을 겁니다. 또 봉투에는 보호 주문이 걸려 있었기 때문에 그 내용을 읽으려면 마스터 마술사인 즈윈지의 주문을 분석하고 무효화할 수 있을 만큼 명석하고 강력한 힘을 가진 다른 마술사에게 의뢰하는 수밖에 없었을 겁니다."

"그 봉투 안에 어떤 정보가 들어 있었는지 조금이라도 짐작이 갑니까, 스몰렛 대령님?" 다아시가 물었다.

"전혀 짐작 가는 것이 없습니다. 전혀. 다만 아주 긴급한 정보는 아니었을 겁니다. 그러니까, 즉각 행동을 요하는 정보는 아니었으리라는 뜻입니다. 그게 아니라면 즈윈지가 만사를 제쳐두고 직접 해군성을 찾아왔을 테니까요. 하지만 카시미르왕의 첩보원들이 살인을 저질러서라도 손에 넣고 싶을 만큼 중요했던 것 같기는 합니다."

"그렇다면 바버 살해와는 어떤 관련이 있다고 생각하십니까? 또 해군의 새로운 비밀 병기와는?"

대령은 미간을 찌푸리고 잠시 파이프를 뻐끔거리고 있었다.

"거기서부터는 억측일 수밖에 없습니다만, 바버가 이중 첩자였다는 사실이 드러난 건 틀림없겠지요. 그게 아니라면 살해당했을 리가 없으니까요."

"그에 대해서는 저도 동감입니다." 다아시가 말했다.

"좋습니다. 하지만 그렇다면, 폴란드인들이 혼란 투사기에 관해 얼마나 알고 있는지, 또 피츠진이 어떻게 관련되어 있는지에 관해서는 여러 가지 추측을 해볼 수 있습니다.

만약 우리 바람대로 폴란드인들이 그 장치에 대해 전혀 모른다면, 바버가 중개한 정보가 완전히 가짜라는 사실을 제외하면 피츠진에 대해서도 모른다는 얘기가 됩니다. 바버가 이중 첩자라는 사실을 알아냈을 때 그들은 피츠진은 신경쓰지 않고 바버만 제거했습니다. 함대 배치 정보는 그 정도 위험을 무릅쓰고 얻어야 할 만큼 중요한 것이 아니었으니까요.

하지만 폴란드 정부가 혼란 투사기의 존재를 전혀 모른다고 가정하는 것은 비현실적인 낙관이라고 생각합니다.

그 장치가 어떤 것인지, 또 어떤 방식으로 작동하는지를 알아내기 위해 필사적인 노력중이라고 여기는 편이 훨씬 더 타당하겠지요. 그렇다고 해도 여전히 피츠진에 대해서는 아무것도 모른다는 뜻입니다. 만약 뭔가를 알고 있었다면 피츠진을 붙잡을 때까지는 바버를 죽이지 않았을 테니까요. 물론 반대의 가능성도 있습니다. 이미 장치의 비밀을 손에 넣었기 때문에 피츠진에게는 전혀 신경쓸 필요가 없다고 판단했을 수도 있지요.

마지막으로, 피츠진 본인이 바버를 시험하기 위해 파견된 폴란드의 첩자였을 가능성도 있습니다. 바버가 폴란드에 전달한 정보가 피츠진에게서 먼저 전달받은 정보와 현저히 달랐다면, 바버는 이미 죽을 운명이었던 겁니다."

스몰렛 대령은 양손을 펼쳐 보였다.

"하지만 이건 모두 알맹이가 없는 억측에 불과합니다. 현재 가장 시급한 과제는 폴 니컬스의 신병을 확보하는 일입니다. 미리 말씀드릴 수도 있었겠지만, 아시다시피 뚜렷한 근거가 없습니다. 그 봉투가 존재했다는 사실조차도 확언할 수가 없으니, 그자가 그걸 훔쳤다고 증명할 수조차 없습니다. 그런 마당에 어떻게 이 일을 수사기관에 넘길 수 있었겠습니까?"

"대령께선 해군 법규 이외의 것도 공부하셔야겠습니다. 범죄 현장에서 도망치기만 해도 심문을 위한 체포 영장을 발부할 수 있다는 사실을 모르셨군요. 수사관이 하는 첫번째 질문은 언제나 같습니다. '용의자는 어디로 갔는가?' 폴란드 대사관으로 갔을까요?"

스몰렛은 고개를 가로저었다.

"가지 않았습니다. 우리는 폴란드 대사관에 출입하는 모든 사람을 스물네 시간 감시하고 있습니다."

"바로 그겁니다. 저도 그 사실을 알고 있습니다. 폴란드인들도 알고 있겠지요. 하지만 그 폴란드 첩보 조직의 본거지는 분명 시내 어딘가에 있습니다. 어디 있는지 아십니까?"

"저도 알고 싶군요." 대령이 말했다. "그걸 알 수만 있다면 반년치 봉급을 내놓아도 좋습니다. 이 런던에서 최소한 세 개의 별개 조직이 활동하고 있다는 증거가 있습니다. 조직끼리는 서로의 존재를 모르고, 설령 안다고 해도 극소수의 간부들 말고는 모를 겁니다. 물론 우리가 신원을 파악하고 있는 스파이들도 일부 있습니다. 그들은 우리의 감시하에 있지요. 지난 열여덟 시간 동안 제 부하들이 런던에 있는 폴란드 첩보원들 중 우리가 알고 있는 인물 모두를 감시하고 있지만, 아직 소식이 없습니다. 우리는 그들의 본거지 위치에 대해 전혀 모릅니다. 인정하고 싶지는 않지만, 사실입니다. 아무런 힌트도, 암시도, 실마리도 없습니다."

"그렇다면 니컬스를 찾아내는 유일한 방법은 런던을 이 잡듯 수색하는 것이겠군요." 다아시가 말했다. "그러기 위해서는 많은 인원이 필요합니다. 대령님의 부하들이 은밀하게 수색하는 동안, 본트리옴프 경과 런던 치안헌병들은 '범죄 현장에서 도망친 참고인' 신병 확보라는 이유를 들어 니컬스를 수색할 수 있을 겁니다."

본트리옴프는 고개를 끄덕였다.

"한 시간 안에 수사망을 가동하겠습니다. 만약 뭔가 걸리면 즉시 알려드리죠."

"좋습니다."

"그럼 당장 착수해야겠군요." 본트리옴프는 자리에서 일어나며 말했다. "빠르면 빠를수록 좋으니까요. 어떤 이유에서든 저에게 연락할 일이 생기면 로열스튜어드호텔로 전갈을 보내주십시오. 그곳에 수사본부를 차려두었고, 본부에는 헌병 부사관이 스물네 시간 근무하고 있습니다. 저도 하루에 몇 번씩 그곳에 들를 겁니다."

"아주 좋습니다. 감사합니다, 본트리옴프 경"

"그럼 나중에 뵙죠, 여러분. 안녕히 계십시오."

본트리옴프는 마침내 뭔가 제대로 할일이 생겼다는 듯 흡족한 표정으로 방을 떠났다.

"부탁드릴 일이 하나 있습니다, 대령님." 다아시가 말했다. "매우 민감할지도 모르는 사안입니다."

"어떤 부탁입니까?"

"정보부의 비밀 자료를 보고 싶습니다. 특히 바버가 피츠진과 혼란 투사기에 관해 언급한 편지들을."

"다아시 경." 스몰렛 대령은 차가운 미소를 지으며 말했다. "그 어떤 첩보기관도 비밀 파일을 외부인에게 보여주고 싶어하지 않습니다. 우리도 예외가 아니지요. 지금까지 그 자료는 '일급비밀'로 분류되어왔고, 이중 첩자 바버의 존재를 알고 있던 사람은 해군성 고위 간부들뿐이었습니다. 그런데 경에게 정보 하나를 숨긴 탓에 저는 안 해도 될 일을 하게 되었군요. 선례를 되풀이할 생각은 없습니다. 다만 관련 자료는 여기로 가져와서 애슐리 중령과 함께 조사하실 수 있도록 하겠습니다. 대신 내 쪽에서도 부탁을 하나 해도 되겠습니까?"

"물론입니다, 어떤 부탁입니까?"

"괜찮다면 애슐리 중령을 민간 수사관들과 해군 사이의 연락장교로 임명하고 싶습니다. 좀더 정확히는, 나와 다아시 경 사이의 연락장교로 말입니다. 애슐리 중령은 해군 사정에 밝고, 정보 업무와 범죄 수사에 관해서도 좀 압니다. 정보부로 전출되기 전에는 해군 범죄 수사대 소속이었으니까요. 중령에게 경을 최대한 도우라는 명령을 내리겠습니다. 동의하시겠습니까?"

"물론입니다, 대령님. 아주 훌륭한 생각입니다."

"알겠습니다. 지금 한 명령을 들었겠지, 중령?"

"예, 대령님." 애슐리는 다아시를 보며 미소 지었다. "가급적 방해가 되지 않도록 하겠습니다."

"그럼 그 문제는 해결되었군요." 스몰렛 대령은 의자에서 일어나며 말했다. "이제 가서 그 자료를 가지고 오겠습니다."

마스터 숀 오로클린은 살인 현장의 닫힌 문 옆에 서서 방 전체를 둘러보았다. 그런 다음 옆으로 돌아서서 저니맨 마술사 존 케찰을 마주보았다.

"자, 우리가 조심해야 할 게 무엇인지 알겠나? 아직 시신 보존 주문을 해제할 단계가 아니기 때문에, 방안에서 마술을 쓸 때는 보존 주문에 영향을 주지 않도록 주의해야 하네. 무슨 말인지 알겠나?"

존 케찰은 고개를 끄덕였다.

"예, 마스터. 알 것 같습니다."

손은 그를 바라보며 미소 지었다.

"그럴 줄 알았네. 혈액 테스트를 완벽하게 수행했잖나." 그는 잠시 말을 멈췄다. "그건 그렇고, 다음번에 그런 테스트를 해달라는 요청을 받는다면 혼자서도 할 수 있겠나?"

존 케찰은 작은 체구의 마술사를 곁눈질했다.

"혈액 테스트 말씀이십니까? 예, 마스터. 할 수 있을 겁니다." 그가 단호한 어조였다.

"아, 좋아."

손은 만족스러운 듯 고개를 끄덕였다.

"하지만 이번 건은 달라." 그는 경고하듯이 손가락 하나를 들어올렸다. "조금 더 힘들 거야. 심령적 충격을 다뤄야 하니까. 사람이 다치거나 죽으면 심령적 충격이 발생하네. 물론 잠든 채로 숨이 끊어진 경우는 예외이지만. 하지만 이번 사건엔 폭력이 개입되어 있어."

"이해할 수 있습니다."

"좋아. 자, 자네는 지금부터 나를 대신해 분향 의식을 거행해야 하네. 향을 피울 재료는 저기 탁자 위에 모두 놓여 있어. 자네가 향로를 준비하게. 이 일에 익숙해져야 하는 사람은 자네니까."

"알겠습니다, 마스터."

젊은 메치코인 귀족의 얼굴에는 아주 미세하지만 불안한

기색이 깃들어 있었다.

방문 옆 탁자 위에는 손이 여러 상징으로 장식된 자신의 가방에서 꺼내놓은 도구 하나가 놓여 있었다. 바로 구멍이 여러 개 뚫린 놋쇠 뚜껑이 달린 향로였다. 그것을 매달아 흔드는 약 1미터 길이의 사슬도 달려 있었는데, 지금은 뚜껑이 열린 상태였다.

존 케찰은 자기 가방에서 도구를 몇 개 꺼냈다. 마스터 손 오로클린은 젊은 마술사가 향로에 넣을 재료를 준비하는 모습을 주의깊게 관찰했다.

존 케찰은 철제 삼각대에 향로를 올려놓은 다음 그 안에 숯덩어리를 몇 개 넣고 불을 붙였다. 그런 다음 탁자 위에 늘어놓은 단지와 유리병 속에서 작은 황금 스푼으로 각종 재료를 떠서 특수한 황금 사발에 집어넣었다. 그때마다 그는 연필 크기의 황금 지팡이로 재료를 섞으며 주문을 걸었다.

유향과 달콤한 냄새를 풍기는 발삼, 사모닐과 호로파, 심황과 타엘레신, 백단향과 삼나무, 그리고 이들만큼 잘 알려져 있지는 않지만 훨씬 강력한 네 가지 재료를 정확한 순서대로 각각의 고유한 주문을 걸며 섞었다.

재료를 모두 섞고 마지막 주문을 건 저니맨 마술사는 고개를 들고 검은 눈으로 통통한 마스터 마술사를 쳐다보았다.

손 오로클린은 고개를 끄덕이며 미소를 지었다.

"잘했네. 아주 잘했어. 자네가 방금 무슨 일을 했는지 아느냐고 묻지는 않겠네. 나는 학생이 배움이 부족하다고 전제하거든. 나도 학생이었던 적이 있으니까 그 점에 관해서는 잘 알고 있다고 해야겠지."

그는 쿡쿡거리며 웃었다.

"다아시 경이 말했듯 나는 워낙 훈계하기를 좋아해서 말이야.

지금부터 실행할 주문은 동적 주문이기 때문에 다른 동적 주문으로 미리 방호해둬야 하네. 다시 말하면, 자네가 이 방안에서 향을 피우는 동안 나는 시신을 방호하기 위한 다른 주문을 써야 한다는 뜻이네. 이해하겠나?"

"예, 마스터."

"좋아. 자네가 그 혼합물을 향로 안에 넣으면 각양각색의 입자로 이루어진 연기가 피어오를 걸세. 방금 자네가 건 주문들 덕분에 그 입자들이 방안의 벽과 가구로 끌려가서 표면에 들러붙으려고 할 거야.

그 입자들은 표면에 접촉해서 우리가 '홀로그램 패턴'이라고 부르는 것을 형성하게 되네. 각각의 연기 입자는 표면에 남아 있는 심령적 인상에 따라 저마다 고유한 패턴을 만들어내지. 그리고 이런 패턴들을 총체적으로 이해함으로써 우리는 심령적 인상을 확실하게 식별할 수 있을 걸세."

손은 팔짱을 낀 채 장신의 메치코 청년을 올려다보며 아일랜드인 특유의 애교스러운 미소를 지었다.

"아, 자네야말로 강사가 원하는 학생이라는 걸 아나. 나이 든 마스터가 말하면 자네는 귀기울여 듣고, 이미 알고 있는 지식이라고 해서 따분해하지도 않아. 더 많은 정보를 얻을 수 있다는 걸 알기 때문이지."

존 케찰의 가무잡잡한 얼굴이 또다시 눈에 띄지 않을 정도로 붉게 물들었다.

"예, 마스터 손." 그가 조심스레 말했다. "저는 패턴 이론을 배운 적이 있습니다."

"그래, 배웠겠지. 하지만 자네는 현명해서 이미 알고 있는 것이 이론일 뿐 실제와 다르다는 걸 알고 있어." 손은 만족스럽다는 듯 고개를 끄덕였다. "자네는 훌륭한 법정 마술사가 될 거야. 아주 훌륭한 법정 마술사가!" 그러고는 조금 뒤틀린 미소를 지었다. "그러니까, 자네가 올바른 태도를 견지하는 한은 말이야. 자, 이제 자네가 기술 면에서는 얼마나 유능한지 확인해보기로 하지."

손은 몸을 돌려 사방의 벽을 올려다보았다.

"존 케찰 경, 자네가 제대로 했다면 이 벽에 연기 입자로 이루어진 패턴이 나타날 걸세. 각 성분에 걸어놓은 주문에 의해 뚜렷하게 구분되는 각양각색의 패턴이 말이야. 그리고 홀로

그램 패턴은 바로 그 주문들의 조합에 따라 구분될 수 있다네. 탤런트가 없는 사람이라면 단지 벽이 조금 그을렸다고밖에는 생각하지 않겠지만, 모든 사람이 그렇게 보는 건 아니지. 자네와 나는 패턴을 볼 수 있고, 나는 그것들을 어떻게 해석해야 하는지 자네에게 최선을 다해 가르쳐주겠네."

손은 뒤를 돌아보았다.

"준비됐나?"

존 케찰은 결연한 표정으로 입을 다물었다.

"준비됐습니다, 마스터."

"좋아. 그럼 시작하지."

손은 상징으로 장식된 마술 가방에서 지팡이 두 개를 꺼낸 다음, 책상 가까운 곳에 쓰러진 시신 쪽으로 걸어가 그 옆에 섰다.

"난 준비됐네. 시작하게. 신중히 주문을 걸게."

젊은 메치코인은 향로 바닥에 놓인 숯덩어리 위로 숨을 살살 불어넣어 빨갛게 타오르게 만들었고, 특수한 주문을 중얼거리며 황금 종지에 담긴 향기로운 혼합물을 그 위에 쏟아부었다. 그러자 짙고 흰 연기가 천장을 향해 피어오르기 시작했다. 존 케찰은 구멍이 여러 개 뚫린 뚜껑을 재빨리 향로 위에 덮고 꽉 닫은 다음 사슬을 잡고 들어올렸다. 왼손으로는 사슬 끝을, 오른손으로는 사슬 중간을 잡아서 향로를 흔들었다.

가장 가까운 벽으로 다가가 향로를 크게 휘둘러서 짙은 연기
가 벽 쪽으로 흘러가도록 했다.

그는 리드미컬하게 향로를 흔들며 벽을 따라 한 걸음씩 움
직였고, 향로가 흔들릴 때마다 주문을 외웠다. 짙은 연기는
소용돌이치며 벽을 따라 올라가 방안을 농밀한 향기로 가득
채웠다.

조수가 향을 피우는 동안 손은 양손에 반짝이는 긴 크리
스털 지팡이를 하나씩 쥔 채 시신 앞에 꼼짝도 하지 않고 서
있었다. 양팔을 크게 벌리고 있는 까닭은 존 케찰이 거행하고
있는 마술 의식의 영향으로부터 시신을 보호하기 위한 심령
적 우산을 유지하기 위해서였다.

아일랜드인 마술사는 딱히 긴장한 기색이 없었다. 그는 강
렬한 아우라에 휩싸인 듯했고, 어떤 이유에서인지 평소보다
더 키가 커 보였다. 굵은 허리 또한 어딘가 견고한 인상을 주
었다. 가스등에서 나오는 빛은 두 개의 크리스털 지팡이 안쪽
에서부터 반사되어 깜박이며 방 전체를 번득이는 무지갯빛으
로 물들였다.

향로에서 뿜어져나오는 연기는 마스터 손이 지배하는 공
간을 피해갔다. 연기가 커다랗게 소용돌이쳤지만, 눈에 보이
지 않는 힘이 미세한 입자들을 방의 일부로부터 완전히 몰아
내고 있는 듯했다. 눈에 보이지 않을 정도로 작고 향기로운

재의 박편들은 사방의 벽과 가구, 천장으로 몰려가 각각의 방식으로 표면에 달라붙었다. 그러나 강한 힘을 발산하며 증거물 주변을 차폐하고 있는 마스터 마술사에게 다가가는 것은 단 하나도 없었다.

젊은 마술사는 향로를 흔들며 방안을 세 바퀴 돌았다. 특별히 방호된 지점을 제외하면 방안은 푸르스름한 연기로 가득찼다.

손이 미동도 없이 서 있는 동안, 존 케찰은 탁자로 되돌아가서 연기를 내뿜던 뜨거운 향로를 철제 삼각대 위에 올려놓았다. 그러곤 구멍이 여러 개 뚫린 뚜껑을 떼어내고 대신 구멍이 없는 뚜껑을 덮자 숯불이 꺼지며 연기가 잦아들었다.

그는 여러 상징으로 장식된 가방에서 한쪽이 문손잡이처럼 뭉뚝한 은제 지팡이를 꺼냈다. 지팡이의 반대쪽을 잡고 몸을 돌린 그는 벽마다 마주보고 공중에 한 번씩 상징을 그렸다.

그러자 안개처럼 뿌옇게 퍼져 있던 연기는 한층 더 강한 기세로 벽 쪽으로 몰려갔다. 공기는 금세 맑아졌다.

잠시 후 존 케찰은 나직한 목소리로 말했다.

"끝났습니다, 마스터."

손은 주위를 둘러보고는 팔을 내렸고, 탁자로 걸어가 크리스털 지팡이 두 개를 자기 가방에 집어넣었다. 그런 다음 또다시 방안을 둘러보았다.

"잘했네. 아주 잘했어. 자, 이제 이곳에서 무슨 일이 일어났는지 얘기해줄 수 있겠나?"

존 케찰은 주위를 둘러보았다. 마술사들은 눈을 뜨고 있어도 눈으로 보는 게 아니었다. 탤런트가 없는 사람은 과거에 이 방안에서 일어났던 사건에 의해 생성되고 분향 의식에 의해 고착된 심령적 패턴을 전혀 보지 못할 것이다. 그러나 탤런트를 가진 사람은 뚜렷하게 볼 수 있었다.

존 케찰은 이런 패턴을 지각할 수는 있었지만, 그것들을 분석할 만한 수련은 아직 쌓지 못했다. 손은 상대방이 주저하는 것을 알아차렸다.

"그냥 얘기해보게. 직감에 의존해서 추측해보는 거야. 그것이 자기 자신의 지각을 발전시키는 유일한 방법이라네. 추측에서 확신으로 나아가는 거야."

존 케찰은 자신 없는 말투로 운을 뗐다. "흐음, 이건 마치……" 그는 잠시 말을 멈췄다가, 다시 입을 열었다. "하지만 이건 말도 안 됩니다. 이럴 리가 없습니다."

손은 화가 난 듯이 크게 한숨을 내쉬었다.

"아, 그러면 안 돼, 그러면! 자네는 첫인상을 무시하고 있네. 주관적으로 데이터를 흡수하기도 전에 논리적인 분석을 시도하고 있는 거야. 자, 다시 묻겠네. 여기서 무슨 일이 일어났던 것처럼 보이나?"

존 케찰은 다시 한번 방안을 둘러보았다. 이번에는 천천히 360도로 몸을 돌리며 어느 것도 놓치지 않고 자세하게 관찰하는 것처럼 보였다. 그런 다음 조심스럽게 말했다.

"서 제임스를 제외하고 이 방에는 아무도 없었습니다……" 그는 말꼬리를 흐렸다.

"맞아. 완전히 맞는 얘길세." 숀이 말했다. "계속 얘기해보게. 무엇이 그토록 역설적으로 보이는지 아직 말하지 않았어."

존 케찰은 조금 당혹스러운 어조로 말했다.

"마스터, 서 제임스 즈윈지는 마치 두 번 살해당한 것처럼 보입니다. 그 시점들 사이에는 몇 분, 아무리 길어도 반시간의 간격이 있습니다."

숀은 미소 지으며 고개를 끄덕였다.

"거의 맞혔군. 부검 결과를 보면 아마 자네의 해석이 맞다는 게 증명될 거야. 하지만 여기 남아 있는 것들이 무엇을 의미하는지 완전히 파악하지는 못한 것 같군."

마스터 숀은 팔을 크게 휘저으며 방안을 가리켰다.

"패턴들이 무엇을 보여주고 있는지 자세히 보게. 두 개의 강력한 패턴이 시간 순서대로 겹쳐 있는 것이 보이지 않나. 고인이 된 우리의 동료가 이 방에 혼자 있었을 때, 두 번의 심령적 충격이 잇달아 일어났네. 그리고 방금 자네가 지적했듯이 이 두 번의 충격 사이에는 반시간가량의 시차가 있어. 첫번째 충격은 보다시피 그가 살해당했을 때 생겨난 것이네. 그리고 두번째 충격은 그가 죽었을 때 생긴 거야."

13

로열스튜어드호텔 로비에서 대★무도회장으로 통하는 커다란 미닫이문은 닫혀 있기는 해도 잠겨 있지는 않았다. '컨벤션 참석자만 입장'이라는 팻말도 없었다. 마술사 컨벤션에서 그런 팻말은 불필요하기 때문이다. 문에는 주문이 걸려 있어서 일반 방문객들은 로비 전시물 앞에 몰릴지언정 그 문으로 들어갈 생각조차 하지 못할 것이다. 설령 그런 생각이 떠올랐다 해도 몇 초 안에 잊어버리게 되어 있었다.

토머스 레소와 컴버랜드 전 공작부인은 문을 밀고 안으로 들어갔다. 대무도회장 안에 들어선 메리 드 컴버랜드는 잠시 멈춰서서 안도한 듯한 표정으로 깊게 숨을 들이켰다.

"무슨 문제라도 있으신지요?"

"세상에, 이렇게 많이 모이다니!" 메리 드 컴버랜드가 말했다. "마치 런던의 신선한 공기를 전부 빨아들이기라도 할 기세였어요."

대무도회장은 로비에 비하면 평온하고

편안한 분위기였다. 내부 면적은 로비만큼 넓었지만, 그 안에 있는 사람은 로비에 모인 인파의 1할에 지나지 않았다. 로비에서는 다채로운 색의 옷들이 만화경처럼 소용돌이치고 있었다면, 무도회장 안에 있는 사람들이 걸친 복장의 색은 몇 가지로 한정되어 있었다. 마술사들이 입은 하늘색이 가장 많았고, 성직에 있는 치유술사들이 입는 삭막한 흑백과 주교직의 자줏빛이 그 단조로움을 깨는 정도였다. 간간이 눈에 띄는 유대인 치료술사의 히브리식 옷은 성직자의 옷과 거의 구분되지 않았지만, 언뜻언뜻 보이는 선명한 색채를 통해 하킴 Hakime, 즉 여러 이슬람 국가의 외교사절단과 동행한 치유술사들도 이곳에 참석했음을 알 수 있었다.

"길드 입장에서 외부 개방일은 반드시 필요합니다." 서 토머스가 말했다. "대중은 길드가 무슨 일을 하는지 알 권리가 있고, 길드는 대중에게 이를 알릴 책임이 있으니까요."

메리는 파란 눈을 반짝이며 토머스를 올려다보았다.

"친애하는 서 토머스, 인간이 하는 일 중에는 싫든 좋든 반드시 해야 하는 것들이 있습니다. 하지만 그런 일들이 반드시 즐겁지만은 않죠. 자, 그 사랑스러운 여성은 어디 있죠?"

"잠시만 기다려주십시오. 찾아보겠습니다." 평균 키보다 5센티미터는 족히 큰 토머스가 고개를 돌려 무도회장 안을 둘러보았다. "아, 저기 있군요. 저를 따라오십시오."

공작부인은 토머스를 따라 무도회장을 가로질렀다. 티아 아인치히는 젊고 잘생긴 저니맨 마술사들에게 둘러싸여 있었다. 메리 드 컴버랜드는 내심 미소를 지었다. 젊은 저니맨들이 저 미모의 도제와 마술에 관한 토론을 하는 게 아니라는 점은 명백했다. 그녀가 입은 단조로운 하늘색 도제 복장은 특별히 남의 이목을 끌 만한 것이 아니었다. 하지만 티아가 입으면……

다음 순간 공작부인은 처음에는 눈치채지 못했던 것을 알아보았다. 티아가 요크 대주교인 찰스 예하猊下의 도제임을 알리는 문장을 달고 있던 것이다.

티아는 어젯밤 제임스의 방에서 뛰쳐나갔을 때보다 조금 더 키가 커진 듯했다. 다음 순간 메리는 그 이유를 알아차렸다. 티아는 폴란드가 지배하는 지역 남부에서 유행하고 있지만 폴란드 본토나 영불제국의 패션 중심지에서는 아직 받아들여지지 않은 스타일의 신발을 신고 있었다. 기본적으로는 실내화를 닮았지만 발끝이 뾰족했고, 6센티미터나 되는 뾰족한 굽이 달려 있어 발뒤꿈치의 위치가 매우 높았다. 메리는 생각했다. '맙소사. 저렇게 굽이 높은 신발을 신으면 발이 망가지지 않을까?'

저건 일종의 심리적 전술일까? 티아는 체구가 아주 작았다. 저 괴상한 하이힐을 신지 않으면 키는 150센티미터도 안

됐고, 공작부인인 자기보다 머리 하나는 작다. 저런 높은 굽이 달린 신발을 신은 건 단지 키가 더 커 보이기 위해서일까?

아냐. 메리는 확신했다. 티아는 자신감에 가득차 있었고, 자신의 능력을 충분히 신뢰했기 때문에 저런 조그만 죽마 같은 건 필요치 않았다. 다만 저런 신발이 유행중이고, 그에 익숙해진 탓에 신고 있는 것이다. 바꿔 말해서 저것은 '고향에서 신던 것' 이상도, 이하도 아니다.

"실례하겠네."

서 토머스 레소가 티아를 둘러싼 저니맨들을 헤치고 그녀에게 다가갔다. 저니맨들은 모두 토머스를 적어도 세 번은 살폈다. 처음에 그들은 토머스가 푸른 마술사 옷을 입고 있지 않다는 것을 확인했다. 그렇다면 일반인이란 말인가? 두번째로 그의 왼쪽 가슴에 달린 리본을 보고 마술학 박사인 동시에 왕립마술학회의 회원이라는 것을 알았다. 아니, 일반인은 아니군. 세번째로는 그의 인상적인 이목구비를 봤다. 그들은 그제서야 눈앞의 인물이 수련 일 주 차 도제 마술사라면 누구든 보았을 초상화 속 천재 이론 마술사임을 깨달았고, 경외심을 이기지 못하고 뒤로 물러나 티아 곁을 떠났다.

티아는 자기 주위에서 알랑대던 잘생긴 젊은 마술사들이 점점 어디론가로 사라지고 있다는 사실을 깨닫고는 고개를 들었고, 그 이유를 알아차렸다. 그리고 메리 드 컴버랜드는, 티아가 장신의 토머스 레소를 발견한 순간 그녀의 눈이 반짝이며 요정 같은 얼굴에 미소가 피어나는 것을 보았다.

'흐음, 그런 거였구나.' 메리는 생각했다. 티아는 토머스의 애정에 화답하고 있었다. 전에 다아시가 "서 토머스는 다모젤 티아와 사랑에 빠졌어. 적어도 본인은 그렇게 생각하고 있지"라고 말한 게 생각났다. 다아시는 감응 능력자가 아니었지만, 어느 정도 감응 능력을 지닌 메리는 토머스와 티아 사이에 흐르는 감정에 대해 확신했다.

토머스가 입을 열기 전에 티아는 고개를 숙였다.

"안녕하세요, 서 토머스."

"안녕하십니까, 티아. 추종자들을 쫓아버려서 죄송합니다. 공작부인, 다모젤 티아를 소개합니다. 티아, 이쪽은 내 친구인 컴버랜드 공작부인 메리입니다."

티아는 한쪽 다리를 빼고 반대쪽 무릎을 살짝 굽혀 정식으로 절했다.

"만나뵙게 되어 영광입니다."

그러자 토머스는 손목시계를 보고는 말했다.

"아니, 이럴 수가! 벌써 왕립마술학회 회의 시간이 되었군." 그는 두 여자를 보며 미소를 지었다. "죄송하지만 이만 실례해야겠습니다. 나중에 보기로 하죠."

메리의 미소는 약간은 티아를 향한 것이었지만, 나머지는 자기만족에서 비롯된 것이었다. 다아시도 내가 이 순간에 티아를 만나러 왔다는 사실을 알면 칭찬해줄 거야. 메리는 왕립마술학회의 회의 시간을 미리 확인해두고, 토머스가 자신을 소개한 직후 자리를 뜰 수밖에 없게 만든 것이다.

"티아." 메리는 말했다. "영국 맥주를 마셔봤나요? 아니면 프랑스 와인은요?"

젊은 여자의 눈이 반짝였다.

"와인은 마셔본 적이 있지만, 영국 맥주는 아직 맛보지 못했어요." 티아는 잠시 주저했다. "게르마니아의 맥주 못지않다는 얘기는 들은 적이 있습니다."

공작부인은 콧방귀를 뀌었다.

"친애하는 티아, 그건 마치 클라레[1]가 식초 못지않다는 얘기와 마찬가지랍니다." 메리는 씩 웃었다. "자, 그럼 이 음울한 방에서 나가요. 영국 맥주를 소개해줄게요."

로열스튜어드호텔 내의 바 '소드룸'은 로비와 마찬가지로 사람들로 북적였다. 부스석 하나를 찾아 앉은 컴버랜드 공작부인은 차가운 백랍제 머그를 들어올렸다.

"티아. 이 세상에는 다양한 음료가 있어요. 미식가들을 위해서는 와인이 있고, 남자들을 위해서는 위스키와 브랜디가

---

[1] 프랑스 보르도산 레드와인을 일컫는 말.

있고, 여자를 위해서는 달콤한 리큐르가, 어린아이들을 위해서는 우유와 레모네이드가 있죠. 하지만 친구끼리 즐겁게 마시기에는 잉글랜드의 진짜 맥주만한 게 없어요."

티아는 자신의 잔을 들어 메리의 잔에 살짝 부딪쳤다.

"공작부인, 그런 말을 들으니 이제는 기회가 있을 때마다 영국 맥주를 마셔봐야 할 것 같네요."

티아는 단번에 잔의 반을 비웠다. 그러고는 반짝이는 요정 같은 눈으로 메리를 보았다.

"정말 맛있어요!"

메리도 반쯤 비운 잔을 내려놓으며 말했다.

"우리 프랑스 와인보다 더 좋아요?"

티아는 웃었다.

"지금 이 순간에는 맥주가 훨씬 더 좋습니다, 공작부인. 목이 말랐거든요."

메리는 티아를 보며 미소 지었다.

"맞아요, 티아. 와인은 음미하는 것이고, 맥주는 갈증을 풀기 위한 것이니까요."

티아는 또다시 잔을 기울였다.

"실은 제 고향에서는 저 같은 신분의 여자가 공작부인 앞에 앉는다는 것 자체만으로 주제넘은 일이랍니다. 그런데 펍에 함께 앉아 맥주를 마신다니, 상상도 할 수 없는 일이에요."

"말도 안 돼!" 메리 드 컴버랜드가 말했다. "작위가 있긴 해도 나는 귀족 가문 출신은 아니에요. 당신과 다름없는 평민이라고요."

티아는 나직이 웃으며 고개를 가로저었다.

"그건 상관없습니다. 작위가 있는 사람은 지위가 어떻든 간에 저 같은 평민에 비하면 까마득하게 높은 계급으로 간주되니까요. 적어도 바나트 지방에서는 그렇답니다. 폴란드 왕국에서 제가 살아본 곳은 그곳뿐이지만요. 그래서 '공작부인'이라는 말을 들으면 저도 모르게 깜짝 놀라게 돼요."

"그렇군요." 메리가 말했다. "하지만 한 가지 조언하자면, 마술사 자격증을 따고 싶다면 그런 상징을 좀더 잘 다루는 법을 배워야 할 거예요."

"알겠습니다." 티아는 나직하게 말했다. "최선을 다해 노력하겠습니다, 공작부인."

"그럴 거라고 믿어요." 메리는 재빨리 화제를 바꿨다. "그런데 영불어는 어디에서 배웠죠? 아주 유창하네요."

티아가 손사래를 쳤다.

"억양이 엉망이지 않나요?"

"전혀! 언어가 어떻게 망가지는지 알고 싶다면, 우리 런던 시민들의 말을 들어봐요. 누구한테 배웠든 간에 좋은 선생님이 있었던 것 같군요."

"제 아버지의 형제인 니어펄러 숙부님에게 배웠어요. 상인인데, 젊은 시절을 앙주제국[1]에서 보내셨지요. 그리고 서 토머스에게서도 큰 도움을 받았어요. 제 발음도 고쳐주고 이곳의 올바른 예법도 알려주었지요."

공작부인은 고개를 끄덕이고는 티아를 흘낏 보며 미소 지었다.

"서 토머스 얘기가 나왔으니까 말인데…… 그분의 직함 때문에 두려워하지는 않으면 좋겠군요."

티아의 눈이 다시 반짝였다.

"서 토머스를 두려워한다고요? 전혀요! 저한테 너무나 잘해주세요. 제가 죄송할 정도로요.

하지만 사실, 이곳에서 제가 만난 분들 모두 제게 잘 해주셨습니다. 모두가요. 존 국왕 폐하께서 통치하시는 이 나라만큼 친절하고 선의에 찬 곳은 없을 거예요."

"이탈리아도요?"

공작부인이 짐짓 아무렇지도 않은 투로 묻자 티아의 표정이 어두워졌다.

"저는 이탈리아에서 교수형을 당할 뻔했어요."

"교수형이라고요? 맙소사, 도대체 무슨 죄목으로?"

---

[1] 영불제국의 별칭.

티아는 잠시 침묵하다가 말했다.

"사실, 비밀도 아니니까 말씀드려도 상관없겠군요. 저는 이탈리아에서 흑마술을 행한 혐의를 받았습니다."

컴버랜드 공작부인은 엄숙한 표정으로 고개를 끄덕였다.

"그렇군요. 자, 계속 얘기해줘요. 정확히 무슨 일이 일어났던 거죠?"

"저는 어릴 때부터 다른 사람들이 고통받는 것을 가만히 넘기지 못하는 성격이었어요. 제가 아주 어렸을 때 부모님이 불과 몇 달 간격으로 돌아가시는 걸 지켜볼 수밖에 없었기 때문에 그런 게 아닌가 하는 생각이 드는군요. 그때 저는 부모님이 살아나시길 간절히 바랐지만, 제가 할 수 있는 일은 아무것도 없었어요. 저는…… 부모님을 돕기에는 너무나도 무력했어요. 어린아이라면 누구나 때때로 그런 무력감을 느끼겠지만, 제 경우에는 아주 특별한 경험이었습니다."

티아의 검은 눈은 깊은 슬픔에 잠겨 있었다.

메리는 아무 말도 하지 않았지만, 그녀는 분명 티아를 깊이 동정하고 있었다.

"부모님 대신 저를 길러주신 니어펄러 숙부님은 정말 친절하고 훌륭한 분이셨어요. 숙부님도 저처럼 병을 치유하는 탤런트를 지니셨지만, 정식 훈련을 받은 것은 아니었습니다."

티아는 자신의 맥주잔을 내려다보며 조그맣고 섬세한 손

가락으로 잔 가장자리를 쓸었다.

"숙부님께서는 탤런트를 훈련할 기회를 얻지 못하셨어요. 탤런트를 적극적으로 찾아나서는 영불제국에서 오랫동안 살지 않으셨다면, 아마 자신에게 그런 능력이 있는지도 모르고 계셨을 거예요. 숙부님은 제게도 그런 탤런트가 있다는 것을 아시고는 즉시 자신이 아는 모든 지식을 전수해주셨어요.

슬라브 왕국에서는 치유술사가 될 수 있는지 여부가 당사자의 정치적 인맥과 경제적 능력에 따라 결정됩니다. 훈련받은 치유술사의 치료를 받을 수 있는 환자들 또한 같은 기준으로 결정되지요. 니어펄러 숙부님은 과거에 상인이셨습니다. 매우 유능한 분이셨죠. 하지만 마을 사람들과 비교했을 때 그렇게 보일 뿐, 결코 유복했던 적은 없었어요. 게다가 영불제국에서 오래 지낸 탓에 정치적으로 많은 의심을 받으셨죠.

숙부님은 비록 훈련을 받지는 않았지만 자기 탤런트를 써서 아픈 마을 사람들과 농민들을 도와주셨어요. 사람들은 신분에 상관없이 숙부님의 도움을 받을 수 있었기에, 모두가 그분을 사랑했죠. 숙부님은 그런 식으로 저를 가르치셨어요, 공작부인."

티아는 말을 멈추며 입을 꼭 다물었고, 잔을 들어 맥주 한 모금을 더 마셨다.

"그런데…… 어떤 일이 있었어요. 백작의 부하들이……"

티아는 다시 말을 멈췄다. "그 얘기는 하고 싶지 않군요."

잠시 후 티아가 말했다.

"저는⋯⋯ 저는 도망쳤어요. 이탈리아로요. 그곳에 가니 아픈 사람들이 많았습니다. 도움이 필요한 사람들이요. 그들을 도와주자, 그들은 제게 먹을 것과 잘 곳을 제공해주었어요. 전 무일푼이었거든요. 이탈리아로 도망친 이후로는 한푼도⋯⋯ 하여튼 저는 가난한 사람들의 도움을 받았고, 저도 그들을 도와주었어요. 아이들을 치료해줬죠.

하지만 그 사실을 모르는 사람들은 그걸 흑마술이라고 불렀어요.

처음에는 벨루노에, 그다음에는 밀라노, 또 그다음에는 토리노에 제가 흑마술을 쓴다는 소문이 점점 더 퍼졌어요. 그럴 때마다 저는 지내던 곳을 떠나야 했고, 결국 이탈리아를 완전히 떠날 수밖에 없었죠.

저는 국경을 넘어서 그르노블로 갔어요. 그곳이라면 안전할 거라고, 일자리를 얻을 수 있을 거라고 생각했거든요. 괜찮은 일, 이를테면 귀부인의 시녀가 되더라도요. 하지만 피에몬테 대공이 선수를 쳐서 당국에 통보해놓은 탓에 저는 그르노블에서 치안헌병들에게 체포당했어요.

저는 두려움에 떨었어요. 영불제국의 법률을 위반한 건 아니지만, 피에몬테 쪽에서는 저를 강제로 송환하려고 했어요.

저는 그르노블의 후작님 앞에 끌려갔고, 그분은 제 진술을 듣고 사건을 도피네 공작령 법정으로 넘겼죠. 저는 법정이 제 죄목을 듣자마자 피에몬테 당국에 제 신병을 넘길까봐 두려 워하고 있었어요. 어디서 굴러들어왔는지도 모르는 저 같은 일개 평민의 말을 누가 들어주겠어요?"

"영불제국의 재판소에서는 일을 그런 식으로 처리하지 않 아요."

"저도 압니다." 티아가 말했다. "나중에 알게 됐지요. 저는 성직자로 구성된 조사위원회에 넘겨져 조사를 받았어요."

티아는 다시 잔을 기울여 맥주를 마시더니 메리의 눈을 똑바로 쳐다보았다.

"위원회는 제 결백을 증명해주었어요. 제가 인가증 없이 마술을 행한 것은 사실이지만, 위원회는 그것이 현행법상 국 외 추방에 해당하는 죄는 아니라고 하더군요. 그리고 조사위 원회에 소속된 감응 능력자들은 제가 사람들을 치유할 때 흑 마술을 사용하지 않았다는 사실을 확인했어요. 하지만 영불 제국 안에서는 더이상 인가증 없이 마술을 행하면 안 된다고 제게 경고하더군요.

조사위원회의 위원장이던 도미니크 신부님은 저 같은 탤 런트를 지닌 사람은 훈련을 받아야 한다고 하셨어요. 신부님 은 당시 그르노블에서 마스터 마술사들을 위한 세미나에서 강의하고 있던 서 토머스를 소개해주셨고, 그분은 저를 이곳 잉글랜드로 데려와 요크 대주교님께 소개해주셨죠.

대주교님을 아시나요? 그분은 성인聖人이십니다. 완벽한 성인이시죠."

"티아의 말을 들으면 당혹해하실 거예요." 공작부인이 미소를 지으며 말했다. "하지만 우리끼리니까 하는 말인데, 나도 그 말에 찬성해요. 정말 훌륭한 감응 능력자이시죠. 그리고 지금 보건대……" 메리는 티아의 어깨에 달린 대주교의 문장을 가리켰다. "대주교님께서 티아의 재능에 관해 긍정적인 결론을 내리신 모양이군요. 아주 긍정적인 결론을."

티아는 고개를 끄덕였다.

"예, 제가 길드의 도제로 받아들여진 건 대주교님의 추천 덕분입니다."

메리 드 컴버랜드는 눈앞의 젊은 여자를 어둡고 불길한 기운이 에워싸고 있는 것을 느꼈다. 그녀는 다정하게 말했다.

"흐음. 이제 장래는 약속된 것이나 마찬가지니까, 더이상 걱정할 일은 없겠군요."

"예." 티아는 작게 미소 지었다. "아무 걱정도 없어요."

그러나 티아의 눈빛은 암울했고, 검은 기운도 사라지지 않았다.

바로 그 순간 웨이터가 오더니 예의바르게 목을 가다듬으며 먼저 기척을 냈다.

"실례합니다, 공작부인." 웨이터는 이렇게 말한 뒤 티아를 보았다. "실례합니다, 다모젤. 혹시 도제 마술사인 티아……아인치히 되십니까?" 그는 마지막 g를 너무 세게 '크'처럼 발음했다.

티아는 종업원을 보며 미소 지었다.

"그래요. 무슨 일이죠?"

"흐음, 실은 저쪽 카운터석에 아인치히 님과 얘기를 나누고 싶다는 남자분이 있습니다. 와보면 안다고 하시더군요."

"정말요?" 티아는 고개를 돌려 카운터 쪽을 보는 대신 한쪽 눈썹을 치켜올렸다. "어떤 남자죠?"

웨이터는 그쪽으로 몸을 돌리지 않고 낮은 목소리로 대답했다.

"카운터 앞에 앉아 있는 남자 말입니다. 오른쪽에서 세번째 스툴에 앉아 있고, 엷은 자주색 재킷을 입은 상인입니다."

티아는 자연스레 카운터 쪽을 둘러보았다. 공작부인 역시 같은 곳을 바라보았다. 북슬북슬한 눈썹에 아래로 길게 늘어진 콧수염, 그리고 족제비처럼 여기저기를 재빨리 훑는 움푹한 눈을 한 가무잡잡한 사내가 눈에 들어왔다. 그가 입고 있는 재킷은 기묘하게 재단된 '더글러스 스타일'이었는데, 그렇다면 저 사내는 맨크스맨일 것이다. 저런 스타일은 맨섬Isle of

Man에서나 유행하기 때문이다.

티아가 숨을 들이켜는 소리가 들렸다.

"……가서 얘기해볼게요. 잠깐 실례해도 괜찮을까요, 공작부인?"

"물론이죠, 티아. 웨이터, 당신은 내 잔에 맥주를 다시 채워주겠어요?"

메리는 자리에서 일어나 카운터로 향하는 티아를 바라보았다. 낯선 사내의 얼굴과 티아의 등이 보였지만, 방안에 손님들의 감정의 물결이 흐르는 탓에 티아의 감정을 오롯이 읽어내기는 불가능했다. 낯선 사내가 무슨 말을 하는지 엿듣기도 어려웠다. 그의 얼굴은 무표정했고, 입술 또한 거의 움직이지 않았다. 설령 움직인다 해도 북슬북슬한 콧수염에 가려 보이지 않았다. 그들의 대화는 채 이 분이 안 되어 끝났다. 낯선 사내는 고개를 숙여 티아에게 인사한 다음 소드룸 밖으로 걸어나갔다.

티아는 그 자리에 삼십 초쯤 그대로 서 있다가, 뒤돌아 컴버랜드 공작부인이 앉은 자리로 돌아왔다. 메리가 보기에 티아의 얼굴에는 '음울한 환희'라고밖에 표현할 수 없는 표정이 떠올라 있었다.

"죄송합니다. 제 지인이었어요. 한동안 못 본 사람이라서."

티아는 의자에 앉아 머그잔을 들어올렸다. 그러다가 갑자기 말했다.

"잠깐만요, 공작부인. 지금 몇시인가요?"

메리는 손목에 찬 시계를 보았다.

"6시 12분이군요."

"이런, 서 토머스가 6시 이후에는 이브닝드레스를 입으라고 알려주셨는데."

메리는 웃었다.

"그의 말이 맞아요. 우리 둘 다 여기서 맥주를 마시기 전에 옷을 갈아입었어야 했어요."

티아는 앞으로 몸을 기울였다.

"공작부인."

내밀한 얘기를 하는 듯한 어조였다.

"사실 한 가지 고백할 일이 있어요. 저는 앙주제국의 스타일에 익숙지 않아요. 서 토머스께서 친절하게도 제게 이브닝드레스를 몇 벌 사주셨고, 그중에는 제가 한 번도 입어본 적 없는 옷도 있어요. 오늘밤에는 그걸 입고 싶은데……" 티아의 목소리가 한층 더 낮아졌다. "실은 그 옷을 어떻게 입는지 모르겠어요. 제 방에 오셔서 도와주실 수 있나요?"

"물론이에요, 티아." 메리는 웃으면서 말했다. "단, 조건이 하나 있어요."

"그게 뭔가요?"

"내가 드레스를 입으려면 보통 조수가 일개 대대만큼 필요해요. 티아가 그 몫을 대신해줄 수 있을까요?"

그 말은 사실이 아니었다. 공작부인은 혼자서도 충분히 옷을 입을 수 있었다. 그러나 티아에게서 눈을 떼지 말라는 다아시의 부탁이 있었다. 이렇게까지 할 필요가 있는지 확신은 없었지만 그의 명령을 따를 생각이었다.

"노력해보겠습니다." 티아는 미소 지으며 말했다. "제 방은 두 층만 올라가면 돼요."

"좋아요. 그럼 우선 당신 방으로 가서 당신 옷 입는 걸 도와주고, 한 층 아래에 있는 내 방으로 가서 내가 옷 입는 걸 당신이 도와주면 되겠군요. 우리 둘이 나타나면 여기 모인 모든 마술사가 우리 발치에 엎드릴지도 몰라요."

공작부인이 종업원이 가져온 영수증에 서명했고, 두 여자는 소드룸을 나갔다.

티아는 방문에 열쇠를 꽂고 돌린 다음 문을 밀고 안으로 들어가다 멈춰 섰다. 문 바로 안쪽 바닥에 봉투가 하나 떨어져 있었던 것이다. 티아는 봉투를 집어들고 공작부인을 보며 미소 지었다.

"실례했습니다. 제가 말씀드린 드레스는 저기 벽장 안에 걸려 있어요. 의견을 듣고 싶어요. 파란색 드레스예요."

메리는 걸어가서 옷장을 열었다. 안에는 드레스가 줄지어 걸려 있었다. 그러나 메리가 뭐라고 말하기도 전에 등뒤에서 티아의 말소리가 들렸다. 티아가 내뱉은 짧은 말이 무슨 뜻인지는 알지 못했지만, 분노가 깃들어 있다는 것만큼은 느낄 수 있었다. 메리가 천천히 몸을 돌리며 말했다.

"무슨 문제라도 있나요?"

"문제요?" 티아의 눈이 활활 불타오르고 있었다. 그녀가 오른손으로 봉투를 구기며 경련하듯 몸을 떨더니 옆에 있던 쓰레기통에 던져넣었다. "아무 문제도 없어요. 전혀."

티아는 억지 미소를 짓고는 옷장 쪽으로 걸어와서 말없이 드레스를 응시했다.

메리 드 컴버랜드는 뒤로 한 걸음 물러섰다.

"실로 멋진 드레스네요, 티아." 조용한 목소리였다. "이걸 입으면 정말 화려할 거예요." 이렇게 말하면서 메리는 번개같이 재빠르게 쓰레기통으로 손을 뻗어 티아가 던져넣은 종이를 집어들고는 호주머니 속에 넣었다. "그래요. 정말 아름다운 드레스군요."

메리는 티아의 망설임과 혼란한 마음을 느낄 수 있었다. 방금 받은 편지에 적힌 무언가가 그녀를 심란하게 만들었고, 그 탓에 계획이 바뀐 듯했다. 메리는 이제 어떻게 해야 할지 고민했다.

티아는 메리 쪽으로 몸을 돌렸다. 고통스러운 표정이었다.

"실은 저…… 몸이 좀 안 좋아서. 잠시 침대에 누워야겠어요."

이 말을 듣자마자 메리는 치유술사인 자신이 도움을 주면 어떨까 생각했지만, 정말로 그렇게 하면 티아를 한층 더 곤경에 빠뜨릴 것임을 곧 깨달았다. 티아는 정말로 두통 따위가 있는 게 아니었다. 단지 방에 있는 손님을 쫓아내고 싶은 것이다. 이럴 경우 메리가 할 수 있는 일은 없었다.

"아, 괜찮아요, 티아. 이해해요. 그럼……" 메리는 자신이서 토머스가 한 말을 되풀이하고 있음을 깨닫고 슬쩍 웃었다. "나중에 보기로 하죠. 잘 있어요."

메리가 복도로 나오고, 등뒤에서 문이 닫히는 소리가 났다. '이제 어떻게 하지?' 메리는 생각했다. 본인에게 들키지 않고 티아를 관찰할 방법은 없다. 그렇다면 이제 뭘 해야 하지?

메리는 층계를 반쯤 내려와 티아의 방문 아래에 놓여 있던 편지를 주머니에서 꺼냈다. 쓰레기통에서 꺼낸 바로 그 편지다. 메리는 구겨진 종이를 펼쳐보았다.

거기에는 그녀가 이해할 수 없는 언어로 된 글이 적혀 있었다. 단어는 조금도 이해할 수 없었지만 단 하나, 숫자만은 알아볼 수 있었다.

7:00

그 외에는 전혀 알 수 없었다.

14

다아시 경은 해군성의 전매특허인 듯 보이는, 곧은 등받이가 달린 딱딱한 의자에 등을 기대고 허리를 폈다.

"후우우우……"

그는 소리 내어 숨을 뱉었다. 온몸의 세포까지도 피로가 잔뜩 쌓인 느낌이었다.

그다음 몸을 다시 앞으로 숙이고, 테이블 위에 놓인 서류철을 덮은 뒤 맞은편에 앉아 있는 애슐리를 보며 말했다.

"별로 도움이 되지 않는 것 같군요. 안 그렇습니까?"

애슐리는 고개를 끄덕였다.

"예. 참고가 될 만한 것은 없습니다. 피츠진이라는 이 불가사의한 인물은 여전히 불가사의합니다."

다아시는 서류철을 앞으로 밀었다.

"동감입니다." 그런 다음 테이블 위를 손가락으로 툭툭 두드리기 시작했다. "바버에게서는 피츠진의 신원에 관한 아무런 단서도 얻지 못했습니다. 셰르부르 해군 기지에 있는 해군성 참모들은 바버의 존재조차 몰랐고. 뭔가 의외의 사실이 밝혀지지 않는 한, 그쪽으로부터 피츠진에 관한 정보가 들어올 것 같지는 않군요."

"그럼 이쪽에서는 뭔가 실마리가 있는 것 같습니까?"

"흐음, 여기 이 데이터를 보십시오." 다아시는 산더미 같은 서류철에 손짓하며 말했다. "혼란 투사기 제작 방법과 작동 방법을 아는 사람은 단 세 명뿐입니다. 서 라이언 그레이, 서 토머스 레소, 그리고 살해당한 서 제임스 즈윈지. 물론 누군가 그 정보를 그들로부터 훔쳤다고 가정할 수도 있겠지만, 일단 가장 먼저 머리에 떠오르는 가능성에 관해 검토해보기로 하죠. 셋 중 한 사람이 정보를 흘렸을 가능성은 없겠습니까?"

중령은 얼굴을 찡그렸다.

"그토록 존경받고 신뢰받는 인물들이 제국을 배신할 것 같지는 않군요."

"그렇습니다. 고위직에 있는 인물이 제국을 배신한다는 건 상상하기 힘드니까요. 하지만 과거에 그런 사례가 없지 않았으니 가능성을 지울 수는 없습니다.

이를테면 서 토머스는 어떻습니까? 그 장치의 기반이 되는 이론과 수식을 고안한 사람이 바로 서 토머스입니다. 혹은 서 라이언이나 서 제임스는 어떻습니까? 그들은 서로 협력해서 그 장치를 실용화하는 데 필요한 마술적 제조 기술을 개발했습니다.

겠습니까?"

애슐리는 등받이에 등을 기댄 채 낮게 걸린 가스등 너머 높은 천장과 그늘에 가려진 들보를 올려다보았다.

"음." 잠시 후 그는 운을 뗐다. "우선 서 토머스는 제외하고 싶군요. 애당초 이 장치를 고안한 당사자니까, 돈이 그렇게 절실했다면 폴란드 정부에 직접 비밀을 파는 편이 훨씬 쉬웠을 겁니다."

"동의합니다." 다아시는 무감동한 어조로 말했다.

"서 라이언은……" 애슐리는 말을 이었다. "이미 부자입니다. 소브린 은화로 25만 닢이라는 액수가 서 라이언에게는 푼돈이라고 주장할 생각은 없습니다만, 그런 직위에 있는 인물이 반역죄를 범하기에는 결코 충분치 않은 액수입니다."

"동의합니다." 다아시는 같은 말을 되풀이했다.

"서 제임스?" 애슐리는 잠시 말을 멈췄다. "모르겠군요. 적어도 부유하지 않다는 점은 확실합니다."

애슐리는 이십 초가량 말없이 천장을 쳐다보다가, 고개를 숙여 다아시를 보았다.

"이런 가설을 세워볼 수 있습니다. 얼마나 도움이 될지는 모르겠지만 검토해볼 만합니다."

"계속해보시죠. 이번 사건에 관해서는 어떤 가설도 환영입니다."

"예. 즈윈지와 바버가 이번 일에 함께 관여하고 있었다고 가정해보십시오. 자신들의 행동을 감추기 위해서 '피츠진'이라는 이 수수께끼의 인물을 날조했다고 생각하면 자연스럽지 않습니까. 피츠진과 바버가 함께 있는 것을 본 사람은 아무도 없습니다. 우리 요원들은 그가 바버의 집에 들어가는 것을 목격했고, 다시 나오는 것도 보았습니다. 그러나 그가 어디서 왔는지, 또 어디로 갔는지는 오리무중입니다. 따라서 바버 자신이 이 수수께끼의 인물 피츠진으로 가장했다고 보는 것이 가장 간단하지 않을까요? 바버가 폴란드 첩자들과 접촉하고 있었던 것 또한 사실이고요."

"즈윈지가 접촉했던 사람이 바버만은 아닙니다." 다아시가 지적했다. "차라리 다른 첩자 중 하나를 쓰고, 불필요한 연극을 할 필요 없이 조용히 비밀을 팔아넘기는 편이 더 낫지 않았겠습니까?"

중령은 손바닥을 위로 향하도록 뒤집어 테이블 위에 올려놓았다.

"만약 정말로 그랬다면 무슨 일이 일어났을까요? 폴란드 왕립 해군이 이 장치를 손에 넣는 순간, 우리도 그 사실을 알아챘을 겁니다. 그리고 아까 말한 세 사람 중 하나가 기밀을 팔았다는 사실 또한 알게 되겠죠. 우리는 자연스레 즈윈지를 가장 먼저 의심했을 겁니다. 왜냐하면 세 사람 중에 폴란드 첩자들과 접촉했다고 알려진 사람은 즈윈지뿐이니까요.

보통 비밀을 팔 경우, '흐음, 잠깐 밖에 나가서 폴란드 첩자와 흥정해봐야겠군' 하고 나설 수는 없는 법입니다. 폴란드 첩자를 그렇게 쉽게 찾아낼 수는 없으니까요."

"맞는 얘기군요." 다아시는 생각에 잠긴 표정으로 말했다. "손님과 접촉하는 방법을 모를 경우 무언가를 팔기는 쉽지 않지요. 계속해보십시오."

"알겠습니다. 즈윈지는 의심을 피하기 위해 바버와 모의해서 작은 연극을 하기로 한 겁니다. 모든 사람이 이 '피츠진'이라는 수수께끼 같은 인물을 찾고 있고, 함정을 파서 그를 잡으려고 하는 상황을 떠올려보십쇼. 바버는 피츠진에 관한 이야기를 그대로 폴란드인들에게 흘렸고, 실제로 흥정에 들어간 겁니다."

"그럼 그 연극의 결말은 어떻게 되는 겁니까?"

"음, 이런 식입니다. 일단 비밀을 폴란드에 넘깁니다. 그러면 폴란드는 바버에게 대가를 지불합니다. 즈윈지도 적당한 이유를 대고 그 자리에 입회합니다. 소브린 금화 5천 닢이나 되는 거금을 믿고 맡길 만큼 바버를 신뢰했을 것 같지는 않으니까요.

물론 수수께끼의 인물인 피츠진을 함정에 빠뜨리려는 시

도는 실패합니다. 그런 인물은 처음부터 존재하지도 않았기 때문이죠. 그리고 나중에 폴란드 해군이 혼란 투사기를 가지고 있다는 사실을 우리가 알면, 그때 즈윈지는 이렇게 변명하면 됩니다. '피츠진은 바버를 의심했고, 결국 다른 곳에 비밀을 팔아넘겼다'고 말입니다.

즈윈지는 바버에게 사례를 하거나, 돈을 반씩 나누거나, 아니면 죽일 작정이었는지도 모릅니다. 지금 와서는 어느 쪽이었는지 알 수 없지요."

"흥미롭군요." 다아시가 말했다. "그들이 그런 계획을 짰을 가능성이 전혀 없다고는 할 수 없습니다. 하지만 그게 사실이라면, 그들의 계획은 성공하지 못했다는 얘기가 됩니다. 그렇다면 실제로는 어떤 일이 생겼을 거라고 생각합니까?"

"개인적인 의견이지만, 바버가 제드를 위해 일하고 있으며, 제드가 바로 서 제임스 즈윈지라는 사실을 폴란드인들이 알아냈다고 생각합니다. 제 가설이 조금이라도 진실에 가깝다면, 두 가지 가능성이 있습니다.

첫번째, 혼란 투사기에 관한 얘기가 모두 어떤 함정을 위한 미끼였다고 폴란드측이 판단했을 수 있습니다. 모종의 이유로 서 제임스에 의해 날조된 사기극이라고 말입니다. 그래서 요원들을 보내 서 제임스와 바버를 모두 제거했던 겁니다.

두번째, 서 제임스에게 실제로 나라를 배신할 만한 이유가 있다고 생각한 폴란드측이, 기꺼이 그와의 협상에 임했을 수 있습니다. 폴란드측은 협상이 완료되기 전까지 서 제임스가 혼란 투사기의 상세한 설계 도면을 바버에게 넘기지 않을 거라는 사실을 알고 있었을 겁니다. 하지만 동시에 그가 설계 도면을 손이 닿는 가까운 곳에 놓아둔다는 것도 알고 있었겠죠. 이미 완성된 도면을 어딘가에 숨겨두었을 거라고 말입니다. 도면은 그냥 책상 앞에 앉아서 기억에 의존해 단번에 그릴 수 있는 게 아니기 때문입니다.

그래서 셰르부르에서는 한 첩보원 그룹이 바버를 맡고, 다른 그룹은 런던에서 즈윈지를 감시하도록 조치가 내려졌습니다. 셰르부르에서 지불 방법에 관해 합의한 바버는 그 정보를 즈윈지에게 보냈겠죠. 자신이 폴란드 첩보원들에게 감시받는다는 사실을 모르는 즈윈지는 바버에게 보낼 설계도를 가지러 갔을 겁니다. 폴란드측은 즈윈지를 미행해서 설계도 은닉처를 알아내고, 바버를 제거할 요원을 셰르부르로 보냅니다. 그런 다음 그자들은 이곳 런던에서 즈윈지를 죽이고 설계도를 손에 넣음으로써, 소브린 금화 5천 닢을 절약한 겁니다."

"국제 첩보망에 관해 별로 지식이 없는 탓에 제대로 파악하지 못했다는 점을 인정해야겠군요." 다아시가 느릿느릿한 말투로 말했다. "그런 생각은 머리에 떠오르지도 않았습니다. 그렇다면 서 제임스 살인은 실제로는 어떻게 행해졌을까요? 폴란드 첩보원들은 어떤 방법을 써서 그를 죽였단 말입니까?"

애슐리는 과장된 몸짓으로 어깨를 으쓱해 보였다.

"그건 저도 모르겠습니다. 저는 흑마술에 관한 지식이 전무합니다. 스몰렛 대령께서 저를 추천하셨지만, 해군 범죄 수사대에 있을 때도 살인 사건을 수사해본 경험은 한 번도 없습니다."

다아시는 웃었다.

"정직하군요. 하여튼 중령은 이번 수사에 참여했으니, 우리 같은 별 볼 일 없는 문관들이 어떻게 수사를 진행하는지 알게 되겠군요. 지금 몇 시입니까?" 다아시는 손목시계를 보았다. "세상에! 6시가 넘었군. 해군성은 6시에 문을 닫는 걸로 알고 있는데."

중령이 씩 웃었다.

"스몰렛 대령께서 아무도 우리를 방해하지 말라고 명령해두겠지요."

"그러셨군요. 좋습니다. 이 서류철을 모두 제자리에 두고 호텔로 돌아갑시다. 가능하다면 서 라이언 그레이를 찾아내서 몇 가지 묻고 싶군요. 요크 대주교님과도 얘기해보고. 티아 아인치히라는 여자에 관해서도 좀더 알아볼 필요가 있겠습니다."

"티아 아인치히?"

애슐리는 눈을 깜박였다. 처음 듣는 이름이었다.

"그 여자에 대해 아는 건 얼마 안 되지만, 호텔로 가는 길에 얘기해드리죠. 타고 갈 해군성 마차가 있습니까? 아니면 삯마차를 타야 할까요?"

"유감스럽게도 해군성 마차들은 6시면 모두 차고로 들어갑니다. 삯마차를 타야 할 겁니다. 지나가는 마차가 있다면."

"마차가 없으면 걸어가면 됩니다." 다아시가 말했다. "런던의 반을 가로질러야만 로열스튜어드에 도착할 수 있는 것도 아니니까 말입니다."

몇 분 뒤, 두 사람은 해군성 건물의 불이 꺼진 복도를 걸었다. 무장한 해군 부사관이 현관문에서 그들을 통과시켜주었다.

"오늘밤은 안개가 정말 자욱합니다. 조심히 가십시오. 스몰렛 대령님의 명을 받고 밖에 마차를 대기시켜놓았습니다." 부사관이 말했다.

"듣던 중 반가운 소리군." 다아시가 말했다.

어젯밤보다 안개가 더 짙었다. 해군성 현관 위 가스등에서 흘러나오는 희미한 불빛 아래로, 해군성 문장을 단 마차 한 대가 보도 앞에 멈춰 서 있는 것이 겨우 보였다. 두 사내는 현관 계단을 내려갔다. 애슐리가 입을 열었다.

"호스킨스 하사, 자넨가?"

"예, 중령님." 마부석에서 대답이 들려왔다. "여기서 기다리라는 스콜렛 대령님의 명령을 받았습니다."

"좋아. 그럼 로열스튜어드호텔로 가세."

두 사람은 마차에 올라탔다.

호텔로 돌아가는 데는 그날 오후보다 시간이 더 걸렸다. 호텔 방문객 대부분은 안개가 낄 것을 예상하고 이미 귀가한 후였다. 다아시와 애슐리는 텅 비다시피 한 로비로 들어갔다. 마스터 마술사의 은빛 슬래시가 달린 푸른 로브를 입은 사내 하나가 전시품을 바라보고 있었다. 다아시와 애슐리는 그 사내에게 다가갔다. 다아시가 사내의 어깨를 두드렸다.

"실례합니다." 다아시는 격식을 차려 말했다. "저는 국왕 폐하의 명을 받고 파견된 특별 수사관 다아시 경입니다. 서 라이언 갠덜푸스 그레이를 뵈려면 어디로 가야 하는지요?"

마스터 마술사는 몸을 돌리고 아부하는 듯한 미소를 떠올렸다.

"아, 다아시 경이시군요. 뵙게 되어 영광입니다. 저는 마스터 유언 매캘리스터입니다. 제 친한 친구인 마스터 숀 오로클린에게 말씀 많이 들었습니다." 그러더니 그는 갑자기 음울한 표정을 지었다. "유감스럽게도 그랜드 마스터 서 라이언을 지금 당장 뵐 수는 없을 것 같군요. 지금 그분은 왕립마술학회와 마술사 길드의 고위 멤버들과 함께 비공개 특별 회의에 참석중이십니다. 제가 또 도울 수 있는 일은 없겠습니까, 다아시 경?"

다아시는 '당신은 아직 한 번도 우리를 도와준 적이 없지 않나' 하고 말하고 싶었으나 꾹 참았다.

"아, 정말 유감이지만 괜찮습니다. 혹시 요크 대주교님도 그 회의에 참석중이십니까?"

"아, 그분은 아닙니다. 대주교님은 특별 회의 멤버가 아니시거든요. 성직자로서 맡은 일도 과중한데, 그런 부담까지 지울 수는 없는 일이지요. 실은 조금 전에 대주교님을 뵈었습니다. 레스토랑에서 저녁 티타임을 갖고 계십니다. 저기 버클러 룸에서 말입니다."

마스터 유언은 손목을 들어 재빨리 손목시계를 보았다.

"몇 분 지나지 않았습니다, 다아시 경. 그러니 아직 계실 겁니다. 자, 제가 또 뭔가 도와드릴 일은 없을까요?" 그러나 마스터 유언은 다아시나 애슐리가 대답하기도 전에 말을 이었다. "조금이라도 제가 도울 만한 일이 있다면 얼마든지 돕겠습니다." 그러곤 갑자기 슬픈 표정을 지었다. "혹시 우리의 좋은 친구였던 마스터 서 제임스를 무참하게 살해한 악독한 범인을 잡는 데 도움이 될 수 있을까요? 정말 끔찍한 일입니다. 혹시 범인을 체포하시려는 겁니까?"

"그럴 수 있도록 최선을 다할 겁니다." 다아시는 싹싹하게 말했다. "도와주셔서 감사합니다, 마스터 유언. 그럼 안녕히 계십시오."

다아시와 애슐리는 몸을 돌려 레스토랑으로 향했다. 그런 그들의 뒷모습을 마스터 유언 매캘리스터가 멍한 표정으로 쳐다봤다.

"마스터 유언 매캘리스터라." 애슐리가 말했다. "미꾸라지 같은 친구로군요, 안 그렇습니까?"

"마스터 손에게 듣고 미리 알아차렸어야 했는데."

"혹시 마스터 유언이 이번 사건에 관련되어 있을 가능성은 없을까요?" 애슐리가 생각에 잠겨 물었다.

다아시는 그의 질문에 대답하기 전에 두 걸음을 더 나아간 다음 입을 열었다.

"중령에게는 솔직하게 말하죠. 뚜렷한 증거는 없지만, 나는 마스터 유언 매캘리스터가 서 제임스의 죽음을 둘러싼 수수께끼의 주역 중 한 사람일 가능성이 높다고 생각합니다."

애슐리는 놀란 표정을 지었다.

"하지만 저자를 추궁할 생각은 없는 것처럼 보였습니다만."

"어제 본트리옴프 경에게 한 진술 기록을 읽었습니다. 그날 아침 9시 10분에서 15분까지는 줄곧 자기 방에 있었다고 하더군요. 정확한 시간은 기억할 수 없다고 했고, 방을 나선

다음에는 로비로 내려갔다고 했습니다. 마스터 손은 이 진술의 일부가 사실임을 확인해주었습니다. 그러나 여기서 흥미로운 점은 마스터 유언의 방이 서 제임스가 살해된 방 바로 위층이라는 점입니다."

"그건 상당히 의미심장하군요."

애슐리가 버클러룸 문으로 다가가면서 말했다.

다아시는 문을 밀고 애슐리와 함께 안으로 들어갔다. 아침에 서 제임스의 방 창문으로 내려다보았던 안뜰은 지금 안개가 자욱했지만, 레스토랑 안은 가스등 덕분에 밝았다. 두 사내는 멈춰 서서 방안을 둘러보았다. 한 테이블에 자줏빛 주교복을 입은 노인 하나가 앉아 차를 홀짝이고 있었다.

다이시가 말했다. "저분이 아마 요크 대주교님이겠군요."

두 사람은 테이블로 걸어갔다.

대주교는 깊은 생각에 잠겨 있는 듯했다. 테이블 위에는 노트가 놓여 있었고 그는 그것에 조심스레 상징을 그리고 있었다.

"실례합니다, 대주교님." 다이시가 정중하게 말했다. "사색을 방해할 생각은 추호도 없습니다만, 저는 국왕 폐하의 용무를 처리하기 위해 왔습니다."

노인은 미소 띤 얼굴로 고개를 들었다. 가스등에서 흘러나오는 불빛이 자줏빛 주케토를 둘러싼 은발을 후광처럼 에워

쌌다.

"괜찮네." 상냥한 말투였다. "용건이 있으면 얼마든지 시간을 내주겠네. 자네는 루앙에서 온 다아시 경이 맞지, 아마?"

"예, 대주교님." 다아시가 말했다. "그리고 이분은 제국 해군 정보부의 애슐리 중령입니다."

"만나서 반갑네." 나이든 감응 능력자가 답했다. "자, 자리에 앉게나. 고맙네. 그렇다면 서 제임스 즈윈지의 죽음이 야기한 문제에 관해 얘기하기 위해 온 거군?"

"예, 대주교님." 다아시는 의자에 앉으며 말했다. 요크 대주교는 테이블 위에 놓인 양손으로 깍지를 꼈다.

"도와줄 수 있는 일은 얼마든지 도와주겠네. 이 문제를 해결하기 위해 내가 할 수 있는 일이 있다면 무엇이라도……"

"친절에 감사드립니다." 다아시가 말했다. "아시다시피 제게는 탤런트가 없습니다. 따라서 대주교님은 제가 모르는 정보를 가지고 계실지도 모릅니다."

"그럴 가능성이 높다고 해야겠지. 이를테면?"

"제가 이해하는 바로는, 마술사가 발각되지 않고 이 호텔 내부에서 흑마술을 행하는 일은 매우 어려운 것으로 알고 있습니다. 특히 이곳에 있는 모든 마술사처럼 마술 시행의 정통성을 입증하는 시험에 합격하고, 교구의 주교가 서명한 합격 증명서를 지니고 있을 경우에는 말입니다."

"그렇다면 자네의 질문은." 대주교가 매끄럽게 다아시의 말에 끼어들었다. "어떻게 그런 사람이 우리의 감시망을 벗어날 수 있었는지를 묻는 것이겠군."

"그렇습니다."

"좋네. 설명해보지. 우선 마술 수행 인가증에 관해 얘기해야겠군. 이 인가증은 도제 수련을 마치고 길드 규정에 따라 마술 시행 자격을 획득한 마술사들에게 주어지는 것이네. 그이후 삼 년마다 테스트를 거쳐 합격한 사람에 한해 자격이 갱신되지. 이건 알고 있겠지?"

다아시는 고개를 끄덕였다. "예, 대주교님."

"좋네. 하지만 그 테스트에 합격하지 못한다는 것은 무엇을 의미할까? 교회는 어떤 이유로 불합격 통지를 내리는 것일까? 흐음, 이유는 여러 가지가 있겠지만, 주된 이유는 흑마술을 시행했기 때문이라네. 그러나 유감스럽게도 극소수의 특수한 감응 능력자가 아니라면 해당 마술사가 흑마술로 간주되는 행위를 저질렀는지 판단하는 것은 불가능하다네. 주문이 약하거나, 그 주문이 끼친 피해가 비교적 작거나, 아직 당사자가 흑마술로 크게 타락하지 않았을 경우에는 말이야. 무슨 뜻인지 알겠나?"

"알 것 같습니다." 다아시가 말했다.

"그렇다면······" 대주교는 손가락 하나를 들어올리며 말을 이었다. "일정 기간 동안 들키지 않고 흑마술을 시행할 수도 있다는 걸 이해하겠군. 해당 마술사의 심령이 매우 타락하여 더는 정통적인 마술을 행하고 있지 않다는 사실이 조사위원회에 발각될 때까지는 말이야.

물론 살인 같은 중범죄는 금세 탐지될 걸세. 그런 목적으로 조직된 특별조사위원회가 나설 테니까. 테스트를 받은 마술사가 정말로 자신의 마력을 살인 같은 극악무도한 범죄에 이용했다면 곧 들통이 나게 되지."

대주교는 손바닥을 위로 뒤집어 보였다.

"그렇지만 이곳에 와 있는 모든 마술사에게 테스트를 시행할 수 없다는 점은 자네도 잘 알겠지. 길드는 해당 구성원의 정통성을 테스트할 충분한 증거가 없는 한 그가 정통하다고 인정해야 하니까 말이야."

"그에 관해서는 충분히 이해했습니다. 하지만 저는 대주교님이 기독교계에서도 손꼽히는 능력을 지닌 감응 능력자이자 강력한 치료술사라는 사실 또한 잘 알고 있습니다." 다아시는 대주교의 눈을 똑바로 응시했다. "저는 요크셔의 시거경을 알고 있었습니다."

대주교의 눈에 슬픔이 어렸다.

"아, 그렇군. 불쌍한 시거. 고뇌하는 영혼이었지. 나는 내가 할 수 있는 일을 했지만, 그럼에도 불구하고 알고 있었네······

그래, 알고 있었지…… 그 어떤 조치를 해도, 그 친구가 오래 살지 못하리라는 걸."

"대주교님께서는 시거 경이 정신병적 살인자라는 사실을 알고 계셨군요." 다아시가 말했다. "만약 지금 우리들 사이에 그런 자가 섞여 있다면, 대주교님은 시거 경만큼이나 쉽게 그 자의 존재를 감지할 수 있지 않겠습니까?"

대주교는 곤혹스러운 눈으로 다아시와 애슐리를 보았다.

"마술의 영역은 그렇게 간단히 흑과 백으로 나눌 수 없다네. 인간의 영혼에 대해서도 그렇게 쉽게 판단할 수 없지. 시거 경은 극단적인 케이스였네. 따라서 쉽게 감지하고 격리할 수 있었지. 치료하는 것은 매우 힘들었지만 말이야. 그렇지만 어떤 사람을 보고 '이 사내는 사람을 죽일 수 있다' 혹은 '이 사내는 사람을 죽였다'라고 단정할 수도 없고, 그런 이유 하나만으로 사회로부터 격리할 수도 없네. 그런 특징을 필연적으로 '악'이라고 할 수는 없기 때문이지. 누군가를 죽이는 행위는 인간이라는 동물이 생존을 위해 지닌 필수적인 본능이야. 억지로 그 성향을 제거한다면 본질적으로 우리 자신의 인간성을 파괴하는 것과 다름없다네. 이를테면 나는 감응 능력자로서 자네들 두 사람 모두 살인을 할 능력이 있다는 걸 아네. 그뿐 아니라 두 사람 모두 과거에 사람을 죽인 적이 있다는 사실도 알 수 있어. 그렇지만 그걸 안다고 해서 그 행위가 정당한 것이었는지 아니었는지는 알 수 없다네. 우리 감응 능력자들은 천사가 아니네. 하물며 하느님의 권능에 접근할 생각은 추호도 없어. 오로지 진정으로 마음 깊숙한 곳에 사악함이 뿌리내린 인물을 마주한 경우에만 순간적으로 그 사실을 감지할 수 있지. 예를 들어 자네들에게서는 그런 사악함을 느낄수 없다네."

긴 침묵이 흘렀다. 이윽고 다아시가 입을 열었다.

"무슨 말씀이신지 알겠습니다. 그렇지만 이 호텔에 있는 모든 마술사에게 표준 정통성 테스트를 시행한다면, 흑마술로 살인한 자를 골라낼 수는 있다는 말씀이군요?"

"오, 물론 그렇지. 사실이야. 속세의 당국이 범인 색출에 실패할 경우, 그런 테스트가 시행된다는 점은 보장하겠네. 하지만……" 대주교는 강조하듯이 길고 가느다란 손가락을 들어보였다. "현재로서는 교회나 길드 모두 그런 흑마술이 시행되었다는 증거를 확보하지 못했다네. 그래서 아직 개입하지 않는 거야."

"그렇군요." 다아시가 말했다. "허락하신다면 질문을 하나더 드리고 싶습니다. 티아 아인치히에 대해 무엇을 알고 계십니까?"

"다모젤 티아 말인가?" 성자 같은 기품을 가진 노인이 껄껄 웃었다. "혹시 티아가 이 사건에 연루되었다고 의심하고 있다면, 그 생각은 지금 당장 버려도 될 걸세. 지난 몇 달간 티아는 유능한 조사위원회의 테스트를 두 번이나 받았으니까 말일세. 티아는 태어나서 단 한 번도 흑마술을 사용한 적이 없다네."

"그 사실만으로 의혹에서 벗어날 수 있다고는 생각하지 않습니다." 다아시가 말했다. "흑마술을 실제로 시행하지 않더라도 살인에 연루될 수는 있으니까요. 제 말이 틀렸다면 그렇다고 말씀해주십시오."

대주교는 생각에 잠긴 표정이었다.

"흐음, 물론 자네 말은 옳네. 가능한 일이지…… 그래, 그래, 물론 그럴 가능성은 있어…… 티아가 범죄를 저질렀어도, 흑마술을 이용하지 않았다면 우리가 그 사실을 알아차리지 못했을 수도 있으니까 말이야." 대주교는 미소 지었다. "그렇지만 티아의 마음속에 아무런 악의가 없다는 사실은 보증하겠네. 티끌만큼도 없어."

그때 누군가가 테이블로 다가왔고, 대주교의 시선이 옮겨갔다. 다아시도 따라 고개를 들었다. 메리 드 컴버랜드였다. 그녀는 흥분을 감추려고 최선을 다하는 듯했다.

"대주교님." 메리는 이렇게 말하고는 조용히 무릎을 굽혀 인사한 뒤 다아시를 보았다.

"저……" 그녀는 말을 멈춘 채 애슐리를 흘낏 보더니, 대주교를 보았다가 다시 다아시를 쳐다보았다. "여기서 말씀드려도 될까요?"

"제가 부탁한 일 말입니까?" 다아시가 물었다.

"그래요."

"방금 다모젤 티아에 대해 이야기하는 중이었습니다. 뭔가 새로운 정보라도 있습니까?"

"자리에 앉으시게나, 공작부인." 대주교가 말했다. "티아에 관해 할 말이 있다면 나도 듣고 싶네."

컴버랜드 공작부인은 자신이 티아 아인치히와 나눈 대화에 관해 낮은 목소리로 얘기하기 시작했다. 그녀는 티아가 바에서 어떤 사내와 잠시 만났고, 방에 있던 편지를 어떻게 처리했는지를 본트리옴프조차도 흉내낼 수 없을 정도로 상세하고 정확하게 묘사했다.

"그래서 당신을 찾고 있었어요." 메리는 얘기를 끝맺었다. "사무실에 갔는데 거기 있는 헌병은 당신을 못 봤다고 하더군요. 내가 여기로 온 건 단지 운이 좋아서예요."

다아시는 손을 내밀고 다급하게 말했다.

"그 쪽지를 보여주십시오."

메리는 쪽지를 건넸다.

"그걸 보여주려고 급하게 당신을 찾아다녔어요. 내가 읽을 수 있는 건 숫자뿐이라서."

"폴란드어로군." 다아시가 말했다. "'7시에 도그 앤드 헤어 Dog and Hare 에서'라고 쓰여 있습니다. 서명은 없군요."

다아시는 손목시계를 흘낏 보았다.

"7시까지 삼 분 남았습니다! 도대체 이 '도그 앤드 헤어'라는 곳은 어디 있습니까?"

"혹시 '하운드 앤드 헤어 Hound and Hare'가 아닐까요?" 애슐리가 말했다. "어퍼스완덤 레인에 있는 술집입니다. 거기라면 아슬아슬하게 시간 맞춰 갈 수 있겠군요."

"'도그 앤드 헤어'라는 곳은 들어본 적이 없단 말이군요? 그렇다면 일단 운에 맡기는 수밖에." 다아시는 이렇게 말하고 공작부인을 향해 몸을 돌렸다. "메리, 정말 굉장한 일을 해줬습니다. 지금은 차분히 감사의 말을 할 시간이 없군요. 대주교님과 여기 있어주십쇼. 그럼 대주교님, 실례하겠습니다. 자, 갑시다, 애슐리. 그 '하운드 앤드 헤어'라는 곳이 어디라고 했습니까?"

두 사내는 버클러룸에서 로비로 나왔다. 애슐리가 손짓했다.

"로비에서 저쪽 복도를 따라가면 포트스모크 앨리로 통하는 문이 나옵니다. 거기서 오른쪽으로 쭉 가다보면 스완덤 레인이 나오는데, 일 분 삼십 초 이상은 걸리지 않을 겁니다."

두 사내는 추위와 안개에 대비해 망토를 몸에 두르고 후드를 뒤집어썼다. 로비를 질주하는 두 사람을 몇몇 마술사들이 의아한 눈초리로 바라보았지만, 그들은 개의치 않고 복도 끝에 난 뒷문으로 향했다. 그곳에는 헌병 한 사람이 서 있었다.

"다아시 경일세." 주임 수사관이 내뱉듯이 말했다. "본트리옴프 경에게 우리가 '하운드 앤드 헤어'로 갔다고, 가능한 한 빨리 돌아오겠다고 전해주게."

15

포트스모크 앨리로 나서자 안개가 두 사람을 휘감았다. 로열스튜어드호텔의 뒷문이 닫히는 순간 그들은 어둠 속에 잠겼다.

"이쪽입니다." 애슐리가 말했다.

그들은 건물 벽을 더듬으며 오른쪽으로 방향을 틀어 포트스모크 앨리와 세인트스위틴 스트리트 교차 지점으로 향했다. 그곳에서부터 점차 넓어진 길은 스완덤 레인으로 이어졌다. 이따금 가스등이 희미하게 빛을 발하고 있었지만, 안개 때문에 몇 걸음 앞까지밖에 보이지 않았다.

포트스모크 앨리 끝에 다다른 다아시의 귀에, 안개 너머 오른편 세인트스위틴 스트리트에서 또각! ……또각! ……또각! …… 하는 소리가 희미하게 들려왔다. 마치 징이 박힌 구두를 신은 사람의 발소리 같았다. 왼편에서는 가죽 부츠를 신은 두 사람이 멀어져가는 소리가 들렸다. 한 사람은 상당히 가까웠고, 다른 사람은 더 먼 곳에 있었다. 전방 어딘가, 스완덤 레인보다 훨씬 더 먼 곳에서는 쌍두마차가 자갈길 위를 천천히 지나는 소리가 들려왔다.

두 사내는 세인트스위틴 스트리트를 가로질러 어퍼스완덤 레인으로 나아갔다.

"저 앞에 있는 것 같습니다." 일 분쯤 지나 애슐리가 말했다. "맞습니다. 저곳입니다."

가스등 아래로 드러난 간판에는 새파란 게이즈하운드[1]가 그에 못지않게 새파란 산토끼를 쫓는 그림이 그려져 있었다.

"그렇군요. 들어갑시다." 다아시가 말했다. "후드를 쓰고 망토를 여미십시오. 다른 사람이 해군 군복을 보면 안 되니까 말입니다. 이렇게 하고 가면 우리도 중산층 상인으로 보일 겁니다."

"알겠습니다. 그 여자를 찾을 수 있으면 좋겠군요. 보면 누군지 알 것 같습니까?"

"알 수 있을 겁니다. 공작부인이 용모를 상당히 자세히 묘사해줬으니까요. 그런 몸집과 그런 외모의 젊은 여자가 런던에 그리 많을 리 없습니다."

다아시는 이렇게 말한 뒤 문을 밀었다.

왼쪽 벽을 따라 카운터가 길게 뻗어 있고, 오른쪽 벽 안쪽 끝까지 여러 개의 부스가 나란히 이어져 있었다. 카운터와 부

---

[1] 냄새보다는 날카로운 시력과 빠른 속도를 이용해 사냥감을 쫓는 사냥개.

스 사이 공간에는 테이블 몇 개가 놓여 있었다. 그곳에 앉은 남자들 몇몇이 카드놀이를 하는 중이었다. 안쪽 벽에 걸린 다트판에 푹! 푹! 푹! 하고 다트 꽂히는 소리가 잇달아 났다. 다트를 던지고 있는 손님은 힘이 좋은 듯했지만 실력은 영 형편없어 보였다.

다아시와 애슐리는 재빨리 카운터 쪽 빈자리에 앉았다. 술집 안에는 손님이 많았지만 워낙 공간이 넓어서 그런지 붐비지는 않았다.

"인상착의가 비슷한 사람이 보입니까?" 애슐리가 속삭였다.

"여기서는 안 보입니다. 여자가 저기 안쪽 부스 어딘가에 있거나, 아직 도착하지 않았을 수도 있겠군요."

"두번째 추측이 맞을 것 같군요. 카운터 뒤에 있는 거울을 보십시오."

거울은 술집 현관을 정면으로 비추었고, 다아시는 그 거울에 비친 티아 아인치히의 작은 몸과 아름다운 얼굴을 보았다. 그녀가 공간을 가로질러 안쪽으로 들어가자 다아시는 확신이 들었다.

"저 여자가 맞습니다. 공작부인이 말한 하이힐을 신고 있습니다."

순간 다아시는 세인트스위틴 스트리트에서 들은 발소리의 주인공이 바로 그녀라는 사실을 깨달았다. 애슐리와 그가 있는 곳으로부터 걸어서 채 삼십 초도 떨어지지 않은 거리에서 다가오고 있었던 것이다.

티아는 주위를 둘러보지도 않고 안쪽을 향해 곧장 걸어갔다. 마치 자기를 기다리고 있는 사람이 어디 있는지 정확하게 알고 있는 듯했다. 그녀는 술집의 뒷문 가까이에 있는 마지막 부스로 들어가 현관을 마주보는 자리에 앉았다.

"혹시 저 부스 안에 이미 다른 사람이 와 있는 걸까?" 다아시가 말했다. "아니면 자기한테 메모를 보낸 인물을 기다리고 있는 걸까?"

"직접 가서 슬쩍 보면 어떨까요." 애슐리가 말했다.

"좋습니다. 하지만 너무 가까이 가지는 마십시오. 두 사람에게 우리 얼굴을 보이면 안 되니까."

"다트 게임을 구경하는 척하는 건 어떻습니까?"

"그래요. 그럽시다."

두 사람은 술집 안쪽을 향해 천천히 걸어갔다.

티아의 맞은편 자리에는 누군가 앉아 있었다. 남자임은 명백했지만, 후드와 망토로 완전히 얼굴을 가린데다가 고개를 숙이고 있어서 누군지 알아볼 수는 없었다.

다아시가 말했다.

"저 테이블로 갑시다. 혹시 대화를 엿들을 수 있을지도 모

르니까. 하지만 조심해야 합니다. 얼굴을 가리되 너무 티내면
안 됩니다."

가장 가까운 테이블은 티아가 앉은 부스석보다 현관 쪽에
더 가까웠다. 후드를 쓴 사내는 아예 보이지 않는 위치였다.
사내는 그들을 등진 채 낮은 목소리로 얘기하고 있어서, 소리
는 들려도 내용까지는 알 수 없었다. 그러나 티아는 그들을
향해 앉아 있었다. 어젯밤 메리가 다아시에게 얘기했듯이, 티
아의 목소리는 그리 크지 않은데도 놀라울 만큼 잘 들렸다.

몇 초 동안은 사내가 낮게 웅얼거리는 소리밖에는 들리지
않았다. 이윽고 티아가 말했다.

"그분이 죽는 걸 원하지 않았다면서 왜 그분을 죽인 거
지?"

티아의 표정은 냉정하기 그지없었다. 분노를 억누르고 있
는 듯했다.

사내가 또 뭐라고 중얼거리자, 티아가 대꾸했다.

"당신은 전 유럽에서 두려움의 대상이 되어가는 해군 정
보부의 책임자 제드의 정체가 마스터 서 제임스 즈윈지라는
사실을 알고 있었어. 그런데도 카시미르왕의 비밀경찰이 그가
죽는 걸 원하지 않았다고 주장하는 거야?"

후드를 뒤집어쓴 사내는 화난 어조로 두어 마디 내뱉었다.

"난 원하는 대로 얘기할 거야." 티아가 말했다. "당신이야

말로 입조심해."

티아는 일 분 가까이 말없이 사내의 말에 귀를 기울였다. 아름다운 얼굴에 머금은 돌처럼 차갑고 딱딱한 분노의 표정은 여전했다. 이윽고 그녀의 입가에 차가운 미소가 떠올랐다.

"아니, 그럴 생각은 없어. 난 그에게 그런 부탁은 하지 않을 거야. 당신이나 폴란드 카시미르왕의 빌어먹을 군대 따위를 위해 그렇게 할 생각은 추호도 없어!"

그리고 후드를 뒤집어쓴 사내가 짧게 한마디하자, 티아의 미소가 한층 더 차가워졌다.

"아니. 그걸 위해서라도 그러지 않을 거야. 왜 그런지 알아? 당신이 나한테 거짓말했다는 걸 알기 때문이야! 이제는 그가 폴란드 비밀경찰 고문실로 끌려갈 위험이 없는 안전한 장소에 있다는 걸 난 알아!"

사내가 또 뭐라고 말했다.

"사형선고를 내린 거나 다름없다고?" 티아는 차갑게 웃었다. "허튼소리 하지 마. 당신은 나를 오랫동안 괴롭혀왔어. 내게 호의적이었던 나라를, 나를 사랑하는 남자를 억지로 배신하게 만들려고 했어. 지금까지 당신 때문에 끊임없는 두려움에 전전긍긍하면서 살아왔지만, 더이상 그러지 않을 거야. 오, 난 사형선고를 내릴 거야. 당신에게 말이야! 난 이 음모를 만천하에 드러낼 거야. 당국으로 가서 내가 아는 걸 모두 털어놓을 거고, 그럼 너처럼 사악하고 치사한 악당은……"

티아는 느닷없이 말을 멈추고 눈을 깜빡였다.

"뭐라고?"

그러곤 티아가 또다시 눈을 깜짝였다.

다아시는 후드 아래로 몰래 바라본 티아의 표정이 변하는 걸 목격했다. 돌처럼 차가웠던 얼굴에서 완전히 감정이 사라졌다. 무표정 그 자체였다.

애슐리가 갑자기 손을 뻗어 다아시의 손목을 잡았다.

"보십시오!" 거칠고 나직한 목소리였다. "뒷문으로 나가려고 합니다!"

다아시는 내심 미소를 지었다. 본트리옴프에게 애슐리가 이따금 순간적인 예지 능력을 발휘한다는 얘기를 들었는데, 지금이 바로 그 순간이었다. 훈련받지 않은 탤런트의 소유자에게 개인적인 스트레스가 가해지면 이따금 일어나는 현상이다.

애슐리가 예언했듯 티아는 자리에서 일어났다. 후드를 쓴 사내도 일어나긴 했지만 여전히 감시자들에게서 등을 돌린 채였다. 사내는 뒤돌아보지 않았다. 몸을 돌린 티아는 그 남자와 함께 부스석에서 불과 몇 걸음 떨어진 뒷문을 통해 곧장 밖으로 걸어나갔다.

다아시와 애슐리도 자리에서 일어나 뒷문으로 향했다. 하지만 다음 순간 다아시는 문손잡이를 잡은 채 멈칫했다.

"뭘 기다리는 겁니까?" 애슐리가 물었다.

"지금 문을 열면 빛이 새어나갈 테니까, 그걸 눈치채지 못할 만큼 멀리 떨어질 때까지 기다립시다."

"하지만 이런 짙은 안개 속에서는 놓치고 말 겁니다!"

"티아는 하이힐을 신고 있으니까 괜찮습니다. 9미터쯤 떨어져 있어도 발소리를 들을 수 있으니까요."

다아시는 문을 조금 열었다.

"저 소리가 들립니까? 오른쪽으로 가고 있습니다. 뒷문은 어느 거리로 통합니까?"

"올드바네가 로드일 겁니다." 애슐리가 말했다.

"좋아요. 슬슬 갑시다."

다아시는 문을 활짝 열었다. 두 사내는 소용돌이치는 안개 속으로 발을 내디뎠다. 여전히 규칙적으로 또각대는 티아의 하이힐 소리가 또렷했다.

"거리를 좁히는 편이 낫겠군." 어둠 속을 걸으며 다아시가 말했다. "조용히 걸으면 하이힐 소리 탓에 우리 발소리는 듣지 못할 겁니다."

두 사내는 몇 분 동안 말없이 티아의 하이힐 소리를 추적했다. 잠시 후 애슐리가 나직하게 말했다.

"저는 술집에서 엿들은 대화 내용을 거의 이해하지 못했습니다. 조금이라도 알아들어 다행이라고 해야겠죠."

"어째서?" 다아시가 물었다.

"폴란드어로 대화할 거라고 생각했으니까요. 아인치히는 폴란드어를 하고, 그 쪽지로 미루어보건대 저 남자도 폴란드어를 할 줄 안다는 점은 명백하지 않습니까."

"아니, 정반대입니다. 그 쪽지로 미루어보건대 저자는 폴란드어를 조금 아는 정도지 길게 대화할 수준은 전혀 아닙니다. 폴란드어는 우리가 쓰는 영불어와 마찬가지로 '하운드'와 '도그'를 구별하죠.[1] 하지만 그자는 '하운드 앤드 헤어'를 폴란드어로 바꾸면서 '도그'에 해당하는 단어를 썼습니다. 폴란드어에 능숙한 사람이면 절대 그러지 않았을 겁니다. 그 덕에 지금 우리가 미행하고 있는 사내에 관해 한층 더 많은 사실을 알 수 있었죠."

"어떤 정보를 말입니까?"

"저 사내는 허영심이 많은데다가 허세부리기를 좋아하고, 과도하게 로맨틱하다는 사실을. 쪽지를 영불어로 쉽게 쓸 수 있었지만, 저자는 그러지 않았습니다. 이유가 뭐라고 생각합니까?"

"혹시 누가 흘낏 보더라도 무슨 뜻인지 알지 못하도록 그

---

[1] '도그(dog)'는 일반적으로 개 전반을 가리키고, '하운드(hound)'는 주로 사냥에 특화된 견종을 가리킨다.

런 건지도 모릅니다."

"바로 그겁니다. 중령은 저자와 똑같은 오류에 빠져 있습니다. 어떤 언어를 잘 모르는 사람은 그것을 일종의 암호로 간주하는 경향이 있다는 뜻입니다. 당신은 영불어가 당신의 생각을 다른 사람들로부터 감추기에 적합한 언어라고 생각합니까?"

애슐리는 미소 지으며 말했다.

"물론 아닙니다."

"어떤 언어를 구사하는 실력이 별 볼 일 없는데도 해당 언어가 모국어인 사람 앞에서 자기 언어능력을 자랑하려는 자는 오로지 허영심이 많고 허세부리기 좋아하는 사람뿐입니다."

앞쪽 길모퉁이에서 티아의 발소리가 또다시 오른쪽을 향했다.

"여긴 어디쯤이죠?" 다아시가 물었다.

"제가 착각하지 않았다면 방금 그레이트할로 하우스를 지나쳤습니다. 따라서 저들은 템스 스트리트에서 남쪽으로 향하고 있다는 얘기가 됩니다."

다아시는 자신이 런던 지리를 조금 더 잘 알고 있었다면 좋았으리라고 다시 한번 생각했다.

"지금 저들이 어디로 가고 있는지 짐작이 갑니까?"

"음, 만약 이 길로 계속 간다면 세인트마틴교회를 지나 웨스트민스터 궁전 한복판에 도달할 겁니다."

"설마 국왕 폐하를 알현하려는 건 아니겠죠. 그건 좀 받아들이기 힘든데."

"잠깐, 지금 왼쪽으로 돌고 있습니다."

"그럼 어디로 가게 됩니까?"

"소머싯 다리입니다." 애슐리가 말했다. "강을 건너고 있습니다. 다리에는 가로등이 있으니까 거리를 조금 더 두는 편이 낫겠군요."

"아니, 그럴 필요는 없습니다. 위험을 무릅쓰는 편이 나아요."

"얼마나 오래 걸을 작정일까?" 애슐리가 중얼거렸다. "밤 산책을 즐기며 크로이던까지 걸어가기라도 할 심산인가?"

다리 위 가로등은 별문제가 되지 않았다. 가로등 사이의 간격이 넓은데다 안개가 너무나도 짙었기 때문이다. 특히 지금처럼 템스강 바로 위에 있을 경우, 가스등 바로 아래에 사람이 서 있어도 4.5미터만 떨어지면 보이지 않을 정도였다. 두 사람은 일정한 보폭으로 걸었다.

갑자기 다리 중간쯤에서 또각거리는 소리가 멈췄다. 그와 동시에 두 사람도 멈춰 섰다. 다음 순간 남자 목소리가 들려왔다. 안개 때문에 확실치는 않았지만 뚜렷하게 알아들을 수 있었다.

"이제 난간 위로 올라가."

"하느님 맙소사!" 다아시가 말했다. "갑시다!"

두 사람은 달리기 시작했다. 이런 상황에서 신중하게 행동할 수는 없었다. 안개의 베일 속에서 갑자기 후드를 쓴 남자가 보였다. 가스등 가까운 곳에 서 있었다. 티아 아인치히의 모습은 어디에도 보이지 않았다. 다리 아래에서 풍덩 소리가 들렸다.

후드를 쓴 남자는 발소리를 듣고 몸을 홱 돌렸다. 후드에 가려진 얼굴은 위에서 내리쬐는 가스등 불빛 탓에 여전히 그림자 속에 잠겨 있었다. 사내는 움찔하며 도망칠까 말까 망설이는 것처럼 보였다. 그러나 도망치기에는 추적자들이 너무 가까이 와 있다는 사실을 깨달은 듯, 사내는 오른손을 망토 아래로 쑤셔넣더니 짧은 스몰소드[1]를 꺼내들었다. 바늘처럼 길쭉한 도신이 뿌연 안개 속에서 번득였다.

영불제국 해군에서 오랫동안 복무한 애슐리 중령은 거의 본능적으로 반응했다. 후드를 쓴 남자가 공격해오기도 전에 그는 이미 가느다란 칼날이 달린 검을 칼집에서 뽑은 상태였다.

---

[1] 찌르는 데 특화된 레이피어를 소형화한 검으로, 19세기 이후에는 주로 예식용으로 쓰였다.

"그자를 맡아주십시오!" 다아시가 외쳤다. "난 티아를 구하겠습니다!"

다아시는 하류 쪽 난간으로 달려가면서 망토를 벗어 등뒤로 떨어뜨렸다. 그러곤 넓은 돌난간 위로 껑충 뛰어올라 잠깐서 있더니, 이내 칠흑 같은 수면을 향해 곧장 뛰어들었다.

16

애슐리 중령은 다아시 경이 다리에서 뛰어내리는 것을 보지 못했다. 그는 안개에 휩싸인 좁다란 가스등 불빛 아래에서 자신과 대치하고 있는 후드를 쓴 남자에게서 한시도 눈을 떼지 않았다. 그는 자신만만했다. 사내가 검을 뽑는 모습을 보니 아마추어임이 틀림없었기 때문이다.

그러나 상대방이 갑자기 달려들자 마음속에서 기묘한 두려움이 솟구쳤다. 남자가 검을 휘두를 때마다 칼날이 번쩍이며 사라지는 것 같았기 때문이다!

그가 상대의 칼끝을 가까스로 피하고 자신의 검으로 받아넘길 수 있었던 것은 순전히 본능과 행운 덕택이었다. 그러나 여전히 사내의 가느다랗고 치명적인 칼날은 보이지 않았다. 마치 자신의 눈이 칼날에 초점을 맞추지 못하고, 직시하기를 거부하는 듯한 느낌이었다.

상대의 칼끝이 잇달아 그의 몸을 스쳐 지나가고, 상대가 자신의 공격을 눈에 보이지도 않는 검으로 쉽게 받아넘기자 그는 거의 공황에 빠지기 직전이었다.

그가 어디를 보아도 상대의 검은 이미 다른 위치에 있었다. 그때마다 검은 그를 향해 빠르고 힘차게 날아왔는데, 만약 제때 받아넘기지 않았다면 목숨을 잃었을 것이다. 어디를 공격해도 상대는 그의 검을 받아넘겼다. 사내의 칼날과 그의 칼날이 닿으려고 할 때마다 그는 무의식적으로 거기서 시선을 돌렸기 때문이다.

이것이 마술 효과라는 데에는 의심의 여지가 없었다. 그는 무시무시한 살인자가 휘두르는 마검과 대치하고 있었다.

그때 중령의 잠재되어 있던, 그러나 훈련받지 않은 탤런트가 깨어났다. 이는 마술사 길드에서조차 희귀한 탤런트로, 아주 가까운 미래를 볼 수 있는 능력이었다. 보통은 몇 초 동안만 지속되지만, 아주 이따금 몇 분 동안 지속될 때도 있었다.

이렇게 미래를 보는 탤런트 보유자 대다수는 길드 차원에서 훈련시킬 수 있었다. 마술사 중에는 날씨를 예언하거나 지진을 경고하고, 인간의 힘이 미치지 않는 다른 자연현상을 예견하는 이들이 있었다. 그러나 가장 뛰어난 마술학자조차도 아직 중령의 기묘한 능력을 훈련시킬 방법을 고안해내지는 못했다. 왜냐하면 중령의 탤런트는 그중에서도 가장 희귀한 능력, 즉 인간 행동의 결과를 예측하는 능력이었기 때문이다. 시간의 대칭성에 관한 마술 법칙은 아직 발견되지 않았기 때문에, 이런 탤런트는 다른 것들과는 달리 최고의 신뢰성을 얻지는 못했다.

중령은 이따금 예지력 같은 번뜩임을 경험했지만, 이런 경험이 언제 찾아올지, 또 얼마나 오래 지속될지는 알지 못했다. 하지만 애슐리는 적어도 자신의 직감이 정확하다는 사실을 확신하는 유능한 인물답게, 자기 능력을 활용할 줄 알았다.

애슐리는 지금까지 상대방이 자신을 공격해올 때마다 마검이 어디로 날아올지 미리 예감할 수 있었다는 사실을 불현듯 깨달았다. 그를 죽이려고 하는 흑마술사도 훈련받은 탤런트를 사용하고 있었지만, 애슐리의 직감에 대항할 수는 없었다.

이를 깨닫자 애슐리는 더이상 적의 검이나 팔을 보려고 하지 않았다. 대신 상대방의 몸을 보았다. 그는 마치 검술 입문서에 실려 있는 그림처럼 한 동작에서 다른 동작으로 옮겨갔다. 설령 눈을 감고 있어도 그는 그 사실을 알았을 것이다.

애슐리는 상대방의 공격을 막아내며 잠시 동안 흑마술사의 검술 동작을 느껴보려고 했다. 그러나 더이상 뒤로 물러나지는 않았다.

그는 공격에 나섰고, 상대를 한 걸음씩 뒤로 몰아갔다. 이제 그들은 다시 가스등 바로 아래에 서 있었다. 애슐리는 상대가 자신감을 잃기 시작했음을 알 수 있었다. 찌르거나 받아넘기는 동작이 전처럼 확신에 차 있지 않았다. 이제 전전긍긍하며 두려워하는 것은 상대방이었다.

애슐리는 신중하게 계획을 세웠다. 상대가 지금 죽는 것은 바람직하지 않다. 이 마술사 첩자는 반드시 체포해서 재판에 회부한 다음 교수형에 처해야 한다. 서 제임스 즈윈지를 직접 살해했거나 살인을 교사한 죄로 말이다. 이 흑마술사가 유죄라는 점에는 의심의 여지가 없었지만, 그렇다고 자기 손으로 단죄하는 것은 어리석은 짓이다.

그는 이제 상대를 쉽게 생포할 수 있으리라 확신했다. 단 두 번의 재빠른 동작이면 충분했다. 팔꿈치와 손목 사이를 빠르게 찔러 사내의 검을 떨어뜨리고, 그다음 칼날의 평평한 부분으로 머리를 내려쳐 기절시키면 된다.

애슐리는 마지막 일격을 가하기에 적합한 위치로 상대를 이동시키기 위해, 두 번의 기만 동작으로 상대를 뒤로 물러서게 만들었다. 상대는 마치 명령에 따르기라도 하는 듯 뒤로 물러났다. 정말 그랬다. 번개처럼 빨리 움직이는 중령의 검이 내린 명령이었다.

이제 애슐리는 가스등을 등지고 있었다. 그러자 처음으로 후드 아래의 얼굴이 빛 속에 드러났다.

애슐리는 상대방의 얼굴을 알아보고 사나운 미소를 지었다. 이 사내를 때려잡을 수 있다니 이 얼마나 유쾌한 일인가!

드디어 기회가 왔다. 애슐리는 잠시 무방비 상태가 된 마술사의 팔뚝을 향해 검을 찔러넣으려 했다.

바로 그 순간, 탤런트가 사라지는 것을 느꼈다. 방심한 나머지, 지금까지 정확한 직감의 흐름을 유지한 심령적 긴장감이 임계점 아래로 떨어진 것이다.

왼발이 축축한 다리 위 포석에서 미끄러졌다.

균형을 되찾으려고 했지만 때는 늦었다. 거의 끝장이라는 생각까지 들었다.

그러나 이미 죽음의 공포에 사로잡혀 있던 마술사는 이 실수를 틈타 상대를 죽일 생각을 하지 못했다. 단지 해군 장교의 치명적인 검이 더이상 자신을 위협하고 있지 않다는 사실을 깨달았을 뿐이다. 마술사는 망토를 휘날리며 홱 돌아서더니 주위를 뒤덮은 안개 속으로 후다닥 달려가 눈 깜짝할 새에 모습을 감췄다.

애슐리는 왼손을 뻗어 몸을 받친 덕에 가까스로 얼굴로 지면에 곤두박질치지 않을 수 있었다. 몸을 일으키자 오른쪽 발목에 찌르는 듯한 통증이 느껴졌다. 도주하는 마술사의 발소리가 점점 멀어졌지만 삐끗한 발로는 도저히 따라잡을 수 없었다.

잠시 난간에 몸을 기대고 있던 애슐리는 공포로 일그러진 상대의 얼굴을 봤을 때부터 자꾸 튀어나오려던 웃음을 터뜨렸다. 자조에 가까운 웃음이었다. 아주 잠깐이기는 했지만, 그 조그맣고 치사한 아첨쟁이를, 마스터 유언 매캘리스터를 죽도록 두려워했다니!

웃음이 잦아들기까지는 삼십 초 가까이 걸렸다. 이윽고 애슐리는 안개로 축축한 공기를 가슴 가득 들이마시고 왼쪽 손등으로 이마에 맺힌 땀을 닦은 뒤, 숙련된 동작으로 칼집에 검을 꽂았다.

미끄러운 포석 때문에 마스터 유언을 생포하지 못한 것은 매우 유감스러웠지만, 적어도 흑마술사의 정체는 이제 밝혀졌으니 다아시 경도……

다아시 경!

흥분된 마음이 싹 가셨다. 애슐리는 절뚝거리며 다리를 가로질러 하류 쪽 난간으로 향했다.

다리 아래는 칠흑 같은 어둠에 잠겨 있어서 무엇도 보이지 않았다.

"다아시!"

중령의 목소리가 울려퍼졌지만, 수면 위를 덮은 짙은 안개 탓에 그의 외침은 멀리까지 전해지기 전에 일그러지고 분산되는 듯했다. 응답은 돌아오지 않았다.

두 번 더 고함을 질렀지만 역시 대답은 없었다.

오른편에서 발소리가 들려왔다. 애슐리는 가느다란 검에

손을 올리며 몸을 돌렸다.

매캘리스터가 다시 돌아오고 있는 걸까? 그럴 리 없다. 하지만……

이 빌어먹을 안개! 마치 자신만의 작은 세계에 고립된 듯한 느낌이었다. 솜처럼 두터운 안개 탓에 가시거리는 몇 미터에 불과했고, 주위를 에워싼 것은 마치 투명 인간처럼 실체를 알 수 없는 발소리뿐이다.

곧 빛이 보이더니, 솜 같은 안개를 뚫고 가압식 가스 랜턴을 든 사내가 나타났다. 이 덩치 크고 육중한 사내와는 안면이 없었지만, 런던 치안헌병의 검은색 제복을 알아보고 애슐리는 안심했다. 헌병은 걸음을 늦추더니 이내 멈춰 섰고, 허리에 찬 짧은 검 자루에 손을 올리며 말했다.

"여기서 무슨 일이 벌어지고 있는지 물어도 되겠습니까?"

헌병은 정중히 말하면서도 경계하는 듯한 눈초리로 그를 바라보았다.

애슐리는 조심스럽게 자신의 검 자루에서 손을 뗐다. 헌병은 손을 움직이지 않았다.

"다리 쪽에서 소란스러운 소리를 들었습니다." 헌병은 무거운 어조로 말했다. "칼날이 서로 부딪치는 소리 같더군요. 그러곤 다리 위에 있던 누군가가 안개 속에서 달려오더니 제 옆을 지나 그대로 달려갔습니다. 그리고 이제……" 헌병은 말을 멈췄다. "고함을 지르던 사람이 당신이었습니까?"

애슐리는 그제야 자신이 얼마나 수상쩍어 보이는지 자각했다. 길고 검은 해군 망토를 입고 후드를 뒤집어쓴데다 가로등을 등지고 있어서 헌병은 그늘에 가려진 그의 얼굴을 볼 수 없었을 것이다. 애슐리는 손을 들어올려 후드를 벗고 망토를 어깨 뒤로 젖혀 헌병이 자신의 제복을 볼 수 있게 했다.

"나는 해군 중령 애슐리 경이네. 자네 말이 맞아. 소동이 벌어졌지. 방금 자네 옆을 달려간 것은 살인 혐의로 수배된 범죄자였어."

"살인이라고 하셨습니까, 중령님?" 헌병은 아연실색해 되물었다. "그자는 누구였습니까?"

"이름을 알려주지는 않더군." 애슐리는 대답했다. 이 말이 거짓은 아니지, 하고 그는 생각했다. 매캘리스터 얘기는 다른 누구보다 다아시에게 먼저 전하고 싶었기 때문이다. "중요한 건 그자가 조금 전 젊은 여성을 다리 밑으로 떨어뜨렸다는 사실이야. 내 동료가 그녀를 구하려고 강으로 뛰어들었다네."

"여성의 뒤를 따라서 강으로 뛰어들었단 말씀입니까? 이 밤에 그런 짓은 자살행위입니다. 두 사람 모두 죽었을 가능성이 큽니다."

"그럴 수도 있겠지." 애슐리는 시인했다. "여기서 그를 불러봤지만 대답이 없었네. 하지만 강한 사내이고, 여성을 찾아냈을 가능성은 거의 없다 해도 스스로 강기슭까지 헤엄쳐갔을 가능성은 있어."

"알겠습니다, 중령님. 당장 수색대를 보내 두 사람을 찾아보겠습니다."

헌병이 호각을 불자, 높고 날카로운 소리가 안개로 가득찬 대기를 뚫고 잇달아 울려퍼졌다. 그것은 국왕 폐하의 헌병이 '지원을 요청한다'는 뜻이다. 일이 초 뒤, 강 양쪽 먼 곳에서 호각소리가 울려퍼졌다. '지금 출동한다'는 뜻이다. 몇 초 뒤에 헌병은 또다시 호각을 불어 다른 헌병들에게 자신의 위치를 알렸다.

"몇 분 안에 지원군이 올 겁니다. 그때까지는 별로 할일이 없군요." 헌병은 싹싹한 어조로 말하고 재킷 주머니에서 수첩을 꺼냈다. "다시 한번 중령님과 관계자들의 성함을 말씀해주시겠습니까?"

애슐리는 자기 이름을 되풀이해 말했다.

"여성의 이름은 티아 아인치히." 그는 철자를 일일이 불러주었다. "그 여자는 살인 사건의 중요한 증인이라네. 그래서 살인범이 아인치히를 살해하려고 했던 거지. 그녀를 구하기 위해 강으로 뛰어든 사람은 다아시 경……"

"지금 다아시 경이라고 하셨습니까?" 헌병은 수첩에서 고개를 핵 들었다. "루앙에서 온 유명한 수사관 다아시 경 말씀입니까?"

"그렇네." 애슐리가 말했다.

"본트리옴프 경을 도와서 로열스튜어드호텔에서 일어난 살인 사건을 해결하기 위해 노르망디에서 오신 그 다아시 경을 말씀하시는 겁니까?" 헌병은 작심한 듯이 끈질기게 되물었다.

"그 다아시 경이 맞네." 애슐리가 피곤한 어조로 대답했다.

"그분이 강에 뛰어들었단 말씀입니까?"

"그래, 아까 말하지 않았나. 강으로 뛰어들었다고. 그 여자를 구하려고 했던 거야. 지금쯤이면 강어귀까지 헤엄쳐갔겠군. 여기서 조금만 더 시간을 허비한다면, 아예 여기까지 되돌아올지도 몰라."

헌병은 조금 발끈한 기색이었다.

"그렇게 조급해하실 필요는 없습니다, 중령님. 헌병대는 최대한 빨리 수색을 개시할 겁니다."

이렇게 말하고는 호각을 입에 물고 세번째 긴급 신호를 보내고는, 조금 기다렸다가 네번째 신호도 보냈다.

그러자 멀리 떨어진 곳에서 따가닥거리는 말발굽소리가 들려왔다. 잠시 후 말이 다리 위에 도달하자 말발굽소리는 공허한 천둥을 연상시키는 굉음으로 변했다. 뿌연 안개 속에서 빛이 다가오는 것이 보였다. 헌병은 가스 랜턴으로 신호했다.

"헌병 상사가 오고 있습니다."

말을 탄 헌병 상사가 안개 속에서 불쑥 나타났다. 상사가 고삐를 당겨 커다란 적갈색 거세마를 멈추자, 헌병은 차렷 자세를 취했다.

"무슨 일인가, 아서?"

"여기 계시는 신사분은 제국 해군 중령이신 애슐리 경입니다."

헌병은 수첩을 참고하면서 애슐리가 한 얘기를 빠르고 간결하게 보고했다. 그즈음 다리 양쪽에서는 저벅저벅 육중한 군홧발소리와 말발굽소리가 들려왔다. 헌병들이 속속 모여들고 있는 것이다.

"알겠습니다, 중령님." 상사가 말했다. "즉시 수색대를 보내겠습니다. 오른쪽 기슭이 더 가까워서 그쪽으로 헤엄쳐갔을 가능성이 더 크지만, 양안 모두 수색하겠습니다. 아서, 템스 스트리트 순찰소로 가서 보트를 띄우라고 하고, 하류의 다른 순찰소에도 연락을 넣게. 여기서 첼시까지 이잡듯이 뒤지는 거야."

"예, 상사님."

아서는 안개 속으로 사라졌다.

"부탁 하나 해도 되겠나, 상사." 애슐리가 물었다.

"어떤 부탁이십니까, 중령님?"

"말을 탄 헌병 하나를 로열스튜어드호텔로 급파해줬으면 좋겠군. 그곳에 근무중인 헌병 상사에게 여기서 일어난 일을 정확히 보고해주게. 또 해군성의 공무용 마차가 호텔 부근에서 나를 기다리고 있어. 마차 책임자인 호스킨스 하사에게 가서 지금 당장 템스 스트리트에 있는 소머싯 다리로 마차를 몰고 오라고, 애슐리 중령이 명령했다고 전해주게. 나는 다아시 경이 오른쪽 기슭으로 갔다고 상정하고, 자네 부하들의 수색을 돕겠네."

"알겠습니다, 중령님. 당장 전령을 보내겠습니다."

메리 드 컴버랜드는 최대한 조바심을 억누르면서 로열스튜어드호텔의 인적 드문 로비를 가로질렀다.

무슨 일이든 해야 한다는 생각이 들었지만, 무엇을 해야 할까?

누군가에게 말을 걸고 싶었지만 그럴 만한 사람이 없었다.

서 라이언과 서 토머스는 아직도 영불제국의 최고위급 마술사들과 함께 비밀회의를 열고 있었다. 마스터 숀은 시체 안치소에서 서 제임스 즈윙지의 부검에 입회하고 있었다. 임시 수사본부에서 근무중인 헌병 부사관의 말에 따르면, 본트리옴프 경은 실종된 폴 니컬스라는 남자를 찾아 시내를 돌아다니고 있었다. (컴버랜드 공작부인이 정보를 가지러 올 것이라는 얘기를 본트리옴프가 미리 전해두지 않았다면, 헌병은 메리에게 그런 정보조차 주지 않았을 것이다. 헌병은 이번 수사에서 그녀의 신분이 실제보다 훨씬 더 공식적이라고 여기는 듯했다.)

다아시는 티아를 감시하기 위해 거리에 나가 있다.

그래서 그녀가 할 만한 일이 없었다.

로비를 반쯤 가로질러 가던 그녀는 방향을 틀어 임시수사본부가 있는 복도를 향했다. 어쩌면 새로운 정보가 들어왔을지도 모른다. 설령 그렇지 않다고 해도, 무의미하게 호텔 로비를 왔다갔다하기보다는 근무중인 헌병 부사관과 잡담을 나누는 편이 나았다.

만약 평범한 대화를 한다면 소드룸에 있는 바로 가서 얼마든지 유쾌한 잡담 상대를 찾을 수 있었을 것이다. 그러나 살인사건은 호텔 안에 있는 모든 마술사에게서 갈증조차 앗아가버린 듯했다. 메리는 문을 지나 작은 사무실로 들어갔다.

"피터 상사, 뭔가 새로운 소식이 있나요?"

"전혀 없습니다, 공작부인." 헌병 상사는 자리에서 일어나며 말했다. "본트리옴프 경은 아직 돌아오시지 않았고, 다아시 경도 마찬가지입니다."

"상사도 나만큼이나 따분한 표정이군요. 여기 있어도 될까요?"

"영광입니다, 공작부인. 자, 이 의자에 앉으십시오. 아주 푹

신하지는 않지만 말입니다. 야간 지배인에게 최고의 가구를 준 것 같지는 않군요."

그때 다른 헌병이 방으로 들어와 이들의 대화는 중단되었다. 그는 재빨리 고개를 까딱 숙이며 공작부인에게 "안녕하십니까" 인사한 다음 피터 상사에게 말을 걸었다.

"여기 책임자입니까, 상사?"

"본트리옴프 경이나 다아시 경이 돌아오실 때까지는 그렇습니다. 피터 오쇼크널 상사입니다."

"난 템스강 순찰대의 마이클 쾨르테르 상사입니다. 다아시 경은 돌아오시지 않을 수도 있습니다. 누군가 티아 아인치히라는 젊은 여자를 소머싯 다리 아래로 밀쳤고, 다아시 경이 그 여자를 쫓아 강으로 뛰어들었습니다. 순찰선과 수색대를 보내 소머싯 다리에서 첼시까지 템스강의 양쪽 기슭을 뒤지고 있지만, 그다지 가망이 없어 보입니다. 해군 중령 애슐리 경이라는 분이 나를 이곳에 보냈는데, 본트리옴프 경이 이 정보를 원할 거라고 하셨습니다."

피터 상사는 고개를 끄덕였다.

"알겠습니다." 싹싹한 말투였다. "본트리옴프 경이 돌아오자마자 보고를 올리죠. 또다른 건 없습니까?"

"있습니다. 호스킨스 하사가 탑승한 해군성 마차가 이 호텔 근처 어디에 주차되어 있는지 압니까? 애슐리 경이 그 마차를 템스 스트리트에 있는 소머싯 다리로 당장 보내달라고 하셨습니다. 다아시 경을 찾았을 때 바로 이동하려면 필요하다고요. 내 생각에 생존 가능성은 거의 없어 보이지만."

메리 드 컴버랜드는 이미 벌떡 일어서 있었다. 그러곤 아주 조용한 목소리로 말했다.

"그는 아직 죽지 않았어요. 죽었다면 제가 알았을 거예요."

"지금 뭐라고 하셨습니까, 부인?" 마이클 상사가 물었다.

"아니, 별거 아녜요, 상사." 메리는 침착한 어조로 말했다. "템스 스트리트에 있는 소머싯 다리라고 했죠? 해군성 마차가 어디 있는지 내가 알아요. 내가 가서 호스킨스 하사한테 전하죠."

마이클 상사는 그제야 메리의 옷에 자수된 컴버랜드 공작 가문 문장을 본 듯했다. 동시에 피터 상사가 말했다.

"공작부인께서는 이번 수사에서 우리와 협력하고 계시다네."

"그래주시면…… 매우 고맙겠습니다, 공작부인." 마이클 상사가 말했다.

"천만에요."

메리는 방을 휙 나가서 잰걸음으로 복도를 나아가, 로비를 가로질러 정문을 통해 로열스튜어드호텔 밖으로 나갔다. 사실 그녀는 해군성 마차가 어디 있는지 전혀 몰랐지만, 지금은 그런 사소한 일에 연연할 때가 아니었다.

마차를 찾는 데는 그리 오래 걸리지 않았다. 마차는 세인트스위틴 스트리트 쪽으로 반 블록 떨어진 곳에서 대기하고 있었다. 마차 문에 해군성 문장이 박혀 있었기 때문에 금세 알 수 있었다. 긴 코트를 입고 마부석에 앉아 있는 두 명의 남자는 무릎에 담요를 덮고서 파이프 담배를 피우며 조용히 대화중이었다.

"호스킨스 하사?" 메리는 위압적인 어조로 말했다. "나는 컴버랜드 공작부인입니다. 템스 스트리트에 있는 소머싯 다리로 당장 마차를 보내달라는 애슐리 경의 요청이 있었습니다. 그러니 나도 함께 가겠어요."

하사가 마차에서 내려오려 하기도 전에 그녀가 먼저 마차 문을 열고 올라탔다. 호스킨스 하사는 마차 천장 문을 열고 그녀를 내려다보았다.

그는 운을 뗐다. "그렇지만 공작부인……"

"애슐리 경은 '즉시'라고 말했어요." 공작부인은 차갑게 말했다. "비상사태라는 걸 모르나요. 자, 당장 출발해요."

호스킨스 하사는 눈을 깜빡였다.

"예, 공작부인."

하사는 천장 문을 닫았다. 마차가 출발했다.

17

검게 넘실거리는 템스강 물속으로 뛰어들었을 때, 다아시는 추위로 온몸이 오그라드는 것을 느꼈다. 짧고도 긴 몇 초가 흐르는 동안 이러다가는 강바닥 진창에 처박힐 때까지 계속 가라앉는 게 아닐까, 하는 생각이 들었다. 그러다가 그는 재킷을 쥐어뜯듯이 벗고는 몸부림치며 위로 올라갔다. 머리가 수면 위로 나오자, 그는 심호흡을 한 다음 허리를 굽히고 부츠를 벗었다.

그러면서 다아시는 줄곧 자기 자신을 구제할 길이 없을 정도로 멍청한 바보라고 자책하고 있었다. 여자는 아무 저항 없이 떠밀렸고, 추락하면서도 아무런 소리를 내지 않았다. 강기슭에서 100미터 가까이 떨어진 이런 껌껌하고 익사하기 딱 좋은 곳에서 무슨 재주로 그 여자를 찾아낸단 말인가? 허리춤에 찬 묵직한 권총의 무게를 느끼자 다른 생각이 떠올랐다. 아까는 권총을 뽑을 수도 있었지만, 검으로만 무장한 사내를 쏠 생각은 결코 없었다. 그렇다고 해서 그 사내를 억지로 무장해제시키고 애슐리에게 넘겼다면 귀중한 몇 초를 잃었을 것이다. 지금 그 여자를 찾을 가능성은 매우 희박했지만, 만약 조금이라도 더 지체했다면 더욱 가망이 없었을 것이다.

적어도 망토를 벗을 때 권총을 함께 뽑아 다리 위에 던져두고 올 수도 있었을 텐데. 지금 묵직한 권총은 방해물일 뿐이었다. 유감이기는 했지만, 그는 권총집에서 총을 뽑아 거대한 강의 진흙 바닥에 던져버린 뒤 다시 주위를 둘러보았다. 처음 생각만큼 어둡지는 않았다. 희미하게나마 다리 위 가스등 불빛을 볼 수 있었다.

"티아!" 그는 외쳤다. "티아 아인치히! 어디 있습니까? 내 목소리 들립니까?"

소머싯 다리 아래로 떨어진 그녀의 몸은 강물에 실려 하류로 흘러갔을 것이다. 그런데 얼마나 깊이 빠졌을까? 혹시 마지막 숨을 들이켜다가 폐에 물이 가득찬 것은 아닐까?

다음 순간 무슨 소리가 들렸다.

물을 뱉어내며 흐느끼는 듯한 나직한 소리와 희미하게 첨벙거리는 소리였다.

"티아 아인치히!" 그는 또다시 외쳤다. "뭐라고 말해봐! 지금 어디 있어?"

대답은 없었고, 그와 다리 사이의 상류 어느 지점에서 방금 들은 것과 같은 희미한 소리가 다시 들려왔다. 그가 다리 위에서 힘껏 달려 긴 호를 그리며 다이빙한 탓에, 그녀보다 더 하류로 온 듯했다.

다아시는 강인한 팔로 템스강의 세찬 물살을 거슬러 방금 소리가 들린 곳을 향해 헤엄쳐갔다. 소리는 더 가까워졌다. 낑 낑대는 듯한 흐느낌은 사람 목소리 같지 않았다.

다음 순간 그녀의 몸에 손이 닿았다.

그녀는 허우적거리고 있었지만 무턱대고 그러는 것은 아니었다. 수면 위로 머리를 내놓기 위한 최소한의 동작에 불과했다. 다아시는 왼팔을 티아의 몸에 두르고는 두 사람 모두 물위에 뜰 수 있도록 오른팔을 강하게 휘저었다. 그러자 티아가 몸부림을 멈췄다. 다아시는 그녀의 망토가 사라졌다는 사실을 깨달았다. 아마 강물에 떨어진 순간 찢겨나간 것이리라. 훌쩍이는 소리도 멎었고, 몸에서는 완전히 힘이 빠져 있었지만 여전히 숨을 쉬고 있었다. 그는 티아가 물위로 얼굴을 내밀 수 있도록 주의하며 점점 더 차갑게 느껴지는 강물 속에서 그녀의 몸을 끌며 오른쪽 기슭을 향해 헤엄치기 시작했다. 그는 생각했다. 몸집이 작고 체중이 얼마 안 되어서 정말 천만다행이군. 지금처럼 물에 흠뻑 젖은 생쥐 상태에서도 45킬로그램이 채 되지 않을 듯했다.

이런 생각에 웃음이 났지만, 웃음 따위에 에너지를 낭비할 수는 없었다. 그런다면 내 장례식에서 웃는 거나 마찬가지겠지. 이런 생각을 하자 웃고 싶은 생각이 싹 달아났다.

도대체 그 빌어먹을 강기슭은 어디 있는 거지? 너비 100미터쯤 되는 강을 가로지르려면 얼마나 걸릴까? 마치 몇 시간 동안 헤엄친 양 오른쪽 어깨 근육에 점점 피로가 쌓였다. 그는 티아의 얼굴이 계속 물위로 나와 있도록 주의하면서 이제 오른팔로 그녀를 잡고, 왼팔로는 헤엄을 치기 시작했다.

그후 몇 시간은 더 흐른 듯한 기분이었지만 사방에는 여전히 칠흑 같은 어둠이 깔려 있을 뿐이었다. 다리 위 불빛은 이미 오래전에 스러졌고, 강기슭의 불빛은—강기슭 따위가 존재한다면 말이지만—아직도 보이지 않았다.

혹시 방향감각을 잃은 걸까? 강을 가로지르는 것이 아니라 하류로 떠밀려가고 있는 것은 아닐까? 이를 확인할 방법은 없었다. 그의 몸이 물살과 함께 움직이고 있는데다가, 방향을 가늠할 만한 것이 전혀 보이지 않았기 때문이다.

영원히 끝날 것 같지 않다고 느끼며 다시 한번 헤엄을 치려고 손을 뻗친 순간, 손가락이 무언가에 세게 부딪쳤다. 이어서 손과 손목에 날카로운 아픔을 느꼈다. 이번에는 좀더 조심스럽게 손을 뻗어보았다.

손에 닿은 것은 석단石段, 강둑에서 물가로 이어지는 돌계단의 일부였다. 다아시는 여자의 몸을 계단 위로 밀어올리며 물 밖으로 나왔다. 티아는 아직 괜찮은 듯했다. 여전히 숨을 쉬고 있었으니까.

돌연 그는 혼자서는 강둑까지 이어지는 계단을 오를 수 없을 만큼 녹초가 되어 있음을 자각했다. 이런 마당에 여자를 안고 올라가기란 불가능했다. 그러나 차가운 돌 위에 그녀를 그냥 눕혀둘 수도 없었다. 그는 여자를 품에 안고 자신의 체온으로 여자의 몸을 덥히려고 했다. 그러고는 오랫동안 그냥 그곳에 앉아 있었다. 차갑게 젖은 몸으로 아무 미동 없이. 주위를 에워싼 끝없는 어둠처럼 그의 마음도 공허했다.

정신적으로도, 육체적으로도 마비된 상태에서 몇 분 혹은 몇 시간이 흘렀을까. 주변의 미세한 변화를 감지한 다아시는 멍한 의식을 억지로 깨웠다.

뭐가 변한 걸까? 왼쪽이었다. 시야 끝에 무언가 보였다. 그는 고개를 돌려 그쪽을 바라보았다. 별것 아니었다. 단지 불빛에 불과했다. 먼 곳에서 희미하게 빛나는 불빛이 앞뒤로 조금씩 흔들리는 듯하더니 점점 더 밝아졌다. 아니, 불빛은 하나가 아니다. 둘…… 셋……

그때 목소리가 들려왔다.

"어디 계십니까…… 다아시 경! 제 목소리가 들리십니까?"

순간 다아시는 정신이 명료해졌다. 안개가 조금 걷힌 듯했다. 방금 그를 부른 사람은 아직 멀리 있었지만, 빛은 뚜렷이 보였다.

"여기야!" 그는 외쳤다. 자기 귀에도 약하게 들리는 목소리였다. 소리를 높여 다시 외쳤다. "여기 있어요!"

목소리가 울려퍼졌다.

"거기 누굽니까?"

다아시 경은 지쳐 있었지만 씩 웃었다.

"다아시야. 지금 날 부른 게 맞지?"

그러자 누군가가 고함을 질렀다.

"찾았어! 저기 있어!"

누군가 호각을 불었다. 다아시는 몸이 떨리는 것을 자각했다.

'이제야 반응이 오는군.' 그는 딱딱거리는 이를 앙다물며 생각했다. '마치 새끼고양이처럼 무력해진 느낌이야.'

근육은 추위로 딱딱하게 굳어 있었고, 그의 몸에서 유일하게 따뜻한 부위는 가슴뿐이었다. 티아를 꺼안고 있었기 때문이다. 그녀는 그의 품에서 완전히 긴장을 푼 채로 축 늘어져 여전히 조용하게, 규칙적으로 숨소리를 내고 있었다. 몸을 떨지도 않았다. 다아시는 생각했다. '상관없어. 내가 지금 두 사람 몫은 족히 떨고 있으니까.'

여기저기서 호각소리가 들리더니 불빛이 점점 더 늘어났다. 혹시 군대라도 부른 것일까. 다음 순간 랜턴을 가진 헌병이 곁으로 다가와 물었다.

"괜찮으십니까, 다아시 경?"

"괜찮아. 좀 추울 뿐이야."

"세상에, 여자분까지 구조하셨군요." 헌병은 강둑을 올려다보며 외쳤다. "여자도 함께 있어!"

그러나 다아시는 그 소리를 제대로 듣지 못했다. 헌병이 들고 있던 랜턴 불빛은 티아의 얼굴을 비추고 있었고, 티아는 눈을 커다랗게 떴지만 아무것도 보지 못하는 듯 멍하니 허공을 응시하고 있었다. 죽은 것처럼 보였다. 그러나 죽은 사람은 숨을 쉬거나 하지는 않는다.

주위에 점점 더 많은 사람이 모이기 시작했다.

"다아시 경에게 빛을 더 비춰."

"자, 일어나시도록 도와드리겠습니다."

"다아시 경! 무사해서 정말 다행입니다! 게다가 여자분까지 구했군요! 기적입니다!"

"여어, 애슐리 중령." 다아시가 말했다. "구조대를 불러줘서 고맙습니다."

애슐리는 씩 웃었다. "여기 당신의 망토입니다. 다리 위에 이렇게 물건을 흘리고 다니면 안 됩니다."

그는 다아시에게 망토를 건네고는 자기 망토를 벗어 티아의 몸에 둘러주었다. 그런 다음 다아시의 품에 있던 티아를 안아올리고는 조심스럽게 계단을 올라갔다.

다아시는 망토를 단단히 몸에 둘렀지만 추위가 가시지는 않았다.

"따뜻한 곳으로 가셔야 합니다. 그렇게 젖은 채로 여기 계시다가는 동사해버릴 겁니다." 헌병이 말했다.

다아시는 계단을 올라가기 시작했다. 그때 계단 위에서 어떤 목소리가 들렸다.

"그를 찾았나요?"

"두 사람 모두 찾아냈습니다, 공작부인." 헌병이 대답했다.

다아시가 물었다. "메리, 대체 여기서 뭘 하고 있는 거지?"

"어젯밤 같은 질문에 대답했던 것처럼, 당신을 데리러 왔어."

"이번에는 그 말을 믿지." 다아시가 말했다.

강둑 위로 올라가 옹벽을 넘자 애슐리가 티아를 안고 우뚝 서 있는 것이 보였다. 헌병 몇 명이 티아에게 랜턴 불빛을 비추고 있었다. 공작부인이 아닌 숙련된 간호사로 변신한 메리는 티아를 살피며 감응 능력자의 손으로 그녀의 몸을 어루만지고 있었다.

"어때?" 다아시가 물었다. "어디가 안 좋은 거지?"

"떨고 있어." 메리는 고개를 숙인 채 말했다. "마차 안에 브랜디가 있으니까 가서 좀 마셔." 그러곤 고개를 들고 애슐리를 보았다. "티아를 마차에 태워요. 칼라일 하우스로 직접 가겠어요. 치료를 받으려면 병원보다는 파트리크 신부님께 데려가야 해요."

브랜디 두 모금을 꿀꺽꿀꺽 마시자 다아시는 더는 몸이 떨리지 않았다. 그가 다시 물었다.

"어디가 안 좋은 거지?"

"물론 쇼크와 추위지. 내상이 있을지도 모르지만 심각한 건 아니야. 그렇지만 지금은 마술에 걸려 있고, 내 힘으로는 깰 수가 없어. 그러니까 가능한 한 빨리 파트리크 신부님께 데려가야 해."

메리와 애슐리는 마차 좌석에 티아를 눕혔다.

"괜찮을 것 같습니까?" 애슐리가 물었다.

"괜찮을 거예요." 메리가 대답했다.

그러자 애슐리가 말했다. "다아시 경, 잠깐 얘기 좀 할 수 있을까요."

"물론입니다. 무슨 일입니까?"

두 사람은 다른 사람들이 듣지 못하는 곳으로 갔다. 애슐리가 운을 뗐다.

"다리 위에서 만난 남자 얘깁니다."

"아, 맞아. 먼저 물어봤어야 했는데. 다치지는 않은 것 같군요. 그를 죽이지 않았기를 빕니다."

"그러지 못했습니다. 창피하게도 생포하지도 못했습니다. 포석에서 발이 미끄러지는 바람에 그자는 도망쳐버렸습니다. 하지만 얼굴만은 확실하게 봤습니다."

"누군지 알아보았습니까?"

"예. 우리의 지인 마스터 유언 매캘리스터였습니다."

다아시는 고개를 끄덕였다.

"티아에게 난간으로 올라가라고 명령했을 때 어딘가에서 들어본 목소리라고 생각했습니다. 방금 공작부인이 말했듯이 티아에게 마술을 건 겁니다."

"그 추잡한 인간이 사용한 흑마술은 그것만이 아니었습니다."

애슐리는 마술 검에 관해 다아시에게 설명했다.

"그렇다면 그자를 놓쳤다고 해서 미안해할 것은 없습니다." 다아시가 말했다. "중령이 살아 있다는 것만으로도 기쁘군요."

"저 역시 그렇습니다. 그건 그렇고, 티아가 좌석 한쪽을 전부 차지하고 있으니 저 마차에 모두 탈 수는 없겠군요. 어차피 오늘밤은 더이상 제가 함께 있을 필요가 없으니, 두 분 먼저 가십시오."

애슐리는 뒤로 물러서서 마차 쪽을 보고 명령했다.

"호스킨스 하사, 공작부인과 다아시 경은 칼라일 하우스로 가실 거야. 나는 헌병에게 부탁해서 삯마차를 잡아 집으로 가겠네.”

“알겠습니다, 중령님.” 호스킨스가 대답했다.

“고맙습니다.” 다아시가 말했다. “부탁 하나 들어주겠습니까? 로열스튜어드호텔로 가서 본트리옴프 경에게 오늘 일어난 일을 모두 보고해주면 좋겠군요. 만약 마스터 유언이 중령이 자신을 알아봤다고 생각한다면 호텔에는 나타나지 않을 겁니다. 서 라이언에게 통보해달라고 본트리옴프 경에게 전해주겠습니까?”

“물론입니다. 당장 가겠습니다. 안녕히 가십시오, 다아시 경. 안녕히 가십시오, 공작부인.”

그는 마차 안에 들리도록 큰 목소리로 인사했다.

다아시는 마차 문을 열고 이렇게 말했다.

“칼라일 하우스로 가세, 호스킨스.”

다아시가 정말로 되살아난 듯한 기분을 느낀 것은 그로부터 한 시간 이상 지나서였다. 뜨거운 물로 목욕을 하고 나니 비로소 템스강의 악취를 씻어냈을 뿐 아니라 혈관까지 스며든 냉기를 어느 정도 쫓아낼 수 있었다. 그후 파트리크 신부에게 짧은 안수 치료를 받자 감기에 걸릴 위험도 사라졌다. 메리드 컴버랜드와 신부 모두 다아시가 잠자리에 들어야 한다고 고집했기에, 그는 실크 잠옷 차림으로 너덧 개의 베개를 베고, 다리에 따뜻한 울 담요 두 장을 덮은 채 침대에 누웠다. 어깨에는 두터운 숄을 두르고, 발치에는 뜨거운 물이 든 탕파가 놓여 있었으며, 뱃속에는 이미 두 그릇분의 뜨끈하고 영양이 풍부한 수프가 들어 있었다.

침실 문이 열리더니 메리 드 컴버랜드가 김이 나는 커다란 머그잔이 놓인 쟁반을 들고 안으로 들어왔다.

"기분은 어때?"

"이젠 멀쩡해. 티아는 어때?"

"파트리크 신부님 말로는 괜찮을 거래. 신부님이 재우셨어. 내일 아침까지는 누구와도 말을 나눌 수 없을 거라고 하시더군." 메리는 침대 옆 탁자에 머그잔을 내려놓았다. "자, 마셔."

"이게 뭔데?"

다아시는 미심쩍은 눈초리로 머그잔을 바라보았다.

"약이야. 몸에 좋은 거."

"뭐가 들어 있지?"

"꼭 알아야겠다면야. 브랜디, 포트와인, 꿀, 뜨거운 물, 그리고 파트리크 신부님이 처방한 약초 두 가지가 들어 있어."

"흐음." 다아시가 말했다. "마지막 두 가지를 언급하기 전까지만 해도 꽤 괜찮게 들렸는데." 그는 머그잔을 들어올려 홀짝이고는 시인했다. "아주 나쁘지는 않군."

"지금 손님을 만나도 괜찮겠어?"

메리가 걱정스러운 어조로 물었다.

"아니. 난 임종 직전이야. 혼수상태라고. 숨도 가쁘고, 맥박도 약해. 누가 왔는데?"

"흠, 우선 서 토머스. 티아의 목숨을 구해줘서 고맙다는 얘기를 하고 싶어서 왔다지만, 안쓰럽게도 본인도 쓰러지기 직전인 것 같아서 오늘밤은 쉬고 내일 얘기하라고 했어. 존 케찰경은 내일까지 기다렸다가 얘기해도 된다고 하더군. 서 라이언 그레이는 몇 분 전에 도착하셨는데, 그분은 꼭 만나는 게좋을 것 같아."

"그럼 마스터 숀은 지금 어디 있나?"

"당신이 냉수 목욕을 하고 싶다고 미리 얘기해줬다면 벌써 이곳에 와 있었겠지. 하지만 여전히 시체 안치소에 있어."

"안됐군. 하루종일 일하느라고 힘들었을 거야."

"당신은 하루종일 뭘 하고 있었는데? 뜨개질?"

다아시는 메리의 말을 무시했다.

"망자에게 약물이나 독극물이 투여된 흔적이 없는지, 의심의 여지가 없을 때까지 확인하고 있을 거야." 생각에 잠긴 말투였다. "그럴 가능성은 거의 없다고 생각하지만, 숀의 작업이 끝나면 확실하게 알 수 있겠지."

"그렇겠네. 서 라이언을 만날래?"

"물론이야, 물론. 이 방으로 오시라고 전해주겠어?"

방을 떠난 컴버랜드 공작부인은 잠시 뒤 장신에 은빛 수염을 기른 위엄 있는 모습의 서 라이언 갠덜푸스 그레이를 데리고 돌아왔다.

"오늘밤에는 상당한 모험을 하신 것 같군요, 다아시 경."

라이언이 근엄하게 말했다.

"국왕 폐하의 수사관으로서 당연히 해야 할 일을 했을 뿐입니다, 서 라이언. 앉으시지요."

"감사합니다." 라이언은 이렇게 답하고는, 방을 나가려는 공작부인에게 말했다. "공작부인, 잠깐…… 더 있어주시겠습니까? 내가 할 얘기는 수사관뿐 아니라 길드의 모든 멤버와 관련된 일입니다."

"알겠습니다, 그랜드 마스터."

라이언은 다시 다아시를 보았다.

"애슐리 중령에게서 마스터 유언 매캘리스터의 정체에 관한 얘기를 들었습니다. 애슐리 경과 본트리옴프 경은 런던 시내의 헌병들에게 마스터 유언을 찾으라는 명령을 내렸습니다. 그리고 나는 런던에 있는 모든 마스터급 마술사들을 끌어모아서, 헌병들의 수색에 협력하도록 했습니다. 마스터 유언이 마술을 써서 도주하지 못하도록 말입니다."

"잘하셨습니다." 다아시가 말했다.

"애슐리 경의 보고만 가지고서는, 길드의 특별집행위원회가 열리기 전에 마스터 유언을 고발할 수는 없었을 겁니다." 그랜드 마스터는 말을 이었다. "하지만 보고 덕에 추가 증거를 확보하기 위해서 조치를 취할 수 있었습니다."

"그렇습니까?" 다아시는 흥미를 느낀 듯한 표정이었다. "그럼 증거를 찾아냈다는 말씀이시군요."

라이언은 엄숙한 표정으로 고개를 끄덕였다.

"찾아냈습니다. 마술사가 자기 도구를 넣어두는 가방을 보호하기 위해서 사전에 주문을 걸어둔다는 사실은 아마 알고 계시겠지요?"

"압니다."

다아시는 마스터 손이 여러 상징으로 장식된 자신의 마술 가방을 얼마나 손쉽게 되찾았는지를 반추하며 대답했다.

"그렇다면 왜 우리가 본트리옴프 경에게 부탁해서 판사의 영장을 입수했고, 그 즉시 마스터 유언의 방으로 갔는지도 이해하시겠지요. 마스터 유언도 서 제임스와 마찬가지로 방 자물쇠에 특수한 주문을 걸어놓았지만, 우리는 단 십오 분 만에 그것을 해제할 수 있었습니다. 그런 다음 마스터 유언의 가방에 걸려 있던 방호 주문을 해제하고, 제거했습니다. 증거는 그 가방 속에 들어 있었습니다. 무덤에서 파낸 흙이 든 병, 미라화된 박쥐 두 마리, 인간의 뼈, 유황이 함유된 불가루, 그리고 길드의 특별 연구 허가와 교회의 특별 인증서가 없으면 그 어떤 마술사도 소지할 수 없는 물건들입니다."

다아시는 고개를 끄덕이고는 마술 경구를 인용했다.

"'흑마술은 상징과 의지의 문제다.'"

"그렇습니다." 라이언이 말했다. "그리고 그 증거와 함께 오늘 저녁 유언이 티아에게 걸었던 흑마술 주문에 관한 파트리크 신부의 증언을 들었습니다. 따라서 마스터 유언이 흑마술에 손을 댔다고 고발할 만한 충분한 증거가 확보됐습니다. 물론 유언이 저지른 다른 범죄의 유죄를 입증할 만한 증거를 확보할 수 있는지는 다른 문제입니다만. 그러나 그런 증거를 얻을 수 있도록 우리 길드에서도 최선을 다해 경을 돕겠으니, 그 점에 대해서는 안심하셔도 좋습니다. 말씀만 해주십시오."

"감사합니다, 서 라이언. 단지 호기심에서 드리는 질문인데, 소머싯 다리 위에서 일어난 검투에 관한 얘기를 애슐리 중령에게서 들으셨습니까?"

"들었습니다."

"그렇다면 마스터 유언이 자기 검에 건 주문은 탄헬름 효과를 이용한 것이라고 생각해도 좋을까요?"

"그렇습니다." 라이언은 조금 당혹스러운 표정으로 미소를 지었다. "애슐리 경의 설명만 듣고 알아맞히시다니 실로 명민하시군요."

"천만의 말씀입니다. 마스터 손이 훌륭한 교사이기 때문입니다."

"명민하다는 말로도 모자랍니다, 그랜드 마스터." 공작부인이 말했다. "제 입장에서 보면 짜증이 날 정도랍니다. 탄헬름 효과에 관해서는 마술 공부를 하면서 물론 읽은 적이 있지만, 실행이라든지 이론에 관해서는 도무지 이해할 수가 없어서."

"짜증을 내기보다 오히려 고마워해야 합니다." 라이언이 단호하게 말했다. "우리가 당면한 문제는, 세간에서 과학적 마술에 관심 있는 일반인들의 수가 너무나도 적다는 점입니다. 더 많은 사람이 다아시 경처럼 과학에 관심을 가져준다면, 백명 중 아흔아홉 명의 마음에 여전히 들러붙어 있는 미신들을 모두 추방할 수 있을 겁니다."

라이언이 미소를 지었다.

"물론 농담으로 하신 말씀인 걸 알지만, 기회가 있을 때마다 일반인들을 교육하는 것은 우리 마술사들의 의무입니다. 엉터리 마술사와 마녀들, 기타 무인가 마술사들이 존재하는 것도, 흑마술을 이길 수 있는 것은 오직 흑마술뿐이라고, 악을 무찌르는 방법은 더 강한 악뿐이라고 믿는 사람이 여전히 많은 것도 아직 무지와 미신이 남아 있기 때문입니다. 탤런트라고는 눈 씻고 찾아봐도 없는 돌팔이들과 협잡꾼들이 아무 쓸모도 없는 메달이나 부적을 팔 수 있는 것 또한 무지와 미신 탓입니다."

라이언은 이렇게 말하고는 한숨을 쉬었다. 다아시는 어쩐지 그가 아까보다 더 늙고 지쳐 보인다고 생각했다.

"물론 내가 말한 방식의 교육으로는 마스터 유언 같은 자들을 세상에서 완전히 없애지는 못할 겁니다. 현대 과학은 과거에 비해 우리에게 더 큰 이익을 주었습니다. 우리 정부와 교회, 법원을 옛날과 비교할 수 없을 정도로 투명하고, 부패하기 힘든 조직으로 만들어주었지요. 하지만 과학조차 완전무결하지는 않습니다. 인간의 마음속에는 뒤늦게서야 발견되는 일그러진 면들이 여전히 존재하고, 유언 매캘리스터는 그런 실패의 완벽한 사례입니다."

"서 라이언." 다아시가 말했다. "저는 마스터 유언이 그 이상의 존재라고 주장하고 싶습니다. 우리 역사에서도—또 어떤 나라들을 보면 현대에 와서도—구성원들의 악행을 감추거나 덮어두려는 조직들이 존재합니다. 사제나 총독, 재판관이 공금 횡령 따위로 직권을 오용했을 때 교회와 정부, 법원이 잘못을 정식으로 시인하는 대신 무시하거나 숨기려고 한 시절도 있었다는 얘기입니다. 스스로 완전무결하다고 주장하는 집단은 잘못을 저지르는 일을 피하려고 하지만 잘못은 일어나기 마련이고, 그럴 경우 십중팔구는 그 잘못을 감추거나 거짓말, 속임수, 왜곡 따위를 통해 유야무야 넘어가려고 합니다. 이런 행동은 궁극적으로는 조직 전체의 붕괴로 이어집니다. 종교인이든 속인이든 마술사이든 간에, 우리 영불제국에서 권력을 가진 사람들이 아무 힘도 없는 서민들의 신뢰와 지지를 받는 것은, 이따금 마스터 유언 같은 인물이 나타났을 때 우리가 최선을 다해 그자를 찾아내서 권력을 박탈하리라는 사실을 그들이 잘 알고 있기 때문입니다. 그런 인물을 숨기거나 그런 인물은 존재하지 않는다고 주장하는 대신 말입니다. 따라서 마스터 유언은 아까 말씀하신 실패의 화신이 아닌 성공의 상징이 될 수가 있습니다."

"물론입니다." 라이언이 말했다. "하지만 이런 일이 일어날 때면 여전히 기분이 좋지는 않습니다. 이런 사건은 에드워드 엘머가 그랜드 마스터였던 1939년 이래 처음입니다. 당시 나는 특별집행위원회 위원이었고, 내가 살아 있는 한 그런 일은 또다시 일어나지 않기를 바랐습니다. 그렇지만 해야 할 일을 안 할 수는 없는 일이지요."

서 라이언이 일어섰다.

"제가 더 해드릴 일은 없습니까?"

"지금 당장은 없는 것 같군요, 서 라이언. 얘기해주셔서 매우 감사합니다.

아, 한 가지 있군요. 만약 오늘밤에 마스터 유언이 체포되면 그 즉시 저를 깨워달라고 수색중인 마술사들에게 전해주시겠습니까. 언제고 시간에 관계없이 말입니다. 그자에게 묻고 싶은 질문이 몇 가지 있어서요."

"나도 이미 같은 지시를 내려두었습니다. 경께도 소식이 전해지도록 조치하지요. 그럼 안녕히 주무십시오, 다아시 경. 안녕히 계십시오, 공작부인. 뭔가 용건이 있으시면 말씀해주십시오, 나는 내 방에 있겠습니다."

은빛 수염을 기른 마술사가 방에서 나가자 공작부인이 말했다.

"흠, 내일 아침까지는 못 잡았으면 좋겠어. 당신은 하룻밤 푹 자야 해. 하지만 적어도 이 끔찍한 사건은 거의 끝난 것 같아."

"너무 낙관하면 안 돼." 다아시가 말했다. "아직도 모르는 일들이 너무 많아. 방금 당신이 시사했듯이 마스터 유언은 아직 잡히지 않았고, 폴 니컬스는 어디 있는지는 모르겠지만 서른여섯 시간째 행방이 묘연해. 마스터 손에게 떠맡긴 엄청난 양의 일에 관해서도 아직 보고받지 못했고. 이 복잡하게 얽힌 사건의 결말이 눈앞에 보인다고 하기에는 아직 풀리지 않은 매듭이 너무 많아."

다아시는 빈 머그잔을 내려다보았다.

"한 잔 더 가져다주겠어? 신부님이 친절하게 넣어주신 조미료는 빼고 말이야."

"좋아."

그러나 메리가 다시 돌아왔을 때, 다아시는 완전히 곯아떨어져 있었다. 머그잔에 든 뜨거운 술은 결국 메리의 차지가 되었다.

18

"몸은 좀 나아지셨습니까, 다아시 경."

언제나 꼼꼼하고 격식을 차리는 집사 제프리가 침대 옆 탁자 위에 커피 주전자와 잔을 내려놓으며 말해다.

"아주 좋네, 제프리. 고마워." 다아시가 말했다. "아! 커피 냄새가 근사하군. 평소처럼 자네가 직접 끓였나? 우리집을 제외하면, 딱 맞는 온도로 끓인 완벽한 커피를 마실 수 있는 곳은 영불제국에서도 여기 칼라일 하우스뿐이지."

"그렇게 말씀해주시니 저로서는 기쁠 따름입니다, 다아시 경." 제프리는 커피를 따르며 말했다. "여기 오늘 아침 도착한 《쿠리에》를 가지고 왔습니다. 하지만 신문보다 먼저 보고 싶어하실 듯한 것이 있습니다."

제프리는 이렇게 말하며 너비 25센티미터, 길이 35센티미터쯤 되는 서류 봉투를 꺼냈다. 다아시는 봉랍에 찍혀 있는 마스터 숀의 개인 인장을 즉시 알아보았다.

"마스터 숀은 어젯밤 늦게, 각하께서 잠자리에 드신 후에 돌아오셨습니다. 아침에 깨어나시자마자 이것을 갖다드리라고 하시더군요."

다아시는 봉투를 건네받았다. 아일랜드인 마술사가 작성한 서 제임스 즈윈지의 시신에 대한 마술적 조사와 부검 보고서가 틀림없었다.

다아시 경은 탁자 위에 놓아둔 자신의 손목시계를 흘끗 보았다.

"고맙네, 제프리. 사십오 분 후에 마스터 숀을 깨우고 10시에 아침식사를 함께하고 싶다고 전해주겠나?"

"물론입니다. 더 필요하신 것은 없으십니까, 다아시 경?"

"지금은 없는 것 같네."

"다아시 경을 모시는 것은 언제나 제 기쁨입니다."

제프리는 이렇게 말하고 방에서 나갔다.

한 시간 후, 다아시는 마스터 숀의 보고서와 《쿠리에》를 모두 읽고 나서 노크 소리가 들려오기를 기다리고 있었다. 이 무렵 다아시는 이미 옷을 입고 외출 준비를 마친 상태였고, 따뜻한 아침식사도 거실 테이블 위에 차려져 있었다. 10시 정각이 되자 노크 소리가 들렸다.

"들어와, 친애하는 숀. 베이컨과 계란이 기다리고 있어."

마술사는 미소를 지으며 방으로 들어왔지만, 억지 미소임이 역력했다.

"안녕하십니까, 다아시 경." 숀은 쾌활한 어조로 말하며 테이블 앞에 앉았다. "제 보고서는 읽으셨습니까?"

"읽었지. 하지만 자네가 그런 음울한 표정을 짓고 있는 이유를 알 수가 없군. 보고서상에도 그럴 만한 일은 없지 않나? 일단 아침을 먹고 나서 얘기하지. 오늘 아침에 온 《쿠리에》를 읽어보았나?"

"읽지 못했습니다." 숀은 베이컨과 스크램블드에그를 먹으며 말했다. "뭔가 흥미로운 기사라도 실려 있었습니까?"

"아니. 나에 대해 좀 낯간지럽게 언급한 부분이랑, 그보다 한술 더 떠서 자네를 언급한 내용을 제외하면 별로 흥미로운 정보는 없었어. 나중에 시간 날 때 느긋하게 읽어봐도 될 거야. 하나 눈여겨볼 정보가 있었다면, 오늘밤에는 안개가 끼지 않을 거라는 예보야."

그후 십오 분 동안은 비교적 별 대화 없이 흘러갔다. 평소에는 수다스러울 정도로 말이 많은 숀이 웬일인지 별로 할말이 없는 듯했다.

결국 다아시는 조금 신경질적인 표정으로 접시를 옆으로 밀어놓으며 말했다.

"솔직하게 말하는데, 마스터 숀, 자네의 활기찬 모습은 다 어디로 간 건가. 혹시 보고서에 적은 것 말고 내가 꼭 알아야 하는 일이 있다면, 얘기해주면 좋겠군."

손은 커피잔 너머로 미소를 지어 보였다.

"오, 아니요. 말씀드릴 것은 보고서에 전부 담겨 있고, 덧붙일 사항은 없습니다. 신경쓰시게 할 생각은 없었습니다. 단지 좀 졸려서."

다아시는 미간을 찌푸리더니 손을 뻗어 세심히 작성된 보고서를 집어들고 척, 펼쳤다.

"알았네. 간단히 확인차 한두 가지 묻고 싶군. 우선 상처에 관해서."

"예, 다아시 경?"

"자네 보고서에 따르면 칼날은 거의 수직으로 가슴을 찔렀고, 세번째와 네번째 갈비뼈 사이로 들어가서 약 13센티미터 깊이의 상처를 냈다고 되어 있네. 칼날이 폐동맥 외벽을 스쳐지나가면서 심장에 직접 작은 상처를 냈다고 말이야. 이 상처가 사인이라는 점에는 의심의 여지가 없나?"

"의심의 여지가 없습니다."

"그렇군." 다아시는 위를 올려다보았다. "마스터 손, 그 스푼을 들어 나이프처럼 쥐어보겠나. 그래, 그걸로 서 제임스가 가슴에 입은 상처를 똑같이 낼 수 있는 각도에서 내 가슴을 찔러보게."

마스터 손은 스푼 자루를 잡고 머리 위로 높이 들어올린 다음 천천히 긴 호를 그리며 휘둘러서 다아시의 가슴에 갖다댔다.

"아주 좋아. 고마워, 마스터 숀. 만약 상처가 더 깊었다면 내장까지도 다칠 수 있었겠지?"

"흐음. 만약 탄환이 그 각도로 들어갔다면 내장을 관통해서 허리 뒤로 빠져나갔을 겁니다."

다아시는 고개를 끄덕이고는 보고서를 내려다보았다.

"그리고 외견에서 추정할 수 있듯이 칼날은 위아래 갈비뼈에 상처를 입혔어."

다아시가 고개를 들었다.

"마스터 숀, 만약 자네가 사람을 칼로 찔러야 한다면 어떤 식으로 찌르겠나?"

마스터 숀은 스푼의 둥그런 부분을 엄지로 쥔 다음 손을 뻗어 다아시 경의 가슴에 스푼 자루를 갖다댔다.

"이렇게 할 겁니다."

다아시는 고개를 끄덕였다.

"그런 자세를 취한다면 칼날의 평평한 부분은 갈비뼈에 수평으로 들어가게 돼. 수직이 아니라."

"물론입니다. 칼날이 수직인 상태에서 찌른다면 갈비뼈 사이에 끼어버릴 가능성이 높으니까요."

"바로 그거야. 자, 셰르부르에 있는 엘리엇이 어제 우리에게 보낸 부검 소견서에 의하면, 조르주 바버는 바로 방금 자네가 보여준 것처럼 효율적인 방법으로 살해당했어. 그렇지만 서 제임스는 유능한 칼잡이라면 결코 쓰지 않을 방법으로 찔렸네."

"그렇습니다. 나이프를 쓸 줄 아는 인간이라면 결코 그런 식으로 손을 높게 치켜들고 찍어내리는 방법을 쓰지는 않았을 겁니다."

"왜 같은 인물이 이렇게 완전히 다른 방법으로 찔렀을까?"

"그건 두 사건의 범인이 동일 인물일 경우에나 해당하는 질문 아닙니까."

"좋아. 그럼 해군 생각대로 살인범이 둘이라고 가정하기로 하지. 그렇다고 해도 서 제임스를 죽인 방법은 서툴지 않나. 살인이 직업인 자가 그런 식으로 칼을 찔러넣었을까?"

손은 껄껄 웃었다.

"흐음, 만약 제가 암살자를 고용한다면, 그 친구는 제 채용 기준을 충족하지 못했을 겁니다."

"재치 있는 비유로군." 다아시가 미소 지으며 말했다. "그건 그렇고, 나이프는 자세히 조사해보았나?"

"서 제임스의 접촉 절단기 말입니까? 자세히 조사했습니다."

"어제 서 제임스의 호텔방 바닥에 떨어져 있던 것을 나도 자세히 살펴보았어. 그리고 나이프에서 기묘한 점을 발견했지."

손은 미간을 찌푸렸다.

"하지만…… 저는 그 나이프에서 기묘한 점을 전혀 발견하지 못했습니다."

"바로 그거야. 바로 그 부분이 기묘한 거야."

손이 이 말에 대해 곰곰이 생각하고 있을 때, 다아시가 말했다.

"문제가 하나 더 있어."

그는 의자에 앉아 보고서를 들춰보았다. 마스터 손도 의자에 앉으며 접시 위에 스푼을 올려놓았다.

"자네는 서 제임스가 9시 25분에서 9시 35분 사이에 사망했다고 추정했군?"

"외과적 증거와 마술적 증거에 모두 부합합니다. 제가 서 제임스의 비명을 들은 건 정확히 9시 반이었기 때문에—삼십 초 정도의 오차는 있을 수 있겠지만—그는 9시 30분에서 35분 사이에 사망했다고 할 수 있겠지요."

"좋아. 그렇지만 서 제임스가 칼에 찔린 것은 약 8시 55분이었어. 내가 이해하기로는, 방안의 심령적 패턴이 칼에 찔린 시각과 사망한 시각 양쪽을 모두 보여주더군." 그는 보고서를 한 장 더 넘겼다. "그리고 치명상이 된 그 일격은 폐동맥을 향했지만, 대동맥 자체가 절단되지는 않았다고 쓰여 있어. 당시 대동맥 혈관의 얇은 외벽은 손상을 입지 않았으니까 말이야.

그러나 그때 입은 외상은 서 제임스를 쇼크에 빠뜨릴 만큼 심각했지. 그렇다면 그때가 치명상을 입은 순간이라는 얘기군."

"음, 꼭 치명상이라고는 할 수는 없을지도 모릅니다. 유능한 치료술사가 때맞춰 도착했다면 서 제임스를 살릴 수 있었을지도 모르니까요."

"칼날이 폐동맥을 실제로 절단하지는 않았으니까?"

"그렇습니다. 만약 그때 대동맥이 절단되었다면 서 제임스는 바닥에 쓰러지기도 전에 사망했을 겁니다. 대동맥이 절단되면 혈압 저하와 출혈 때문에 일 초도 못 버티고 의식을 잃기 마련입니다. 그후 심장이 불규칙하게 뛰면서 곧 사망하게 됩니다."

다아시는 고개를 끄덕였다.

"그렇군. 하지만 폐동맥 외벽은 칼날이 스치면서 절단될 뻔했지만 결국 그렇게까지 되지는 않았어. 그런 상태에서 반시간 이상을 바닥에 쓰러져 있던 서 제임스는 자네의 노크 소리를 듣고 쇼크로 인한 실신 상태에서 깨어났네. 그는 책상을 잡고 몸을 일으키려 했고, 책상 위에는 다른 물건들과 함께 방문 열쇠가 놓여 있었어." 다아시는 말을 멈추고 미간을 찌푸렸다. "서 제임스가 도움을 요청하려고 자네에게 소리를 지른 건 확실해. 자네가 문을 열 수 있게 그 열쇠를 잡으려던 거지." 그는 보고서를 손가락으로 톡톡 두드렸다. "그때 힘을 쓴 탓에 폐동맥 외벽이 찢어지면서 상처에서 피가 철철 흘렀고, 서 제임스는 열쇠를 떨어뜨리고 죽었어. 이것이 자네의 해석인가, 마스터 손?"

손은 고개를 끄덕였다.

"저는 그렇게 보고 있습니다. 마술적 증거와 외과적 증거 모두 일치합니다."

"나도 전적으로 동의하네, 마스터 손." 다아시는 이렇게 말하고 보고서 몇 장을 펄럭펄럭 넘겼다. "그럼 약물이나 독극물이 쓰이지는 않았단 얘기로군."

"공식 약전藥典에 없는 미지의 약물을 쓴 것이 아니라면 그럴 겁니다. 저는 모든 약물에 대한 반응 테스트를 해보았습니다. 하느님께서 '상사의 법칙'을 철회하시지 않은 이상 마스터 서 제임스에게서 독극물이나 약물의 흔적은 발견되지 않았습니다."

다아시는 다시 보고서를 한 장 넘겼다.

"뇌와 두개골에도 손상이 없었고…… 멍도 없고…… 골절도 없고…… 그렇군." 그는 보고서의 다른 부분을 펼쳤다. "자, 여긴 마술 테스트에 관한 부분이군. 자네가 한 테스트에 의하면, 방안에 있던 피는 모두 서 제임스의 것이란 말이지?"

"그렇습니다."

"그럼 문 가까이에서 발견된 기묘한 반달 모양 자국은?"

"틀림없이 서 제임스의 피였습니다."

다아시는 고개를 끄덕였다.

"예상했던 대로야. 자, 자네의 마술 테스트 결과를 보면, 서 제임스가 칼에 찔렸을 때 방안에는 본인을 제외하면 아무도 없었어. 이는 셰르부르에서 보낸 조르주 바버 사건 보고서와도 일치하네." 다아시는 미소를 지었다. "마스터 숀, 이런 공적 보고서에는 과학적으로 증명 가능한 사실만 포함되어야 한다는 걸 나도 잘 아네만, 혹시 도움이 될 만한 제안이라든지 추측을 얘기해줄 수 없을까?"

"알겠습니다." 숀은 느릿느릿 말했다. "음, 어제 말씀드렸듯 저는 흑마술을 탐지할 수 있습니다. 아시다시피 앵크^{ankh}는 악을 탐지하는 기능 면에서 오류가 거의 없는 물건입니다." 숀은 숨을 깊게 들이켰다. "그리고 마스터 유언 매캘리스터의 죄상이 드러난 지금, 그자의 마술은 쉽게 탐지할 수 있을 겁니다."

숀은 다아시 앞에 쌓여 있는 종이 뭉치를 가리켰다.

"하지만 저는 제가 보고한 사실을 부정할 수 없고, 부정할 생각도 없습니다." 그는 또다시 깊게 숨을 들이켰다. "마스터 서 제임스 즈윈지의 살해 현장에서, 저는 백마술과 흑마술을 막론하고 그 어떤 마술의 흔적도 탐지할 수 없었습니다. 아무리 찾아보아도 전혀……"

그때 방문을 두드리는 소리에 그가 말을 멈췄다.

"누군가?"

다이시는 조금 성마른 어조로 물었다.

"파트리크 신부입니다."

문밖에서 들려온 대답을 듣고 다이시의 표정이 밝아졌다.

"아, 들어오십시오, 신부님."

문이 열리고 베네딕토 수도회의 수도복을 입은 키가 크고 창백한 사내가 안으로 들어왔다.

"안녕하십니까, 다이시 경. 안녕하십니까, 마스터 숀." 그가 미소를 지으며 말했다. "이제는 괜찮아지신 것 같군요."

"신부님이 돌봐주셨는데 당연하지 않습니까? 제가 뭔가 도와드릴 일이라도?"

"예. 아마 다이시 경에게도 도움이 될 만한 일이라고 생각합니다만."

"어떤 식으로 말입니까?"

신부는 생각에 잠긴 듯했다.

"아시다시피 통상적으로는⋯⋯" 그는 조심스럽게 말했다. "저는 고해성사 내용을 제삼자와 공유할 수 없습니다. 그러나 이번에는 당사자가 직접 다이시 경에게 전해달라는 부탁을 했습니다."

"다모젤 티아 말씀이시군요."

"그렇습니다. 다모젤 티아는 그 얘기를 두 번이나 했습니다. 처음에는 저에게, 그다음에는 서 토머스 레소에게." 신부는 손이 엄숙하게 고개를 끄덕이는 것을 보았다. "아, 무슨 얘긴지 아시는 것 같군요, 마스터 손."

"오, 물론입니다, 신부님. 고전적인 세 번의 고백이라고 할 수 있겠군요. 한 번은 교회에, 그리고 사랑하는 사람에게, 마지막으로……" 손은 정중한 태도로 다아시를 가리켰다. "……세속의 권위를 가진 자에게."

"그렇습니다." 신부는 말했다. "그렇게 함으로써 완전한 '치유'가 이루어지는 것입니다." 그는 이미 의자에서 일어난 다아시를 돌아보았다. "더이상 자세한 내용은 말씀드리지 않겠습니다. 직접 들으시는 편이 나으니까요. 다만, 그녀는 어젯밤 자기 목숨을 구해준 사람이 다아시 경이라는 사실을 잘 알고 있습니다. 그러니 경께서 일부러 자신의 행위를 평가절하해서는 안 된다는 것을 분명히 알고 계셨으면 합니다."

"무슨 뜻인지 이해했습니다, 신부님. 그전에 두 가지 질문을 드려도 될까요?"

"물론입니다. 성직자로서의 제 맹세를 깨뜨리지 않는 범위에서 얼마든지 대답해드리겠습니다."

"어젯밤 그녀에게 걸린 마술에 관한 질문입니다. 마스터 유언이 그녀에게 흑마술을 건 이후에 일어났던 일을 그녀 자신은 기억하고 있습니까?"

파트리크 신부는 고개를 가로저었다.

"기억하지 못합니다. 자기 입으로 직접 설명해줄 겁니다."

"알겠습니다. 하지만 신부님, 그런 주문을 그토록 빠르고 쉽게 걸 수 있었다는 사실이 아직도 마음에 걸리는군요. 저도 그 자리에서 보았습니다. 의식이 있고 오감도 완전한 상태에서, 갑자기 자동인형처럼 그자의 말에 순순히 따르더군요. 마술사들이 타인에게 그토록 강력한 힘을 발휘할 수 있으리라고는 상상하지 못했습니다."

"오, 당치도 않습니다. 그렇게 빨리 걸 수는 없습니다." 마스터 손이 말했다. "절대로 그렇지 않습니다, 다이시 경! 최고로 강력한 흑마술사도 그런 식으로 손을 한번 흔드는 것만으로 다른 사람의 마음을 제압할 수는 없습니다."

"사탄조차 어느 정도의 준비 없이는 인간의 마음을 장악할 수 없는 법입니다." 파트리크 신부가 말했다. "주문이 그토록 효과적이었다는 점을 미루어보면, 사전에 충분한 준비를 해두었던 게 틀림없습니다."

"삼 년 전에 열린 지난 컨벤션 마지막 날 밤에 어떤 어리석은 노상강도가 마스터 마술사를 상대로 갈취를 시도한 사건이 생각나는군요." 다이시가 말했다. "그날 밤 마술사는 헌병에게 무슨 일이 일어났는지 설명했습니다. 마술사는 아무런 해도 입지 않았지만, 강도는 목 아래부터 완전히 마비되어 꼼짝도 하지 못했던 것으로 알고 있습니다. 아주 멋진 마술이었다는 점은 인정해야겠군요. 그 주문은 범죄자가 자백해야만 풀리는 성질이었으니까요. 즉, 마술사는 증언하기 위해 일부러 법정에 설 필요가 없었다는 거죠. 그런데 그 주문은 단 몇 초 만에 걸린 것이 아니었습니까."

"그 경우는 조금 다릅니다." 파트리크 신부가 말했다. "마술사를 공격한 자의 마음에 사악한 의도가 깃들어 있었기 때문에, 그 사악함이 그대로 본인에게 반사되면서 마비 상태를 야기했습니다. 마스터 마술사라면 모두 쓸 수 있는 방어 기술이죠. 하지만 아무 악의도 없는 사람에게 주문을 걸려면 마술사 본인의 힘이 필요합니다. 처음부터 공격받은 게 아니라서 공격자의 심령력을 이용할 수 없기 때문입니다. 따라서 주문 효과를 발휘하려면 훨씬 더 오랫동안 준비할 필요가 있습니다."

"그렇군요. 감사합니다, 신부님." 다아시가 말했다. "그걸로 제 의문은 풀렸습니다. 자, 그럼 다모젤을 만나러 갈까요."

"허락해주신다면 저는 로열스튜어드호텔로 가고 싶습니다만." 손이 말했다. "본트리옴프 경이 제 보고서를 보길 원하실 겁니다."

다아시는 미소를 지었다.

"그러면 마술사 컨벤션에도 빨리 돌아갈 수 있고 말이야, 그렇지?"

숀은 씩 웃었다.

"예, 그렇습니다."

"그러게나. 나도 나중에 가겠네."

키가 크고 마른 체구의 토머스 레소는 음울한 표정으로 가데니아실 밖에 서 있었다. 컴버랜드 공작부인이 티아 아인치히에게 내준 방이었다.

"안녕하십니까, 다아시 경." 토머스가 말했다. "어…… 어젯밤 일로 어떻게 감사의 말씀을 드려야 할지 모르겠습니다."

"서 토머스, 당신이 제 입장이었어도 똑같이 하셨을 겁니다. 그러니 그렇게 음울한 표정을 지을 필요가 없습니다."

"음울하다고요?" 토머스는 억지 미소를 지었다. "제가 그런 표정을 하고 있었습니까?"

"그랬습니다, 서 토머스. 따지고 보면 당연한 일이긴 하군요. 티아에게서 이미 자초지종을 들으셨을 테니까요. 제가 티아를 스파이 혐의로 체포할까봐 심각하게 걱정하고 계신 게 아닙니까?"

토머스는 눈을 깜빡였지만 아무 말도 하지 않았다.

"자, 자, 서 토머스. 티아는 영불제국을 결정적으로 배신하지는 않았을 겁니다. 만약 그랬다면 다른 사람보다 먼저 당신이 체포를 지시했겠죠. 당신은 사랑에 눈이 멀어 맹목적으로 행동하는 사람이 아니지 않습니까. 그리고 증거에 관한 법률을 생각해보십시오. 아, 훨씬 보기 좋군요, 서 토머스. 아까 보인 미소보다 훨씬 더 자연스럽습니다. 자, 이제 실례하고 들어가봐야겠습니다. 제가 들어간 뒤에는 얼마든지 이 복도에서 왔다갔다하셔도 좋습니다."

다아시는 문을 열고 안으로 들어갔다.

가데니아실의 거실을 반쯤 가로질렀을 때 침실 쪽에서 젊은 여자 목소리가 들렸다.

"다아시 경이신가요?"

다아시는 침실로 다가갔다.

"예, 다모젤. 제가 다아시입니다."

그녀는 어깨까지 따뜻한 담요를 덮은 채 침대에 누워 있었다. 입술 양끝이 올라가며 나직한 미소가 번졌다.

"잘생기셨네요. 그래서 아주 기뻐요. 못생긴 사람이 제 목숨을 구한 거라면 어쩌나 싶었는데."

"티아, 당신 같은 미인이 무사하다면, 당신을 구한 사내의 외모 따위는 중요하지 않습니다."

다아시는 침대로 걸어가서 옆에 놓인 의자에 앉았다.

"위기일발 상황에서 어떻게 마침 그곳에 계셨는지는 묻지 않겠어요." 티아는 나직이 말했다. "그저 와주셔서 기쁘다는 말씀을 드리고 싶었어요."

"저도 동감입니다, 다모젤. 하지만 방금 얘기하셨듯이 문제는 제가 왜 그 다리 위에 있었느냐가 아니라, 당신이 왜 그런 곳으로 갔느냐입니다. 마스터 유언 매캘리스터에 대해 얘기해주십시오."

한순간 티아는 굳은 얼굴로 입을 꾹 다물었다. 잠시 후 그녀는 다시 미소 지었다.

"그 얘기를 하려면 조금 거슬러올라가야겠군요. 제 고향인 바나트에서 있었던 일부터 얘기해야 하니까요."

티아가 다아시에게 들려준 이야기는 일전에 메리 드 컴버랜드에게 들려준 이야기와 대체로 같았지만 더 상세했다. 그녀의 숙부인 니어펄러는 인가 없이 치유술을 행했다며 직업상의 경쟁자에게 고발당했고, 이미 정치적으로 의심받고 있었다. 이에 카시미르 9세의 비밀경찰이 티아와 니어펄러를 모두 체포하기 위해 자택을 급습했다. 그러나 니어펄러 아인치히는 그런 사태에 대비하고 있었고—비록 정식으로 훈련받지는 않았지만—때맞춰 그의 강한 탤런트의 경고를 받았다. 덕분에 두 사람은 공포의 대상인 비밀경찰이 도착하기 단 몇 분 전에 집을 탈출해 이탈리아 국경으로 향했다. 그러나 비밀경찰 또한 마술의 도움을 받고 있었기 때문에 두 사람은 국경에서 100미터도 떨어지지 않은 지점에서 함정에 빠져 체포당할 위험에 처했다. 니어펄러는 자신이 비밀경찰들을 막고 있는 동안 조카에게 도망치라고 말했다.

그리고 그것이 티아가 숙부를 마지막으로 본 순간이었다.

그녀가 이탈리아를 거쳐 도피네에서 추방공청회의 심사 대상이 되었다는 얘기는 이미 알고 있었지만, 다아시는 신중히 귀를 기울였다. 그리고 티아의 이야기는 마침내 그가 기다리던 대목에 이르렀다.

"서 토머스께서 저를 잉글랜드로 데려오셨을 때는 '이제 안심해도 되겠구나' 하고 생각했어요. 그런데 마스터 유언이 제게 접근했죠. 그가 이름을 밝히지 않았기에 그때는 정체를 몰랐어요. 하지만 그는 제게 니어펄러 숙부님이 비밀경찰에게 체포되어 감금중이라고 말했어요. 그러곤 숙부님은 좋은 대우를 받고 있지만, 앞으로도 그런 대우를 받을지는 전적으로 저의 협력 여부에 달려 있다고 하더군요.

마스터 유언은 앙주제국 해군을 위해 개발된 무기의 비밀을 서 토머스가 알고 있을 거라고 말했어요. 그 무기가 정확히 무엇인지는 몰랐지만, 비밀경찰은 어떤 식으로든 존재를 알아냈고, 그분이 그 무기에 관한 매우 귀중한 정보를 가지고 있다는 사실도 알고 있었어요. 마스터 유언은 서 토머스가 저를 신뢰하고 있다는 걸 알았기 때문에, 그에게서 정보를 빼내라고 했어요. 자기 명령에 따르지 않으면 니어펄러 숙부님을 고문하고 죽이겠다고 협박하면서요."

티아는 갑자기 고개를 돌려 다아시의 눈을 똑바로 쳐다보았다.

"하지만 저는 그러지 않았어요. 제가 결코 그러지 않았다는 걸 믿어주세요. 서 토머스께 여쭤보면 아실 거예요. 저는 그분이 관여하고 있는 비밀 프로젝트에 대해서도 질문한 적이 전혀 없어요!"

다아시는 아까 본 토머스의 표정을 떠올렸다.

"당신 말을 믿습니다, 티아. 계속해주십시오."

"저는 어떻게 해야 할지 몰랐어요. 그들에게 그 어떤 말도 하고 싶지 않았고, 서 토머스를 배신하고 싶지도 않았어요. 그래서 그자들에게 계속 노력하고 있다고 말했죠. 서 토머스의 신뢰를 얻으려고 애쓰고 있다고요. 그래서 저는……"

티아는 아랫입술을 깨물며 잠시 말을 멈췄다.

"……저는 제 숙부님을 살리기 위해 가능한 한 모든 걸 마스터 유언에게 털어놓았습니다."

"물론 그랬겠지요." 다아시는 상냥하게 말했다. "당신의 행동을 비난할 사람은 아무도 없습니다."

"그런 다음 마술사 컨벤션이 개최되었어요. 매캘리스터는 제가 컨벤션에 반드시 참석해야 한다고 했습니다. 저는 가급적 컨벤션 회장에는 가지 않으려고 했습니다. 도제 자격으로 길드 입회를 허락받았지만, 보통 마술사 컨벤션에 도제를 참석시키는 일이 없다는 이유를 대면서요. 하지만 그자는 제가 서 토머스와 대주교님과의 관계를 이용한다면 가능할 거라고 주장했고, 만약 제가 그 말에 따르지 않으면 컨벤션에 결석할 때마다 니어펄러 숙부님의 손가락을 하나씩 잘라 제게 보내겠다고 협박했습니다. 그래서 저는 그의 말에 따를 수밖에 없었고요. 이 또한 이해해주실 거죠?"

"이해합니다."

"유언 매캘리스터는 특히 저더러 마스터 서 제임스 즈윈지에게 접근하지 말라고 주의를 주었습니다. 서 제임스는 최고 위급의 방첩 요원이고, 영불제국 정보부의 유럽 지부장이라고 했어요. 그래서 혹시 그분이 저를 도와주실 수 있지 않을까 생각했습니다. 수요일 아침, 저는 서 제임스님의 방으로 가다가 막 로비를 떠나려는 그분과 마주쳤고, 그분과 이야기를 하고 싶다고 했어요. 긴히 전해드릴 정보가 있다고 말이에요."

티아는 희미한 미소를 지었다.

"좀 투덜거리시기는 했지만, 방으로 들어오라고 하시더군요. 그래서 저는 모든 것을 털어놓았습니다. 제 숙부님과 마스터 유언에 관한 모든 것을요.

그랬더니 그분은 그냥 말없이 앉아 계시기만 했어요!

저는 제국의 첩보 요원들을 보내면 폴란드의 감옥에서 제 숙부님을 구출해낼 수 있지 않겠느냐고 말했어요.

그러자 서 제임스는 자기는 첩보전 따위와는 전혀 무관한, 런던 후작 휘하의 일개 법정 마술사에 불과하다고 했어요. 폴란드 감옥이든 다른 어느 곳이든 제 숙부님을 구출해낼 수 있는 방법 따위는 전혀 모른다면서요.

그래서 저는 격분했습니다. 그때 정확히 무슨 말을 했는지는 기억나지 않지만, 아주 독한 말을 내뱉었던 건 틀림없어요. 그때 그러지 않았다면 좋았을 텐데. 저는 방에서 뛰쳐나왔고 그뒤에 서 제임스는 문을 잠갔어요. 아마 그분의 생전 마지막 모습을 본 사람은 저일지도 몰라요." 잠시 후 그녀는 서둘러 덧붙였다. "그러니까, 서 제임스를 죽인 자를 제외하면 말이에요."

"다모젤 티아." 다아시는 그가 낼 수 있는 가장 상냥한 목소리로 말했다. "이 시점에서 당신에게 어떤 얘기를 할 텐데, 제가 허락하기 전까지는 그 누구에게도 발설하면 안 됩니다. 동의하겠습니까?"

"물론 동의하겠습니다."

"사실을 얘기하자면 이렇습니다. 저는 당신이 서 제임스의 생전 마지막 모습을 본 사람이라고 믿고 있습니다. 지금까지 얻은 증거로는 그렇습니다. 하지만 당신이 서 제임스의 죽음에 어떤 식으로든 책임이 있다고는 생각하지 않아요."

"감사합니다, 다아시 경."

갑자기 티아의 눈에 눈물이 고였다. 다아시는 티아의 손을 잡았다.

"자, 진정하십시오. 지금은 울 때가 아닙니다. 자, 울음을 그치십시오. 더이상 눈물을 보일 일은 없을 겁니다."

티아는 눈물을 머금은 눈으로 미소 지었다.

"각하는 너무 친절하시군요."

"오, 친애하는 티아. 저는 전혀 친절하지 않습니다. 알고 보면 잔인하고, 사악하고, 꿍꿍이속이 있는 남자입니다."

티아는 웃었다.

"남자들은 대부분 그렇지 않나요."

"그런 뜻으로 한 말이 아닙니다." 다아시는 건조하게 대구했다. "제가 그렇게 말한 건 질문이 한 가지 더 있기 때문입니다."

티아는 손으로 눈물을 닦아낸 후 장난기어린 표정으로 웃어 보였다. "그럼 다른 의도가 있어서 그러신 게 아니군요. 애석하네요." 그러고는 다시 진지한 표정으로 돌아왔다. "어떤 질문인가요?"

"마스터 유언은 왜 당신을 죽이려고 한 겁니까?"

다아시는 어떤 대답이 돌아올지 거의 확신하고 있었지만, 그 사실을 티아에게 알리고 싶지는 않았다.

이번에 티아가 떠올린 미소에는 어젯밤 그가 보고 느꼈던, 차갑고 복수에 불타는 듯한 감정이 깃들어 있었다.

"제가 진실을 알았기 때문이에요. 어제저녁에 제 숙부님의 친구분이신 굿맨 콜린 맥데이비드가 저를 찾아왔거든요. 제가 아주 어렸을 적부터 알고 지내던 맨섬 사람이에요. 그분이 제게 진실을 얘기해줬어요.

니어펄러 숙부님은 함정에서 벗어나셨던 거예요. 콜린이 제 숙부님의 탈출을 도왔고, 그후로 숙부님은 맨섬에서 그와 함께 일해왔다더군요. 안전하게. 하지만 숙부님은 여태껏 숨어 지내셨어요. 폴란드인들에게 살해당할지도 모른다고 생각하셨던 거죠. 숙부님은 제가 죽었다고 생각하고 계셨어요. 《쿠리에》에 게재된 마술사 컨벤션 참석자 명부에서 제 이름을 보시기 전까지는요. 그걸 보고 즉시 숙부님이 콜린을 제게 보내셨고요.

하지만 콜린은 숙부님이 탈출할 당시에 자신이 사망했다는 가짜 증거를 남겼다고 했어요. 저를 보호하기 위해서였죠. 마스터 유언은 제 숙부님의 목숨을 저를 협박하는 무기로 사용하면서도 사실은 숙부님이 정말로 죽었다고 생각했던 거예요. 폴란드 비밀경찰도 마찬가지였고요. 제가 마침내 진실을 알게 되었을 때 얼마나 격분했는지 상상하실 수 있으시겠어요?"

"물론입니다. 어제저녁에 일어난 일이었지요."

"예. 그다음에 저는 '하운드 앤드 헤어'라는 이름의 술집에서 만나자는 마스터 유언의 전갈을 받았어요. 그 술집을 아시나요?"

"어디 있는지는 압니다. 계속해주십시오."

"그래서 저는 폭발해버렸던 것 같아요. 서 제임스에게 그랬던 것처럼, 하지 말아야 할 말을 해버렸지요." 그녀의 표정이 굳어졌다. "하지만 마스터 유언한테 한 말을 후회하고 있지는 않아요! 저는 제가 그자를 어떻게 생각하고 있는지 말했고, 관계 당국에 가서 제가 아는 모든 걸 털어놓겠다고, 그자가 교수대에 매달리는 것을 보고 싶다고 했어요. 또……" 여기서 그녀는 갑자기 말을 멈추고 곤혹스러운 표정으로 얼굴을 찡그리며 다아시를 보았다. "그다음에 무슨 일이 일어났는지는 잘 모르겠어요. 그자가 한쪽 손을 들어올렸는데." 그녀는 느릿느릿하게 말했다. "그런 다음 공중에 상징을 그렸고…… 그다음에는 아무 기억이 없어요. 그러니까…… 그때부터 오늘 아침 여기서 깨어나기까지의 기억이 조금도 없어요. 눈을 떠보니 제 앞에 파트리크 신부님이 계셨어요."

티아는 갑자기 양손을 뻗어, 다아시의 오른손을 꽉 잡았다.

"제가 잘못했다는 걸 알아요, 다아시 경. 저는…… 저는 국왕 폐하의 법정에 서게 되나요?"

다아시는 미소를 지으며 일어섰다.

"그럴 가능성이 높아 보이는군요, 티아. 당신은 마스터 유언 매캘리스터의 기소에 필요한 가장 중요한 증인이니까요. 증인 이외의 다른 자격으로 법정에 출두할 일은 없을 겁니다. 제가 보증하지요."

티아는 여전히 다아시의 손을 잡고 있었다. 그러다가 갑자기 그 손에 입을 맞춘 다음 놓아주었다.

"감사합니다, 다아시 경." 티아가 말했다.

"감사해야 할 사람은 오히려 접니다." 다아시는 고개 숙여 인사했다. "혹시 앞으로 제 도움이 필요하시다면, 언제든지 말씀만 해주십시오, 다모젤."

다아시는 가데니아실에서 나오면서, 두 사람이 자신을 기다리고 있으리라 예상하고 있었다. 그러나 실제로는 세 사람이었다. 다아시가 등뒤로 문을 닫자 파트리크 신부와 서 토머스가 그를 쳐다보았다.

파트리크 신부가 물었다. "상태가 어떻습니까?"

"아주 양호한 것 같습니다."

다아시는 이렇게 대답하고 세번째 남자를 보았다. 제복을 입은 헌병이었다.

"피터 상사가 전갈을 가지고 왔습니다." 파트리크 신부가 말했다. "하지만 방에서 나올 때까지 기다리라고 했습니다.

자, 그럼 저는 환자를 보러 가야 하니 이만 실례하겠습니다."

신부는 가데니아실로 들어가서 문을 닫았다.

다이시는 토머스를 향해 미소 지었다.

"이제 아무 문제도 없습니다. 티아도, 당신도 더는 걱정하지 않아도 됩니다."

그리고 헌병을 돌아보았다.

"내게 전할 전갈이 있다고 했나?"

"예, 다이시 경. 본트리옴프 경께서 극히 중요한 전갈이라고 하셨습니다. 굿맨 폴 니컬스가 발견됐습니다."

"아, 정말인가?" 다이시가 물었다. "어디서 찾았나? 본인은 뭐라고 변명하던가?"

"유감이지만, 사정을 들을 수는 없었습니다." 피터 상사가 말했다. "폴은 호텔 창고에서 사망한 채 발견됐습니다."

19

다아시는 피터 상사와 함께 로열스튜어드 호텔의 로비를 성큼성큼 가로질러, 사무실이 늘어선 복도를 지나 호텔 뒷문으로 향했다. 피터 상사가 시신이 발견된 곳을 이미 알려주기는 했지만 굳이 찾을 필요도 없었다. 헌병 두 사람이 방문을 지키고 있었기 때문이다. 방은 임시수사본부와 호텔 뒷문 사이에서 왼쪽으로 조금 들어간 곳에 있었는데, 본래 가구를 수리하는 작업실이었다. 벽 근처에는 작업용 탁자와 공구 따위가 놓여 있었고, 반쯤 완성된 가구 몇 개도 여기저기에 널려 있었다. 방 안쪽에는 또다른 문이 하나 열려 있었는데, 그 너머로는 아무것도 보이지 않는 어둠뿐이었다.

그 근처에 본트리옴프와 숀 오로클린이 서 있었다. 다아시가 방을 가로질러 그들에게로 가자, 두 사람이 돌아보았다.

"여어, 다아시." 본트리옴프가 말했다. "시체가 또 나왔네."

그는 이렇게 말하며 열린 문 안쪽을 가리켰다. 그곳은 각목 부스러기들과 부서진

가구 따위가 가득찬 작은 벽장이었다. 문 너머, 벽장 바로 안쪽에 남자의 시신 한 구가 놓여 있었다.

보기 좋은 광경은 아니었다. 얼굴은 검게 변하고 혀가 밖으로 나와 있었다. 목에 매인 끈이 살 속으로 깊게 파고들어 있는 것이 보였다.

다아시는 본트리옴프를 보았다.

"어떻게 된 건가?"

본트리옴프는 시신에서 눈을 떼지 않고 답했다.

"밖으로 나가서 벽에 머리를 쾅쾅 찧고 싶은 기분이야. 어제 오후부터 줄곧 이 친구를 찾아 헤맸어. 런던 시내를 이잡듯이 뒤졌지. 호텔 종업원들 모두에게 최대한 자세히 캐묻기도 했어." 본트리옴프는 고개를 들어 다아시를 쳐다보았다. "그 결과, 나는 폴 니컬스가 결코 이 호텔을 떠난 적 없었다는 터무니없는 결론에 도달했네." 그는 다아시를 보며 좀 뒤틀린 웃음을 지어 보였다. "그리고 반시간 전에, 호텔에서 목공과 가구 수리를 담당하는 직원이 이 문을 열었지." 그는 벽장을 손짓해 보였다. "나뭇조각 하나가 필요해서였어. 그리고 저자를 찾아낸 거야. 그 친구는 찢어질 듯한 비명을 지르며 복도로 뛰쳐나왔지. 다행히도 나는 사무실에 있었어. 마침 마스터 숀도 막 도착한 참이어서 함께 왔고."

다아시가 물었다.

"폴 니컬스가 틀림없나?"

"응. 의문의 여지가 없어."

다아시는 마스터 숀을 보았다.

"아직 피곤할 텐데 쉴 틈이 없군, 마스터 숀. 뭘 알아냈나?"

숀은 한숨을 쉬었다.

"흠, 외과 의사가 부검하기 전까지는 정확히 알 수 없겠지만, 제 생각에 적어도 마흔여덟 시간 전에 사망한 것 같습니다. 오른쪽 관자놀이에 멍이 하나 있습니다. 얼굴에 말라붙은 피 때문에 보기 어렵지만, 틀림없습니다. 이건 살해당하기 전에 머리를 얻어맞고 기절했다는 사실을 알려주지요. 누군가가 이 사내의 머리 옆면을 때려서 기절시켰고, 의자 따위를 만들 때 쓰는 끈으로 목을 조른 겁니다."

"마흔여덟 시간이라." 생각에 잠겨 있던 다아시가 손목시계를 보았다. "그렇다면 한두 시간의 오차를 감안한다고 해도 마스터 서 제임스가 살해당한 시각과 거의 일치하는군. 흥미로워."

"한층 더 흥미로울 것이 또하나 있습니다."

숀은 한쪽 무릎을 꿇고 사망자가 입은 셔츠 앞자락에 흩어져 있는 작은 물질을 가리켰다.

"이게 무엇으로 보입니까?"

다아시도 무릎을 꿇고 자세히 보더니 나직한 목소리로 말했다.

"봉랍이군. 편지를 봉할 때 쓰는 파란색 봉랍 조각들이야."

숀이 고개를 끄덕였다.

"제 눈에도 그렇게 보입니다."

다아시가 일어섰다.

"또 이런 힘든 일을 맡기게 되어서 미안하네, 숀. 하지만 꼭 필요한 일이야. 이 친구가 언제 죽었는지를 알아내야 하는데, 또……"

숀은 죽은 사내가 입은 셔츠 앞자락을 다시 한번 바라보고는 일어섰다.

"또 이 파란 봉랍 조각에 대해서도 알고 싶다는 말씀이시겠죠?"

"바로 그거야."

"흠." 본트리옴프가 말했다. "적어도 이번에는 누가 이 사내를 죽였는지 우리는 알고 있어."

"응. 누가 이 친구를 죽였는지는 나도 아네." 다아시가 말했다. "하지만 이유는 알 수가 없군."

"살해 동기를 얘기하는 건가?" 본트리옴프가 물었다.

"오, 동기가 뭔지는 알아. 내가 정말로 알고 싶은 것은, 동기 뒤에 숨은 진짜 동기라네. 무슨 뜻인지 이해하겠지?"

본트리옴프는 이해하지 못했다.

그로부터 반시간에 걸쳐 세심한 조사가 이어졌지만 특별히 흥미로운 점은 발견되지 않았다. 서 제임스 살해 사건이 지극히 복잡해 보이는 것과는 대조적으로, 폴 니컬스 사건은 극히 단순해 보였다. 밀실에서 살해당한 것도 아니었고, 흑마술의 흔적도 없었으며, 살해 방법에 관해서도 의문의 여지가 없었다. 사건 현장을 모두 다 둘러봤을 무렵, 다아시는 머릿속에서 재구성한 사건 양상이 상당히 정확하다는 확신을 얻었다. 폴 니컬스는 작업실로 유인당한 후 머리를 얻어맞아 기절했고, 근처에 있던 노끈으로 목이 졸려 살해된 다음 목재 보관용 벽장에 유기된 것이다. 그후 일어난 일은 확실하지 않았지만, 앞으로 데이터가 더 모이더라도 처음 세운 가정으로부터 그리 큰 변화는 없으리라 생각했다.

만족한 다아시는 남은 조사를 본트리옴프와 숀에게 맡기기로 하고 방에서 나왔다. '자, 이제 무슨 일을 해야 할까?' 그는 생각했다. 그리고 후작의 저택으로 가서 권총을 받아와야겠다고 결심했다. 템스강에서 권총을 잃어버렸다고 본트리옴프에게 얘기하자, 그는 "내 책상 안에 36구경 헤론이 한 자루 있네. 원한다면 그걸 써도 좋아. 좋은 총이지"라고 대답했다. 후작의 공저로 가기 전에 독한 술을 한잔 걸치면 힘이 나리라는 생각에 다아시는 소드룸으로 가서 브랜디와 탄산수를 주문했다.

호텔 안에는 여전히 긴장이 감돌았고, 마술사 컨벤션은 마치 개점휴업 상태인 것처럼 보였다. 손을 제외하면 그날 아침 그가 본 모든 마술사 중에서 소매 부분에 은빛 안감을 드러낸 마스터 마술사 옷을 입고 있는 사람은 한 명도 없었다. 다아시는 바의 카운터 쪽에서 낯익은 얼굴을 보았다. 청년은 좋은 영국산 맥주가 담긴 파인트잔에 온 정신을 집중하고 있었다. 다아시 경은 자기 잔을 집어들고 청년이 앉은 곳으로 걸어갔다.

"안녕하십니까. 추적중일 거라고 생각했습니다만."

저니맨 마술사 존 케찰은 깜짝 놀란 표정으로 고개를 들었다.

"다아시 경! 그렇지 않아도 말씀을 나누고 싶었습니다." 그의 얼굴에 비친 미소가 조금 슬퍼 보였다. "마스터 유언을 찾는 데 협조해달라는 요청은 받지 않았습니다. 저니맨은 마스터와는 대적할 수 없다고 생각하는 것 같더군요."

"당신은 대적할 수 있다고 생각하나요?" 다아시가 물었다.

"물론 아닙니다!" 존 케찰이 흥분하며 말했다. "그건 중요하지 않습니다. 무슨 얘긴지 모르시겠습니까? 마스터 유언은 저보다 더 강력한 마술사일 테고, 그에 반박할 생각은 없습니다. 하지만 제가 반드시 마스터 유언과 정면으로 맞서야만 하는 건 아닙니다. 막다른 골목에 몰린 마스터 유언이 마술을 쓰려고 한다면, 그때 그보다 더 강력한 마술사가 나서면 될 일입니다. 요점은, 제가 마스터 유언을 찾아낼 수 있다는 점입니다. 저는 마스터 유언을 찾아낼 수 있습니다. 하지만 저니맨 마술사의 말에 귀를 기울이는 사람은 없더군요."

다아시는 존을 쳐다보며 신중하게 말했다.

"그러니까, 당신 힘으로 마스터 유언이 어디 숨었는지 알아낼 수 있을 것 같다는 뜻입니까?"

"그저 알아내는 게 아니라, 틀림없이 찾아낼 거라 자신합니다. 어젯밤 당신이 다모젤 티아를 데려왔을 때, 그녀에게서는 몹시 고약한 흑마술 냄새가 진동했습니다." 존은 미안하다는 듯한 표정을 지었다. "그러니까, 담배 연기나 브랜디에서 나는 듯한 냄새가요." 그리고 다아시가 든 술잔을 손짓해 보였다. "진짜 냄새가 난다는 뜻은 아닙니다."

"무슨 말인지 알겠습니다. 오감 중 가장 비슷한 후각을 예로 든 심령적인 비유에 불과하다는 말씀이시군요. 그래서 당신처럼 특수한 탤런트를 가진 사람을 두고 종종 '마녀 냄새를 맡는 자'라고 하지요."

"예, 바로 그겁니다. 그리고 그 어떤 흑마술에도 고유한 '향기'가 있습니다. 흑마술을 부린 마술사는 특유의 냄새를 풍깁니다. 지난 수요일 밤에 흑마술을 사용하는 것으로 의심 가는 자가 누군지 제게 질문하신 적이 있지요. 저는 그 질문에 대답하기를 거부했습니다만, 실은 마스터 유언을 의심하고 있었습니다. 그 당시에도 마스터 유언의 몸에서는 희미하게나마 악취가 났습니다. 하지만 이제 흑마술의 흔적을 가지고 있으니 그가 런던 시내 어디에 있더라도 찾아낼 수 있습니다."

존 케찰은 겸연쩍게 웃었다.

"실은 혼자라도 찾아나서면 어떨까 하고 아까부터 여기 앉아 고민하고 있었습니다."

"다모젤 티아의 몸에서 흑마술의 악취를 맡을 수 있다고 하셨죠." 다아시가 말했다. "문제의 흑마술을 쓴 사람이 다모젤 티아가 아니라는 건 어떻게 알았습니까?"

"더러운 손가락과 더러운 지문 사이에는 크나큰 차이가 있다고나 할까요." 존 케찰이 대답했다.

다아시는 아주 잠깐 말없이 자신의 술잔을 바라봤다. 그러고는 잔을 들어올려 두 모금 만에 모두 들이켰다.

"존 케찰 경." 그는 싹싹한 말투로 말했다. "본트리옴프 경과 그 휘하의 헌병들이 지금 마스터 유언을 찾고 있습니다. 서 라이언과 길드의 마스터급 마술사들도, 애슐리 중령과 해군 정보부 역시 그러고 있습니다. 이런 사실을 알고 계셨습니까?"

"아뇨, 몰랐습니다." 존은 빈 맥주잔을 내려놓으며 말했다.

"왜 그런 말씀을 하시는 거죠?"

　"이제부터 당신과 내가 그들 모두를 겸연쩍게 만들 겁니다. 자, 갑시다. 일단 삯마차를 잡아타고 런던 후작의 저택으로 갔다가, 그다음에는 당신의 코가 이끄는 곳으로 따라가겠습니다."

20

그러기까지는 몇 시간이나 걸렸다.

템스강 북쪽 외진 지역에 있는 작은 술집에서 저니맨 마술사 존 케찰은 마실 생각도 없는 맥주잔을 멍하니 응시하고 있었다.

"이제 찾은 것 같습니다." 그는 단조로운 목소리로 말했다. "찾은 것 같습니다."

"잘됐군요." 다아시가 말했다.

다아시는 더이상 아무 말도 하지 않았다. 지금까지 그는 메치코 출신 흑마술 탐지 능력자 존 케찰 경이 먹잇감인 흑마술사에 점점 가까이 가는 동안 뒤를 따라다니며 지도 곳곳에 표시를 하고 있었다.

존이 말했다.

"처음 생각했던 것만큼 쉽지는 않군요."

다아시는 음울한 표정으로 고개를 끄덕였다.

마녀의 냄새를 맡는 일, 즉 심령적 악을 탐지하는 재능은 천리안과는 다른 능력인데도, 런던 시내에 걸린 온갖 개인정보 보호 주문들이 젊은 메치코인의 감각을 둔하게 만들었던 것이다.

"쉽지는 않겠지만, 적어도 확실하다는 점에서는 문제가 없지 않습니까."

다아시는 젊은 저니맨이 자신의 선천적인 능력을 아직 완전하게 개발하지는 않았다는 사실을 깨달았다. 물론 그러려면 시간과 수련이 더 필요할 것이다.

"자, 다시 한번 해보지요. 당신이 찾아낸 실마리를 열거해 보십시오."

"예."

젊은 메치코인은 잠시 침묵했다가 입을 열었다.

"그자는…… 그러니까 마스터 유언 주변에는 그를 돕는 자들이 꽤 있습니다. 하지만 그걸 위해 자기 목숨까지 걸 사람들은 아닙니다.

마스터 유언은 엄청난 양의 심령적 긴장에 둘러싸여 있습니다. 그러나 그건 마스터 유언 때문이 아닙니다. 긴장을 느끼고 있는 사람들은 그가 존재한다는 사실조차 모릅니다."

"무슨 얘긴지 알겠습니다." 다아시가 말했다. "당신이 방금 한 묘사에 의하면, 마스터 유언은 탤런트가 없으면서도 탤런트를 쓰고 싶어하는 사람들에게 에워싸여 있는 것 같군요." 그런 다음 테이블 위에 런던 지도를 펼쳐놓았다. "자, 그럼 그 장소를 좁혀봅시다."

그는 지도 위 한 지점을 톡톡 쳤다.

"여기서." 다아시는 손가락을 움직이며 말했다. "이 방향이군요. 맞습니까?"

"예." 존 케찰이 말했다.

"그렇다면." 다아시는 손가락으로 더 아래쪽을 훑었다. "여기서……" 그가 또 손가락을 움직였다. "……여기 사이란 말이군요?"

"예."

존 케찰은 방향과 대략적인 거리는 제시할 수 있어도, 그 이상의 정보는 제공해주지 못했다. 다아시는 지금까지 몇 번이나 똑같은 일을 되풀이하고 있었다. 너무나도 여러 번 반복된 탓에 이제는 단조롭고 따분하게 느껴질 정도였다.

그러나 그럴 때마다 조금씩이지만 정보량이 늘었다. 마침내 다아시는 런던 지도에 원을 하나 그릴 수가 있었다. 그는 연필 끝으로 원 위를 톡톡 두들겼다.

"마스터 유언은 이 지역 어딘가에 있습니다. 다른 가능성은 전혀 없다고 해야겠지요." 다아시는 이렇게 말하고 젊은 저니맨의 어깨에 손을 얹었다. "피곤하다는 건 알고 있습니다. 국왕 폐하의 수사관이 피로에 시달리는 건 정상이니까요."

존 케찰은 어깨를 펴고 고개를 홱 들었다.

"압니다. 하지만……" 그는 다아시가 그린 원을 손으로 툭 쳤다. "……범위가 상당히 넓군요. 저는 마스터 유언이 있는 곳을 정확하게, 단번에 알아낼 수 있을 거라고 생각했습니다." 그는 심호흡을 했다. "하지만 지금은……"

"아, 힘을 내십시오." 다아시가 말했다. "그렇게 풀이 죽을 필요는 없습니다. 우리는 그자가 어디 있는지 알아냈지만, 단지 목표물에 얼마나 접근했는지 모를 뿐입니다. 대충 어느 지역인지는 알지 않습니까. 주변 환경에 관한 정보만 모르는 겁니다."

"하지만 그 부분은 도움을 드릴 수가 없습니다."

존 케찰이 말했다. 아까처럼 힘없는 목소리였다.

"할 수 있을 겁니다. 마스터 유언 매캘리스터 주변의 여러 상징, 즉 물리적인 환경이 아닌 상징적인 환경에 대해 집중해보십시오."

이렇게 말한 후 다아시는 기다렸다.

갑자기 존 케찰이 고개를 들었다. "방금 감이 왔습니다. 지금……" 그러곤 다시 말을 이었다. "방패꼴 문장이 보입니다. 은백색 바탕에 X형 십자, 다섯 개의 빨간색 마름모꼴."

"계속 말해보십시오."

다아시는 지도 가장자리 여백에 서둘러 기호를 적어넣었다.

존 케찰은 허공을 응시했다.

"은백색 바탕에 한가운데를 가르는 세로줄. 검은색 세잎클

로버 무늬가 세 개, 맨 아래 있는 것은 뒤집혀 있습니다."

다아시는 또 기호를 그려넣고는, 손바닥을 조심스레 테이블 위에 갖다댔다.

"하나만 더 얘기해보십시오. 하나만 더."

"은백색 바탕." 존 케찰 경이 말했다. "빨간색 하트가 하나."

다아시는 부스석에 등을 기대고 심호흡을 한 다음 말했다.

"찾아냈습니다. 알 수 있습니다. 존 경 덕분입니다. 자, 칼라일 하우스로 돌아갑시다."

삼십 분 후, 컴버랜드 공작부인 메리는 같은 지도를 보고 있었다.

"그래요. 맞아요." 메리는 이렇게 말하고 메치코 청년을 보았다. "그렇군요. 은백색 바탕에 X형 십자, 다섯 개의 빨간색 마름모꼴." 그녀는 다아시를 올려다보았다. "다이아몬드 5야."

"맞아." 다아시가 말했다.

"그리고 두번째 건 클로버 3이고, 세번째는 하트 에이스지."

"바로 그거야. 마스터 유언이 그곳에 숨어 있다는 걸 아직도 확신하지 못하겠어?"

메리는 다시 지도를 내려다보았다.

"확신해. 당연히 거기 있겠지." 메리는 다아시를 올려다보았다. "근데 어째서 더이상 추적하지 않았지?"

"그럴 필요가 있었을까?" 다아시가 말했다. "존 케찰 뒤 모크테수마 경은 마스터 유언이 은신처를 떠나는 즉시 알 수 있을 거라고 단언했어. 존 경, 그 말이 맞지요?"

"맞습니다. 그러니까, 마스터 유언의 향후 움직임까지 장담할 수 없지만, 이 장소에서 멀리 떠난다면 알 수 있습니다."

"하나 이해가 되지 않는 점이 있어." 메리는 솔직하게 말했다. "존 케찰 경은 어째서 이런 상징의 의미를 즉시 깨닫지 못했던 걸까."

메리는 메치코 귀족을 보며 미소를 지었다.

"이건 존 경의 능력을 의심해서 하는 소리가 아니에요. 실제로 그런 상징들을 시각화하는 데는 성공했으니까요. 하지만 당신은 이것들을 트럼프 카드가 아닌 문장학紋章學의 용어를 써서 묘사했어요. 물론 존 경이 직접 설명해주실 수 있겠지만, 괜찮으시다면 다아시 경이 어떻게 그걸 알아냈는지 묻고 싶군요."

"당신은 모르는 정보였어." 다아시는 미소 지으며 말했다. "그저께 밤 당신이 옷을 갈아입는 동안 여기서 메치코에 관해 얘기를 나눴는데, 그러다가 메치코의 도박과 오락이 잠깐 화제에 올랐지. 난 존 케찰 경이 단 한 번도 카드 게임을 언급한 적이 없는 걸 알고, 메치코에서는 트럼프 카드가 거의 사용되지 않는다는 결론을 내렸어."

"메치코에서 트럼프는 일반적으로 무인가 마술사와 흑마술사들이 점칠 때 쓰는 도구로 간주됩니다." 존 케찰이 말했다. "그래서 트럼프가 도박의 도구라는 개념에 대해서는 그리 익숙지 않습니다. 물론 그렇게 쓰인다는 얘기는 들어본 적이 있지만."

"그랬겠지요." 다아시가 말했다. "때문에 존 경은 자신이 본 상징들을 잘 알고 있는 문장학 용어로 설명했던 겁니다. 그렇지만 설명 자체는 매우 명확했습니다." 다아시는 공작부인을 보며 미소 지었다. "그래서 여기로 온 거야. 런던 도박 클럽에 관해 가장 잘 알고 있는 사람을 꼽으라면, 당신이야말로 최고의 적임자니까."

"맞아." 메리는 지도를 다시 쳐다보며 말했다. "이 지역에서 그런 클럽은 단 한 군데밖에 없어. 마스터 유언은 틀림없이 여기 있을 거야. 만사나 데 오로^{Manzana de Oro}라는 클럽에."

"아." 다아시가 말했다. "'황금 사과'라는 뜻인데, 거긴 어떤 곳이지?"

"그라나다에서 온 무어인이 소유한 클럽이야."

"그래? 어떤 곳인지 설명해주겠어?"

"오, 그 남자 정말 매력적이야. 당신만큼이나 키가 크고 깜짝 놀랄 정도로 잘생겼지. 칠흑에 가까운 검은 피부에 불타는 듯한 눈, 뾰족한 턱수염을 가졌어. 무척 화려한 동양풍 옷차림

을 하고 왼쪽 약지에는 엄청나게 큰 에메랄드 반지를 끼고 있
는데, 터번 앞쪽에는 거대한 루비나 스피넬을 달고 있지. 허리
춤에는 고가의 페르시아제 단검을 찼어. 영락없는 악당이지
만, 태도나 행동거지를 보면 훌륭한 신사야. 이름이 '시디 알나
시르'라고 했어."

다아시는 몸을 뒤로 젖히며 웃음을 터뜨렸다.

"뭐가 그렇게 웃긴 거죠, 다아시 경?"

메리가 시무룩한 표정으로 물었다.

"아, 실례." 다아시가 웃음을 삼키며 말했다. "당신이 아니
라, 그 무어인 때문이야. '시디 알나시르'라. 하! 정말 재미있군.
나도 그 친구가 마음에 들 것 같아."

"괜찮다면 혼자서만 웃지 말고 뭐가 그렇게 재미있는지 우
리에게도 설명해주겠어?"

공작부인이 상냥한 말투로 물었다.

"실로 상서로운 이름이라고나 할까." 다아시가 말했다. "대
충 번역하자면, '시디 알나시르'라는 말은 '승리 경勝利卿'이라
는 뜻이야. 도박하러 그곳에 가는 런던의 상류층 인사들에게
언제나 하우스가 유리하다는 얘기를 그런 식으로 당당하게
하고 있는 셈이지. 그 알나시르라는 인물은 틀림없이 내 맘에
들 거야." 그러고는 다아시는 공작부인을 보았다. "당신도 그
클럽 회원이야?"

"이미 알면서." 메리는 말했다. "그러지 않았다면 애초에 내게 언급조차도 안 했겠지."

"맞아." 다아시는 온화하게 말했다. "하지만 이미 우리가 놓을 작은 덫에 관여한 이상, 사냥감을 꽉 물도록 도와주겠다면 기꺼이 도움을 받고 싶군." 다아시가 존 케찰 경을 보았다. "사냥감은 막다른 곳에 몰려 있습니다. 이제는 덫을 놓을 방법만 생각하면 됩니다."

존 케찰이 미소를 지으며 고개를 끄덕였다.

"그렇습니다. 정말, 그렇군요. 자, 그럼 지금부터……"

그날 밤에는 구름 한 점 없었다. 밤하늘의 별은 마치 검은 벨벳 위 반짝이는 보석처럼 밝게 빛나고 있었다. 컴버랜드가의 문장을 단 호화로운 마차가 '만사나 데 오로' 앞에서 멈춰 섰다. 하인이 마차에서 먼저 내린 다음 금박으로 화려하게 치장된 마차 문을 열고 고개를 깊숙이 숙이자, 네 사람이 마차에서 내렸다. 처음 내린 사람은 컴버랜드 공작부인이었다. 이어서 잘생기고, 날씬하고, 흠잡을 데 없는 연회복을 차려입은 남자가 내렸다. 세번째 승객도 똑같이 키가 컸는데, 모크테수마 공작가의 문장이 달린 옷을 입은 피부가 검은 남자였다. 네번째 승객이 마차에서 내리자 앞서 내린 세 사람이 모두 고개를 깊이 숙였다.

블라디스토프 대공은 검고 북슬북슬한 수염을 기르고 오른쪽 눈에는 단안경을 낀, 키가 작고 통통한 신사였다. 대공은 위엄 있게 마차에서 내렸고, 인사하는 동행자들에게 약간 거만한 태도로 고개를 까딱해 보였다.

컴버랜드 공작부인은 '만사나 데 오로'의 정문 양옆에서 미동도 없이 서 있는 도어맨들에게 고개를 까딱해 보였다. 네 사람은 안으로 걸어들어갔다. 안쪽 문에 다다르자 공작부인을 수행하고 온 남자가 지배인에게 말했다.

"시디 알나시르에게 이렇게 전하게. 메리 드 컴버랜드 공작부인과 존 케찰 뒤 모크테수마 드 메치코 경, 블라디스토프 대공이신 제한 전하, 그리고 나, 아르시 가문의 영주가 왔다고."

지배인은 이 고귀한 일행 앞에서 고개를 깊숙이 숙인 채 말했다.

"즉시 보고드리고 오겠습니다." 그러고는 메리를 흘낏 보았다. "실례지만…… 어…… 이 신사분들은 공작부인의 손님이십니까?"

"그래요, 굿맨 압둘."

메리는 위엄 있게 말했다. 네 사람은 현관 안으로 들어갔다.

다아시는 발걸음을 늦췄고, 존 케찰 경이 뒤로 오자 속삭였다.

"여기 있습니까?"

"여기 있습니다. 이제 직경 3미터 범위까지 특정할 수 있습니다."

"좋아요. 계속 미소 지으면서 내 뒤를 따라오십시오. 하지만 그자가 움직이면 즉시 얘기해줘야 합니다."

그들은 공작부인과 호화스러운 복장을 한 블라디스토프 대공 뒤를 따라 안으로 들어갔다.

대기실은 가로 9미터, 세로 6미터 정도로 넓고, 도박 클럽의 느낌은 전혀 나지 않았다. 내부는 무어풍으로 장식되었는데, 스페인 남부와 북아프리카 그리고 아라비아까지 가본 적 있는 다아시의 눈에는 과도하게 무어풍을 강조한 것처럼 보였다. 이슬람 국가의 공공장소보다는 하렘의 내부에서 볼 수 있을 법한 장식이었다. 벽은 모두 금란金襴 혹은 그것과 비슷한 천으로 뒤덮여 있고, 아치형 출입구에는 코란 구절이 수놓인 천—'수놓았다'는 표현이 가장 적절했다—이 드리워져 있었다. 아라비아 글자는 매우 보기 좋기는 했지만, 실질적 의미는 없는 장식일 뿐이었다.

바닥은 무어풍 타일로 장식되어 있고, 놋쇠 화분에 심긴 이국적인 꽃들이 벽면 곳곳에 보기 좋게 놓여 있었다. 한가운데에 있는 황금빛 분수대에서 물이 뿜어져나왔는데, 물줄기는 결코 같은 궤적을 그리는 법 없이 복잡다단한 패턴으로 공중에 기이한 모양들을 그려댔다. 분수대 가장자리를 에워싼 조명은 춤추는 듯한 물의 움직임에 따라 색깔이 달라졌고, 물은 흐름을 조절하는 일련의 칸막이들 위로 흐르며 공중을 향해 계속 다채로운 음정을 쏟아냈다.

연회복 차림의 사람들이 여기저기에 서서 담소를 나누고 있었다.

공작부인이 일행을 돌아보며 미소를 지었다.

"게임실로 갈까요?"

블라디스토프 대공이 다아시를 흘낏 보았다. 다아시는 "물론입니다, 공작부인" 하고 대답했다.

공작부인은 접객실로 통하는 옆문을 가리키며 말했다.

"저를 따라오세요."

그녀는 일행을 오른쪽에 있는 아치문으로 안내했다. 게임실은 접객실보다 한층 더 호화로웠다. 금빛과 자주색, 붉은색 자수로 수놓인 벽걸이 천에는 아라비아 신화에 나온 장면이 묘사되어 있었다. 그러나 그 아름다움은 동양풍으로 꾸며진 방 자체의 화려함에 비하면 단순한 배경에 지나지 않았고, 도박 테이블 앞에서 집중하고 있는 사람들의 번쩍거리는 연회복은 그 사실을 더욱 강조할 뿐이었다.

날카로운 눈매의 남자들 몇몇이 테이블 사이를 조용히 돌아다니며 게임을 구경하고 있었다. 다아시는 이 사내들이 마술을 써서 승률을 조작하는 손님이 없는지 감시할 목적으로 고용된 저니맨 마술사들이라는 사실을 알고 있었다. 그들의 임무는 그런 마술사를 마술로 제압하는 것이 아니라, 그들의 존재를 보고하고 도박장에서 쫓아내는 것이었다. 혹시 훈련받지 않은 탤런트를 가진 손님이 같은 일을 저지르면, 그 탤런트를 상쇄하면 그만이었다.

블라디스토프 대공은 다아시를 보며 파안일소하더니 아주 낮은 목소리로 말했다.

"저도 마스터 유언을 찾아냈습니다, 다아시 경. 존 케찰 경 덕분입니다. 이제 어디 있는지 확실히 알 수 있습니다. 자줏빛 글자가 적힌 저 오른쪽 아치문이 있는 방안에 있습니다."

다아시는 허리를 굽혀 인사했다.

"전하께서는 실로 명민하십니다. 그런데 시디 알나시르는 도대체 어디 있을까요?"

대답을 기대하지 않는 수사학적 질문이었다. 메리는 귀족이 자기 클럽을 방문할 경우 알나시르가 늘 직접 나와서 맞이한다고 했지만, 어디를 보아도 무어인의 모습은 보이지 않았다.

다아시의 수사학적 질문에 대답한 것은 블라디스토프 대공이었다.

"자기 사무실에 있는 것 같습니다. 확언할 수는 없지만 저도, 존 케찰 경도 그곳에 있는 것 같다는 느낌을 받았습니다."

다아시는 고개를 끄덕였다.

"알겠습니다. 그럼 우리 식으로 하면 되겠군요."

그는 컴버랜드 공작부인에게 다가갔고, 미소를 지으며 아주 나직한 목소리로 말했다.

"공작부인, 현관에 있던 신사분이 우리를 여기까지 따라온 것 같군요."

메리는 고개를 돌리지 않았다.

"굿맨 압둘 말인가요? 그렇겠죠. 지금쯤이면 아마 우리가 왜 도박 테이블로 가지 않는지 의아해하고 있겠죠."

"그 친구 입장에서는 당연한 의문이겠지요. 그럼 그걸 이용하기로 하지요. 저 친구한테 가서 시디 알나시르가 어디 있는지 물어봐주십시오. 꼭 그를 만나 얘기해야 한다고 하는 겁니다. 따지고 보면, 공작부인이 머나먼 러시아에 있는 블라디스토프 공국의 대공이라는 지체 높은 손님을 모셔왔으니 그가 직접 나와서 인사하는 것은 지극히 당연한 일이지요. 과장을 섞어 얘기하십시오. 하지만 저 친구가 우리에게서 등을 돌리게 해주면 좋겠군요."

메리는 고개를 끄덕이고 방을 가로질러 시디의 부하에게 갔다. 남은 일행은 그들의 목표인 아치문 부근에 모여들었다.

공작부인이 압둘의 주의를 딴 곳으로 돌리자마자 다아시는 속삭였다.

"좋아. 지금입니다. 들어가죠."

존 케찰은 몸을 돌려 도박장 안의 사람들을 향해 서서 모든 움직임을 빠짐없이 관찰했다. 다아시와 블라디스토프 대공은 문을 향해 걸어갔다.

"자물쇠에는 주문이 걸려 있지 않습니다." 키가 작고 통통한 체구에 수염을 기른 대공이 말했다. "평소에 너무 많은 사람이 드나들기 때문인 듯합니다."

"듣던 중 반가운 소리로군요."

다아시는 손을 뻗어 문손잡이를 돌리고는 문을 잡아당겼다. 그들은 순식간에 문을 닫고 방에 들어가 있었다.

시디 알나시르의 외모는 공작부인이 묘사한 것과 정확하게 일치했다. 두 명의 낯선 사내가 사무실로 들어오는 것을 본 그는 한 손을 서랍으로 뻗다가 얼어붙었다. 그의 새까만 눈 못지않게 새까만 36구경 헤론 권총의 총구가 그를 겨냥하고 있었던 것이다. 알나시르는 시선을 들어 권총을 쥔 사내의 얼굴을 보았다.

"경이 허락해주신다면 책상 위에 빈손을 올려놓고 싶습니다만." 그는 침착한 목소리로 말했다.

"그러는 편이 나을 거야." 다아시가 말했다. 그는 시디 알나시르의 책상 너머에 앉아 있는 사내를 흘낏 보았다. "안녕하십니까. 저보다 먼저 오셨군요."

애슐리는 침착한 표정으로 미소 지었다.

"결국 그럴 운명이었던 겁니다." 냉정하고 조금 부자연스러운 목소리였다. "여기서 뵙게 되어 반갑습니다." 애슐리는 시디 알나시르를 보며 입을 열었다. "알나시르 경은 방금 저에게 폴란드 정부를 위해 일하라는 제안을 했습니다."

다아시는 검은 얼굴을 한 사내를 쳐다보았다.

"정말인가, 승리 경?"

시디 알나시르는 책상 위에서 양손을 펼쳐 올리고는 미소를 지었다.

"아, 아라비아어를 하시는군요, 다아시 경?"

그가 아라비아어로 말하자. 다아시도 같은 언어로 대꾸했다.

"예언자의 언어를 그대처럼 물 흐르듯 유창하게 하지는 못하지만, 대부분은 내 빈약한 지식으로도 충분하지."

시디 알나시르의 섬세한 입술이 일그러진 미소를 지었다.

"경의 말씀에 반론을 제기할 생각은 없습니다. 다만 발음으로 미루어 짐작하건대 가장 위대한 샤[1]의 신민에게서 배웠다는 점만 제외하면, 코란의 언어를 다루는 솜씨가 실로 유창합니다."

다아시의 입술에 희미한 웃음기가 떠올랐다.

---

[1] '왕 중의 왕(The Shah of Shas)'이란 뜻으로, '페르시아 왕'을 의미한다.

"이슬람 예언자의 고귀한 언어를 내게 가르쳐준 선생이 이 지상에서 신을 대변하는 페르시아 왕의 궁정에서 온 것은 사실이네. 그럼 자네는 내가 서북아프리카와 남스페인의 질 낮은 방언으로 말해주기를 원하나?"

다아시의 억양이 느닷없이 바뀌자 시디 알나시르는 놀란 표정으로 눈을 깜짝였다. 곧 그의 눈썹이 치켜올라가더니 얼굴에 띤 미소도 한층 더 커졌다.

"아, 이토록 뛰어난 지식의 소유자가 누구신지 이제 알겠습니다. 프랑크제국[11]에서 '고귀한 언어'를 그토록 완벽하게 구사하는 사람은 몇 명밖에 없는데, '아르시의 시디'군요. 만나뵙게 되어 정말 기쁩니다, 다아시 경."

"이번 사건 이후에도 기쁠 수 있다면 나도 좋겠군." 다아시가 말했다. 그러고는 다시 영불어로 덧붙였다. "하지만 여기에는 손님들이 계시니, 영불어로 계속하겠나?"

"물론입니다." 시디 알나시르는 애슐리를 흘낏 보며 말했다. "그렇다면 이 모든 게 함정이었던 겁니까?"

애슐리는 고개를 끄덕였다.

"친애하는 알나시르, 모두 함정이었다네."

"함정치고는 볼품없었습니다." 시디 알나시르는 미소 지었

---

[11]　Frankish Empire, 영불제국의 별칭.

다. "계획도, 실행 방법도 낙제라고나 할까요." 그는 나직하게 웃었다. "저는 진실을 부정할 생각조차 없습니다."

"흐음, 두고 보면 알겠지." 다아시가 말했다. "그럼 그 진실이란 무엇인가?"

시디 알나시르는 여전히 미소를 지은 채 애슐리를 바라보고 있었다.

애슐리는 알나시르를 흘낏 보고는 미소를 지으며 다아시를 올려다보았다.

"예고 없이 이런 일에 끼어들게 해서 죄송합니다. 여기 오시리라고는 생각도 못했습니다. 정보부에서는 오랫동안 만사나 데 오로가 대슬라브 국왕을 위해 일하는 첩보 조직의 본부라고 의심해왔습니다. 그 점을 증명하기 위해 제가 여기서 도박 빚을……"

애슐리는 알나시르를 보았다. 미소 짓고 있던 무어인이 한숨을 내쉬었다.

"소브린 금화 150닢에 가까운 액수입니다. 해군이 당신에게 주는 일 년 치 봉급보다 더 큰 액수이지요."

애슐리는 침착하게 고개를 끄덕였다.

"맞아. 그리고 오늘밤 자네는 나한테 두 가지 대안을 내놓았지. 해군성이 내 빚을 알게 되어 파멸을 택하든지, 아니면 대슬라브 국왕의 스파이가 되든지 말이야."

알나시르의 미소가 크게 번졌다.

"제가 이 함정이 볼품없다고 한 것은 바로 그 때문입니다, 중령. 그리고 제가 그런 제안을 했다는 사실은 부정하겠습니다. 그것을 증명할 사람도 없지 않습니까."

다아시는 여전히 권총을 쥔 채 미소를 지었다.

"알나시르 경, 자네가 애슐리 경에게 그런 제안을 했다는 사실은 나 역시 확신하네."

알나시르가 하얀 이를 드러내며 파안일소했다.

"아, 경은 그렇게 확신하실지도 모르겠군요." 그는 웃음을 터뜨렸다. "아마 저도 그럴지도? 애슐리 중령도 물론이고 말입니다. 하지만……"

그는 양손을 펼쳐 보였다.

"……그게 증거가 될까요? 법정에서 받아들여질까요?" 그는 갑자기 슬픈 표정을 지었다. "아, 물론 저를 국외로 추방하실 수는 있겠지요. 중령님이 제시하는 증거만으로 그 정도는 가능할지 모릅니다. 적어도 제 고향인 스페인으로 저를 송환할 수 있을 정도의 혐의는 받고 있으니까요. 그렇다면 '만사나데 오로'는 문을 닫아야 할 겁니다. 런던의 추위와 안개를 떠나서, 따뜻하고 다채로운 기후가 기다리는 아름다운 그라나다로 돌아가야 한다니, 정말 유감입니다……" 그는 미소 띤 얼굴로 다아시를 보았다. "하지만 저를 투옥하실 수는 없을 겁니다."

"그 점에 관해서는 아마 자네 말이 옳을지도 모르겠군." 다아시가 말했다. "하지만 두고 봐야 할 거야."

"그 무기로 계속 저를 겨눌 필요가 있습니까?" 알나시르가 말했다. "실로 신사적이지 못한 태도라고 생각합니다만."

"물론 그렇겠지." 다아시는 권총을 쥔 손에 미동도 없이 말했다. "혹시 자네가 자발적으로, 아니! 그게 아냐! 총만 내놓으라는 게 아니라…… 책상 서랍 전체를 빼주면 좋겠네. 권총이 더 있을지도 모르니까 말이야."

알나시르는 아주 조심스럽게 서랍을 빼낸 다음 책상 위에 얹었다.

"권총은 한 자루뿐이고, 다아시 경 앞에서 손댈 생각은 추호도 없습니다."

다아시는 서랍 안에 있는 권총을 바라보았다.

"아. 39구경 톨레도군. 아주 좋은 무기지. 법정이 허락한다면 나중에 자네에게 돌려주겠다고 약속하네."

다아시의 얼굴을 훑어보던 알나시르의 흑요석처럼 새까만 눈에 갑자기 동요의 빛이 스쳤다. 다아시가 가진 정보가 단순히 스파이 혐의를 넘어 훨씬 넓은 영역에 걸쳐 있다는 사실을 순간적으로 알아챘기 때문이다. 그는 이 함정이 처음 느꼈던 것보다 훨씬 더 위험하다는 사실을 깨달았다. 시디 알나시르는 유려하게 말을 이었다.

"애슐리 중령이 도박에서 돈을 잃은 것은, 어떤 마스터 마술사가 꾸민 음모 때문일 가능성이 있습니다. 저는 그자를 해고하기로 결심했습니다. 조금 전 돈을 크게 잃기 전까지만 해도 중령이 따낸 금액은 상당했기 때문입니다. 제가 방금 언급한 그 마스터 마술사는 잃은 돈을 회수하려 했던 것인지도 모릅니다. 정말로 그렇다면, 제게는 개인적인 책임이 없습니다……"

"아. 그렇다면 애슐리 경의 약한 예지력이 마스터 유언에 의해 무효화되었다는 말이군." 다아시는 시디 알나시르에게서 눈을 떼지 않고 중령에게 말했다. "평소 어떤 게임을 합니까, 중령?"

"룰렛을 합니다." 애슐리가 대답했다.

"그렇군요. 그러니까 마스터 마술사가 방해하면 중령의 예지 능력은 거의 쓸모가 없어졌다는 거군요. 중령이 어떤 번호에 배팅하든, 마술사는 조그만 상아 공이 그 번호에 들어가지 않도록 조작할 수 있으니까. 설령 중령과는 다른 방에 있더라도 말입니다."

다아시는 알나시르의 눈을 똑바로 쳐다보았다.

"그렇다면 계획적인 음모였단 말이군. 자네는 휘하의 마술사를 이용해 애슐리 중령이 돈을 잃게 만들고, 자기편으로 끌어들이려고 했던 거야."

"정보부에서는 보나마나 그런 꿍꿍이속이 있을 거라고 예상했습니다." 애슐리는 쾌활한 어조로 말했다. "그래서 시디 알나시르가 하고 싶은 대로 하도록 내버려두고 어떤 일이 일어날지 알아보려던 겁니다."

시디 알나시르는 두 손을 테이블 위에 올려둔 채로 어깨를 으쓱해 보였다.

"무슨 일이 일어났든 간에, 그 마술사가 제 고용인이 아니라는 것은 보장할 수 있습니다. 그렇지만 경이 그 마술사를 열심히 찾고 계신다는 사실을 알았으니, 제가 그자를 수색하는 데 어느 정도 도움이 될지도 모르겠군요. 마스터 유언의 현재 거처에 관해 알려드릴 수 있겠고. 우리 모두 합리적인 사람들이니까, 그러지 못할 이유가 어디 있겠습니까?"

"유감이지만 자네의 정보는 불필요······"

다아시가 이렇게 운을 뗀 순간, 사무실 문이 활짝 열리며 존 케찰이 뛰어들어왔다.

"조심하십시오! 그자가 움직였습니다! 지금 자신이 배신당했다는 걸 알고 있습니다!"

그가 말하는 동시에 뒷문이 홱 열리더니 마스터 유언 매캘리스터가 뛰쳐나와 밖으로 통하는 문을 향해 달려갔다. 그 문과 마스터 유언 사이에 서 있는 사람은 존 케찰뿐이었다. 흑마술사는 메치코 청년을 향해 어떤 손짓을 했다.

존 케찰은 양손을 들어올려 자신을 향해 날아온 주문을 막으려 했지만, 저니맨 마술사의 힘으로는 마스터 마술사에게 대항할 수가 없었다. 존의 방어 주문은 공격을 완화하긴 했으나 완전히 막지는 못했다. 그는 비틀거리며 무릎을 꿇었다. 쓰러지지는 않았지만 눈이 흐려지고, 그대로 움직이지 못했다.

비록 위력이 완벽하진 않았지만 존 케찰의 저항은 마스터 유언의 도주 속도를 더디게 하기엔 충분했다. 어딘가 수상쩍은 느낌의 블라디스토프 대공은 이미 움직이고 있었고, 마스터 손은 가짜 턱수염을 뜯어내고 단안경을 바닥에 떨어뜨렸다.

다이시는 꼼짝도 하지 않았다. 자제력을 끌어모아 권총으로 시디 알나시르를 계속 겨냥하고 있었다. 알나시르 역시 꼼짝하지 않은 채 다이시의 총구에서 눈길을 떼지 않았다.

흑마술사는 몸을 홱 돌려 손을 바라보며 한쪽 손을 움직였다. 그는 손가락을 빠르게 움직여 공중에 복잡한 상징을 그리기 시작했다. 얼굴이 긴장으로 일그러져 있었다.

그리고 급히 만들어진 이 주문의 심령적 폭발을 다이시와 방안의 모든 사람이 온몸으로 느꼈다. 마스터 유언은 지금까지 이곳에 숨어 지내면서 만일을 대비해 자신을 지키기 위한 주문들을 만드는 데 전념하고 있었던 게 틀림없었다.

이 주문의 표적이 된 마스터 손은 한순간 얼어붙은 것처럼 보였다. 그러나 손도 이미 대비를 해둔 상태였다.

게다가 마스터 유언이 누군가 자신을 추적해오리라는 사실만 추측할 수 있었던 데 비해, 손은 사냥감의 정체를 미리 알고 있었기에 그만큼 유리했다.

손의 손이 움직이면서 공중에 상징을 그렸다.

유언은 눈을 깜빡이고 이를 악물더니, 망토 어딘가에서 길고 흰 지팡이를 꺼냈다.

방에 있던 사람들 모두 움직일 수가 없었다. 다아시조차 예외가 아니었다. 그들이 꼼짝도 할 수 없던 것은, 부분적으로는 주위를 에워싼 심령적 긴장 때문이었고, 또한 두 마스터 마술사의 결투가 어떻게 끝나는지 보고 싶은 욕구 때문이기도 했다. 그러나 주된 이유는 목표가 뚜렷하지 않은 주문의 후광 효과에 완전히 사로잡혀 있었기 때문이었다.

손을 제외하면, 유언이 뽑아든 흰 지팡이의 정체를 깨달은 사람은 아무도 없었다. 그러나 손은 즉시 그것이 사람의 넙다리뼈로 만든 물건이라는 사실을 알아차렸고, 순식간에 역주문을 던질 준비를 했다. 유언은 넙다리뼈로 만들어진 지팡이를 앞으로 쑥 내밀며 사악한 표정으로 입술을 움직였다.

주문의 후광 효과는 방 주위에까지 영향을 끼쳤다. 바깥쪽 게임실에서 도박하던 사람들은 한순간 얼어붙는 것처럼 보였다. 그리고 다음 순간 배당률이 낮은 엉뚱한 숫자에 큰돈을 걸기 시작했다. 부유한 집의 젊은 상속자는 이겨도 소브린 은화 한 닢밖에는 벌지 못할 숫자에 소브린 금화 50닢이라는 거금을 걸었다.

그리고 시디 알나시르의 사무실에 있던 존 케찰은 갑자기 눈을 깜박이면서 고개를 돌렸고, 애슐리는 검을 뽑으려 했으며, 알나시르는 휘청거리면서 책상 옆으로 움직였다. 다아시의 손은 여전히 36구경 헤론 권총 손잡이를 꽉 움켜쥔 채 알나시르를 겨냥하고 있었으나 발포하지는 않았다.

반면 손은 어리석은 행동을 유발하도록 설계된 이 주문조차도 완전히 막아냈다.

그리고 단호한 태도로 유언을 향해 성큼성큼 걸어가 차갑고 단호하게 말했다.

"길드의 이름으로 말한다. 마스터 유언, 굴복하라! 명령에 따르지 않는다면 앞으로 무슨 일이 일어나도 책임을 지지 않을 것이다."

마스터 유언의 대답은 세 단어뿐이었다. 분노로 가득한, 더럽고 추잡스러운 말이었다.

그런 다음 탈색된 넙다리뼈 지팡이를 또다시 쑥 내밀었다.

손은 다시 한번 이 끔찍한 심령적 충격을 견뎌냈다. 그러곤 지팡이도 없이 맨손으로 이 전투에 최후의 일격을 가할 동작을 했다.

그러나 그것으로 끝나지 않았다. 마스터 유언이 같은 동작을 되풀이했기 때문이다. 그는 앞으로 한 걸음 나아가 새하얀 지팡이로 공중을 찔렀다.

그리고 또다시 앞으로 한 걸음 내디뎠다.

또 한번 찔렀다.

또 한 걸음.

또 한번 찔렀다.

또 한 걸음.

숀은 옆으로 비켜선 다음 유언을 바라보았다.

흑마술사의 지팡이는 작고 통통한 아일랜드인 마술사의 몸이 아니라 방금 그가 있던 공간을 향해 있었다.

숀은 깊게 숨을 들이켰다.

"벽으로 돌진하기 전에 막아야겠군요."

다아시는 시디 알나시르에게 겨눈 총구를 움직이지 않았다.

"그가 뭘 하고 있는 건가?"

"시간 순환에 갇혀버린 겁니다. 저는 마스터 유언의 사고 과정에 매듭을 지어놓았습니다. 같은 생각이 머릿속에서 빙글빙글 돌다가 출발점으로 되돌아와버리는 겁니다. 제가 끌어내주지 않으면 그는 저런 무의미한 동작을 영원히 계속하고 있을 겁니다."

누가 보아도 마스터 유언 매캘리스터는 마술적인 몸짓을 되풀이하고 있었지만, 후광 효과가 사라졌다는 것을 모든 사람이 느낄 수 있었다. 마스터 유언의 마음속에서 어떤 사고가 되풀이되고 있든 간에, 외부를 향한 마술적인 효과는 전무했다.

"존 케찰 경은 어떻게 된 건가?" 다아시가 물었다.

"오, 제가 저 현혹 주문에서 풀어주면 즉시 괜찮아질 겁니다."

"아주 뛰어난 솜씨였네, 마스터 숀." 다아시가 말했다. "애슐리 경, 수고스럽지만 가까운 창문으로 가서 중령의 신원을 밝히고 큰 소리로 도움을 요청해주겠습니까? 이 장소는 지금 런던의 치안헌병들에게 완전히 포위되어 있답니다."

21

런던 후작 관저의 가령家令인 서 프레데리크 브릴뢰르가 커피 세 잔을 들고 런던 후작의 집무실로 들어왔다. 처음에는 런던 후작의 책상 한가운데에, 다음에는 본트리옴프의 책상에, 마지막으로는 다아시가 앉은 붉은 가죽 의자에 가까운 본트리옴프의 책상 모서리에 커피잔을 놓았다. 그런 다음 서 프레데리크는 조용히 방에서 나갔다.

후작은 커피를 한 모금 마시더니 다아시를 노려보았다.

"사촌, 꼭 이런 식으로 대결해야겠나?"

"우리에게 필요한 증거를 달리 얻을 방법이 없지 않습니까?"

다아시가 온화하게 말했다. 후작과는 조금 더 빨리 이 문제를 의논하고 싶었지만, 후작은 식사 자리에서는 절대로 일 얘기를 하지 않는다는 신조를 가지고 있었다.

후작은 커피를 한 모금 더 마셨다.

"흠, 아마 그렇겠지." 그는 다아시의 말을 인정하며 본트리옴프를 응시했다. "마스터 유언은 확실하게 감금해뒀겠지?"

"마스터 마술사 세 명이 감시하고 있습니다." 본트리옴프가 말했다. "마스터 손이 주문을 해제해줄 때까지는 완전히 멍한 상태일 겁니다. 그 이상 무슨 조치를 원하시는지 모르겠군요."

런던 후작은 콧방귀를 뀌었다.

"그자가 도망치는 일이 있어서는 절대 안 된다는 뜻이야." 후작은 벽에 걸린 시계를 흘낏 보았다. "만사나 데 오로에서 용의자들을 체포한 지 세 시간이 지났군. 마스터 유언이 아직 감방에 얌전히 갇혀 있다면 경비 태세는 잘 갖춰진 거겠지. 자, 그렇다면 어떤 정보를 얻었나?"

본트리옴프는 손바닥을 위로 뒤집어 보였다.

"마스터 유언은 거의 모든 혐의를 인정했습니다. 간첩 행위와 흑마술 실행, 그리고 다모젤 티아 아인치히에 대한 마술 공격 및 살인미수 혐의로 체포된 것을 알고 있습니다.

이 모든 혐의를 인정했지만, 살인 혐의에 대해서만은 완강하게 부인하더군요. 마스터 손이 주문을 걸어 진정시킬 때까지 그자는 쉴새없이 주절거렸습니다. 교수형에 처해질 혐의만 제외하고 모든 것을 말입니다."

"헛! 물론 죽고 싶지는 않겠지. 좋아, 정확히 그동안 무슨 일이 있었지? 나는 자네의 보고서와 다아시 경의 보고서를 읽었네. 보고서에 적힌 사실만 놓고 보면 결론은 명확하더군.

자네 의견은 어떤가?"

후작은 본트리옴프의 눈을 똑바로 쳐다보았다. 본트리옴
프는 어깨를 으쓱해 보였다.

"여러분과는 달리 저는 천재가 아닙니다. 그러니까 헤널리
헌병대장의 의견을 들려드리지요. 제가 들은 그대로 전해드
리겠지만, 그 친구의 가설을 모두 긍정하는 건 아니라는 점은
명심해주십시오. 하지만 헤널리 대장이 애슐리 경과 스몰렛
대령과도 토론한 뒤에 내린 결론이니, 어느 정도 가치는 있을
겁니다."

후작은 다아시를 흘낏 보고는 본트리옴프에게 시선을 돌
렸다.

"좋아. 시작하게."

"알겠습니다. 우선 셰르부르에서 일어난 살인 사건에 관해
서는 고민할 필요가 없습니다. 바버가 이중 첩자라는 사실을
알아챈 폴란드 첩보 조직이 첩자를 보내 벌인 일이니까요. 따
라서 범인을 잡을 가능성은 희박합니다.

반면 마스터 서 제임스를 살해한 범인의 경우는 문제가
다릅니다. 이 경우 우리는 범인의 정체를 알고 있고, 어떤 흉
기를 썼는지도 알고 있습니다.

다모젤 티아는 명령을 따르지 않으면 숙부를 고문하고 죽
이겠다는 마스터 유언의 협박에 시달렸습니다. 그러나 그녀

는 그의 명령을 무시하고 서 제임스 즈윈지에게 가서 모든 사실을 털어놓았습니다. 마스터 유언에 관해 그녀가 알고 있던 사항 전부를. 당연하게도 이것은 유언 매캘리스터가 서 제임스 즈윈지를 제거할 이유가 되었습니다. 설령 폴란드측에서 서 제임스가 죽은 뒤 해군 정보부가 새로 임명할 유럽 지부장의 신원을 알아내기 위해 처음부터 또 고생하는 한이 있더라도 말입니다."

본트리옴프는 다아시 쪽을 보았다.

"살인이 어떻게 행해졌는지는, 자네가 지적했던 그 반쪽짜리 핏자국이 중요한 단서가 되었어." 그는 다시 후작을 보았다. "후작님도 알고 계시죠? 그것은 굽이 있는 신발 자국이었습니다. 그리고 호텔 안에 있던 사람 중 그런 자국을 남길 수 있었던 것은 티아 아인치히의 하이힐뿐입니다.

이 증거를 생각해보십시오. 마스터 숀이 제출한 보고서에 의하면, 서 제임스는 비명을 질렀던 9시 30분이 아니라 그보다 삼십 분 이른 9시경에 칼에 찔린 것으로 되어 있습니다. 따라서 칼에 찔리자마자 사망한 것이 아닙니다."

본트리옴프는 고개를 돌려 다아시 쪽을 흘끗 보았다.

"서 제임스는 의식을 잃고 그곳에 삼십 분 동안 쓰러져 있었고, 마스터 숀의 노크 소리를 듣고 실신 상태에서 깨어나 도와달라고 외친 겁니다. 가까스로 몸을 일으켰지만, 이 마지막 노력 탓에 힘이 다했습니다. 그는 바닥에 쓰러져 사망했습니다. 여기까지는 동의하겠지?"

"물론이야." 다아시가 말했다. "달리 생각할 이유가 없어. 서 제임스는 정확히 9시 또는 그 무렵에 칼에 찔렸지만, 삼십 분 뒤에 죽었어.

의학적으로 보았을 때의 혈액 상태도, 심령적 충격이 발생한 시각에 관한 마술적 증거도 그것이 사실임을 명확하게 가리키고 있네.

그렇지만 자네는 서 제임스가 9시, 혹은 다른 시간에 밀실 안에서 어떻게 칼에 찔렸는지는 아직 설명하지 않았어. 증거에 의하면, 칼에 찔렸을 당시 방안에는 그를 제외하면 아무도 없었네. 자넨 그걸 어떻게 설명할 건가?"

"이렇게 말하고 싶지 않지만 마스터 손의 증언에는 결함이 있는 것 같아. 또 한 사람의 마스터 마술사가 이 사건에 관여하고 있으니, 증거가 날조되었을 가능성은 충분히 있어. 사건은 실제로 이렇게 진행되었어. 다모젤 티아를 제거해야 한다는 사실을 깨달은 마스터 유언은, 서 제임스와 그녀를 한꺼번에 제거하려고 결심했지. 그래서 그는 티아에게 주문을 걸었어. 티아는 적당한 이유를 대고 서 제임스의 방으로 들어갔고, 그가 방심한 틈을 타서 서 제임스의 나이프로 그를 죽인 다음 방에서 나왔어. 바로 그때 방문 근처에 반달 모양의 힐 자국이 생긴 거야."

본트리옴프는 말을 마치고서 의자에 등을 기댔다.

"사실 그 힐 자국이 없었다면, 나는 마스터 유언이 마스터 제임스에게 주문을 걸어서 그 접촉 절단기로 스스로를 찌르게 했다고 주장했을 거야.

물론 그랬다면 실패했겠지. 아무리 강력한 마술을 쓰더라도 다른 사람에게 자살을 강요하기는 결코 쉽지 않으니까."

본트리옴프는 다아시를 흘낏 보았다.

"자네도 다모젤 티아를 구출했을 때 목격하지 않았나. 그녀는 마술에 걸려 다리에서 뛰어내리기는 했지만, 일단 강에 떨어진 뒤에는 수면 위에 떠 있으려고 몸부림쳤어."

"응, 그랬지." 다아시는 긍정했다. "계속해보게."

"방금 말했듯이, 힐 자국만 없었다면 나는 서 제임스가 흑 마술에 걸려 자살했다고 주장했을 거야." 본트리옴프가 어깨를 으쓱했다. "물론 그럴 가능성은 여전히 배제할 수 없지만, 그렇다고 그 힐 자국을 그냥 넘어갈 수는 없지. 나는 다모젤 티아가 서 제임스를 찌르고 방에서 나온 다음, 그 방 바로 위에 있던 마스터 유언이 마술을 써서 방문을 잠갔다고 확신해. 법적으로 다모젤 티아는 자의로 살인을 저지르지는 않았지만, 마스터 유언의 도구였다는 점은 명백하지."

런던 후작이 크게 콧방귀를 뀌며 입을 열려고 했다. 그러나 다아시가 끼어들지 말라는 듯 한 손을 들어올렸다.

"부탁이니 조금 더 기다려주십시오." 그는 부드럽게 말했다. "본트리옴프 경의 가설에 끝까지 귀를 기울이는 것이 우리 의무라고 생각합니다. 자, 계속하게."

마지막 말은 런던 주임 수사관을 향한 것이었다.

본트리옴프는 쓰디쓴 표정으로 다아시를 바라보았다.

"알겠네. 두 천재께서는 이미 모든 걸 파악했다는 거군. 난 단지 심부름꾼일 뿐이네. 그 이상이라고 주장한 적도 없고. 하지만, 지금까지 내놓은 가설이 마음에 들지 않는다면, 여기 또하나의 가설이 있네."

본트리옴프는 깊게 숨을 들이켜고 말을 이었다.

"우리는 마스터 손과 서 제임스가 마술로 나이프를 조종하는 방법을 발견했다는 상당히 빈약한 증거에 입각해서 마스터 손을 체포했어. 그러나 실제로 그런 일이 행해졌다고 가정한다면? 만약 서 제임스가 그런 식으로 살해당했다면 어쩔 건가? 그렇다면 범인은 누구였을까?"

그는 손을 펼쳐 보였다.

"서 제임스가 그랬다고 주장할 생각은 없네. 물론 그랬을 수는 있었지만 말이야. 하지만 그가 그렇게 우회적인 방법으로 자살했다는 건, 후작님의 표현을 빌리자면 황당무계한 얘기겠지. 사고였다는 가설은 한층 더 황당무계하고.

후작님이 다른 표현을 쓰실지도 모르지만, 일단 이 정도로 해두지.

마스터 손이 범인이 아니라는 점은 명백해. 그런 주문을 준비하려면 적어도 사십오 분은 걸렸을 거고, 그랜드 마스터 라이언에 따르면 마술사와 희생자 사이에 벽 같은 물리적 장애물이 있으면 주문은 효과가 없으니까. 복도에 우뚝 서서, 남의 눈에 띄지 않고 삼십 분 이상 그런 복잡한 주문을 거는 일은 불가능하네. 게다가 마스터 손은 그때 복도에 있지도 않았어." 본트리옴프는 손을 흔들어 보였다. "마스터 손의 혐의에 관해서는 잊어도 좋아."

"고마운 일이군." 다아시가 중얼거렸다. "그럼 이제 누가 남았지? 우리가 아는 인물은 아냐. 혹시 마스터 유언이 그런 방법을 고안해내지는 않았을까? 두 사람의 마스터 마술사가 각자 그 방법을 발견했다면, 제3의 마술사가 발견하지 못한다는 법도 없지 않을까? 혹은 그 비밀을 훔쳤을지도 모르지. 잘 모르겠어. 하지만 유언이 그런 방법으로 서 제임스의 가슴에 흉기를 꽂았을 가능성도 있지 않을까?"

다아시가 무언가 말하려고 했지만, 이번에는 런던 후작이 본트리옴프의 말을 가로막았다.

"하느님 맙소사!" 우르릉거리는 듯한 목소리였다. "내가 이 친구를 훈련했다니!" 그는 커다란 머리를 돌려 본트리옴프를 보았다. "그럼 문제의 흉기에는 무슨 일이 일어났는지 설명할수 있겠나? 그건 어디로 사라진 거지?"

본트리옴프는 눈을 깜짝이며 침묵했고, 눈을 돌려 다아시를 보았다. 다아시는 침착하게 말했다.

"서 제임스의 시신 옆에 떨어져 있던 접촉 절단기가 살인에 쓰인 무기가 아니라는 사실은 자네도 알고 있지 않나. 그리고 방안에 있던 유일한 칼은 그것뿐이었어. 자네도 부검 소견서를 읽었겠지?"

"응. 하지만 왜……"

"그렇다면 밑변이 5센티미터, 길이가 13센티미터인 이등변삼각형 모양의 칼날로는 폭 2.5센티미터에 깊이 13센티미터인 자상을 남길 수 없다는 걸 알지 않나.

그보다 더 중요한 것은, 오늘 아침 마스터 손에게 내가 설명했듯 순은으로 만든 나이프는 순금보다 더 단단하기는 하지만 순수한 납보다는 무르다는 거야. 칼날이 두 갈비뼈 사이로 들어갔다면 눈에 보일 정도로 날이 무디어졌겠지. 그러나그 나이프는 여전히 면도날처럼 날카로웠네.

따라서 마스터 서 제임스는 자신의 접촉 절단기로 죽은 것이 아니라네. 그를 죽인 흉기는 그 방에 없었어."

본트리옴프는 다아시를 잠시 바라보다가 고개를 돌려 런던 후작을 보았다.

"알겠습니다. 이미 말했듯이 저는 그 가설이 마음에 들지 않습니다. 힐 자국을 설명하지도 못하고, 사라진 나이프의 수수께끼를 해명하지도 못하니까요. 그러니까 저는 제가 처음 내놓은 가정을 고수할 작정이지만, 조금 수정은 해야겠군요. 티아는 나이프를 들고 그 방에 들어갔고, 나올 때도 그걸 가지고 나온 겁니다."

런던 후작은 책상에서 고개를 들려고 하지도 않았다.

"실로 불만족스러운 결론이군. 실로 불만족스러워." 그러고는 본트리옴프를 흘끔 보았다. "그럼 다모젤 티아가 범인이라고 주장하려는 건가? 헛! 어떤 증거로?"

"물론, 힐 자국이 증거입니다." 본트리옴프는 몸을 숙였다. "그건 서 제임스의 피가 맞지 않습니까? 그가 방 한가운데에 철철 흘린 피를 티아 아인치히가 밟은 게 아니라면, 도대체 어디서 그 피가 묻었겠습니까?"

런던 후작이 천장을 올려다보았다.

"만약 내게 인내심이 없었다면 계속 듣고 있지는 않았을 거네." 그가 무거운 어조로 말했다. "자네의 추리는 완벽하네, 본트리옴프. 그 자국이 정말로 다모젤 티아의 하이힐 자국이라면 말이야. 물론 그건 사실이 아니라네."

"하이힐 자국이 아니라면 무엇입니까?" 본트리옴프가 흥분하며 반론했다. "도대체 누가 그런 반달 모양 핏자국을 남길 수 있었단 말입니까?"

후작은 눈을 감고 다시 말을 이었다. 분명 다아시에게 하는 말이었다.

"이 일에 관해서는 더이상 논의하지 않겠네. 오늘 저녁 회의에는 기꺼이 참석하지. 이미 공식 허가를 받았으니까 말이야. 손님들이 도착하면 집무실로 돌아오겠네." 후작이 의자에서 일어나 뒷문 쪽으로 가다가 멈추더니 뒤로 돌아섰다. "아, 다아시. 그때까진 여유가 있으니, 본트리옴프 경이 다모젤 티아의 하이힐 자국에 대해 품고 있는 환상을 불식시켜주겠나?" 그러고는 방에서 나갔다.

본트리옴프는 깊게 숨을 들이마셨다. 그리고 족히 삼 분은 걸린 듯한 긴 시간 동안 천천히 내쉬었다.

이윽고 그는 입을 열었다. "알았어. 내가 천재가 아니라는 얘기는 아까 했지. 이번 사건을 수사하며 자네가 나보다 훨씬 더 많은 걸 알아냈다는 점에는 의심의 여지가 없군. 런던 후작님이 동의하신 일을 실행에 옮기기로 하지. 관련자 모두를 여기로 데려와서 회의를 여는 거야."

그러고는 느닷없이 손바닥으로 책상을 철썩 내려쳤다.

"하지만 그전에 나도 반드시 알고 넘어가야겠어! 왜 그 힐 자국이 다모젤 티아의 것이 아니라고 주장하는 건가?"

"왜냐하면⋯⋯" 다아시는 조심스러운 어조로 말했다. "그건 힐 자국이 아니기 때문이야, 본트리옴프." 그는 잠시 멈췄다가 다시 말을 이었다. "힐에 눌린 자국이었다면, 피는 그 신발 주인의 몸무게에 눌려 융단의 섬유 속까지 스며들었을 거야. 그렇지만 그렇지 않았어. 그 점에는 자네도 찬성하지? 피는 아주 조금 스며들었을 뿐이야, 그렇지? 거의 융단 표면에만 묻어 있었어."

본트리옴프는 눈을 감고 뛰어난 기억력으로 자신이 본 광경을 머리에 떠올렸다. 잠시 후, 그가 눈을 떴다.

"맞아, 내가 틀렸어. 힐 때문에 생긴 혈흔이 아니었어. 그렇다면 내 가설은 어디서부터 틀린 거지?"

"자네 가설이 틀린 건 그걸 혈흔이라고 생각했기 때문이야."

본트리옴프는 한층 더 깊게 미간을 찌푸렸다.

"설마 그게 혈흔이 아니라는 말은 아니겠지!"

"엄밀하게 말하면, 아니야." 다아시가 말했다. "그건 반쪽 혈흔에 불과해."

22

그날 밤 런던 후작의 집무실에는 아홉 명의 손님이 와 있었다. 후작의 가령인 서 프레데리크 브륄뢰르는 여덟 명이 앉을 수 있는 노란색 의자를 집무실에 가져다놓았고, 본트리옴프와 후작은 각자의 책상 앞에 앉았다. 다아시는 본트리옴프의 책상 옆에 놓인 붉은 가죽 회전의자에 앉아 다른 이들과 마주보고 있었다. 좌측에서부터 순서대로, 첫째 줄에는 그랜드 마스터 서 라이언 갠덜푸스 그레이, 컴버랜드 공작부인 메리, 퍼시 스몰렛 대령, 애슐리 중령이 자리했다. 둘째 줄에는 서 토머스 레소, 존 케찰 경, 파트리크 신부, 그리고 마스터 숀 오로클린이 자리했다. 그들 뒤 집무실 출입문 근처에는 헤널리 그레임 헌병대장이 서 있었다. 프레데리크에게 굳이 서 있겠다고 자청했기 때문이다.

프레데리크는 모두에게 음료를 대접한 다음 조용히 밖으로 나갔다.

런던 후작은 모두를 한번 훑어보며 말했다.

"신사 숙녀 제군." 그는 잠시 말을 멈추었다가 다시 주위를 둘러보았다. "이 자리에 오신 분들을 환영한다고 하지는 못하겠군. 제군은 초대가 아니라 명령을 받고 여기 왔기 때문이네. 그러나 진실을 밝히기 위한 증인으로 소환되었기 때문에, 단 한 사람만 제외하면 모두 내 손님이라고 생각해도 좋아." 그는 또다시 말을 멈추고는 깊게 숨을 들이마시고 천천히 내뱉었다. "미리 알리자면, 제군은 내 질문에 반드시 대답해야하네. 이것은 단지 런던 후작으로서 제군의 협조를 구하는 게아니라, 우리 모두의 군주이신 국왕 폐하의 명령에 의한 거야. 모두 이해했나?"

아홉 명이 조용히 고개를 끄덕였다.

"따라서 이 자리는 국왕 폐하의 법정 재판장인 내가 주재하는 특별조사위원회로 간주되고, 여기 있는 본트리옴프 경이 국왕의 법정 서기 역할을 맡을 것이네. 좀 변칙적으로 보일지도 모르겠지만 이는 법률과 합치되는 절차라네. 모두 이해했나?"

아홉 명은 또다시 묵묵히 수긍했다.

"좋아. 굳이 필요는 없겠지만, 법률로 정해져 있으니 고지하겠네. 이 자리에 있는 사람들이 하는 말은 전부 본트리옴프 경이 기록할 것이며, 그 기록은 증거로 사용될 수 있네.

성모 교회의 인가를 받은 감응 능력자인 베네딕토 수도회의 파트리크 신부는 법정 고문의 자격으로 이 자리에 와 있네.

공식적인 법정 수위로 런던의 치안헌병대장 헤널리 그레임이 참석했네.

현재 루앙에서 노르망디 대공 리처드 전하의 주임 수사관으로 근무하고 있는 다아시 경은 검사 자격으로 이번 사건의 기소를 맡을 것이네.

이 법정은 권고를 내릴 수 있는 권리를 가지고 있지만, 누구든 이 법정에서 기소당한 사람은 자유롭게 항소할 수 있고, 국왕 폐하께서 지정한 법정에서 재판받을 때는 변호사를 선임할 권리가 있네.”

후작은 다시 깊게 숨을 들이마시더니 헛기침을 했다.

“지금까지 말한 것을 모두 충분히 이해했나? 음성으로 대답해주게.”

그러자 “예, 후작님” 하는 여러 사람의 목소리가 들쑥날쑥하게 들려왔다.

“좋아.”

후작이 거구를 움직여 의자에서 일어나자, 모두 따라 일어섰다.

“신부님, 선서를 해주시겠습니까.”

후작이 베네딕토 수도회의 신부에게 말했다. 모두가 신부의 주도 아래 선서를 마치자, 후작은 이제야 편하게 앉을 수 있겠다는 듯이 한숨을 쉬며 다시 의자에 앉았다.

"자, 특별조사위원회를 시작하기 전에 하고 싶은 질문이 있나?"

질문은 없었다.

런던 후작은 고개를 조금 들고는 북슬북슬한 눈썹 아래로 다아시를 보았다.

"좋아. 검사, 그럼 시작해도 좋습니다."

다아시는 붉은 가죽 의자에서 일어나 법정을 향해 고개 숙여 인사한 뒤에 말했다.

"감사합니다, 재판장님. 회의를 진행하는 동안 착석해도 되겠습니까?"

"허가합니다. 앉아도 좋습니다."

"감사합니다, 재판장님."

다아시는 다시 붉은 가죽 의자에 앉았다. 그는 방안에 모인 손님들을 차례로 찬찬히 바라보며 말했다.

"이 사건에는 국가에 대한 반역과 살인이 관련되어 있습니다.

여러분 대다수가 관련 사실들을 알고 계시겠지만, 일단 모른다고 상정하고 얘기를 진행하겠습니다. 따라서 저는 관련 사실들을 순차적으로 하나씩 거론할 것입니다. 이 사실들의 진위를 증명할 증거는 사건 개요에 관한 제 변론이 끝난 다음 제시될 것입니다.

사흘 전, 그러니까 서기 1966년 10월 25일 화요일 아침, 오전 11시가 되기 조금 전 조르주 바버라는 이름의 사내가 셰르부르의 허름한 하숙집에서 칼에 찔려 사망했습니다. 이 법정에 제출될 예정인 증거에 의하면 바버는 이중 첩자였습니다. 즉, 바버는 대슬라브 국왕 카시미르 9세의 비밀 정보부를 위해 일하는 것처럼 가장하면서, 영불제국 해군 정보부에서도 보수를 받는 스파이였던 것입니다. 증거에 따르면 바버는 우리 영불제국에 충성하고 있었습니다. 스몰렛 대령님, 이 말이 사실임을 증언해주시겠습니까?"

다아시는 오른쪽 두번째 의자에 앉아 있는 남자를 보며 말했다.

"사실입니다, 검사님."

다아시는 말을 이었다.

"바버가 살해된 직후, 해군 정보부의 애슐리 중령은 셰르부르 치안헌병들에게 굿맨 조르주의 시신을 발견했다고 신고했습니다. 또한 그는 소브린 금화 백 닢을 바버에게 전달하라는 명령을 받았다고 보고했습니다. 이중 첩자인 바버는 피츠진이라는 남자에게 이 돈을 넘길 예정이었습니다."

다아시는 '해군 일급비밀'로 분류된 혼란 투사기의 정확한 성질과 기능에 관한 부분을 제외하고는 사건에 관련된 세부

사항들을 빠짐없이 하나하나 설명했다.

그는 살해당한 서 제임스 스윈지가 발견되었을 당시의 정황을 묘사했고, 다모젤 티아가 공격을 받은 후 다리 위에서 벌어진 싸움, 티아의 증언, 폴 니컬스의 시신 발견, 그리고 마스터 유언 매캘리스터를 찾아내서 체포한 경위를 모두 설명했다.

"이 법정에 제기된 의문은 다음과 같습니다." 다아시는 말했다. "누가 이 세 사람을 살해했는가. 그리고 그 이유는 무엇인가? 이 세 사람을 살해한 자는 동일한 인물이라는 것이 당국의 논지입니다."

다아시는 아홉 사람의 얼굴을 훑으며 그들의 표정을 살펴보았다. 그러나 그 누구도 불안한 기색을 드러내지 않았다. 범인으로 추정되는 그 인물조차 말이다.

스몰렛 대령은 헛기침을 했다.

"질문이 있으신 것 같군요, 스몰렛 대령님. 무슨 질문인지 말씀해주시겠습니까? 아, 일어나지 않으셔도 됩니다."

"다아시 경." 대령이 말을 멈추고 다시 헛기침을 했다. "이미 범인을 체포한 마당에 왜 이런 조사위원회가 필요한지 물어도 되겠습니까?"

"왜냐하면 우리는 아직 진범을 체포하지 않았기 때문입니다, 대령님. 마스터 유언은 지금까지 어떤 죄를 저질렀든 간에 사람을 죽인 적은 한 번도 없습니다. 하물며 세 사람을 죽인 범인은 결코 아닙니다."

스몰렛 대령은 "흐음" 하고 한숨을 내쉬고는 침묵했다.

"여러분, 저는 관련 증거를 빠짐없이 열거했습니다. 이제 이 증거들을 이치에 맞게 연결하는 것이 국왕 폐하의 검사로서 제가 할일입니다. 우선, 마스터 유언 매캘리스터가 앞서 언급한 세 건의 살인과 조금이라도 관련이 있다는 가설을 제외해야겠습니다. 마스터 유언이 대슬라브 국왕의 첩자였고, '만사나 데 오로'의 소유주인 시디 알나시르와 함께 활동한 것은 사실입니다. 관련 증거는 나중에 제시하겠습니다. 지금은 단지 마스터 유언이 살인과는 무관하다는 사실을 그대로 받아들여주시면 됩니다."

다아시는 해군 정보부장을 돌아보았다.

"스몰렛 대령님."

"예, 다아시 경?"

"지금부터 질문을 하나 드리겠습니다. 기밀 유지를 위해 가정하고 답해주시면 됩니다. 만약…… 만약이라고 했습니다…… 대령이 프랑스와 영국을 담당하는 폴란드 첩보부 책임자가 누군지 안다면, 대령은 그자를 암살하라고 명하겠습니까?"

스몰렛의 눈이 가늘어졌다.

"물론 명하지 않을 겁니다."

"어떤 이유에서입니까?"

"어리석은 짓이기 때문입니다. 그자가 누군지를 우리가 알고 있는 한은…… 아, 그러니까 만약 그자가 누군지를 우리가 알고 있는 경우에는…… 그자를 감시하는 편이 우리 입장에서는 훨씬 더 이득입니다. 그자가 필요로 하는 정보 대신, 우리가 주고 싶은 정보를 흘릴 수 있으니까 말입니다. 또 폴란드 첩보부의 책임자가 누군지 알면 그 휘하의 첩보원들이 누군지도 알아낼 수 있습니다. 머리가 누군지 알면 몸 전체를 감시하는 일도 더 쉬워지는 셈이지요."

"그렇다면 폴란드 첩보부 입장에서도 마스터 서 제임스 즈윈지를 죽이는 것은 실로 어리석은 행위라는 말씀이시군요?"

"아주 어리석은 짓입니다. 첩보 전술로서는 완전히 낙제감이지요."

스몰렛 대령은 엄숙한 표정으로 눈을 깜빡였고, 이 새로운 지적에 관해 잠깐 곰곰이 생각하는 것처럼 보였다.

"설령 마스터 유언이 폴란드의 스파이라는 사실을 서 제임스가 알아차렸다고 해도 말입니까?" 다아시가 물었다.

"흐으음. 아마 그랬을 겁니다. 마스터 유언을 탈출시킨 다음 새로운 신분을 위조해주고 다른 직책을 맡기는 편이 더 낫습니다."

"감사합니다, 스몰렛 대령님." 다아시는 이렇게 말한 다음 모두를 향해 고개를 돌렸다. "자, 보시다시피 마스터 유언이 흑마술을 사용해서 이 범죄를 저지르고, 의심받지 않을 정도로 너무나도 교묘하게 증거를 숨겼을 것이라는 가설에 대해서는 의문점이 많습니다. 저는 마스터 유언이 결코 그러지 못했을 것이라고 주장합니다. 파트리크 신부님."

다아시가 베네딕토회 수도사를 보자 그가 고개를 숙이고 말했다.

"예, 다아시 경?"

"마스터 유언이 체포된 뒤에 조사해보셨지요?"

"예."

"마스터 유언의 탤런트는 마스터 숀의 탤런트만큼이나 강력하고 효과적이었습니까?"

"검사님······" 신부는 말을 꺼내다 말고 런던 후작을 향해 고개를 돌렸다. "······ 후작님, 법정에 제 의견을 밝혀도 되겠습니까······"

"말씀해주십시오, 신부님." 런던 후작이 말했다.

"······제 증언이 충분치 않을 수 있지만 방금 다아시 경이 한 질문에 대답하자면, 마스터 유언의 탤런트는 마스터 숀의 탤런트에 비해 훨씬 약하고 조악하다고 말씀드릴 수 있습니다.

그러나 제 의견은 최상의 증거가 아니라는 점을 거듭 강조하고 싶습니다. 그러니까 원하신다면 제 의견 대신 만사나 데오로에서 벌어진 의지의 결투에서 마스터 손이 마스터 유언을 얼마나 쉽게 이겼는지를 반추해보시기 바랍니다. 마스터 손이 마스터 유언의 방문 자물쇠와 마술 가방에 걸려 있던 주문들을 얼마나 쉽게 풀었는지도 생각해보십시오. 검사님, 다시 한번 말씀드리지만, 이럴 경우 마술사가 아닌 제 의견은 그리 적절하지 않습니다."

"전혀 그렇지 않습니다, 신부님." 다아시가 말했다. "다시 한번 묻겠습니다. 마스터 손의 탤런트가 마스터 유언의 탤런트보다 훨씬 더 강력하다고 증언하실 용의가 있으십니까?"

"그렇습니다, 다아시 경."

다아시는 그랜드 마스터 서 라이언 갠덜푸스 그레이를 보았다.

"이 증언에 덧붙이고 싶은 말씀이 있습니까, 그랜드 마스터?"

라이언은 고개를 끄덕였다.

"허락해주신다면 애슐리 중령에게 질문을 하나 하고 싶습니다만."

"허락합니다." 런던 후작이 낮게 웅웅거리는 듯한 목소리로 말했다. "질문하십시오."

"애슐리 중령." 라이언이 말했다. "당신은 마스터 유언이 탄헬름 효과를 그의 스몰소드에 어떻게 사용했는지 수사관들 앞에서 묘사했습니다. 그렇다면……"

"잠깐만 기다려주십시오." 다아시가 말했다. "저는 애슐리 중령이 직접 증언하기를 원합니다. 그래주시겠습니까, 애슐리 중령?"

"물론입니다."

다아시는 라이언을 보았다.

"소머싯 다리에서 벌어진 싸움에 관해 듣고 싶으신 거겠지요, 서 라이언?"

"예, 괜찮으시다면 듣고 싶습니다."

다아시는 애슐리를 보았다.

"그럼 부탁합니다."

애슐리는 다리 위에서 벌어졌던 칼싸움을 빠짐없이 정확하게 묘사했다.

그러자 라이언이 말했다. "허락해주신다면 증인에게 질문 한두 가지를 하고 싶습니다."

"허락하겠습니다." 런던 후작이 말했다.

"중령." 라이언이 말했다. "마스터 유언은 어떤 검을 쓰고 있었습니까?"

"스몰소드입니다, 그랜드 마스터. 단면이 삼각형이고, 날은 없습니다. 길이는 75센티미터쯤 되고, 칼끝이 아주 뾰족합니다."

라이언은 고개를 끄덕였다. "그렇다면 마스터 유언이 검을 쓰자 검이 사라지는 것을 보았다는 말씀이군요?"

"정확히 말하자면 사라진 것은 아닙니다, 서 라이언." 애슐리가 대답했다. "그 검은…… 깜빡거렸습니다. 그러니까…… 설명하기가 쉽지 않군요. 간단하게 말해서 검을 계속 바라보고 있을 수가 없었습니다. 하지만 분명 존재한다는 것은 알 수 있었습니다."

"감사합니다, 중령." 라이언이 말했다. "자, 허락해주신다면 이제 증언을 하겠습니다. 정말로 강력한 마력을 가진 마술사, 예를 들어 마스터 서 제임스라든지 마스터 숀 오로클린이라면……"

"혹은 서 라이언이라면?" 다아시가 갑자기 물었다.

라이언은 미소 지었다. "……굳이 원하신다면 저를 포함해도 좋습니다, 검사님. 강력한 마력을 가진 마술사라면 자신의 검을 완전히 불가시不可視 상태로 만들어서, 전혀 보이지 않게 할 수 있습니다."

"감사합니다." 다아시가 말했다. "제가 법정에서 하고 싶은 질문은 이것입니다. 비록 마스터급이기는 하지만 마스터 유언처럼 제한된 탤런트를 가진 인물이 흑마술을 부린 다음 마스터 숀 오로클린, 혹은 마술사 컨벤션에 참가한 길드의 마스터 급 마술사들이 힘을 합쳐서도 발견할 수 없을 정도로 철저하게 자신의 행위를 은폐하는 게 가능할까요?"

"절대로 불가능합니다." 라이언이 단언했다.

다아시는 베네딕토 수도회 신부를 흘낏 보았다.

"신부님 의견은 어떠신지요?"

파트리크 신부는 조용한 목소리로 말했다.

"그랜드 마스터 서 라이언의 의견에 전적으로 동의합니다."

다아시는 몸을 돌려 런던 후작을 보았다.

"재판장님, 마스터 서 제임스 즈윈지 살해 현장에서 흑마술 사용 징후를 전혀 발견하지 못했다는 마스터 마술사 숀 오로클린의 증언을 법정에 제출할 필요가 있겠습니까?"

"그대로 진행하십시오. 증거가 필요하면 그때 가서 마스터 숀의 증언을 들으면 됩니다."

"감사합니다, 재판장님." 다아시는 잠시 말을 멈추고 다시 사람들을 둘러보았다.

"우리는 서 제임스가 오직 물리적 수단에 의해 살해당했다는 증거만 가지고 있습니다. 범행에 흑마술은 사용되지 않았고, 또 한 가지 확실한 사실은 서 제임스가 9시경 칼에 찔렸을 때, 그리고 삼십 분 후에 사망했을 때 방에 혼자 있었다는 겁니다. 어떻게 그런 일이 가능할 수 있을까요?

여기서 저는 단순히 물리적으로 충분히 설명할 수 있는 경우에도 우리가 마술적인 설명을 보다 쉽게 받아들이는 경향이 있다는 점을 지적하고 싶습니다."

다아시는 의자 등받이에 등을 기댔다. 그러나 그가 입을 열기 전에 토머스 레소가 손을 들었다.

"잠깐 지적해도 좋겠습니까. 저는 물론 이 살인에 마술이 쓰였다는 그 어떤 가설도 수학적으로 성립되지 않는다고 단언할 수 있습니다. 하지만 자물쇠가 잠긴 밀실 한가운데에서 피해자가 어떻게 평범한 수단에 의해 살해당했다는 건지 상상되지 않는군요."

"그래서 제가 그 점을 법정에 설명하려는 겁니다." 다아시가 말했다. "그렇지만 모든 증거는 이미 여러분의 눈앞에 있다는 점을 거듭 지적하고 싶습니다.

우리는 살인자가 어떤 사람을 죽이기 위해 반드시 그와 같은 방에 있을 필요는 없다는 점을 쉽게 간과합니다. 조르주 바버가 칼에 찔렸을 때, 그의 방에는 그를 제외하고 아무도 없었습니다. 그러나 그는 문 가까이에 쓰러져 있었습니다. 복도에 있던 누군가에게 찔렸을 가능성도 결코 무시할 수 없겠지요. 아니, 그럴 가능성이 아주 높다고 판단하는 편이 더 정확하겠군요."

"물론 그렇겠지요, 조르주 바버의 경우에는 말입니다." 애슐리가 말했다. "하지만 마스터 서 제임스의 경우에는 해당되지는 않잖습니까."

"아니, 해당됩니다, 중령." 다아시가 말했다. "적절한 도구를 쓴다면 방문 밖의 복도에서도 서 제임스를 쉽게 찌를 수 있었을 겁니다."

"하지만…… 잠긴 문을 통해서 어떻게 가능하다는 겁니까?" 존 케찰이 물었다.

"왜 안 된단 말입니까?" 다아시가 되물었다. "문이 잠겼다고 해서 관통이 불가능한 건 아닙니다. 로열스튜어드호텔의 객실 문들은 아주 오래되었습니다. 적어도 두 세기 전에 만들어진 것들이죠. 그 문을 열기 위해 필요한 열쇠의 크기를 머리에 떠올려보십시오. 그리고 그렇게 크고 육중한 열쇠가 들어가는 열쇠 구멍의 크기를. 서 제임스가 머물던 객실의 방문은 잠겨 있었지만, 그 문의 열쇠 구멍은 2.5센티미터 너비의 칼날이 충분히 들어갈 정도로 컸습니다."

다아시는 손을 보았다.

"질문이 있습니까, 마스터 손?"

"있습니다. 마스터 서 제임스가 찔린 칼이 열쇠 구멍을 통해 들어왔다는 경의 의견에 저도 동의합니다. 다아시 경이 제안한 대로 열쇠 구멍을 조금 깎아서 조사해본 결과, 서 제임스의 혈흔을 발견했습니다. 하지만 다아시 경이 허락해주신다면……" 숀은 살짝 미소를 지으며 말했다. "어떻게 하면 열쇠 구멍을 통해서 피해자를 위에서 아래 방향으로 찌를 수 있는지 직접 실연해보고 싶습니다만."

"좋습니다." 다아시가 말했다. "우선 문 근처에 있던 기묘한 혈흔에 대한 얘기로 주의를 환기할 필요가 있겠군요. 그 혈흔에 관한 자세한 묘사는 제출한 문서에 포함되어 있습니다, 재판장님."

런던 후작은 고개를 끄덕였다.

"포함되어 있지. 허가합니다, 검사."

다아시는 몸을 돌리고 오른쪽에 있는 본트리옴프를 보았다.

"프레데리크에게 문을 가지고 오라고 해주겠습니까?"

본트리옴프는 등뒤로 손을 뻗어 끈을 잡아당겼다. 그러자 뒷문이 열리더니 프레데리크가 뒤에 조수를 대동하고 육중한 참나무 문을 들고 방으로 들어왔다. 그들은 노란 의자들과 후작의 책상 사이 방 한가운데에 그 문을 내려놓고 똑바로 세웠다.

다아시가 말했다. "꼭 필요한 실연입니다. 이 문은 서 제임스가 묵은 객실의 방문과 똑같습니다. 로열스튜어드호텔의 다른 방에서 떼어낸 것이지요. 모두 문 양쪽이 보입니까? 좋습니다.

마스터 숀, 지금은 고인이 된 동료 역할을 당신이 맡아주겠습니까?"

"물론입니다, 다아시 경."

"좋습니다. 자, 그럼 문 저편에 서 있으십시오." 다아시가 손짓했다. "문손잡이와 열쇠 구멍이 당신의 몸 왼편에 위치하도록 말입니다. 이번 실연에서 저는 범인 역할을 맡겠습니다."

다아시는 본트리옴프의 책상에서 종이 한 장을 집어들었다.

"자, 시작하겠습니다. 애슐리 경, 검을 빌려주겠습니까?"

애슐리는 아무 말 없이 가느다란 해군용 검을 칼집에서 뽑아 다아시에게 내밀었다.

"고맙습니다. 이번 수사에서는 중령의 조력이 정말 컸습니다.

자, 마스터 숀, 이제부터 작은 연극을 해봅시다. 여러분, 지금부터 보시는 일을 실제로 일어났던 일이라고 생각해주시기 바랍니다. 다만 제가 하는 말은 실제와 다를 수 있으니, 그 점은 유념해주시기 바랍니다."

숀이 문 반대편으로 가서 서자, 다아시가 문 앞으로 걸어가 두들겼다.

"누군가?" 숀이 말했다.

"해군성에서 온 특사입니다." 다아시는 평소와는 다른 높은 목소리로 말했다.

"프런트 데스크에서 봉투를 받아가라는 얘기를 못 들었

나." 마스터 손이 말했다.

"들었습니다, 서 제임스." 다아시는 여전히 높은 어조로 말했다. "하지만 여기 스몰렛 대령님이 보내신 특별한 전갈이 있습니다."

"아, 알았네." 손이 말했다. "그냥 문 아래로 밀어넣게."

"직접 전해드리라는 명령을 받았습니다." 다아시는 이렇게 말한 다음 열쇠 구멍에 검 끄트머리를 슬쩍 집어넣었다.

"그냥 문 아래로 밀어넣으면 받겠네." 손이 말했다. "그럼 내가 직접 건네받은 것이 되지 않나."

"알겠습니다, 서 제임스." 다아시가 말했다. 그는 여전히 검 끄트머리를 열쇠 구멍에 넣어둔 채, 무릎을 꿇어 종이를 문 아래 틈새로 밀어넣었다.

문 반대편에 있던 손은 종이를 집어들기 위해 허리를 굽혔다.

바로 그 순간, 다아시가 검을 획 찔러넣었다.

검 끝이 손의 가슴에 닿자 찰칵, 금속이 스치는 듯한 소리가 났다.

그 순간 다아시는 검을 뺐다. 손은 정말로 칼에 찔린 듯이 숨을 훅 들이켰고, 비틀거리며 몇 걸음 뒤로 물러났다가 바닥에 쓰러졌다. 다아시는 문 아래에서 종이를 끄집어낸 다음 일어섰다.

"마스터 손은 아주 튼튼한 셔츠 형태의 사슬 갑옷을 입고 있습니다." 다아시가 말했다. "불행하게도 서 제임스는 그러지 못했지만 말입니다. 자, 직접 봤으니 이제 이해하셨으리라고 생각합니다. 서 제임스는 문 아래로 밀어넣어진 봉투를 집어들기 위해 허리를 굽혔고, 그 과정에서 왼쪽 가슴이 열쇠 구멍 앞에 놓이게 됐던 겁니다.

검이 열쇠 구멍을 통과해 그의 가슴을 찔렀고, 피 한 방울이 흘러내렸습니다. 반은 융단 위에 떨어졌고, 나머지 반은 편지가 든 봉투 위에 떨어진 겁니다. 칼이 뽑히고 서 제임스가 문에서 몇 걸음 뒤로 비틀거리며 후퇴하기 전까지는 칼날 자체가 출혈을 막고 있었습니다.

서 제임스는 쇼크 상태에 빠져 기절했습니다. 상처가 깊기는 했지만 당장 그의 목숨을 앗아갈 정도는 아니었습니다. 칼날이 주요 혈관을 모두 비켜 지나갔고, 폐를 관통하지도 않았으니까요. 약간의 출혈은 있었으나 그리 심각하지는 않았습니다. 그는 그 자리에서 삼십 분 정도 쓰러져 있었습니다.

다만, 칼날은 폐의 대동맥 외벽에 손상을 입혔습니다. 얇은 내막 하나가 겨우 버티고 있는 상태였습니다.

9시 30분, 서 제임스와의 약속이 있었던 마스터 손이 방문을 두드렸습니다.

노크 소리에 서 제임스가 실신 상태에서 깨어났습니다. 그는 시간이 흘렀다는 사실을 자각했고, 문을 두드린 사람이 숀이라는 사실을 알아챘지요. 서 제임스는 가까스로 몸을 일으켜 책상을 움켜쥐었습니다. 책상 위에는 방문 열쇠와 은제 날이 달린 접촉 절단기가 놓여 있었습니다. 그는 소리를 질러 숀에게 도움을 요청했습니다.

그러나 움직이면서 무리한 탓에 혈관을 가까스로 유지하고 있던 얇은 내막이 너무 큰 압력을 받았고, 결국 혈관이 파열되면서 출혈이 일어나게 된 겁니다. 서 제임스는 칼과 열쇠를 떨어뜨리며 다시 바닥에 쓰러졌고, 몇 초 뒤 사망했습니다."

그후 숀은 바닥에서 일어나며 입고 있던 마술사 로브의 먼지를 조심스럽게 털어냈고, 프레데리크와 조수는 방문을 들고 나갔다.

"덧붙이자면······" 아일랜드인 마술사가 말했다. "다아시 경이 제 가슴을 검으로 찌른 각도는 서 제임스의 시신에 남아 있는 상처의 각도와 정확하게 일치합니다."

다아시는 조심스럽게 들고 있던 검을 본트리옴프의 책상 위에 내려놓았다.

"이제 아셨으리라고 생각합니다. 마스터 제임스가 어떻게 공격당하고, 어떻게 사망했는지를 말입니다.

자, 사건 개요에 관해 말씀드리겠습니다.

우선, 우리는 사건을 거슬러올라가 피츠진이라는 수수께

끼의 인물을 다시 불러내야 합니다. 문제의 화요일 아침에, 그는 조르주 바버가 이중 첩자라는 사실을 알아차렸습니다. 그래서 조르주를 제거해야 했지요. 피츠진은 조르주의 방으로 올라가서 문을 두들겼습니다. 조르주가 문을 열자, 피츠진은 상대방을 칼로 찔러 죽였습니다. 조르주와 함께 방안에서 그 장면을 목격한 사람은 없었습니다. 아무도 없었으니까요. 피츠진은 복도에 서 있었던 겁니다.

바버는 이미 피츠진의 정체를 알아냈고, 그날 이른 아침에 제드, 즉 서 제임스 즈윈지에게 편지를 보낸 상태였습니다. 피츠진은 자신의 신원이 들통나는 것을 막기 위해 이곳 런던으로 왔습니다. 여기서 그는 편지 한 통을 손에 넣었습니다. 피츠진은 해군성 앞으로 보내어진 이 봉투에 그의 정체를 폭로한 바버의 보고가 들어 있다고 생각했습니다. 그래서 피츠진은 즉시 서 제임스의 방으로 갔습니다. 그는 해군성의 것이 명백한 그 봉투를 가지고 서 제임스를 기만했고, 열쇠 구멍 앞으로 몸을 기울이도록 유도했습니다."

다아시는 손짓을 하며 말을 이었다.

"그 결과 저와 마스터 숀이 방금 보여드린 일이 일어났습니다."

다아시는 숨을 죽이고 바라보고 있는 일동을 훑어보았다.

"이제 여러분 모두 그 범인이 누구인지 짐작하셨으리라

생각합니다. 그리고 다행히 이것을 뒷받침할 증거도 있습니다. 범인은 자신의 가정에 오류가 있을 가능성을 간과했습니다. 범인은 10월 25일 화요일 아침에 발송된 바버의 편지가 다음날인 26일 수요일 아침 일찍 도착할 거라고 생각했습니다. 또한 바버가 그 편지를 로열스튜어드호텔로 보냈고, 서 제임스 즈윈지가 해군성 앞으로 보낸 문제의 봉투에 바버의 편지와 더불어 서 제임스의 편지 역시 들어 있으리라 생각했던 겁니다.

그러나 범인은 한 가지를 간과했습니다. 서 제임스가 로열스튜어드호텔에 머물고 있다는 사실을 바버가 몰랐을 가능성을요. 몰랐다면, 바버가 이곳 후작 관저 앞으로 편지를 보냈을 가능성이 훨씬 더 높았지요.”

다아시는 의자에서 일어나 후작의 책상 앞으로 걸어갔다.

“그 봉투를 받을 수 있겠습니까, 재판장님?”

그러자 런던 후작은 아무 말 없이 다아시에게 하늘색 봉투를 건넸다.

다아시는 봉투를 보았다.

“셰르부르의 소인이 찍혀 있습니다. 발송일은 10월 25일 화요일이고, 수령일은 26일 수요일 오전이군요. 수신인은 서 제임스 즈윈지로 되어 있습니다.”

다아시는 사람들을 돌아보았고, 헌병대장 헤널리 그레임

이 한 사내 바로 뒤에 다가간 것을 확인하며 만족했다.

"언급한 편지에는 한 가지 특색이 있었습니다." 다아시는 온화한 어조로 말을 이었다. "마스터 마술사인 서 제임스는 휘하의 정보원들에게 특수한 편지지와 잉크, 파란색의 특수 봉랍, 그리고 특수한 인장을 지급했습니다. 이것들은 모두 마술적으로 처리되었기 때문에 서 제임스 본인이나 스몰렛 대령이 직접 봉투를 열지 않는다면, 봉투 안에 있는 종이는 백지가 됩니다. 제 말이 맞습니까, 스몰렛 대령님?"

"맞습니다."

다아시는 손에 든 편지봉투를 보았다.

"그러므로 이 봉투는 아직 개봉되지 않은 상태입니다. 이제 이 봉투를 뜯을 수 있는 사람은 스몰렛 대령님 한 분뿐입니다. 그리고 그것을 뜯으면 서 제임스를 살해한 피츠진의 정체를 알 수 있게 됩니다. 자, 봉투를 뜯어주시겠습니까?"

해군 대령은 봉투를 건네받은 다음 파란 봉랍을 뜯었고, 봉투를 열고 종이 한 장을 꺼냈다.

"서 제임스 앞으로 되어 있군요." 대령이 말했다. "낯익은 필적이군요. 바버가 보낸 것입니다."

대령은 편지를 끝까지 읽지는 않았다. 반쯤 읽었을 때 그는 왼쪽으로 몸을 돌리고 "너!" 하고 나직하게 말했다. 분노와 충격이 섞인 말투였다.

애슐리 중령은 의자에서 일어서더니 허리에 찬 칼자루에 오른손을 뻗었다.

그러나 곧 칼집 안이 비어 있다는 사실을 깨달았다. 그의 검은 방 너머에 있는 본트리옴프의 책상 위에 놓여 있었다. 그 순간 그는 한 가지 사실을 더 깨달았다. 무언가 그의 등을 압박하고 있다는 것을.

헌병대장 헤널리 그레임은 권총을 쥔 손을 꿈쩍도 하지 않고 말했다.

"딴생각은 하지 마십시오, 중령님. 지금까지도 충분히 사람을 죽이지 않았습니까."

"더 할말이 있습니까, 중령?" 다아시가 물었다.

애슐리는 입을 벙긋하다가 닫았고, 마른침을 삼키더니 다시 입을 열었다. 두 눈은 먼 곳 어딘가를 응시하고 있는 듯했다.

"드디어 들통났군요." 쉰 목소리였다. "살인을 저지른 건 유감스럽게 생각하고 있습니다. 하지만…… 하지만, 그렇게 하지 않았다면 여러분은 저를 매국노라고 생각하셨을 겁니다. 저는 돈이 필요했지만, 제국을 배신할 생각은 추호도 없었습니다. 비밀이 무엇인지도 몰랐습니다."

애슐리는 말을 잇지 못하고 왼손으로 눈을 가렸다.

"바버가 폴란드 정보원이라는 사실은 알고 있었지만, 이중 첩자인지는 몰랐습니다. 그자에게서 돈을 뜯어낼 수 있을 거라고만 생각했습니다. 하지만 저는…… 저는 국왕 폐하를 배신하려던 건 아닙니다. 단지 누군가가 저를 의심할까봐 두려웠을 뿐입니다."

애슐리는 말을 멈추고 손을 아래로 떨구었다.

"여러분." 그는 목소리가 떨리자 최대한 침착하게 말하려 애썼다. "파트리크 신부님께 고해성사를 하고 싶습니다. 그런 다음 법정에서 고백하겠습니다."

런던 후작이 다아시를 보며 고개를 끄덕였다. 그러자 다아시도 후작을 보며 고개를 끄덕였다.

"국왕 폐하께서 허락하실 겁니다, 애슐리 경. 하지만 칼집과 재킷은 여기 두고 가셔야 합니다."

애슐리는 말없이 뒤쪽 의자에 검대를 끌러놓았고, 재킷을 벗어 그 위에 올려두었다.

"헤널리 대장." 런던 후작이 말했다. "죄를 자백한 이 사내를 연행하십시오. 그리고 신부님 앞에서 고해성사를 할 수 있게 바깥 방으로 데려가십시오. 그에 관한 법규를 지키는 것도 잊지 마십시오."

"예, 재판장님."

헤널리 대장이 대답한 뒤, 세 사람은 방을 떠났다.

"자, 검사." 후작이 말했다. "이 법정과 출석인들을 위해서 사건의 전모에 관해 보고해주십시오."

다아시가 고개를 숙여 인사했다.

"예, 재판장님.

제가 애슐리를 처음으로 의심하기 시작한 것은, 출입자 명단을 보고 그가 마스터 손에게 편지를 전할 목적으로 수요일 아침 8시 48분에 호텔로 들어왔다는 사실을 알고부터였습니다. 그러나 애슐리는 9시 25분에 본트리옴프 경에게 말을 걸 때까지 마스터 손을 찾으려는 시도조차 하지 않았습니다. 물론 그것만으로 단정할 수는 없었습니다. 실제로 일어난 일은 이렇습니다.

본인 입으로 말했듯, 애슐리는 돈이 필요했습니다. 왜 필요했는지는 잠시 후에 설명해드리겠습니다. 애슐리는 자신이 갖고 있지도 않은 비밀을 팔려고 했습니다. 비밀을 가지고 있다는 증명조차도 할 수 없었기 때문에, 급기야는 자기 얼굴을 확인시키고 그 대가로 소브린 금화 백 닢을 받는 것으로 만족할 수밖에 없는 상황에까지 이르렀습니다.

월요일 밤에 셰르부르에 도착한 애슐리는 바버를 만났고, 다음날 아침 돈을 주겠다는 약속을 받아냈습니다. 그리고 화요일 아침이 되자 애슐리 중령은 조르주 바버에게 소브린 금화 백 닢을 배달하라는 명령을 받았던 겁니다.

그 시점에서 그는 공황에 빠졌습니다. 그러나 이것은 여러분이나 제가 생각하는 그런 상태가 아니라, 차갑고, 공포로

445

가득한 상태였습니다. 애슐리의 심리는 이런 식으로 작동했습니다.

애슐리는 자기가 해군 정보부원의 페르소나를 두르고 직접 돈을 배달하면 바버가 금세 자신을 알아보리라는 것을 알고 있었습니다. 게다가 바버가 이중 첩자임을 깨달은 그는 자신의 계획이 완전히 파탄났다는 사실도 알았습니다. 그래서 애슐리는 바버의 방으로 올라갔고, 바버가 문을 열자 살인 목적으로 미리 구입한 값싼 나이프로 바버를 찔러 죽였습니다.

그런 다음 살인 사건이 일어났다고 헌병에게 직접 보고했습니다. 그가 도착하기 몇 분 전에 바버의 하숙집 관리인이 잠시 외출했다는 우연한 행운도 그의 행각을 도왔습니다. 그렇지만 그는 곧 자기 신원이 이미 제드에게 보내졌다는 사실을 깨달았습니다. 그래서 그 정보가 해군성에 도착하기 전에 차단해야 했습니다."

다아시는 깊게 숨을 들이마셨다.

"사실 어떤 의미에서는 그를 도운 건 저라고 할 수도 있습니다. 당연한 얘기지만, 당시 저는 애슐리가 범인인지 몰랐습니다. 그래서 런던에 가는 김에 마스터 손 앞으로 보내는 제 메시지도 함께 전해달라고 한 다리 건너 부탁했던 겁니다. 그 덕에 애슐리는 로열스튜어드호텔에 들어갈 수 있었습니다.

수요일 아침 6시 30분에 셰르부르에서 온 우편물이 로열스튜어드호텔에 배달되었습니다. 마스터 서 제임스는 자기 앞으로 온 우편물들을 7시 정각에 받았습니다. 그렇게 받은 암호문을 해독한 다음, 그는 프런트 데스크로 내려가서 그가 신뢰하던 폴 니컬스에게 부탁했습니다. 해군성의 전령이 오거든 봉투를 하나 전달해달라고 말입니다. 동시에 서 제임스는 호텔 직원 한 명을 해군성으로 보내 스몰렛 대령에게 봉투를 받아가라는 전갈을 전하게 했습니다.

서 제임스는 다모젤 티아를 대동하고 자기 방으로 돌아갔습니다. 그 직후에는 이미 들으셨듯이 토론과 논쟁이 이어졌습니다. 티아가 방을 떠나자 그는 마지막으로 방문을 잠갔습니다. 그리고 8시 48분에 애슐리 경이 호텔에 도착했습니다. 마스터 손을 찾는다는 명목으로 말입니다. 애슐리 경은 프런트 데스크로 가서 마스터 손이 어디 있는지 물으려고 했습니다. 그런데 폴 니컬스는 애슐리가 해군성에서 온 전령이라고 지레짐작한 겁니다."

다아시는 손바닥을 펼치고 손짓해 보였다.

"물론 이는 증명할 수 없지만, 전후 상황을 따져보면 정확하게 들어맞습니다. 니컬스는 아마 이렇게 말했을 겁니다. '아, 중령님, 서 제임스의 봉투 수령차 해군성에서 오셨군요?' 하고 말입니다. 이런 상황에서 애슐리 경이 뭐라고 대답했겠습니까? 물론 '그렇네' 하고 말하고 봉투를 건네받았겠지요. 봉투 겉면에 쓰인 서 제임스의 방 번호를 보고 애슐리 경은 곧장 그 방으로 향했습니다.

그리고 애슐리 경은 서 제임스에게, 아까 제가 마스터 손에게 재연한 작은 연극과 같은 일을 했던 겁니다."

다아시는 작게 손짓하며 말했다.

"저는 여기서 한 가지 기묘한 점을 지적하고 싶습니다. 살인범들이 범행에 성공하는 건 운이 좋았기 때문일 때가 우리 생각보다 많습니다. 순전히 요행에 의해, 방금 언급한 바로 그 방법으로 누구든 서 제임스를 충분히 살해할 수 있었을 겁니다. 보통 사람이라도 운만 좋으면 서 제임스를 유인해서 적절한 자세를 취하게 하고 문 너머에서 칼을 찔러넣을 수 있다는 뜻입니다. 실제로 일어난 일과 똑같이요.

그러나 애슐리 중령은 단지 운이 좋았던 것이 아니었습니다. 중령에게는 한 가지 능력이 있었습니다. 아주 이따금이긴 하지만 정신적 스트레스를 받으면 가까운 미래를 예측할 수가 있었던 겁니다.

여러분, 다시 그 열쇠 구멍에 유의해주십시오. 문은 아주 두껍습니다. 열쇠 구멍은 해군의 검을 집어넣을 수 있을 정도로는 크지만, 그 검을 자유롭게 움직일 만한 여지는 거의 없습니다. 오직 열쇠 구멍이 뚫려 있는 방향으로만 칼날을 찔러넣을 수 있습니다.

설령 중령이 문 밑에 집어넣은 편지로 서 제임스를 문 가까이 유인하는 데 성공했다 쳐도, 그가 정확한 위치에 서게 될 확률은 극히 낮습니다.

문 아래의 종이를 끄집어낼 때, 얼마나 여러 가지 자세를 취할 수 있는지 생각해보십시오.

실제로 서 제임스처럼 자세를 취할 확률이 가장 높기는 합니다. 그러나 제정신인 살인자라면 그 확률에 기대어 위험을 무릅쓰겠습니까? 그럴 리는 없을 겁니다.

이것은 제가 애슐리 중령을 살인범으로 지목하게 된 여러 단서 중 하나였습니다. 애슐리 중령은 엄청난 정신적 긴장의 영향 아래 있었던 탓에, 예지력을 사용해 서 제임스가 언제, 어느 지점에 올지를 정확하게 알 수 있었습니다. 그러니 의심의 여지는 없었겠지요. 그리고 중령은 서 제임스로 하여금 그런 자세를 취하게 하려면 자신이 어떤 일을 해야 하는지도 정확히 알고 있었습니다.

서 제임스는 애슐리 중령을 방에 들이려 하지 않았습니다. 자물쇠를 풀고 문을 열지도 않았을 겁니다. 따라서 애슐리는 유일한 방법을 동원해 그를 죽여야 했습니다. 그리고 약간의 탤런트를 가지고 있었기 때문에 그 일을 실행에 옮길 수 있었습니다.

검은 열쇠 구멍을 통해 일직선으로 들어갔습니다. 그 과정에서 피 한 방울이 떨어졌습니다. 반은 융단 위에, 나머지 반은 봉투 위에 말입니다.

이 부분에 대해서는 아주 확실하다고 생각합니다. 제임스를 찌른 다음 애슐리 경은 봉투를 다시 호주머니에 집어넣고 칼집에 검을 꽂았습니다. 그래서 조금 전 애슐리 경에게 재킷과 칼집을 두고 가라고 했던 겁니다.

다아시는 중령이 검대와 재킷을 남겨두고 간 의자를 손짓해 보였다. 마스터 손이 이미 재킷을 조사해본 후였다.

"다아시 경 말씀이 맞습니다." 손이 말했다. "재킷 안감에 얼룩진 부분이 있습니다. 칼집 안에도 보나마나 자국이 남아 있을 겁니다."

"저도 그렇게 생각합니다." 다아시가 말했다. "그럼 하던 얘기를 계속하죠. 그 시점에서, 애슐리 경은 뭔가 다른 사실을 깨달았습니다. 자신이 봉투를 수령했다는 사실을 아는 사람이 하나 남아 있다는 걸 말입니다.

폴 니컬스가 어떻게 살해당했는지는 정확히 재현할 수 없지만, 아마도 이런 상황이었다고 생각합니다.

9시 정각에 호텔 로비에 도착한 애슐리 경은 니컬스가 떠나는 것을 보았습니다. 뒷문으로 통하는 복도는 로비에서도 잘 보이기 때문에, 그는 사무실에서 나오는 니컬스를 본 것이 틀림없습니다.

애슐리 경은 복도로 가서 니컬스를 가구 수리실로 유인했습니다. 그러곤 재빨리 머리를 때려 기절시키고 로프로 목을 졸랐습니다."

다아시는 딱, 하고 손가락을 튕겼다.

"그렇게 폴 니컬스라는 증인은 제거되었습니다.

그런 다음 애슐리 경은 공황에 빠졌던 것이 틀림없습니다. 벽장 안에서, 방금 목 졸라 죽인 사내의 시신 앞에 우뚝 서 있던 그는 봉투 속에 무엇이 들어 있는지 알아보려고 했습니다. 애슐리 경은 황급히 봉투를 뜯었고, 그 과정에서 파란색 봉랍 조각들을 시신 위에 흘렸습니다.

물론 그는 아무것도 알아내지 못했습니다. 그 안에 있던 종이는 모두 백지였기 때문입니다. 아마 나중에 모두 불태웠을 거라 생각됩니다. 그러는 편이 안전하니까요.

그렇지만 애슐리 경에게는 해야 할 일이 한 가지 더 남아 있었습니다. 제가 부탁한 전갈을 마스터 손에게 전해야 했던 겁니다.

애슐리 경은 로비에서 본트리옴프 경을 만났고…… 흐음, 그다음에 무슨 일이 일어났는지는 여러분 모두 알고 계시리라 믿습니다.

참고로, 애슐리 경이 호텔 로비로 돌아온 시각은 9시 10분경입니다. 본트리옴프 경에게 실제로 말을 건 시각은 9시 25분이었지요. 이로 미루어보건대, 애슐리 경은 마술사와 얘기를 나누면서 자신의 상태를 상대방이 눈치챌까봐 두려워했고, 본트리옴프 경을 본 뒤에야 다른 사람과 말을 나눌 용기가 생겼다고 추정하는 것이 타당합니다."

스몰렛 대령이 오른손을 들어올리자 소매에 달린 금빛 수장編帳이 가스등 불빛을 받고 번득였다.

"다아시 경, 괜찮으시다면 질문을 하나 드리고 싶습니다."

평소 혈색이 좋은 그의 얼굴이 지금은 조금 창백해진 느낌이었다. 정보부의 책임자인 그가 가장 신뢰하던 부하에게 배신당했다는 사실을 받아들이기는 쉽지 않았을 것이다.

"물론입니다, 대령님. 어떤 질문이신지요?"

"애슐리 중령이 어떤 짓을 했고, 또 어떻게 그랬는지는 이해할 수 있을 것 같습니다. 그러나 왜 그런 짓을 했는지는 모르겠습니다. 경은 알고 계십니까?"

"몇 시간 전까지만 해도 저의 가장 큰 의문 역시 그것이었습니다. 애슐리 경의 범행 동기는 돈이었습니다. 사실, 어제 해군성에서 애슐리 중령과 대화를 하면서, 중령이 배신의 이유를 오로지 금전적인 맥락에서만 바라본다는 사실을 알게 되었습니다. 다른 용의자들의 동기에 관해 토론했을 때도, 중령은 언제나 모든 가능성을 돈 문제로 귀결시키더군요.

하지만 만사나 데 오로를 수색했을 때까지만 해도, 저는 그 동기 뒤에 숨겨진 동기까지는 이해하지 못했습니다. 왜 그토록 절실하게 돈이 필요했는지를 모르고 있었던 겁니다.

마스터 유언 매캘리스터는 완전한 자백을 했고, 또 이 모임은 단지 특별조사위원회이기에 마스터 유언을 증인으로 직접 부르지 않고도 그 내용에 관해 얘기해드릴 수 있습니다."

다아시는 잠시 말을 멈추고 미소를 지었다.

"현재 마스터 유언은 도저히 증인으로 출석할 만한 상태가 아닙니다."

그는 양쪽 손가락 끝을 맞대고 자신의 부츠 끄트머리를 내려다보았다.

"마스터 유언 매캘리스터는 폴란드 정부의 하수인으로 만사나 데 오로의 지배인 시디 알나시르와 협력해서 애슐리 중령을 협박하고, 폴란드 첩자로 만들려고 했습니다.

룰렛의 회전반이 돌고, 카드가 뒤집히고, 주사위가 구를 때, 도박사는 순간적으로 심령적인 긴장이 높아지는 것을 경험합니다. 그래서 그런 이유로 도박을 하지요. 스릴 때문에. 애슐리 경의 능력은 그런 긴장감이 들 때 어디에 돈을 걸면 이길지 간헐적으로 감지하는 겁니다.

물론 자주 그랬던 것은 아닙니다. 긴장의 강도가 그리 높지 않으니까요. 그렇지만 그 덕에 중령은 도박사들이 말하는 '감'을 얻었습니다. 이 감이 승률을 높이는 겁니다. 중령은 판

돈을 거머쥐었습니다. 항상은 아니고, 또 많이 딴 건 아니지만 규칙적으로 돈을 땄습니다.

물론 도박장에 고용된 마술사들은 중령의 이 희귀한 능력을 탐지할 수가 없습니다. 마스터급 마술사조차도 탐지할 수 없는 능력이니까요."

다아시는 서 토머스 레소를 쳐다보았다.

"제 말이 맞습니까, 서 토머스?"

이론 마술사는 고개를 끄덕였다.

"맞습니다. 그런 특수한 유형의 탤런트는 시간과 관련되어 있기 때문에 능동적이라기보다는 수동적입니다. 다시 말해서, 관찰적인 성질을 가지고 있어서 탐지가 불가능합니다. 공간을 투시하거나 이따금 과거를 투시하는 탤런트를 가진 천리안과는 달리, 미래를 향해 작용하는 예지적 감각은 예상이나 훈련, 조작이 거의 불가능합니다."

서 토머스 레소는 어깨를 약간 으쓱했다.

"언젠가 저보다 더 나은 수학자가 나타나서 시간의 비대칭성 문제를 해결할지도 모르지만, 하지만 그때까지는……"

토머스는 또 한번 어깨를 으쓱하며 말꼬리를 흐렸다.

"감사합니다, 서 토머스." 다아시가 말했다. "그렇지만 마술사라면 어떤 특수한 상황에서는 그런 예지 감각을 저해할 수도 있습니다. 마스터 유언 매캘리스터가 만사나 데 오로의 도박 기구들에 마력을 행사했을 때, 애슐리 중령은 그곳에서 도박을 하고 있었습니다. 오로지 중령을 노리고 그랬던 겁니다.

중령은 돈을 잃기 시작했고, 정신을 차렸을 때는 이미 큰 빚을 진 상태였지요. 그리고 바로 그런 이유로 중령은 그 일을 저질렀습니다."

다아시는 미소를 지었다.

"그건 그렇고, 마스터 유언이 자백하면서 특히 강조했던 점이 있습니다. 어젯밤 소머싯 다리에서, 상대방이 자신의 모든 움직임을 예측한다는 사실을 갑자기 깨달은 마스터 유언이 얼마나 당황했을지를 상상해보십시오. 하지만 이건 여담에 불과합니다.

사실, 애슐리 중령이 범죄를 저지를 수 있었던 것은 엄청난 요행 덕분이었습니다. 중령은 어떤 계획에 따라 행동한 것이 아니고, 단지 충동적으로 그런 일들을 저질렀을 뿐입니다. 그래서 제가 조사했던 그 어떤 범죄들보다 더 불가해한 사건을 만들어냈던 겁니다.

그리고 그 요행 못지않은 엄청난 불운 탓에 중령은 꼬리를 밟혔습니다. 위험에 직면했을 경우 애슐리 경은 기민하고 냉정하게 행동합니다. 행동에 나서든, 거짓말을 하든 똑같이 유능하다고나 할까요. 그러나 시디 알나시르의 사무실에서 중령이 한 거짓말은 허점투성이였습니다. 어제 오후 우리가 폴 니컬스의 행방을 찾고 있었을 때, 저는 대령님께 니컬스의 은신처나 폴란드 첩보망의 본거지를 알아낼 실마리가 있는지를 물었습니다. 대령님은 전혀 짐작도 되지 않는다고 하셨죠.

하지만 그날 저녁 시디 알나시르의 사무실에서 애슐리 경은 침착하게 자신이 시디에게 소브린 금화 150닢을 빚지고 있다고 털어놓았습니다. 제국 해군의 중령에게도 이것은 매우 큰 금액입니다.

애슐리 중령은 제게 이렇게 설명했습니다. 해군 정보부에서는 오랫동안 시디를 의심해왔고, 때문에 중령이 직접 나서서 시디로 하여금 대슬라브 국왕을 위한 첩보원으로 일하면 빚을 탕감해주겠다는 제안을 이끌어낼 목적으로 일부러 빚을 졌다고 말입니다.

아까 말했듯이 이 시점에서 중령의 엄청난 요행은 엄청난 불운으로 뒤바뀌었습니다. 애슐리 중령은 시디 알나시르가 정말로 폴란드 정부의 하수인이라는 사실을 전혀 모르고 있었습니다. 중령은 만사나 데 오로에 빚을 졌고, 시디는 대령님에게 그 사실을 알리겠다고 위협했습니다. 스몰렛 대령님, 만약 그 사실을 보고받았다면 대령님은 어떻게 행동하셨을 것 같습니까? 중령을 전역시켰을까요?"

"그러지는 않았을 겁니다." 스몰렛 대령이 말했다. "물론 다른 곳으로 전출시켰을 겁니다. 그런 식으로 도박하는 인물에게 정보 업무를 맡길 수는 없으니까요. 도박 자체에 대해서는 반대하지 않습니다. 그러나 도박을 할 때는 자기 돈을 걸어야 합니다, 돈을 딸 가능성에 거는 게 아니라."

"물론 그러셨겠지요." 다아시가 말했다. "그 점은 저도 충분히 이해할 수 있습니다. 그렇지만 중령의 경력에는 큰 오점이 남았겠지요? 진급 가능성도 희박해지지 않았겠습니까?"

"진급 가능성이 희박해지는 것이 아니라 전무하다고 말씀드리고 싶군요. 그런 오점을 남긴 사람에게 대령 계급장을 달아줄 수는 없는 일이니까 말입니다."

다아시는 고개를 끄덕였다.

"물론 그랬겠지요. 애슐리도 그 사실을 알고 있었습니다. 따라서 어떤 식으로든 시디 알나시르에게 빚을 갚아야 했습니다. 그래서 폴란드의 첩자임을 알고 있던 사내에게서 돈을 갈취하려는 터무니없는 계획을 세웠던 겁니다. 요크 대주교님이 어제 제게 말씀하셨듯이 애슐리는 본성이 악한 사람은 아닙니다. 단지 필사적으로 돈을 벌겠다는 생각뿐이었던 겁니다. 자발적으로 국왕과 조국을 배신할 생각은 없다는 그의 증언은 믿어도 된다고 생각합니다.

만약 시디 알나시르가 애슐리 중령에게 이 주, 아니 일주일 전에라도 그와 같은 제안을 했다면 이런 일들은 처음부터 일어나지도 않았을 겁니다. 만약 '빚을 갚으려거든 조국을 배신하라'는 제안을 오늘이 아니라 그전에 했다면, 기민한 중령은 오늘 저에게 했던 것과 똑같은 거짓말을 날조해냈을 겁니다. 단지 그 얘기는 제가 아니라 대령님에게 했겠지만 말입니다.

이를테면 일주일 전에 중령이 대령님께 와서, 도박을 하며 고의적으로 빚지는 방법으로 현지 폴란드 스파이 두목의 정체를 밝혀내는 데 성공했다고 보고했다면, 대령님은 뭐라고 하셨겠습니까? 그가 이중 첩자가 되라는 제안을 받았고, 그래서 이제—이게 적절한 표현인지는 모르겠지만—삼중 첩자가 될 수도 있다는 보고를 받았다면, 솔직히 대령님은 뭐라고 하셨을 것 같습니까?"

스몰렛 대령은 오랫동안 자기 무릎을 내려다보고 있었다. 방에 있는 다른 사람들은 숨을 죽이고 그의 대답을 기다리는 듯했다. 이윽고 대령이 고개를 들었을 때, 그의 눈은 다아시 경이 아니라 런던 후작을 향하고 있었다.

"후작님, 솔직하게 말씀드리자면 저는 이랬을 겁니다." 대령은 천천히 말했다. 고통스러운 눈빛이었다. "방금 다아시 경이 말한 일이 정말로 일어났다면, 저는 애슐리 중령의 말을 믿었을 겁니다. 그리고 중령의 진급을 추천했을 가능성이 아주 높습니다."

그 순간 문이 열리더니 파트리크 신부가 들어왔다. 그를 따라 애슐리 중령이 창백해진 얼굴로 들어왔다. 그는 양 손목에 완충재를 덧댄 수갑을 차고 있었다. 중령 뒤로 날카로운 눈빛의 헤널리 그레임 헌병대장이 따라왔다. 헤널리 그레임은 권총을 허리에 차고 있었지만, 언제라도 뽑을 수 있도록 권총집에 손을 얹은 채였다.

"재판장님." 신부는 엄숙한 어조로 말했다. "법정의 경청을 요구하고 싶습니다."

"이 법정은 파트리크 신부를 법정 고문으로 인정합니다." 런던 후작은 낮게 응응거리는 듯이 대답했다.

"재판장님. 국왕 폐하의 장교이자 제국 해군의 중령인 애슐리 경이 자발적으로 법정에서 선서 증언을 하겠다고 요청했습니다."

런던 후작은 방안에서 행해진 모든 대화를 빠짐없이 기록하고 있던 본트리옴프를 흘낏 보았고, 애슐리에게 고개를 돌렸다.

"증언을 시작하십시오." 후작이 말했다.

23

사십 분 뒤 본트리옴프는 자신의 속기록을 훑어보더니 생각에 잠긴 듯 고개를 끄덕였다.

"이걸로 끝났군. 모든 것을 완벽하게 설명할 수 있어."

애슐리 중령은 헤널리 대장과 헌병 일개 분대에 둘러싸여 런던탑으로 압송되었고, 특별조사위원회는 정식으로 폐회되었다.

후작은 방안을 둘러본 뒤 다아시를 보았다.

"몇 가지 세부 사항을 제외하면, 검사는 애슐리의 행동을 매우 정확하게 설명해주었네. 나는 만족했어. 아주 만족스러웠다고 해야겠지." 후작은 다른 사람들을 둘러보았다. "질문이 있나?"

"하나 있습니다." 서 라이언 갠덜푸스 그레이가 말했다. 그는 다아시를 쳐다보았다. "마스터 유언 매캘리스터와 애슐리 경 사이에 직접적인 관계가 없다는 사실을 어떻게 확신했습니까?"

다아시는 미소 지었다.

"확신했던 건 아닙니다. 그렇지만 직접 접촉했을 가능성은 거의 없다고 생각했습니다. 마스터 유언은 다모젤 티아를 이용해서 토머스 레소로부터 비밀을 캐내기 위해 애쓰고 있었습니다. 애슐리 경이 그 비밀을 팔 용의가 있다는, 혹은 그렇게 주장했다는 사실을 알았다면 그런 행동을 했을까요? 고집 센 젊은 여자에게 자신이 사랑하는 모든 것을 배신하라고 강요하는 것보다, 애슐리 경에게서 비밀을 사는 편이 훨씬 쉽지 않았겠습니까?"

"하지만 티아가 자발적인 스파이가 아니라는 사실은 어떻게 아셨습니까?" 서 토머스가 물었다.

"몇 가지 이유를 들 수 있습니다. 성직자로 구성된 위원회에서 두 번이나 결백하다는 판정을 받았다는 사실도 물론 무시할 수 없지만, 다른 증거들도 있습니다. 다모젤 티아는 서 제임스의 방으로 가서 논쟁을 벌였습니다. 이것은 도저히 스파이다운 행동이 아닙니다. 스파이라면 다짜고짜 행동에 나서지, 논쟁을 벌이다가 방에서 뛰쳐나오지는 않을 테니까요. 그리고 잘 훈련된 스파이라면 동료에게서 받은 쪽지를 다모젤 티아처럼 쓰레기통에 던져넣고 잊어버리는 식의 행동은 하지 않습니다. 또 하운드 앤드 헤어에서 엿들은 대화가 저를 속이기 위한 연극일 가능성은 있었습니다만, 그 직후 마스터 유언이 그녀를 죽이려 했다는 사실로 미루어볼 때 연극이 아님은 확실했습니다. 따라서 다모젤 티아는, 그 술집에서 자기 입으로 말했듯이 정말로 관계자들에게 모두 털어놓을 작정이었던 겁니다."

컴버랜드 공작부인이 말했다.

"아이러니하군요. 런던 시내의 모든 치안헌병과 제국 해군의 절반이 한 사내의 정체를 밝히려고 필사적으로 노력하는 동안, 문제의 편지는 봉투에 든 채 이곳에 줄곧 있었다니 말이에요."

다아시는 스몰렛 대령이 본트리옴프의 책상 위에 내려놓은 봉투를 집어들었다.

"이것 말입니까?" 조금 미안한 어조였다. "이 안에서 그런 정보를 찾으려고 해도 별 성과는 없었을 겁니다."

"왜죠?" 메리가 미간을 찌푸렸다. "주문이 걸려 있기 때문인가요?"

"아, 그건 아닙니다." 다아시가 말했다. "이 봉투와 그 내용물은 불과 한 시간 전에는 존재하지 않았기 때문입니다.

편지의 필적은 조르주 바버의 것과 상당히 흡사하지만, 실은 제 손글씨입니다. 어제 오후에 해군성에 갔을 때 바버의 필적을 자세히 관찰할 기회가 있었지요.

아시다시피 저는 애슐리 경의 자백을 받고 싶었지만, 이렇다 할 증거가 없었습니다. 논리적인 추리를 통해 그가 무엇을 했고, 어떻게 그랬는지를 알고 있었습니다. 물론 중령의 재킷 호주머니와 칼집에 남아 있던 피가 증거가 되긴 하지만, 반드시 그러리라는 확증은 없었기에 그 이상의 증거가 필요했던 겁니다.

그래서 이 편지가 만들어졌지요. 어차피 애슐리는 바버가 보낸 정보가 호텔로 도착했는지 확신할 수가 없었습니다. 저는 애슐리가 호텔에서 온 봉투를 금방 뜯어본 것도, 또 그가 발견한 것이 백지였다는 사실도 알고 있었습니다. 애슐리 경에게는 그 백지에 자신에게 지극히 위험한 정보가 포함되어 있지 않은지 여부를 확인할 방법이 없었던 겁니다.

그래서 이런 속임수를 써야 했습니다. 그리고 스몰렛 대령님, 기억을 더듬어보시면 아시겠지만, 저는 이 편지가 바버에게서 온 것이라고는 한 마디도 하지 않았습니다."

"그렇군요. 그런 말씀은 한 마디도 하지 않으셨습니다." 스몰렛 대령이 말했다.

"자, 여러분." 런던 후작이 말했다. "우리 모두 상당히 힘든 저녁을 보냈으니, 이제 얼마 남지 않은 시간 동안 숙면을 취하면 어떨까요."

스몰렛 대령을 제외한 여덟 명의 손님은 후작의 관저를 나와 칼라일 하우스로 향했다.

그러나 다아시는 손님이 한 명 더 있다는 사실을 알았다. 다른 사람이 떠날 때까지 뒤에서 기다리고 있을 손님이.

후작의 집무실에 걸린 반 덴 보스의 복제화 뒤에는 미닫이식 패널이 있고, 그 뒤에는 작은 방이 있다. 그 패널을 열어놓으면, 어둡고 작은 그 방에 앉아 있는 사람은 복제화의 캔버스를 통해 집무실 안에서 일어나는 모든 일을 관찰하고, 들을 수 있었다.

살인범을 체포하는 것으로 끝난 공식 특별조사위원회가 진행되는 동안 누군가 그 작은 방에 있다는 사실을 알고 있던 사람은 후작, 본트리옴프, 다아시, 이렇게 세 사람뿐이었다. 그러나 다아시가 이 은밀한 관찰자에게서 연락받은 것은 그로부터 두 달 뒤, 루앙에 있을 때였다.

국왕의 전령이 다아시의 저택으로 상자 하나를 전달했다. 크지는 않았지만 상당히 무거운 상자였다. 안에는 짧은 편지가 들어 있었다.

다아시 경

자네가 우리 제국의 안전을 위해 세운 빛나는 공적에 대해 짐은 다시 한번 감사를 표하고 싶네. 불운하게도, 웨스트민스터궁전에서 경이 짐을 위해 기꺼이 시연해주었을 때 사용한 귀중한

40구경 맥그레거를 잃었다는 소식을 들었네.

짐은 짐의 면전에서 사용된 그 어떤 무기도 선물로 간주되어야 한다고 생각하므로, 이 상자를 보내네.

그러나 이것은 단순히 의전용 무기가 아니라, 경이 임무 수행중에 실제로 사용될 무기여야 하네. 만약 이것이 금테로 된 액자 안에 들어가 경의 기념품 보관실 벽에 걸려 있거나, 그에 상당하는 어리석은 대우를 받고 있다는 얘기를 듣게 된다면, 짐이 친히 그곳으로 가서 이것을 몰수할 작정임을 미리 말해두겠네.

JIVR

상자 안에는 맥그레거의 최고 걸작이라고 할 만한 것이 들어 있었다. 장인이 직접 만든, 40구경의 강력한 탄환을 발사하는 권총이었다. 금과 법랑으로 장식된 권총은 섬뜩한 동시에 실로 아름다웠다. 손잡이 양쪽의 견고한 법랑 덮개에는 다시 경의 개인 문장이 새겨져 있었다. 순백의 방패 문양 중앙을 붉은 띠가 가로지르고, 오른쪽 앞발을 든 황금 사자가 정면을 바라보고 있다. 방패 주위의 그물 세공에는 잉글랜드의 사자와 프랑스의 백합이 아로새겨져 있었다.

랜들 개릿

Randall Garrett

—

미국의 SF, 판타지 작가 고든 랜들 필립 데이비드 개릿은 1927년 미주리주 렉싱턴에서 직업군인의 아들로 태어났다. 텍사스 테크놀로지컬 대학을 졸업한 뒤 잠시 해병대에서 복무한 개릿은 제대 이후 뉴욕으로 이주해 본격적으로 작가 생활을 시작했다. 1944년 단편 「열기의 부재The Absence of Heat」로 데뷔한 이래,[1] 그는 당시 미국 SF의 황금기를 일구었다고 평가받는 편집자 존 W. 캠벨 주니어의 지지 아래에서 SF 작가로 성장한다.

그후 개릿은 SF 전문지 《어스타운딩Astounding》과 《판타스틱Fantastic》 등 여러 지면에 16가지나 되는 필명[2]으로 왕성하게 중단편소설을 기고했는데, 특히 1950~1960년대에는 높은 완성도를 지닌 SF소설을 다수 발표하며 주목받았다. 또한 자신이 직접 작법을 지도하기도 한, 당대의

---

[1] '고든 개릿'이란 이름으로 발표한 작품은 이 작품이 유일하다.

[2] 데이비드 고든, 존 고든, 대럴 T. 랭가트, 알렉산더 블레이드 등 여러 가지 이름이 있었다.

또다른 SF 작가 로버트 실버버그와 외계 행성을 배경으로 펼쳐지는 소설을 공동 집필하며 미국 SF소설계의 중진으로 완전히 자리잡는다.

마술인가 과학인가?

비록 랜들 개릿이 SF소설로 가장 잘 알려져 있기는 하지만, 대체로 장르 소설 전반에 관심이 많았던 것으로 보이며 미스터리 또한 상당한 지분을 차지했던 듯하다. 이는 로런스 M. 해리스Laurence M. Harris와 함께 마크 필립스Mark Phillips라는 필명으로 공동 집필한 장편 『불가능한 것들The Impossibles』에서 엿볼 수 있는데, 이 소설은 FBI의 우주 에이전트 '케네스 멀론'이 갖가지 불가능 범죄를 수사하는 과정을 담고 있다. 불가능 범죄의 대표 소재인 밀실부터 물건이 차례차례 영문을 알 수 없이 소실되는 수수께끼까지, 어떤 초월적인 능력을 가진 자가 범인이 아니라면 불가능할 법한 사건들이 발생한다. 물론 SF소설이니만큼 그에 걸맞은 해법과 결말이 따라붙기는 한다.

한편 랜들 개릿의 대표작이자, 가장 인기 있는 '다아시 경' 시리즈에서는 그의 미스터리 장르를 향한 관심이 더욱 분명하게 드러난다.

'다아시 경' 시리즈는 '사자심왕 리처드 1세가 전쟁에서 사망하지 않고, 플랜태저넷 왕가 또한 무너지지 않았으며, 영국과 프랑스가 영불제국이라는 이름으로 통합되어 이어져왔다면'이라는 가정에서 출발한 대안역사를 배경으로 삼는다. 이러한 상상에 더해 영불제국에서는 현실의 '과학'과 유사한 방식으로 '마술'이 존재하고 작동하며, 선과 악으로 나뉜 마술사들이 절대적인 힘과 권력을 쥐고 있다. 여기서 마술사로서의 능력(탤런트)은 없으나 번뜩이는 추리력을 지닌 노르망디 대공의 수사관 다아시 경이 마치 '셜록 홈스'처럼 탐정으로 대활약하며, 그의 조수이자 법정 마술사'인 숀 오로클린의 도움을 받아 갖가지 범죄 사건을 해결한다.

개릿이 창조해낸 이 대체역사 세계 속에서, 과학기술이 발전해감에 따라 미스터리 안에서 점차 구현하기 어려워져가던 불가사의한 수수께끼와 트릭은 가능성을 좀더 찾아낸 것처럼 보인다. 즉 '다아시 경' 시리즈에서는 불가능 범죄가 종종 참신한 방법으로 다뤄지는데, 예를 들어 『마술사가 너무 많다』에서는 마술사 컨벤션 회장에서 한 마술사가 누구도 출입할 수 없도록 마술을 걸어둔 호텔방 안에서 칼에 찔린 채 사망하는 괴이한 사건이 발생한다. 사건 현장을 얼마든지 밀실로 조작할 수 있는 능력이 있는 자(마술사)들이 수없이 모인

I 마술이 과학을 일부 대체한 세계이기 때문에, 법정 마술사는 현실의 법의학자 또는 범죄분석관의 역할을 한다.

작가 정보

상황에서, 일반인이라면 결코 저지를 수 없는 불가능 범죄가
벌어진 것이다.

'다아시 경' 시리즈의 또다른 단편에서는 중력이 작용하는
상황에서는 이해하기 어려운 추락 사건이 발생하거나, 발자
국이 남아 있지 않은 살인 사건 현장이 등장하는 등 얼핏 평
범한 사람으로서는 벌이기 불가능해 보이는 사건이 펼쳐진다.
물론 다아시는 매번 합리적인 설명과 함께 그 진상을 밝혀낸
다. 여기서 '마술'은 전지전능한 능력이 아니며, 마치 과학처럼
어떠한 법칙 안에서만 성립이 가능해 대체로 다아시의 추리
를 보조하는 장치로서만 활용된다. 그렇기에 '다아시 경' 시리
즈는 종종 SF라기보다는 특수설정 미스터리에 가깝다고 평
가받기도 했으며,『마술사가 너무 많다』는 존 딕슨 카의『세 개
의 관』[1],『유다의 창』[2]과 함께 '최고의 밀실 미스터리'로 나란
히 언급되기도 한다.

'다아시 경' 시리즈 속 장르적 유희

개릿의 장르 소설 전반에의 애정은 '다아시 경' 시리즈 곳곳
에서 찾아볼 수 있다. 먼저 "키가 크고 갸름한 얼굴"을 지닌
잘생긴 귀족으로 묘사되는 주인공 탐정 다아시의 모델이 누

[1] 이동윤 옮김, 엘릭시르 펴냄, 2017.
[2] 임경아 옮김, 로크미디어 펴냄, 2010. 현재는 절판.

구인지는 어렵지 않게 유추할 수 있는데, 이에 더해 그는 작 중 셜록 홈스의 유명 대사[IIII]를 떠올리게 하는 말을 직접 읊 기까지 한다.

"일단 불가능한 가설을 하나씩 제거한다면……" 다아시가 침 착하게 말했다. "그다음부터는 일어날 것 같지 않은 일들에만 집중할 수 있네." (199쪽)

그의 사촌이자 라이벌로 그려지는 런던 후작은 코넌 도일 의 마이크로프트 홈스와 렉스 스타우트의 탐정 네로 울프를 조금씩 닮아 있다. 가령, 런던 후작은 마치 네로 울프처럼 이 국적인 식물을 가꾸는 취미를 가지고 있으며 좀처럼 집밖으 로 나가려 하지 않고, 다른 사람을 부려 증거를 수집한다. 또 그의 수족이 되어 현장을 분주히 돌아다니는 주임 수사관 본 트리옴프Bontriomphe의 이름은 바로 네로 울프의 조수 아치 굿 윈Goodwin의 이름을 프랑스식으로 바꾼 것이다. 물론, 이 작품 『마술사가 너무 많다』의 제목부터 『요리사가 너무 많다』[IIIII]의 패러디이며, 시리즈의 또다른 작품 『나폴리 특급 살인』은 누

III　"저는 불가능한 것을 모두 제거하고 남아 있는 것은 아무리 믿기지 않더라도 진실일 수밖에 없다는 가정에서 추론을 시작합니다."(『창백한 병사』, 『셜록 홈스의 사건집』(이은선 옮김, 엘릭시르 펴 냄, 2016) 수록)

IIII　이원열 옮김, 엘릭시르 펴냄, 2013.

가 보더라도 애거사 크리스티의 『오리엔트 특급 살인』에서 비롯되었다.

앞서 예시를 든 미스터리 장르만이 아니라 '다아시 경' 시리즈에서는 여타 판타지, SF 작품의 패스티시를 흔하게 찾아볼 수 있어 더 깊이 알면 알수록 독서의 재미를 배가한다.

이를테면 본서에서 살해당하는 서 마스터 제임스 '즈윈지'의 모델은 실존하는 캐나다인 무대 마술사 랜들 제임스 해밀턴 즈윈지Randall James Hamilton Zwinge다. 즈윈지는 초능력을 자칭하는 트릭이나 사기 행위를 과학적인 시점에서 체계적으로 폭로한 것으로 유명하며, 방송을 통해 '어메이징 랜디Amazing Randi'라는 애칭으로 널리 알려져 있었다. 또 티아 아인치히의 숙부의 이름인 '니어펄러 아인치히'를 의역하면 '나폴레옹 솔로'가 된다. 나폴레옹 솔로는 1960년대를 풍미한 TV 스파이극 〈맨 프롬 엉클The Man from U.N.C.L.E〉의 주인공으로, 이 드라마는 플레밍의 '007' 시리즈에 대한 패러디의 성격이 짙었다. 이런 식의 비교적 알기 쉬운(?) 이름 바꾸기는 시리즈 도처에서 발견된다. 예를 들어, 마술사 길드의 장인 서 라이언 '갠덜푸스' 그레이Sir Lyon Gandolphus Grey는 물론 J. R. R. 톨킨의 작품에 등장하는 대마법사 '회색의 간달프Gandalf the Grey'에 대한 오마주다.

시리즈의 탄생과 끝나지 않은 여정

1964년 《애널로그Analog》[1] 1월호에 게재된 단편 「두 눈은 보았다The Eyes Have it」(1964)에서 시작된 '다아시 경' 시리즈는, 이후 독자들로부터 인기를 얻어 시리즈 유일한 장편인 『마술사가 너무 많다』를 같은 잡지에 연재했다. 『마술사가 너무 많다』는 연재가 종료된 후 곧 단행본으로도 출간되었으며, 같은 시리즈로 두 권의 단편집이 더 출간되었다.[II]

개릿은 1979년 기면성 뇌염이 발병하여 코마 상태에 빠진 뒤로, 1987년 사망할 때까지 의식을 회복하지 못했다. 그가 사망한 후, SF 작가 마이클 컬랜드Michael Kurland가 '다아시 경' 시리즈로 두 편의 장편소설을 더 집필했으며, 개릿은 그 공로를 인정받아 '다아시 경' 시리즈로 1999년 제5회 사이드와이즈상[III] 특별공로상을 수상했다.

---

[1] 정식 이름은 '애널로그 사이언스 팩트 앤드 픽션(Analog Sceinece Fact&Fiction)'. 1960년대 《어스타운딩》에서 바뀐 이름이다.

[II] 『살인과 마술(Murder and Magic)』(1979)은 1964년부터 1973년까지, 『다아시 경 사건집(Lord Darcy Investigates)』은 1974년부터 1979년까지의 단편소설을 모았다.

[III] 미국에서 대체역사소설을 대상으로 수여하는 상.

주요 작품 목록

다아시 경 시리즈

Too Many Magicians (1967) - 『마술사가 너무 많다』(김상훈 옮김, 엘릭
시르 펴냄, 2026)

Murder and Magic (1979) - 『셰르부르의 저주』(강수백 옮김, 행복한책
읽기 펴냄, 2003)

Lord Darcy Investigates (1981) - 『나폴리 특급 살인』(김상훈 옮김, 행
복한책읽기 펴냄, 2007)

Lord Darcy (2002) - 앞서 출간된 단행본에 더해, 이전에 실리지 않은
단편 작품까지 모두 수록했다.

니도리언 시리즈[i]

The Shrouded Planet (1957)

The Dawning Light (1959)

마크 필립스[ii]로 발표한 작품

Pagan Passions (1959)

Brain Twister (1962)

---

[i] 로버트 실버버그와 공동 집필.
[ii] 로런스 M. 재니퍼와 공동 집필시 사용한 필명.

The Impossibles (1963)

Supermind (1963)

간달라라 사이클[1]

The Steel of Raithskar (1981)

The Glass of Dyskornis (1982)

The Bronze of Eddarta (1983)

The Well of Darkness (1983)

The Search for Kä (1984)

Return to Eddarta (1985)

The River Wall (1986)

장편소설

Unwise Child (1962)

Anything You Can Do⋯ (1963)

중단편

The Hunting Lodge (1954)

The Best Policy (1957)

---

[1] 아내인 비키 안 헤이드론(Vicki Ann Heydron)과 공동 집필.

작가 정보

The Queen Bee (1958)

Backward, Turn Backward (1959)

Despoilers of the Golden Empire (1959)

But, I Don't Think (1959)

The Highest Treason (1961)

||| 미스터리 책장 전체 목록 |||

옮긴이 김상훈

SF 및 환상문학 평론가이자 번역가. '그리폰북스' '경계소설 선집' 'SF총서' '필립 K. 딕 걸작선' '미래의 문학' '조지 R.R. 마틴 걸작선'을 기획하고 번역했다. 주요 번역 작품으로는 테드 창의 『당신 인생의 이야기』 『숨』, 그렉 이건의 『내가 행복한 이유』 『쿼런틴』 『대여금고』, 필립 K. 딕의 『화성의 타임슬립』 『파머 엘드리치의 세 개의 성흔』 『유빅』 『필립 K. 딕의 말』, 로저 젤라즈니의 『신들의 사회』 『전도서에 바치는 장미』, 로버트 A. 하인라인의 『스타십 트루퍼스』, 조 홀드먼의 『영원한 전쟁』 『헤밍웨이 위조사건』, 로버트 홀드스톡의 『미사고의 숲』, 크리스토퍼 프리스트의 『매혹』, 이언 뱅크스의 『말벌 공장』, 새뮤얼 딜레이니의 『바벨-17』, 콜린 윌슨의 『정신기생체』, 카를로스 카스타네다의 '돈 후앙의 가르침' 3부작, 존 셜리의 『인간이라는 기계에 관하여』 등이 있다.

마술사가 너무 많다
TOO MANY MAGICIANS

초판 인쇄 2026년 3월 25일
초판 발행 2026년 4월 9일

지은이 랜들 개릿 | 옮긴이 김상훈

책임편집 김유진 | 편집 한나래 김다은 김미혜 | 외주교정 유혜림
디자인 최효정 | 저작권 박지영 형소진 주은수 오서영 조경은
마케팅 정민호 서지화 박치우 한민아 왕지경 이민경 정유진 정경주 김예진 김혜원 이서진
브랜딩 함유지 이송이 박민재 김하연 신은서 이준희
미디어콘텐츠 함근아 김은솔 박다솔
제작 강신은 김동욱 이순호 | 제작처 영신사

펴낸곳 (주)문학동네 | 펴낸이 김소영
출판등록 1993년 10월 22일 제2003-000045호

주소 10881 경기도 파주시 회동길 210
대표전화 031-955-8888 | 팩스 031-955-8855 | 전자우편 elixir@munhak.com
인스타그램 @elixir_mystery | X(트위터) @elixir_mystery

ISBN 979-11-416-0292-5 03840

엘릭시르는 출판그룹 문학동네의 장르문학 브랜드입니다.

잘못된 책은 구입하신 서점에서 교환해드립니다.
기타 교환 문의 031) 955-2661, 3580

www.munhak.com